CHICAGO SIN COFFRET

ALTA HENSLEY

RENEE ROSE

Traduction par

AGATHE M

MENTIONS LÉGALES

Publié aux États-Unis d'Amérique

Renee Rose Romance

❀ Formaté avec Vellum

TABLE DES MATIÈRES

NID DE PÉCHÉ

ANCRÉ DANS LE PÉCHÉ

UN SOUPÇON DE PÉCHÉ

NID DE PÉCHÉ

LIVRE GRATUIT DE RENEE ROSE

Abonnez-vous à la newsletter de Renee

Abonnez-vous à la newsletter de Renee pour recevoir livre gratuit, des scènes bonus gratuites et pour être averti·e de ses nouvelles parutions !

https://BookHip.com/QQAPBW

CHAPITRE UN

Armando

Un pécheur est-il jamais libre ?

Quelle que soit la réponse, je n'ai jamais été aussi près de l'être. Je ne suis plus coincé dans ma cellule.

Les grilles de la prison s'ouvrent, et je sors, avec seulement le sac en papier qui contient les quelques affaires que j'avais en arrivant.

Mon cousin Marco m'attend devant son SUV, un sourire exagéré au visage. Je le connais assez pour voir ce qui se cache derrière. Oui, il est content de me voir, mais de toute évidence, il est mal à l'aise.

Et je le comprends.

Marco me rendait parfois visite ici. Il venait de Chicago, à une heure de route, et passait une heure à me raconter ce qui se passait dans l'Organisation. Marco, et parfois son frère Léo, sont les seuls membres de la *Famiglia* à être venus me voir.

Là encore, je comprends.

La prison, c'est contagieux. Personne ne veut être contaminé.

C'est une maladie dont il est très dur de guérir, une fois attrapée.

Même ma mère ne m'a pas rendu visite. Elle ne se sentait pas capable de voir son fils être traité comme une bête. Ce sont ses termes, pas les miens.

Alors que j'hésite devant les grilles de la prison, Marco finit par s'avancer et briser le silence.

— Content de te voir, dit-il, renonçant enfin à son sourire factice.

— Ouais.

Je ne suis pas encore prêt pour les politesses.

Marco semble le comprendre, et il s'empresse de me montrer sa voiture.

— Viens, que je t'emmène loin d'ici.

Nous montons dans le véhicule, et mon cousin prend la route de Chicago.

Je regarde par la fenêtre, mais je ne vois rien. Apparemment, je n'entends rien non plus, car je m'aperçois soudain que Marco est un plein monologue.

— ... iras chez Rocco pour te faire raser et couper les cheveux vendredi. C'est la même équipe de toujours, bien sûr, mais ils te feront passer dans le fauteuil en priorité... Il y a toujours le fleuriste à côté, mais Mary Alice a vendu la boutique à son apprentie, Hannah. Tu te souviens d'elle ? C'était encore une gamine quand tu es parti, mais maintenant, c'est une bombe...

Je me coupe de sa voix. Les endroits dont ils parlent – nos vieux repaires familiers – me semblent être à des années-lumière, désormais. Je vais devoir m'y rendre pour retrouver mes marques.

— Plein de trucs ont changé depuis ton départ, commente Marco.

Je ne réponds pas, attendant qu'il poursuive.

— L'Organisation devient de plus en plus puissante, mais elle perd son âme. Beaucoup d'initiés se reposent sur leurs lauriers. Il n'y a plus de progrès, tu vois ? Plus de sagesse, comme dit le don.

J'assimile ses mots sans rien dire. Mon cousin est un type intelligent. Je respecte son opinion par-dessus tout, surtout pour ce qui a trait aux affaires de la Famille. Il est entré dans l'Organisation à peu près en même temps que moi, mais il très lucide. Beaucoup plus avisé que ne le laisseraient penser son âge ou son expérience.

Lui, il possède cette sagesse dont il parle. Il semble capable d'observer l'Organisation avec objectivité et de comprendre ce qui s'y passe.

Je tente de me concentrer sur ses mots, sur le travail, sur ce qui redeviendra ma réalité, maintenant que je suis de retour au bercail, mais je dois lutter contre ma poitrine qui se serre.

L'habitacle du SUV m'étouffe, me rappelant ma cellule.

Je prends une grande bouffée d'air et entrouvre la vitre. Ça fait longtemps que je n'ai pas fréquenté quelqu'un que le système n'a pas désabusé. Les détenus ne parlent pas comme les gens libres.

M'habituer à Marco, ou à tous les autres, sera un défi.

Cinquante-quatre mois. Voilà le temps que j'ai passé en prison. Une existence fade entre quatre murs de béton.

Une peine plus longue que celles de certains membres de l'Organisation. Plus courte que d'autres. Je n'ai pas parlé et j'ai accepté ma sentence, comme il se doit. J'ai également obtenu un diplôme de commerce.

— Libéré pour bonne conduite, raille Marco, comme s'il lisait dans mes pensées. Qui l'eut cru ?

Je ne réponds pas, mais je songe à l'ironie de la chose, vu qu'en prison, j'ai planté un type. Heureusement que je fais partie de l'Organisation, et que le don a réussi à m'éviter les ennuis. C'est dingue, cette capacité qu'a la mafia de faire disparaître les choses, en tôle. Son pouvoir dans les prisons surpasse peut-être même celui qu'elle a dehors.

Je remarque que les jointures de Marco ont blanchi sur le volant, et je réalise que je le mets mal à l'aise. Je sais pourquoi. Je me suis fait choper, et lui non. J'ai purgé ma peine, et il est resté libre. J'ai déjà ressenti la même chose que lui. Une sorte de culpabilité du survivant, quand un autre plonge pour les crimes de la Famille. C'est dur à gérer, et on se demande toujours si l'on sera le prochain. Ça fait cliché de dire ça, mais la prison, ça change bel et bien un homme.

À présent, assis dans le siège passager de la voiture de mon cousin, à Chicago, je ne ressens pas la grande joie de la liberté. J'observe le ciel. Les buildings. La circulation. Le bruit et l'énergie de la ville qui m'a avalé et recraché. Je ne ressens rien. Ces rues familières n'évoquent rien chez l'ancien moi. Chez le jeune homme que j'étais avant la prison.

Je suis resté anesthésié pendant tout le trajet, comme si j'étais hors de mon corps. Je pense à ce jour depuis que j'ai commencé ma peine, et maintenant qu'il arrive, que je suis dehors... je ne ressens rien du tout. Je suis fermé à l'expérience.

— Hé, arrêtons-nous pour dîner. C'est moi qui t'invite, bien entendu, dit Marco.

Il fait un créneau devant le Lorenzo, l'un des repères favoris de l'Organisation.

— Ouais, d'accord.

Je n'ai pas envie d'y aller. Le trajet était déjà assez pénible comme ça. Je suis touché de la loyauté de mon cousin envers moi, mais je n'ai aucune envie de passer une heure de plus avec lui. De croiser de vieilles connaissances.

Mais j'ai toujours adoré manger au Lorenzo. Les plats sont copieux, et les clients sont traités comme des invités, surtout lorsqu'ils font partie de la Famille. Avant, les serveurs et les employés connaissaient mon nom et m'accueillaient avec des poignées de main enthousiastes. Je suis curieux de voir si les choses ont changé.

Une explosion de voix m'agresse lorsque je pénètre dans le restaurant.

Je ne suis pas armé. Je ne peux pas me défendre.

CHAPITRE DEUX

Armando

Tout mon corps se fige, et mon instinct de survie s'active avant que je puisse le mettre en sourdine.

— *Bentornato* !

Bon retour parmi nous. Des hourras s'ensuivent.

Merde.

Bentornato, Mando, dit la bannière qui traverse la salle privatisée.

Tout le monde crie et applaudit autour de moi tandis que je tente d'expulser l'air coincé sous mes côtes. Les regards accueillants sont braqués sur moi, mais je ne parviens même pas à mobiliser un semblant de sourire pour ces connards.

— *Cristo*, tu aurais pu me prévenir, grommelé-je à l'intention de Marco.

Nous avons six mois d'écart, lui et moi. Nous avons été élevés ensemble. Nous nous sommes battus ensemble. Nous avons été initiés ensemble. Nous sommes plus proches que des frères.

Et l'espace d'un instant... j'ai cru que nous allions mourir ensemble.

Il me coule un regard et remarque mes poings serrés. Mes mâchoires crispées.

— Surprise, dit-il d'un ton sardonique. Désolé. Je vais te chercher à boire.

Ma mère se jette sur moi, ses bras graciles serrés autour de mon cou. Je suis obligé d'ouvrir les mains pour l'étreindre. Je sens beaucoup trop ses côtes. L'adrénaline rugit toujours en moi après cette surprise à la con.

Franchement. Qui organise une *fête surprise* pour un détenu tout juste libéré ? J'aurais pu tuer l'un des convives, s'ils avaient été à portée de mes poings. Heureusement que Marco ne m'a pas donné de flingue après être passé me chercher.

Je passe en revue la pièce pleine de visages familiers.

Don Pachino est assis dans le fond, en train de mâchonner un cigare en sirotant son whisky, entouré par ses capos et son beau-fils. Je lui fais un signe du menton pour lui témoigner mon respect, et il lève son verre.

C'est un accueil de soldat : le retour du héros.

Sauf que seules les personnes présentes dans cette pièce me traiteront comme tel. Aux yeux de la société, je serai toujours marqué par ma condamnation.

Un criminel.

— Tu es trop maigre, Mando, me gronde ma mère lorsque je réussis enfin à échapper à son étreinte.

— Toi aussi, Ma.

Je l'embrasse sur la joue. Elle est beaucoup plus osseuse qu'avant mon départ. Et ses cheveux deviennent gris. Ça me tue, de constater à quel point ma détention l'a fait vieillir.

Je regarde la croix autour de son cou et me demande ce qu'elle doit penser de moi. Ce n'est pas tous les jours que le fils d'une fervente catholique finit en tôle. Je sais que je l'ai déçue, et que je ne pourrai jamais me rattraper.

Cette croix me rappelle à quel point je me suis éloigné de l'enfant de chœur qui rêvait d'être un prêtre, comme le héros de ma jeunesse, le Père Fantoni. La foi dont il me parlait toujours n'a pas suffi à me sauver de mes vieux démons et de mes liens avec la Famille.

Ma mère me regarde avec un mélange d'amour et de doute. Je vois la peur dans ses yeux à l'idée que je retourne en prison, mais elle m'accueille tout de même à bras ouverts. Elle m'aime malgré mes actes et mes fréquentations, et je lui en suis reconnaissant. Elle est mère dans la mafia, et cela s'accompagne d'une lourde histoire, mais aussi de compréhension. Aucune mère ne veut voir son fils être incarcéré, cependant. J'étais censé cacher mes activités à l'église et aux dames avec qui elle déjeune. Je n'étais pas censé merder.

J'ai envie de lui dire que je suis désolé de l'avoir déçue, et que j'essayerai de m'améliorer, mais j'ai du mal à trouver les mots.

J'ignore pourquoi être dans ce restaurant me fait l'effet d'un coup de poing. Cette soirée a été organisée pour moi. Je devrais fêter ma libération. Mais je ne me souviens pas de ce que c'est, de ressentir de la joie.

Je ne me souviens même pas de ce que c'est de ressentir tout court.

Le Père Fantoni approche, et j'ai beau être surpris de le voir à la fête, je sais que l'Organisation ne lui est pas inconnue. Il nous a tous vus grandir, et il fait tout autant partie de la famille que les autres convives.

— J'espère te voir à la messe, désormais, dit-il en plaçant une main accueillante sur mon épaule. Bon retour chez toi.

Ses yeux sont dénués de jugement. De condamnation.

— Oui, mon Père. Dès que… j'aurai repris mes repères.

Apparemment satisfait de ma réponse, il hoche la tête et reprend son tour de la salle.

— Contente de te voir, Mando, murmure une voix douce et féminine dans mon dos.

Je me retourne et observe la beauté sophistiquée de mon ex. Son maquillage parfait, ses cheveux lissés. Ses grands yeux de biche aux iris verts.

Putain de Grace.

Bizarrement, je ne ressens rien. Ni colère. Ni chagrin. Ni sentiment de trahison.

Je ne trouve pas de réponse à lui donner, alors je plonge mon regard dans le sien et dis :

— Tu n'étais pas obligée de venir.

— Bien sûr que si.

Ses doigts s'entremêlent et luttent devant sa taille. Elle porte des talons hauts et une robe portefeuille bleue à pois qui met en valeur ses seins parfaits, son décolleté orné d'un pendentif en diamant en forme de cœur. Un collier que je ne lui ai pas offert, c'est certain. Quelques mètres derrière elle se tient Emilio, sa nouvelle conquête. À moins que ce soit lui qui l'ait conquise, qui sait ?

En tout cas, elle n'a jamais pris la peine de venir me voir en personne pour me rendre sa bague de fiançailles.

— Non, tu n'étais vraiment pas obligée, insisté-je d'un ton lourd de sens, et elle pâlit.

— Si tu veux que je m'en aille, je le ferai, chuchote-t-elle, les lèvres tremblantes.

À une époque, voir ses yeux verts s'embuer me poussait à décrocher la lune pour la consoler. À présent, sa peine ne me fait ni chaud ni froid. Je me contente de hausser les épaules.

— Que tu restes ou que tu partes, je m'en fous complètement, ma belle.

Je m'éloigne en jouant des coudes, en direction du don. Ses cheveux poivre et sel sont eux aussi plus gris qu'avant, mais il ressemble toujours autant à un roi. Ou au parrain de l'Organisation, si vous préférez.

C'est la seule personne présente à qui je dois le respect. Le seul à qui je dois ma loyauté. Tous ces autres *stronzi* peuvent aller se faire foutre.

À l'exception de mes cousins, personne ici n'a pris la peine de me rendre visite en tôle. Pourquoi prétendent-ils s'intéresser à moi maintenant ?

— Mando. Assieds-toi, ordonne Don Pachino en tapotant le tabouret voisin.

Je ne sais pas si je devrais être vexé qu'il ne se soit pas levé pour m'étreindre. Je m'assois sur le siège et lui tends la main. Il coince son cigare entre ses dents et me serre la paume avec trop de force, comme il le faisait quand j'étais adolescent. Pour me montrer qui est le chef.

Alex, son beau-fils, s'éclipse pour nous laisser un peu d'intimité.

— Tu en veux un ?

Il fait glisser la boîte à cigares dans ma direction. Je devrais en prendre un. Je devrais l'allumer et le fumer avec le don. Pour lui montrer que je suis toujours son fidèle lieutenant. Pour lui prouver que ma loyauté n'a pas failli.

Mais la fumée me donne la nausée.

— Non merci, réponds-je en me frottant le nez, comme si cela pouvait chasser la puanteur. Il est trop tôt.

Marco me glisse un verre de bourbon dans la main avant de disparaître à nouveau avec souplesse, avant que je pense à le remercier. Je vide mon verre d'un trait, savourant la brûlure dans ma gorge.

— Alors tu es sorti.

— *Si, Signore*. Content d'être rentré.

C'est faux. Je ne suis content de rien du tout. Le *contentement* est une émotion que je ne connais plus depuis très longtemps. Mais c'est ce que je suis censé dire.

Don Pachino sort une épaisse enveloppe de la poche intérieure de son costume à cinq mille dollars et me la tend.

— Tiens, c'est pour t'aider à t'installer.

Je range l'enveloppe dans la veste que Marco m'a apportée lorsqu'il est venu me chercher. La veste qui me semble si étrangère, même si c'était ma préférée.

— Merci, Don Pachino.

Il tire sur son cigare.

— Je t'ai trouvé un emploi fictif dans le bâtiment. Six mille balles par mois. Tu n'as pas de souci à te faire, Mando.

J'incline la tête. La gratitude que je devrais ressentir ne vient pas. Je suis obligé de la feindre.

— Merci. Je suis très reconnaissant.

Il me donne une tape sur l'épaule.

— Je t'avais bien dit que je prendrais soin de toi, non ? Tu fais partie de la famille, Mando.

— C'est gentil. Merci beaucoup.

Bon sang, j'espère que mon ton ne lui paraît pas aussi monotone qu'à moi.

Je ne veux pas la chercher du regard, mais sans savoir comment, je me retrouve à regarder Grace, qui frotte ses seins au torse d'Emilio, à l'autre bout de la pièce.

— Tu n'étais plus là, dit Don Pachino d'un ton définitif.

Il me fait savoir quel est son positionnement à ce sujet, s'il me venait à l'esprit de faire des vagues.

Je ne réponds pas, car que pourrais-je bien dire ? *Ouais, c'est chouette qu'il m'ait volé ma fiancée pendant que je jouais les loyaux soldats. Excusez-moi de ne pas aller lui faire la bise et de le laisser m'enculer, pendant qu'on y est.*

Don Pachino n'aime pas mon silence. Son air nonchalant s'envole, et il me regarde droit dans les yeux.

— Il n'y aura pas de représailles. *Capisce* ?

Je n'hésite qu'un instant avant d'acquiescer. C'est une chose que j'ai toujours respectée chez le don. Ses attentes sont claires.

— Compris, réponds-je.

— Ne me défie pas là-dessus.

— Promis.

— On forme une famille. Nous tous.

Il fait un geste qui englobe la pièce avec son cigare. J'attends qu'il poursuive, mais il se contente de marmonner :

— Et tu n'étais plus là.

Ouais.

J'ai pigé.

Je n'étais plus là. Ma copine était libre.

Maintenant, je sais comment ça marche.

Je me sens insulté, c'est sûr, mais à dire vrai, je n'ai pas eu le cœur brisé.

Lors de mon incarcération, je pensais aimer Grace, mais ces sentiments avaient déjà régressé et disparu avant que j'apprenne la nouvelle de ses fiançailles. Ils étaient morts dès ma première année de prison, quand elle a arrêté de m'écrire et qu'elle n'est jamais venue me voir.

— Pendant ta conditionnelle, je veux que tu sois irréprochable. Tu profites de cet emploi fictif et tu reprends ta vie. Tu ne portes pas d'arme, tu ne conduis pas, et tu n'enfreins aucune autre condition de ta mise en liberté. Je ne veux pas que tu retournes en prison pour une connerie.

— Je n'y retournerai pas.

Hors de question.

Pas parce que je suis fou de joie d'être sorti. Je n'arrive toujours pas à ressentir la moindre émotion.

Mais je suis certain de ne pas y retourner.

Je préfère encore me prendre une balle dans la tête.

CHAPITRE TROIS

Hannah

Hannah Munn, fleuriste de la mafia.

C'est moi.

On peut dire tout ce qu'on veut sur la mafia, mais posséder une entreprise dans l'un de leurs immeubles a ses avantages. Déjà, ça fait une clientèle régulière, chose dont j'ai désespérément besoin.

Ma boutique, *Le Jardin d'Éden*, est un endroit qui permet aux péchés de la mafia de pousser.

Et si je ne vends pas cinq bouquets supplémentaires avant la fermeture, ce soir, je ne serai pas en mesure de faire mon paiement au don.

L'angoisse bouillonnante que cette idée provoque chez moi, c'est le désavantage à être sous le joug de la mafia.

— Il me faut deux bouquets. Un gros pour ma femme, et...

— Un plus petit pour votre copine, conclus-je pour Lorenzo.

Connard infidèle. C'est la même chose toutes les semaines.

— J'ai reçu de superbes roses lavande hier. J'ai préparé un bouquet magnifique pour votre épouse.

Je me rends dans ma chambre froide et en sors une composition florale : une douzaine de grosses roses lavandes avec des freesias roses et violets et du feuillage.

Comme j'estime que les fleurs ont une signification, je consacre beaucoup d'efforts aux bouquets destinés à la femme de Lorenzo. Comme si en choisissant bien l'arrangement, en l'impressionnant réellement, je pouvais compenser l'infidélité de son mari. Si ça se trouve, elle a un amant, elle aussi. Le mec qui nettoie sa piscine ou son prof de yoga est peut-être en train de la lécher des orteils au clitoris en ce moment même. Je ne devrais pas me préoccuper d'une chose dont je ne sais rien, mais je ne peux pas m'en empêcher. J'absorbe les émotions des autres avec une intensité presque handicapante, parfois. Et je cherche toujours à faire plaisir.

— Et ça, c'est pour votre dulcinée du moment.

Je lui tends un bouquet de gerbéras aux couleurs vives.

Lorenzo a un demi-sourire, comme s'il n'était pas sûr de la définition de dulcinée. Ou comme s'il se demandait si je lui manquais de respect. Je n'espère pas. Je lui adresse un grand sourire pour lui assurer que je ne fais que plaisanter.

Je vais encaisser ses achats. Lorenzo fréquentait déjà la boutique avant que Mary Alice m'engage comme apprentie il y a dix ans, alors que j'étais toujours adolescente.

Tous les vendredis, lui et une demi-douzaine des hommes de Pachino vont voir Rocco, le barbier d'à côté, pour se faire raser de près, avant de passer au *Jardin d'Éden* pour acheter des fleurs aux femmes de leur vie. Un autre groupe passe tous les jeudis. Et la génération plus âgée et à la retraite vient généralement me voir le samedi. Si j'ai bien remarqué une chose chez ces mafieux, c'est qu'ils aiment leur routine.

— Garde la monnaie, ma belle.

Toutes ces années, et Lorenzo n'a jamais pris la peine d'apprendre mon prénom. Ou s'il le connaît, il ne s'en sert jamais. Il repousse les six dollars et quelques pièces sur le comptoir.

— C'est mon pot de vin pour que tu gardes le secret, ajoute-t-il.

Il me fait un clin d'œil, la même blague à chaque fois. À. Chaque. Fois.

— Merci, Lorenzo.

Je remets l'argent dans la caisse. Dieu sait que j'en ai besoin, avec tous les chèques que j'ai déjà faits sans savoir s'ils seront solvables, ce qui risque de causer ma banqueroute. Ou pire, de me valoir des rotules brisées par l'un des clients que je remercie si chaleureusement.

— Tu as des nouvelles de Mary Alice ?

J'ai un sourire indulgent. Je soupçonne mon ancienne patronne d'avoir été la *dulcinée* de Lorenzo à quelques reprises au fil des ans, mais elle n'a jamais avoué. Les fleuristes sont très douées pour garder les secrets.

— Oui, réponds-je en faisant tourner l'une des roses de son bouquet sous un meilleur angle. Elle m'envoie des photos de son petit-fils presque tous les jours. Elle est au paradis, là-bas.

Mary Alice s'est installée à Green Bay l'année dernière, quand sa fille a eu un bébé, m'obligeant à choisir entre poursuivre mes études d'infirmière, le même métier que ma mère, ou racheter la boutique.

Mes parents sont convaincus que j'ai fait le mauvais choix. Ils ne le disent pas ouvertement, car ils sont du genre à me laisser prendre mes propres décisions, mais je perçois leur inquiétude dès que nous abordons le sujet.

Moi aussi, je commence à me demander si je n'ai pas fait une erreur.

— Tu lui diras bonjour de ma part.

Lorenzo coince les deux bouquets sous son bras et range son portefeuille dans sa poche.

— Sans faute, réponds-je. Bon week-end.

Il commence à partir, avant de se retourner.

— Tout se passe bien, ici ? Personne ne t'embête ?

Je jette un regard à Josie, ma meilleure amie et employée un peu fainéante, occupée à placer une composition de chrysanthèmes dans la chambre froide. Elle a un sourire en coin, car nous venons justement de parler de ça. Ces types adorent jouer les héros.

— Tout va bien. Mais merci de demander.

Mon sourire est sincère, car j'ai beau lever les yeux au ciel et railler mes clients, je les aime bien, au fond. Sans doute parce que quand j'avais quinze ans, leurs pourboires de cinq dollars me donnaient l'impression d'être riche. Et la fleuriste romantique qui se cache en moi est flattée de leur galanterie.

Je me sens en sécurité, sous leur protection. Je sais que s'il y avait le moindre problème, si je me faisais braquer ou si j'étais harcelée, je saurais exactement qui aller voir pour obtenir justice.

Lorenzo me tire son chapeau imaginaire et s'en va. Josie ricane.

— Tu as raison, dit-elle.

J'éclate de rire.

— Tu vois ? Il y en a toujours au moins un par semaine qui est prêt à aller tuer un dragon pour moi. C'est mignon.

Josie manque de renverser un bouquet alors qu'elle déplace des vases sur les étagères de la chambre froide.

— Évidemment. La perspective de cogner un connard pour sauver la jolie fleuriste sans défense les fait bander.

— Mmm. Touchant, non ?

— Ouais, j'imagine que tu ne peux pas te plaindre, avec tes gardes du corps personnels. Et au moins, lui, il ne s'est pas comporté comme un pervers. Hier, un abruti a acheté un bouquet, avant de me donner l'une de ses roses. J'étais là, mec, si tu veux me demander mon numéro, file-moi au moins le bouquet entier !

Je glousse.

— Oui, ce sont des coureurs de jupons.

Quand j'étais toujours lycéenne, j'étais dans tous mes états lorsque les hommes les plus jeunes venaient à la boutique. Je craquais sur les mafieux. Ils dégageaient beaucoup d'assurance et de puissance. Ils étalaient leur argent, et ils avaient du charisme. Je n'avais pas la naïveté de croire à toutes leurs vantardises, mais ça m'excitait quand même. C'était mon fantasme secret.

Mais ils avaient beau flirter à tout va avec Mary Alice, avec moi ils se contentaient d'être polis. Je ne sais pas pourquoi, ils ne sortent peut-être pas avec des femmes noires. Ou alors, ils me voyaient comme une gamine à l'époque, et cette image continue de me poursuivre.

— Enfin, peut-être pas tous, mais une bonne moitié d'entre eux sont des séducteurs, tempéré-je.

Josie me rejoint et s'accoude au comptoir. Ses créoles en or se balancent. Elles sont géantes. Assez grandes pour contrebalancer ses épaisses boucles blondes.

L'angoisse me prend au ventre dès que nous nous rapprochons physiquement. Sans doute parce qu'il faut que je lui parle de son inaptitude professionnelle, mais je repousse sans cesse ce moment. Je ravale comme toujours mon émotion.

— Ose me dire que tu n'as jamais envisagé de céder à leurs avances. Pas pour du sérieux, mais pour te faire inviter à dîner une fois de temps en temps.

— Jamais, réponds-je.

— Mmm.

Son ton est dubitatif.

— Bon, d'accord. Il y en avait bien un, mais il avait une copine. Il ne m'a jamais invitée à sortir, mais j'étais sous le charme dès qu'il venait. Il était super beau. Une fois, quand je faisais la fermeture, il m'a fait la leçon sur le fait que je rentre seule à pied le soir, parce que c'était dangereux. Il a insisté pour me raccompagner. J'ai trouvé son côté protecteur très sexy.

— C'était lequel ?

— Je ne sais pas. Je ne me souviens pas de son prénom.

Je mens. Je m'en souviens parfaitement. *Armando.* Armando, avec sa voix sexy et son sourire à tomber.

Mais j'étais presque soulagée qu'il soit fiancé. Car j'avais beau craquer sur lui, je n'ai jamais voulu sortir avec un mafieux. Surtout pas. Ils trompent leurs épouses. Ils sont misogynes. Pour eux, la place d'une femme est pieds nus, dans la cuisine. Ils sont dangereux. Extrêmement dangereux. Ils commettent des crimes, font du mal aux gens, et ils tuent, même. Oui, ce sont des hommes, mais un monstre se cache en chacun d'entre eux.

Et Armando me semblait être le plus redoutable d'entre tous. Je ne craignais pas qu'il me fasse du mal physiquement, mais émotionnellement.

Avec un homme comme lui, je tomberais beaucoup trop amoureuse. C'est une bonne chose qu'il ait disparu.

— Il ne vient plus, poursuis-je. Je ne l'ai pas vu depuis très longtemps. Des années.

— Il s'est peut-être fait buter. On ne sait jamais, avec ces types-là, hein ?

J'ai beaucoup trop d'empathie, car à cette idée, mon estomac se serre. Je le connaissais à peine, m'étant contentée de lui vendre des fleurs pour sa fiancée chaque semaine.

— Je n'espère pas, réponds-je. Il avait l'air destiné à accomplir de grandes choses.

— Ouais. Des choses illégales qui lui ont valu de finir dans le lac Michigan avec des chaussures en ciment, plaisante Josie.

Je refuse d'y songer.

— Il a peut-être déménagé, dis-je. Lui et sa copine étaient fiancés.

Je le sais, car quand elle a dit oui, il a rempli leur appartement de roses de toutes les couleurs. Mary Alice a dû refaire livrer la boutique.

— Moi, je parie qu'il est mort. Ou il a témoigné contre la mafia, et la police le cache, insiste Josie, avant de hausser les épaules et de repousser un bouquet non terminé. Je vais y aller, d'accord ?

Mon angoisse monte à nouveau. Son service ne prend fin que dans quarante minutes. Elle n'a même pas terminé ce qu'elle était en train de faire, et son poste est complètement désorganisé. J'aurai besoin d'aide si plusieurs clients passent acheter des bouquets avant de rentrer chez eux.

Pitié, mon Dieu, faites qu'il y ait de l'affluence avant la fermeture.

Je devrais lui dire tout cela, mais je me contente de ravaler un soupir. Je l'aime trop pour causer un conflit entre nous. Je sais... engager une amie était une erreur. Une erreur que je vais continuer de payer longtemps, si je ne trouve pas un moyen d'asseoir mon autorité. Mais Josie a été virée du boulot de ses rêves, apprentie décoratrice d'intérieur, alors je lui ai proposé de venir travailler avec moi, convaincue qu'il serait amusant de faire tourner la boutique avec ma meilleure amie.

Sauf que ce n'est pas toujours amusant. Et ces derniers temps, je suis même plus stressée lorsqu'elle est là que lorsqu'elle est absente. Pas besoin de psy pour en conclure que c'est sa présence qui me rend anxieuse. Mon subconscient veut mettre les choses au point avec elle, mais mon cœur ne peut pas supporter l'idée de perdre ma meilleure amie.

Niveau professionnel, cependant, c'est le cadet de mes soucis. Je n'aurai peut-être même plus de boutique dans quelques mois, si la situation ne s'arrange pas.

— D'accord, merci.

Argh. Pourquoi est-ce que je la remercie ? C'est moi qui la paye. Elle s'en va avant l'heure.

Sans demander la permission.

Et c'est moi qui me retrouve à nettoyer son poste.

Si c'était à refaire, cependant, je l'engagerais sans doute à nouveau, car la perspective d'engager un inconnu me rend beaucoup trop nerveuse.

Niveau autorité, je ne suis pas encore au point.

Au lieu d'ajouter quelque chose, je braque les yeux sur la porte et tente d'encourager mentalement les clients potentiels à venir acheter mes fleurs.

CHAPITRE QUATRE

Armando

— Ce n'est pas un grand appartement, me dit Marco en glissant la clé dans la serrure pour ouvrir la porte. Mais j'habite sur le palier, et l'immeuble est dans le centre.

Je jette un regard dans le logement. Il est simple et confortable, mais il n'y a pas la moindre décoration ou touche personnelle. La chambre est uniquement meublée d'un lit, d'une commode et d'une table de nuit. Il y a un canapé en cuir noir dans le salon et une table dans la cuisine. La seule fenêtre se trouve dans le salon, mais le balcon offre une vue incroyable sur Chicago.

— Tu peux le décorer comme tu veux, accrocher des photos, ajoute Marco en montrant les murs nus. Le proprio est sympa. En plus, ma copine connaît des architectes d'intérieur super, si tu veux. Je peux te mettre en contact avec eux, si ça t'intéresse.

J'inspecte les lieux, légèrement troublé. J'ai passé si longtemps avec un compagnon de cellule que l'idée de passer la nuit seul me semble bizarre.

— Je sais que ce n'est pas grand-chose, mais c'est un début, dit mon cousin, qui cherche visiblement à se montrer encourageant. Bientôt, tu auras retrouvé tes repères, et tu pourras faire tout ce que tu veux.

Je hoche la tête et prends une grande inspiration.

— Merci, Marco.

Je devrais témoigner plus d'enthousiasme, mais j'en suis incapable.

Par chance, Léo pénètre dans l'appartement, et sa présence domine la pièce. Pendant mon séjour en prison, mon cousin a bien grandi. Ce n'est plus le gamin maigrichon et arrogant qui voulait faire ses preuves au sein de l'Organisation. Il est presque trois fois plus baraqué qu'avant, et il me fait penser à un mur de briques. Un tas de muscles traverse la pièce. Je crois que même en unissant nos forces, Marco et moi n'arriverions pas à avoir le dessus sur lui.

Léo jette un regard au balcon.

— C'est quoi ce bordel ? Un balcon ? Un escalier de secours ? Marco, tu veux qu'il se fasse agresser ou quoi ?

— Il fait profil bas, répond son frère. Ce n'est pas comme s'il y avait un contrat sur sa tête. Laisse-le profiter de la vue et du grand air, après en avoir été privé si longtemps.

Léo grogne et acquiesce à contrecœur, sans cesser de passer l'appartement en revue, à la recherche de menaces potentielles. Il finit par se tourner vers moi.

— Bon retour parmi nous, cousin. Tu m'as manqué.

Il me donne une tape sur l'épaule, sa poigne forte et rassurante. Puis il regarde son frère en plissant les yeux.

— Qui dit balcon dit pigeons. Et qui dit pigeons dit fientes partout.

Marco lève les yeux au ciel et se rend dans la cuisine.

— J'ai mis de la bière au frigo. Quelqu'un en veut une ?

— Ouais, réponds-je.

J'en ai bien besoin. Je ne me sens pas du tout à ma place, alors que je suis censé être chez moi.

Léo accepte une bière et la brandit pour me saluer.

— Santé, cousin. À ton nouveau départ.

Je bois une gorgée de ma bière, impatient de savourer le goût de la liberté, mais sa saveur est aussi fade que mes émotions. C'est ça, la liberté ?

Tout est tellement étrange. Je suis hors de prison, mais je ne suis pas réellement libre. Je vis aux crochets de la générosité des autres, de mes relations.

Léo s'assoit sur le canapé et s'étire les jambes.

— Alors, Mando. Ça te dérange pas, pour Grace et Emilio ? Vraiment pas ?

— Bien sûr que si.

Avec mes cousins, je peux être sincère.

Marco grogne son approbation.

— Le don me dit de laisser couler, alors je laisse couler. Mais pour tout vous dire, je trouve ça tordu.

Je vais m'asseoir sur un fauteuil placé à côté du canapé et bois une longue gorgée de bière.

— Je n'ai jamais aimé Grace, commente Marco, appuyé contre le plan de travail de la cuisine. Ça ne m'a pas étonné qu'elle cherche direct un autre mec pour l'entretenir.

— Je me fous complètement de Grace. Ce que je trouve tordu, c'est que personne n'ait protégé ce qui m'appartenait pendant que j'étais au trou. Emilio a pris ma place alors qu'il aurait dû garder ses distances. Il enfreint le code.

— Ouais, c'est abusé, renchérit Léo. Il a carrément enfreint le code. C'est indéfendable, ce qu'il a fait.

— Je n'ai rien vu venir, intervient Marco. Sinon, j'aurais tué ça dans l'œuf.

— Pareil, dit Léo, les mâchoires serrées. Emilio a fait ça en douce. Quand ça s'est su, le don était déjà au courant et semblait avoir donné sa bénédiction. Alors...

— Si le don dit qu'il ne faut pas répliquer... commence Marco.

— Il n'y aura pas de représailles, conclus-je.

Mais rien ne m'oblige à m'en réjouir. Ou à oublier. Je bois une autre gorgée de bière et secoue la tête.

— En plus, j'ai toujours trouvé que Grace avait l'air d'une grosse feignasse, dit Marco avec un sourire en coin pour détendre l'atmosphère. Elle ne doit même pas bien sucer.

Personnellement, je ne vois pas l'intérêt de casser du sucre sur le dos de l'ex d'un pote, parce que ça revient à cracher sur ses goûts, mais bon.

— Ouais, il faut que tu te trouves une meuf capable de satisfaire tes besoins. Parce qu'après ta période creuse… tu dois être affamé.

Je me souviens quand je pensais la même chose que Léo, en voyant d'autres types sortir de prison. Comme si la pire chose qu'ils avaient dû endurer, c'était l'absence de sexe. J'aurais pu faire les mêmes remarques que mes cousins. Le sexe semblait être le plus important.

Mais… bon sang. Je ne sais même pas par où commencer. Mon corps tout entier semble engourdi. Y compris ma queue.

— Le don m'a filé un boulot à la con dans le bâtiment. Fictif, bien sûr. J'irai juste là-bas pour chercher mon chèque.

— Ouais, j'en ai entendu parler, dit Marco.

— C'est pas un mauvais plan, commence Léo.

Ce dernier finit sa bière et fait signe à son frère de lui en donner une autre.

— J'ai l'impression d'avoir été mis au placard, admets-je. Avant toute cette histoire, j'étais à mon apogée. Et maintenant, je me retrouve quasiment à la retraite.

— Mais c'est temporaire, non ? s'enquiert Marco. Pendant ta liberté conditionnelle ?

Je hausse les épaules.

— Ma vie entière me semble temporaire. Comme si on avait appuyé sur un énorme bouton pause, le jour où je me suis fait choper. Et maintenant, qu'est-ce que je fais ?

— T'as besoin d'argent ? me demande Léo.

Je secoue la tête.

— Nan. Le don s'en est chargé. Et le boulot qu'il m'a donné me met à l'abri du besoin. Mais merci.

La dernière chose que je veux, c'est accepter de l'argent de mes cousins. J'ai déjà suffisamment l'impression d'être un fardeau.

— Tu as purgé ta peine. Tu n'as balancé personne. Et tu es de retour. Tu as bien mérité de te reposer un peu. Profites-en tant que ça dure. Je suis sûr qu'une fois ta conditionnelle terminée, le don te mettra au boulot à plein temps, et tu pourras te refaire.

— On va remettre de l'ordre dans ta vie, dit Marco. Ça prendra un peu de temps, mais tu renaîtras de tes cendres. Promis.

CHAPITRE CINQ

Armando

— Armando, dit Rocco en tapotant le fauteuil de barbier. Ici, Monsieur.

Je quitte le petit groupe d'initiés qui emplissent le salon de fumée de cigare tout en parlant à voix haute.

Les murs d'un blanc cassé fadasse sont encombrés de photos du temps où la boutique était un bar clandestin. Le parquet, la baie vitrée, les chaises pliantes et les magazines me ramènent à une époque que j'affectionnais. Les hommes sont tous vêtus de costumes sur mesures et de cravates, les cheveux gominés, la moustache et la barbe parfaitement taillées.

Le salon de Rocco est une oasis familière dans un monde qui m'est devenu étranger.

Mon corps est raide et nerveux alors que je me laisse tomber sur le fauteuil. Chaque pas que je fais dans mes anciennes chaussures me donne l'impression de sortir de mon corps.

Même ici, j'ai l'impression d'assister à la scène de l'extérieur.

Tout est exactement pareil, et pourtant complètement différent.

Avant, j'adorais les vendredis après-midi passés chez le barbier. Le plaisir des serviettes chaudes de Rocco sur mon visage. L'impression d'être un roi pendant que le vieux s'occupait de moi et que les autres hommes bavardaient et plaisantaient. J'adorais passer du temps avec les gros bonnets. J'étais fier d'avoir été nommé lieutenant et de pouvoir jouer dans la cour des grands. J'étais au top, à cette époque. À l'apogée de ma vie.

J'avais une copine. Du fric. Et un poste élevé au sein de l'Organisation.

Je me sentais vivant. Puissant. Mon avenir était plein de promesses.

La seule chose différente, à présent, c'est la copine. Mais j'ai oublié Grace le jour où elle m'a appelé pour me dire qu'elle emménageait avec Emilio. Alors pourquoi suis-je donc incapable d'éprouver le moindre plaisir ?

Arturo, le bras droit de Don Pachino, me scrute à travers un nuage de fumée.

— T'as pas l'air à l'aise, Mando. T'as du mal à laisser quelqu'un s'approcher de ta gorge avec une lame, après avoir dormi à l'ombre ?

Les images de la fois où un mec a eu la bêtise de s'attaquer à moi en prison me reviennent en mémoire. J'avais emmerdé la mauvaise personne, mais il ne se doutait pas que j'étais redoutable. Il avait fait l'erreur de me sous-estimer, et il l'avait payé très cher.

— Don Pachino est dans le métier depuis très longtemps, Mando. Il sait choisir ses hommes. Tu as la réputation d'être loyal et prudent, et c'est pour ça qu'il te fait confiance.

Il marque une pause, avant de poursuivre :

— Mais au-delà de ça, il sait que tu es prêt à tout pour accomplir ce qu'il te demande. Mais il faut que tu gardes la tête froide. Ne laisse pas toute cette noirceur t'atteindre, sinon tu feras tout foirer. Tu sais de quoi je parle. Te laisse pas faire, fiston.

Je hoche la tête et me force à sourire.

— Tout va bien, Arturo. Aucune inquiétude à avoir.

Je prends le temps de passer la pièce en revue. Elle contient toujours les mêmes visages. Des visages familiers. Des visages qui m'ont soutenu en toutes circonstances.

Mais quelque chose cloche. Je le sens dans l'air. De la tension. Du scepticisme. Un manque de confiance qui n'était pas là avant.

Je comprends pourquoi. Je suis resté longtemps en prison, et l'Organisation a beau m'avoir soutenu pendant cette période, elle gardait tout de même ses distances. Malgré ce que disaient ses membres, je sais qu'ils me voyaient comme un danger. Je risquais de les dénoncer pour sauver ma peau. Et derrière les barreaux, je ne pouvais pas les aider, alors ils faisaient comme si je n'existais pas.

Je suis revenu, à présent, et je sens ce malaise crépiter dans mes veines. Ils ne me connaissent plus, et c'est réciproque. Nous sommes des étrangers les uns pour les autres.

— Tu sais, dit Arturo, il n'est pas trop tard pour essayer d'arranger les choses.

Je fronce les sourcils, dérouté. Qu'est-ce qu'il raconte ? Arranger quoi ? Faire revenir Grace ? Faire oublier au don que je suis allé en prison ? Faire disparaître toute trace de mon incarcération ?

Arturo poursuit :

— Le don t'adore. Et nous aussi. Tu as ça dans le sang, Mando. Tu es la crème de la crème. Et tu ne dois jamais l'oublier. Tu es encore jeune, tu peux retrouver ta place au sommet. Tout le monde le sait.

Je ferme les yeux, conscient de la chaleur de la serviette sur mon visage. Je sens la lame aiguisée contre ma gorge, qui me rappelle que je suis toujours là. Bien vivant. Ça me fait mal de l'admettre, mais je sais qu'Arturo a raison. J'ai réussi à m'extirper du gouffre dans lequel je m'étais fourré, et je suis toujours debout. Tant que je respire, je peux retrouver ma place. Mais en même temps, le don lui-même m'a mis en retrait. M'a ordonné de rester clean.

La lutte est acharnée entre le bien et le mal. Entre le petit diable et le petit ange sur mes épaules. C'est ma réalité, désormais.

Je dois prendre sur moi pour plaquer un sourire sur mon visage. Il ressemble sans doute plus à une grimace.

Les commentaires d'Arturo ont jeté un froid. Il y a surtout des anciens, aujourd'hui, la jeune génération seulement représentée par Marco, Léo et moi. À mon avis, quelqu'un a dû dire à Emilio de rester à l'écart par respect pour moi. Sans doute Marco. Il veille sur moi comme un frère. Je ferais la même chose pour lui, dans la situation inverse.

— Je parie que ce rasage va te faire un bien fou, hein gamin ? dit l'un des anciens.

— T'as déjà trempé ton biscuit ? s'enquiert un autre, Angel. *Madonna*, quand je suis sorti, j'ai cueilli une fille au club de strip-tease et je l'ai baisée toute la nuit. *Trois nuits de suite !*

Les autres types se joignent à son rire tonitruant.

Je me raidis, sans savoir pourquoi je suis sur la défensive. Parce que l'idée de m'envoyer en l'air ne me fait pas le moindre effet ? Parce que *la vie* ne me fait pas le moindre effet ?

Mais Arturo m'observe toujours. Quoi qu'il déduise de mon expression, je décide de la cacher.

— T'es pas resté bloqué sur ta copine, si ? Celle qui est avec Emilio, maintenant ?

— Nan, réponds-je aussitôt.

Même si c'était le cas, je ne le montrerais pas.

Don Pachino m'a prévenu : pas d'embrouilles avec Emilio. Ça en dit long sur la hiérarchie actuelle.

Emilio est le fils de sa sœur. Moi, je ne suis que le fils de la sœur *de sa femme*.

Rocco me remet de la crème à raser. L'odeur fait remonter de vieux souvenirs, mais pas le plaisir que j'éprouvais dans ce fauteuil à l'époque.

Je ne suis qu'un putain de fantôme, revenu hanter mon ancienne vie. Sans pouvoir la toucher. Sans pouvoir y goûter. Et sans pouvoir ressentir quoi que ce soit. Ma vie est devenue grise. Ou en couleurs, mais avec l'un de ces filtres qui rendent tout fade et froid.

Rocco passe sa lame sur ma peau d'une main experte. Je regrette la remarque d'Arturo, car désormais, je ne peux pas m'empêcher d'imaginer la facilité avec laquelle le barbier pourrait me trancher la jugulaire.

Ferait-il une chose pareille ? Avant, je ne doutais pas du tout de mon lien avec la *Famiglia*. J'aurais confié ma vie aux types présents dans cette pièce. Nous étions loyaux les uns envers les autres, et envers l'Organisation. Nous tenions tous les autres à l'écart.

À présent, je n'ai confiance en aucun d'entre eux. Et Rocco ne fait pas partie de la Famille. C'est juste un Italien à la tête d'une petite entreprise fréquentée par la mafia. Si ça se trouve, il nous hait. Avant, je pensais qu'il nous traitait comme des rois parce qu'il aimait nous avoir comme clients. Parce qu'il tenait à nos pourboires. Mais qui sait ? Il a peut-être simplement peur, comme tout le monde.

À moins qu'il emmagasine les informations sur nous et attende le bon moment pour tous nous balancer.

Ou alors, je suis en plein délire paranoïaque, et il faut que je me reprenne.

Le rasage terminé, je me regarde dans la glace. Mes joues sont lisses, mais je ressemble à un putain de cadavre. Le visage dur. Les yeux morts. Le cœur en putréfaction.

Je me lève et paye.

Alors que je me dirige droit vers la sortie, Arturo m'appelle.

— Tu ne comptes pas rester ? Quoi, t'as mieux à faire ?

— Ben oui. Il va se trouver une fille pour réentraîner sa queue, intervient Angel en riant.

— Ouais, dis-je. Exactement.

Marco et Léo m'observent et voient plus de choses que je ne veux leur en montrer.

— Tu n'as pas besoin que je te conduise quelque part ? demande Marco.

C'est lui qui m'a amené ici.

— Nan, ça ira.

Je veux seulement être seul. Me tirer d'ici. Je leur adresse un signe de la main et quitte le salon.

Fanculo, voilà qui était désagréable. Même les moments les plus simples du quotidien me demandent un effort surhumain.

Bon sang, il faut vraiment que je trouve le moyen de me réveiller.

CHAPITRE SIX

Armando

Je quitte le salon de Rocco.

Ça me fait bizarre d'être en mesure de le faire. D'être capable de sortir et de respirer l'air frais si j'en ai envie, tout simplement. Pas de gardien en train de me surveiller pendant ma sortie quotidienne. Pas de grilles et de fils barbelés. Rien d'autre qu'une liberté pure.

C'est une drôle de sensation. Après tant d'années de confinement, le vaste monde ressemble à une autre planète. Je suis comme un extraterrestre. Maintenant que je suis libre, je ne sais ni où aller ni quoi faire. Entouré par les rires et les conversations, je n'ai plus l'impression d'habiter mon corps.

— Hé ! fait la voix de Marco derrière moi.

Je jette un regard par-dessus mon épaule et vois que mes deux cousins m'ont suivi dehors.

— Tout va bien. Vraiment.

J'ai sincèrement envie d'être seul.

— Je sais que ce n'est pas facile, ce que tu vis en ce moment, dit Léo. Mais Arturo a raison. Tu vas reconstruire ta vie. Tout reviendra bientôt à la normale.

Marco me pose une main sur l'épaule.

— Allons boire un verre, ou un truc comme ça.

— Nan, je sais que vous avez du boulot, aujourd'hui. Pas besoin de vous occuper de moi.

Je prends le temps de les regarder tour à tour dans les yeux.

— Je vais bien. J'ai juste besoin de faire un tour et de me reprendre en mains. Mais c'est sympa de votre part.

Vu le regard qu'ils échangent, je sais qu'ils n'ont pas envie de me laisser, mais j'ai raison sur le fait qu'ils ont du travail. La Famiglia les *appelle.*

— Bon, d'accord, répond enfin Marco. Mais plus tard, alors. C'est moi qui payerai la tournée.

Je hoche la tête et les regarde monter dans la voiture de Léo sans rien ajouter. Soulagé qu'ils n'aient pas trop insisté, je décide de m'éloigner du salon de Rocco. Je ne veux pas que quelqu'un d'autre sorte, me prenne en pitié et se sente obligé de s'occuper de moi. Je commence à marcher.

Je connais le quartier par cœur. Le barbier, puis le fleuriste voisin, *Le Jardin d'Éden*, c'était ma routine, à l'époque. Je me faisais raser, puis j'achetais des fleurs pour Grace. Un rituel confortable. Et maintenant que je suis rasé, je réalise que je n'ai aucune raison de me rendre chez le fleuriste. Pour qui achèterais-je des fleurs, à présent ?

Je secoue la tête, conscient qu'il faut que j'arrête de me morfondre. Je suis un homme libre. Je dois arrêter de pleurnicher. Mais je traîne toujours un boulet à ma cheville, m'empêchant d'avancer. Difficile d'être heureux ou optimiste face à l'avenir, quand je suis sans cesse ramené à la noirceur de mon passé.

Il y a quelque chose de glacé en moi, et je doute que ça se réchauffe un jour.

C'est alors qu'une lueur de vie s'éveille en moi ; quelque chose de primitif et d'instinctif. Si j'étais un homme des cavernes, je brandirais mon gourdin. Parce qu'un homme avec un sweat-shirt gris, jusqu'ici adossé à l'immeuble, se dirige soudain vers moi. Il plonge la main dans sa poche.

Je tords le bras dans mon dos avant de réaliser que je n'ai pas de flingue. Les criminels n'ont pas le droit d'être armés, et je suis censé me tenir à carreau.

Je repense immédiatement à mon agression en prison. Seulement capable de me défendre grâce au peu de ressources dont je disposais. Survivre à tout prix, en devant se contenter de son intelligence et de ses muscles.

Tout est fini en quelques secondes. Je me jette sur le type et lui agrippe le poignet avant qu'il puisse pointer son pistolet sur moi. La force de mon agression nous envoie tous les deux valser dans le caniveau. Mon épaule s'enfonce dans sa clavicule, et une explosion de douleur jaillit dans ma poitrine.

Nos membres sont emmêlés tandis que nous luttons pour prendre le contrôle de l'arme. Il a plus de force que moi. Son visage est tordu par une grimace.

La prison a émoussé mes prouesses physiques. Je ne suis plus aussi affûté qu'avant. Mes réflexes sont meilleurs que ceux de mon agresseur, mais mon corps ne suit pas.

Ce type veut clairement en découdre, et je suis prêt à me battre à mort, car je sais que s'il parvient à récupérer son arme, je suis foutu.

La lutte s'intensifie, et je me sens faiblir. Il arrive à libérer son poignet, et sa main se rapproche du pistolet. Je sais que je ne fais pas le poids face à lui. Je ne suis pas assez fort, pas assez rapide. Je sens déjà l'acier froid et dur de l'arme contre ma peau. Mais je ne lâche rien. Je sais que c'est un combat à mort, et je ne baisserai pas les bras. Je tords le poignet du type, l'obligeant à lâcher son arme, puis j'écrase mon genou contre sa gorge pour l'empêcher de crier.

Je vois la peur dans ses yeux alors qu'il se débat pour m'échapper, conscient que j'ai désormais le dessus. Le temps semble s'arrêter pendant que nous nous affrontons du regard, la tension palpable entre nous. Nous luttons pour dominer, pour conquérir, pour survivre. Nous sommes deux prédateurs dans la nature, en plein combat à mort.

J'ai marqué une pause, et mon agresseur en profite pour se libérer et s'attaquer à moi avec encore plus de force, nous faisant percuter la porte du commerce le plus proche. C'est le fleuriste. J'ouvre la porte et la fais claquer sur son poignet jusqu'à ce qu'il lâche son arme.

Elle tombe sur le sol de la boutique, et nous suivons tous deux l'arme des yeux. Nous nous ruons à l'intérieur comme des fous. C'est moi qui atteins le pistolet en premier.

Je dois prendre sur moi pour ne pas lui tirer en pleine tête.

Je ne veux pas retourner en prison. En plus, je tiens à découvrir pour qui il travaille.

Parce qu'il s'agit manifestement d'un contrat.

Je vide le chargeur et me sers du flingue pour lui donner un coup sur la tempe. Il vacille, mais ne perd pas connaissance. Au lieu de cela, il me plaque au sol, et l'arme glisse de nouveau par terre.

CHAPITRE SEPT

Hannah

C'est lui. *Armando.* Celui sur qui je craquais. Je n'avais pas imaginé le revoir à la boutique dans ces circonstances.

Le cri reste coincé dans ma gorge à l'instant où je réalise ce qui se passe réellement sous mes yeux. Je suis trop choquée pour faire le moindre geste. Durant cinq longues secondes, je reste plantée là comme une idiote et assiste à une violente bagarre.

Puis je réalise que je devrais faire quelque chose.

Appeler quelqu'un.

Je ramasse mon téléphone sans quitter des yeux les deux hommes qui luttent par terre. Ils semblent se livrer un combat à mort. Armando est calme et efficace. Il ne fait pas un bruit alors qu'il roule sur son adversaire. Qu'il le roue de coups de poing. Mais il perd l'avantage et est projeté en arrière, contre une étagère chargée de pots de fleurs.

Je me plaque une main sur la bouche pour étouffer mon cri d'horreur face à la destruction de mon cher inventaire. Je n'ai pas vraiment les moyens de remplacer les pots s'ils sont détruits.

Armando m'aperçoit.

— Raccroche, m'ordonne-t-il les dents serrées en maintenant son adversaire au sol par le cou.

L'autorité dans sa voix est redoutable. Assez effrayante pour que je laisse tomber mon téléphone sur le comptoir avec fracas.

— Je t'ai dit de raccrocher, gronde-t-il.

Ils sont toujours par terre, dans une masse qui se contorsionne. Ce n'est plus le mec sympa qui venait acheter des fleurs pour sa fiancée. Face à moi, il n'y a plus qu'une bête sauvage.

— Je n'ai eu le temps d'appeler personne ! protesté-je en brandissant mon téléphone pour lui montrer l'écran.

Il ne regarde pas, car l'autre type a sorti un canif. Armando manque de se faire lacérer. Ses mouvements sont très précis, comme si au lieu d'être mafieux, il était agent secret, un espion de haute volée à la James Bond. C'est peut-être son absence de panique qui me fait dire cela. Il ne ressemble pas à un homme qui joue sa vie. Il s'attaque à son adversaire comme un ange de la mort venu achever ce type.

Armando lui donne un grand coup de poing en plein visage, et s'apprête à recommencer lorsque l'autre homme tente de lui donner un coup de couteau. Armando esquive. Des plantes tombent des étagères, des pots se brisent.

Je gémis, consternée.

Armando ramasse un pot de fleurs et l'abat sur la tête du type. Ce dernier tombe, et Armando le suit au sol, les doigts autour de sa gorge tandis que de l'autre main, il retient le bras qui tient le canif.

— Qui t'a envoyé ? lui demande-t-il d'un ton impérieux.

Son adversaire émet un borborygme, mais parvient à dégager son bras.

Je hurle lorsqu'il vise le visage d'Armando avec son couteau. Ce dernier s'écarte, mais perd l'avantage. L'autre type se relève maladroitement et écrase l'un des pots de fleurs de mon étagère en métal contre la tempe d'Armando, qui tombe comme une masse. Le craquement de son crâne contre mon carrelage m'arrache un nouveau cri.

Je compose le 911 sur mon portable, mais j'oublie de lancer l'appel, car le type se jette sur Armando avec son canif.

Dans un mouvement épatant, Armando se relève pile à temps,

avant de faire basculer la lourde étagère en métal sur la tête de son adversaire. Le type s'effondre et ne bouge plus.

Si vous vous posiez la question, la mort ne laisse aucun doute, quand on l'a sous les yeux.

La position de son corps est complètement tordue. Sa nuque est manifestement brisée.

Armando a les mains qui tremblent tandis qu'il examine le corps inerte sous ses yeux. Un frisson me parcourt l'échine alors que le choc me fige sur place.

Armando regarde autour de lui, comme s'il s'attendait à ce que d'autres ennemis surgissent, et je l'imite.

Et maintenant ? Qu'est-ce que c'était que cette histoire, bon sang ?

C'est impossible. J'ai rêvé, ou quoi ?

Y a-t-il vraiment un homme ensanglanté étendu au milieu de ma boutique ?

La pièce est plongée dans le silence, à l'exception du tic-tac de l'horloge et du sifflement dans mes oreilles.

Armando pousse un juron et se laisse tomber à genoux pour prendre le pouls du type.

Puis il se met en mouvement, rapide et efficace. Il verrouille ma porte, ferme les persiennes et tourne la pancarte sur *Fermé*. Il ramasse le pistolet, puis traîne le cadavre derrière le comptoir, en direction de l'arrière-salle.

— Pas un geste, me dit-il en passant.

Pas un geste.

Je ne sais pas pourquoi, mais jusqu'à cet instant, je ne m'étais pas imaginé une seconde que ma vie puisse être en danger.

J'étais observatrice, et je priais pour qu'un camp l'emporte.

Le camp qui a gagné la bataille.

Mais soudain, je réalise que nous n'allons pas échanger des tapes dans la main. Un homme vient d'être *tué* dans ma boutique, et j'en ai été témoin.

La *seule* témoin.

Et le meurtrier vient de m'ordonner de ne pas bouger. Ce qui signifie que bouger est précisément ce que je devrais faire.

Armando traîne le corps dans ma chambre froide. Ensuite, ce sera mon tour.

Voilà un problème. Je ramasse mon sac et passe devant la chambre froide sans faire le moindre bruit. Mon cœur bat la chamade, et je sens mes paumes devenir moites. J'ai presque parcouru la moitié du chemin vers la liberté quand j'entends un bruit au fond de la boutique. Je me retourne et vois Armando marcher vers moi d'un pas lent, arme à la main, le visage menaçant. Il ne me laissera pas filer aussi facilement. Il fait quelques pas supplémentaires dans ma direction, et je comprends que je ne m'en sortirai pas vivante. Je me tourne de nouveau vers la porte, mais il est trop tard. Il est presque sur moi, et je n'ai aucune issue.

— Arrête. Je t'ai dit de ne pas bouger, putain !

Quelle voix ! Il est très doué pour donner des ordres. Chaque cellule de mon corps a envie d'obéir.

Mais ce serait stupide, alors je me mets à courir.

— *Hannah.*

Surprise qu'il se souvienne de mon nom, je marque une hésitation. Cela me coûte cher. Il me rattrape en un instant. Il me saisit par le coude et me fait tourner vers lui.

— *Pas un geste*, j'ai dit.

Seigneur, il est d'une beauté à se damner. Mâchoire carrée. Nez aquilin. Yeux noisette avec de longs cils. Il est tellement proche que j'arrive à sentir l'odeur de la mousse à raser de Rocco sur lui. Il porte une chemise bleue impeccable et hors de prix, ouverte au col pour révéler un marcel d'un blanc immaculé.

— Je suis dans ton camp, dis-je dans un souffle.

J'ignore si c'est mon instinct de survie qui me pousse à dire ces mots, ou si c'est la pure vérité. Je connais Armando. Je l'ai toujours bien aimé... peut-être un peu trop.

Je suis dans son camp. Vraiment.

Il me fait pivoter face au mur et me maintient en place.

— Je t'ai dit de ne pas bouger.

C'est la voix d'un fou furieux. D'un mafieux. D'un tueur. Il faut que je m'en souvienne.

— Je ne dirai rien.

Ça, c'est ce que tous les gens disent avant de se faire tuer.

C'est fini. Je suis condamnée.

Je m'attends à sentir le couteau contre ma gorge. Au lieu de cela, il me donne une claque sur les fesses.

Je pousse un petit cri de surprise. C'était une tape forte – punitive, pas joueuse –, et bizarrement, ça m'excite.

Je le regarde par-dessus mon épaule. Une fessée, ce n'est pas une véritable menace. C'est quelque chose de sexuel. Torride. La glace de mes veines se met à fondre.

Il me donne une autre claque, sur l'autre fesse, cette fois.

Eh ben.

J'ignore complètement ce qui se passe, mais je suis plus excitée qu'effrayée.

Je dois prendre l'adrénaline pour du désir. Oui, c'est forcément ça.

À moins que je perde la tête ? Ai-je tellement peur de mourir que mon corps est dérouté par ces sensations nouvelles, et...

Il me donne une nouvelle tape, plus forte que les autres.

Mon corps réagit. Une chaleur irradie depuis mon centre, et je ne peux pas m'empêcher de gémir de plaisir. J'ai honte de ne pas être capable de maîtriser des émotions que je devrais lui cacher. Je sens mon cœur s'emballer, ma peau me picoter, et je mouille de plus en plus.

Il glisse les mains le long de mes flancs, laissant une traînée de feu dans son sillage. Il récupère ensuite un rouleau de ruban adhésif de fleuriste dans la poche de mon tablier.

— Voilà ce qui va se passer, dit-il.

Il me coince les bras dans le dos et m'attache les poignets avec le ruban adhésif. Le matériau est souple, mais il fait une demi-douzaine de tours bien serrés, m'empêchant de me libérer.

— Tu vas rester juste là, face au mur, jusqu'à mon retour. Tu ne feras pas un geste. Tu ne feras pas un bruit. *Capisce* ?

Je me dépêche de hocher la tête.

— Oui, d'accord.

J'ai l'air à bout de souffle.

J'ai peur. Une peur panique. Mais une sensation insensée est également tapie en moi. Une chaleur qui monte en flèche, un fourmillement curieux.

J'ignore si c'est parce que je craquais sur ce mec à une époque ou si sa fessée a réveillé une zone érogène chez moi, mais mon entrejambe est trempé.

Il se place face à moi, se penche et me murmure à l'oreille :

— Obéis, Pâquerette. Obéis, ou tu le regretteras.

Sa voix est grave, possessive. Son souffle chaud me chatouille la peau, envoyant des vagues de plaisir à travers mon corps.

Il me prend par le menton et tourne mon visage vers le sien. Il recule légèrement, et je halète, le cœur battant.

Il passe le doigt le long de ma joue, puis de ma gorge.

— Je reviens vite. Pas un geste.

Armando fait un pas en arrière pour me détailler des pieds à la tête, son regard brûlant de ce que j'espère être du désir. Ses yeux s'attardent sur le ruban adhésif serré autour de mes poignets, et il esquisse un sourire en coin.

— Sois sage, dit-il d'un ton d'avertissement avant de tourner les talons et de s'éloigner.

L'ai-je mal cerné ? Et ai-je complètement perdu la boule ? La seule chose que je devrais ressentir, c'est une envie folle de prendre mes jambes à mon cou. Je devrais me débattre, hurler, et surtout, être terrifiée.

Pourtant, je reste là, le cœur battant, et... le corps brûlant de désir. La chaleur entre mes jambes devient plus intense à chaque seconde qui passe, et une étrange excitation me traverse.

Mon impatience est presque douloureuse. Je suis toujours attachée et impuissante, mais cette fois, ma peur a été remplacée par autre chose. Quelque chose d'enthousiasmant. Je ne peux pas m'empêcher de me demander ce qui se passera au retour d'Armando, et même de fantasmer là-dessus.

Je tends l'oreille alors qu'il pénètre dans ma chambre froide. Je l'entends parler d'une voix tendue, autoritaire. Il doit être au téléphone.

À qui parle-t-il ?

Que dit-il ?

Oh, Seigneur, est-il en train d'appeler la mafia pour demander de l'aide avec sa... situation ? Le *Jardin d'Éden* s'apprête-t-il à baigner encore plus dans le sang, mais dans le mien, cette fois ?

Si j'étais plus maligne, je ne resterais pas là à attendre de découvrir ce qu'il compte me faire. Je trouverais un moyen de m'échapper. Je ne suis pas une cruche qui tombe sous le charme du premier bad boy venu. Je n'ai jamais été faible. Je n'ai jamais été une demoiselle en détresse. Alors qu'est-ce que je fabrique encore ici ?

Pile lorsque j'envisage de me diriger lentement vers la porte de derrière, il revient et me retourne. Avec mes poignets attachés dans le dos, mon bonnet D est projeté vers l'avant.

— Très bien, Pâquerette. Qu'est-ce que je vais faire de toi ?

C'est peut-être mon instinct de préservation qui prend le dessus. Ou l'effet qu'il me fait. Ou la brûlure sur mes fesses, là où il les a frappées, mais je fais la seule chose qui me vient à l'esprit : je l'embrasse.

Ses lèvres se collent aux miennes, me coupant le souffle. Sa langue se glisse dans ma bouche, joignant la mienne dans une danse lente et étourdissante. Je gémis contre lui, et mes hanches ondulent dans sa direction, comme s'il s'agissait d'une nouvelle étoile polaire.

Les mains d'Armando se faufilent plus bas, le long de mes hanches et de mes cuisses. Ses doigts effleurent mes vêtements, et je frémis. Il me saisit les fesses, les pétrit et les masse, enflammant chacune de mes terminaisons nerveuses. Ce baiser...

CHAPITRE HUIT

Armando

Je recule et interromps notre baiser, surpris. C'est un moment inattendu et torride.

Comme si l'on venait de m'appliquer un défibrillateur sur la poitrine, un courant électrique semble me traverser.

La lumière se rallume. Mon corps revient à la vie.

Ça fait presque cinq ans que je n'ai pas goûté à une femme, et soudain, je dois rattraper le temps perdu.

Je me jette sur elle en une seconde et dévore sa bouche pulpeuse, la main glissée sous son tee-shirt. Je viens de tuer un mec et de cacher son corps dans la chambre froide de Pâquerette. C'est de ça que je devrais m'occuper. Mais dès qu'elle m'a embrassé, le monde a repris ses couleurs. J'ai besoin de l'explorer, tout autant que j'ai besoin d'oxygène. Elle porte une minijupe, et ma main remonte contre son sexe.

La soie douce de sa culotte est humide.

Cela suffit à mon cerveau pour foncer. Je suis une bête, incapable de se réfréner. C'est un instinct sauvage qui dirige mes actions, pas ma raison.

Je soulève son tee-shirt et penche la tête pour me repaître de l'un de ses tétons. Ses halètements m'emplissent les oreilles.

Je glisse les doigts sous la couture de sa culotte pour caresser ses replis trempés.

— Dis-moi, Pâquerette, qu'est-ce qui t'a fait mouiller à ce point ?

J'introduis un doigt en elle, et elle se met sur la pointe des pieds en poussant une exclamation.

Mon corps est en feu, mon désir si violent que j'en sens presque le goût dans ma bouche. Je vais la prendre ici même, jusqu'à ce que toute ma noirceur ait été chassée. Jusqu'à ce que je sois de nouveau capable de respirer.

Elle renverse la tête en arrière, les ongles plantés dans mes épaules tandis que mon doigt s'enfonce plus profondément, arrachant un gémissement à ses lèvres entrouvertes. Qu'elle le veuille ou non, elle fait onduler ses hanches et se colle à ma main. Je suis si profondément enfoncé en elle que je touche son centre.

— S'il te plaît, susurre-t-elle.

Me supplie-t-elle de continuer, ou de la libérer et de m'en aller ? La frontière entre le bien et le mal est trop floue pour que je le sache.

Mon cœur tambourine dans mes oreilles, et mon sexe est en acier. Nos bouches s'écrasent l'une contre l'autre dans un baiser désespéré, explorant, goûtant, titillant. Ma main libre glisse autour de son corps pendant que ma langue chatouille ses lèvres. Je la sens trembler contre moi alors que j'enfonce un deuxième doigt en elle.

Ses gémissements pleins de ferveur me font bander tellement fort, me donnent tellement envie de dévorer chaque centimètre d'elle, que je frémis comme un homme affaibli. Je place une main derrière sa nuque tandis que nous nous savourons l'un l'autre. La chaleur de nos corps mêlés est presque insupportable.

Si elle m'implorait d'arrêter, j'aurais du mal à me faire.

Je sais qu'elle ne peut pas être à l'aise, pressée contre le mur avec les mains attachées dans le dos, mais je semble incapable de calmer mes ardeurs.

Oui, il y a un cadavre dans sa chambre froide, et je la retiens prisonnière.

Mais autour de nous, le monde semble disparaître, nous laissant enveloppés dans un désir ardent et frénétique. Rien ne compte, à part le moment où elle deviendra toute à moi.

Oui, c'est ce qu'elle est. *À moi.*

Parcouru par l'adrénaline du combat que je viens de mener, je n'arrive pas à maîtriser le démon qui veut sortir pour la posséder pleinement.

J'écarte les doigts pour étirer son centre étroit, et je vais et viens plus vite et plus fort, avec une intensité qui la fait haleter et trembler contre mon corps. J'arrête seulement lorsque je sens ses muscles se contracter et qu'elle se met à crier de plaisir.

— Ça te plaît d'être attachée ? Ou c'est la fessée qui t'a excitée ?

Elle me contemple avec ses yeux bruns pailletés d'or. Sa masse de cheveux bouclés forme un halo autour de sa tête et retombe sur son œil droit. Elle est splendide. Un concentré de féminité dans un petit corps tout en courbes. Je n'ai jamais eu de relation avec une femme noire, mais après avoir connu des hommes de toutes les origines en prison, le racisme avec lequel j'ai grandi a quitté mes pensées depuis bien longtemps.

Mais surtout, je n'ai jamais eu de relation avec une femme aussi belle. À couper le souffle serait une meilleure description. Une déesse, qu'aucune autre ne peut égaler.

— Ou alors... poursuis-je en me souvenant des circonstances complètement tordues. Est-ce que c'était la violence à laquelle tu as assisté ? Qu'est-ce qui t'a fait gémir mon nom, Pâquerette ? Qu'est-ce qui t'a fait mouiller à ce point ? C'est la mort qui t'excite ?

— Je... je ne sais pas.

L'espace d'un instant, ma raison tente de prendre le dessus. De me réfréner. De me rappeler que ce n'est ni le lieu, ni le moment. Mais son sexe qui se contracte sur mes doigts et ses joues rosies me renvoient à ma seule obsession : aller jusqu'au bout.

— Tu veux que je te soulage, en bas ?

J'arrête de bouger et attends qu'elle me donne son consentement. Nous sommes tous les deux essoufflés, nos visages à quelques centimètres l'un de l'autre. Tout en soutenant mon regard, elle hoche presque imperceptiblement la tête, juste avant de se jeter sur moi dans un nouveau baiser.

Je me jette sur elle à mon tour.

Je n'ai jamais connu une femme aussi entreprenante, et ça me rend fou. J'enfonce de nouveau les doigts profondément en elle, tout en pétrissant ses fesses de mon autre main. Elle gémit et soupire de plaisir en se tortillant contre moi, ses lèvres toujours contre les miennes, sa langue dansant dans ma bouche.

J'insère un troisième doigt pour la préparer à la suite. Je ne fais pas exprès d'être aussi sauvage et cochon, mais mon corps n'en fait qu'à sa tête. Mon autre main la caresse entre les fesses, cherchant le petit renflement de son anus.

Elle pousse un cri de surprise lorsque je le trouve, et elle se laisse tomber contre moi en contractant les muscles.

Je la repousse contre le mur et vais et viens en elle de ma main gauche tandis que ma main droite alterne les caresses sur son anus et sur ses fesses généreuses.

Ses Converse roses dansent sous elle. Je n'ai même pas encore sorti mon membre, mais je ressens son plaisir. Ça fait très longtemps, mais je ne me souviens pas avoir déjà fait un tel effet à une fille. Pas si facilement. Pas si vite. Le mélange d'érotisme et de tension entre nous me donne l'impression que ma vie dépend de sa jouissance.

C'est peut-être le fait d'avoir échappé à la mort de justesse qui me fait cet effet.

Le fait de...

Non, je ne penserai pas à ça maintenant. Pour l'instant, je me contente d'admirer Hannah, la jolie fleuriste, pendant que son orgasme monte.

Elle pousse un cri en jouissant avec force, et j'étouffe sa bouche avec la mienne, avalant ses gémissements.

Je reste pressé contre elle et continue d'aller et venir avec mes doigts jusqu'à ce que ses contractions de plaisir cessent de les aspirer.

— Bon sang, Pâquerette.

J'ôte mes doigts, puis je soutiens son regard, les paupières lourdes, pendant que je les glisse dans ma bouche.

— Ça a le goût du paradis, dis-je d'une voix rauque et gutturale. Je pourrais te lécher toute la nuit.

Elle me regarde d'un air hébété, les yeux flous et brillants, les joues rougies.

Elle a toujours été très belle, mais elle était trop jeune, quand je suis parti. À peine sortie du lycée. Elle a bien grandi. Elle s'est percé le nez. Elle a laissé pousser ses cheveux, et ses boucles folles aux pointes dorées lui tombent jusqu'aux fesses. Elle est à tomber par terre.

Je ne peux pas m'en empêcher. J'en veux encore. Je crois que ça me tuera, si je ne plonge pas en elle *tout de suite*.

— J'ai envie d'être en toi.

Je suis surpris d'avoir parlé à voix haute. C'est mal. Très mal. J'ai ligoté cette fille avec du ruban adhésif, bon sang. Mais quelque chose dans son regard me dit que j'ai mes chances.

— Tu me laisses te pencher sur le comptoir et te baiser bien fort ?

Nom de Dieu. Je suis complètement dépravé. Quelle fille irait dire oui à un truc pareil ?

Je n'en reviens pas, mais elle s'humecte les lèvres et demande :

— Tu as un préservatif ?

Oh que oui, j'en ai un. J'ai beau ne pas avoir ressenti le besoin de m'en servir jusqu'à présent, je m'étais préparé à cette éventualité, au cas où.

Je la mets dans la position que je viens de décrire en moins de deux secondes. Je soulève sa minijupe et lui donne plusieurs tapes sur les fesses, avant de baisser sa culotte. J'adore la couleur qu'elles prennent, mon empreinte qui commence à se voir.

Je trouve mon préservatif. Le pistolet que j'ai rangé à ma ceinture tombe lorsque je libère mon membre, mais je n'y fais pas attention, trop aveuglé par le désir pour réfléchir correctement.

Je parviens tant bien que mal à enfiler le préservatif.

Je fais glisser mon érection dans son nectar.

Elle est toujours délicieusement trempée. Glorieusement, miraculeusement trempée. Je m'enfonce dans sa chaleur, et tout mon corps frémit de plaisir.

— Putain. C'est tellement bon.

Je ne suis pas du genre à avoir la langue bien pendue, mais toucher cette fille me rend bavard. Je colle sa tête au comptoir, ses boucles brun foncé et couleur miel en éventail. Je chasse les cheveux qui lui tombent sur le visage, avant de les saisir au niveau de la nuque.

— Tu aimes qu'on te tire les cheveux ?

Elle pousse une petite plainte. Ça pourrait vouloir dire non, mais elle se met à mouiller de plus belle, alors je prends ça pour un oui.

Je la saisis fermement par les cheveux et me mets à la pénétrer en rythme avec ses halètements. Je sens chaque contraction de son vagin tandis que je m'enfonce plus profondément en elle. Son corps tremble, comme si des courants électriques la parcouraient. Je me mets à aller plus vite, et mes coups de reins deviennent plus forts.

Je lui caresse les seins, les massant et les pétrissant tout en poursuivant mes va-et-vient impitoyables. Ses gémissements se font plus intenses lorsque je stimule son clitoris avec mes doigts. Je la sens se contracter autour de moi, me poussant vers le précipice. Lorsqu'elle frémit et crie de plaisir, je m'enfonce le plus profondément possible.

Puis je perds le contrôle. Je la baise vite et fort. Des feux d'artifice dansent sous mes yeux. Une explosion de plaisir secoue mon corps. La chaleur monte à la base de mon échine. Mon sang bouillonne.

Ça fait des années que je suis mort. Je n'aurais pas imaginé qu'une bonne baise me suffirait à revenir à la vie. Et ça, c'est la meilleure baise de tous les temps.

C'est incomparable. Chaque coup de reins me donne un électrochoc de plaisir. J'y vais trop fort avec elle, mais je n'arrive pas à me réfréner. Mon bassin claque contre ses fesses. Ses poignets liés rebondissent dans le bas de son dos.

— Mes hanches, halète-t-elle. Ça fait mal.

Merde. Je les fais cogner contre le comptoir.

Je glisse un bras devant elle pour les protéger, avant de reprendre mes va-et-vient effrénés. Si je me fais mal au bras, je m'en fous. En fait, je savoure même la sensation. Le plaisir et la douleur se mélangent pour former une symphonie sensorielle. L'odeur d'Hannah me monte aux narines, accompagnée de l'arôme des roses, des lys et des autres fleurs qu'elle garde ici.

Elle halète alors que je m'enfonce avec force, faisant monter la pression en elle de façon presque insupportable. Ses hanches se mettent à trembler, me suppliant de lui en donner plus. Je glisse la main devant elle, trouve son clitoris et me mets à le caresser dans un mouvement circulaire. Elle gémit, cambrée, et se frotte à moi. Mes coups de reins deviennent plus rapides et plus puissants alors que j'approche de la jouissance.

J'en suis trop proche pour attendre qu'elle atteigne l'orgasme, trop dérouté pour savoir comment l'y mener. Je pousse un juron et m'enfonce d'un cou, renversant sa tête et son buste en arrière pendant que j'éjacule.

Elle pousse une petite plainte, et une bouffée de remords m'envahit.

C'est marrant.

Je viens d'achever un homme ici même sans rien ressentir. Comme Terminator en mission. Et soudain, j'ai une conscience. Et j'ai *raison* de m'en vouloir. Je viens de baiser une fille que je venais d'attacher et de faire prisonnière. Le fait qu'elle m'ait demandé si j'avais un préservatif ne constitue pas un consentement. Elle m'implorait sans doute seulement de prendre des précautions.

Bon sang. Quel genre de *stronzo* suis-je ?

CHAPITRE NEUF

Hannah

Oh la vache.

J'ai la tête qui tourne, le corps en ébullition. J'ai oublié d'avoir peur pendant que nous couchions ensemble, mais à présent, les circonstances me reviennent. Je suis plaquée à mon comptoir, la culotte baissée et les poignets attachés dans le dos, toujours étirée par le sexe d'un quasi-inconnu.

Qu'est-ce que je fabrique ?

On ne dirait pas, là, mais d'habitude, je suis du genre prudente, concernant mes choix de partenaires.

Je ne comprends pas pourquoi j'ai perdu la tête à ce point-là. C'était tellement torride. Sauvage. Primaire. Mon béguin d'adolescente sur Armando rendait ces ébats nécessaires. Je n'ai pas joui à la fin, mais j'étais à deux doigts de le faire.

À présent, tout mon corps fourmille, brûlant et en manque. Ce qui ne suffit pas à me faire oublier la menace qui plane.

Je risque de gros ennuis, là. La mort, même.

Il a tout de suite protégé mes hanches quand je lui ai dit que j'avais mal.

Je m'accroche à cette preuve pour me convaincre que cet homme n'est pas un psychopathe. Qu'il ne vient pas de me violer. Que je vais m'en sortir vivante.

Quelqu'un tambourine à la porte de derrière, et Armando se retire en poussant un juron. Il remonte ma culotte et jette le préservatif dans la corbeille.

La tension revient dans ses mouvements tandis qu'il tourne les talons et observe les alentours. Je me raidis lorsqu'il ramasse un rouleau de gros scotch sur une étagère et en coupe un petit morceau.

— Non...

Il me le colle sur la bouche.

Je crie sous le scotch, soudain terrorisée.

Ohmondieuohmondieuohmondieu.

Que se passe-t-il ? Que va-t-il me faire ?

On frappe à nouveau, et Armando m'attrape par le bras pour me traîner jusqu'à la réserve.

— Chut.

Il pose un doigt sur mes lèvres scotchées tout en me poussant dans la petite pièce obscure.

Je tente de hurler *non*, mais je ne produis qu'un bruit étouffé.

— Silence, Hannah, dit-il d'un ton d'avertissement.

La porte se ferme.

La panique s'empare de moi. J'ai peur du noir. Je n'aime pas les espaces restreints. Et je n'ai aucune envie de rester ligotée et de pourrir ici.

Je suis tentée de donner des coups de tête dans la porte pour faire du bruit, sauf que la personne qui vient d'arriver était attendue par Armando. Il s'agit donc de quelqu'un qu'il connaît.

Je ne peux pas espérer d'être secourue.

D'ailleurs, s'il me cache de l'un de ses complices, c'est peut-être pour ma propre sécurité. L'autre insisterait peut-être pour qu'il me tue.

Eh merde.

Tout mon corps se met à trembler. Ce n'est pas un petit frémissement, mais des spasmes qui font cogner mes genoux l'un contre l'autre et me contractent douloureusement la cage thoracique.

J'entends des voix d'hommes et des bruits de pas passer devant la réserve. J'entends un corps traîner sur le sol.

Des larmes roulent sur mes joues et sur le scotch qui couvre ma bouche. Je respire bruyamment par le nez.

— Et la fleuriste ? demande le nouveau venu juste devant la réserve. Tu veux que je règle ça ?

— Je me suis débarrassé d'elle, répond Armando.

— Ah bon ?

— Ouais. Elle n'a rien vu. Tout va bien.

J'avais raison. Il me protège. C'est pour ça qu'il m'a enfermée là. Parce que si ses potes apprenaient que j'ai assisté à la scène, je serais condamnée.

Mais dans ce cas... comment être sûre qu'il ne m'éliminera pas quand même ? Il compte peut-être se servir de moi comme d'un jouet sexuel d'abord. Me garder attachée dans son placard pendant des mois et des mois avant de m'assassiner et de me jeter dans un fossé.

Seigneur.

La situation est grave.

— Je vais terminer de faire le ménage ici. Je t'en dois une. Ne parle de ça à personne. Je raconterai tout au boss moi-même, d'accord ?

— Ça marche, du moment que tu le préviens.

— Promis juré. Hé... fais aussi disparaître son pistolet. Je n'ai pas le droit d'être armé.

— Tu délires ou quoi ? Quelqu'un vient d'essayer de te buter. T'as besoin d'un flingue.

— Je sais me défendre autrement.

Ça, c'est bien vrai. Je viens de le voir achever un homme armé sans tirer un seul coup de feu. D'ailleurs, il avait même vidé le chargeur du pistolet. Je ne pense pas qu'il avait l'intention de tuer ce type. C'était de la pure légitime défense.

— J'espère vraiment, répond l'autre homme.

La porte de derrière se ferme. J'attends, la respiration de plus en plus saccadée tandis que différents scénarios défilent dans ma tête.

Qu'est-cequisepassequ'est-cequisepassequ'est-cequisepasse ?

La porte de la réserve s'ouvre à la volée, et la lumière soudaine me fait ciller. Le visage d'Armando devient plus net. Il fronce les sourcils en m'observant.

— Oh, bébé. Tu as cru que j'allais te laisser là-dedans ?

Il essuie les larmes qui coulent sous mon œil gauche avec son pouce.

Est-ce ce que j'ai cru ? Pas vraiment. Mais je n'ai pas apprécié d'être attachée et enfermée dans un placard obscur. Impuissante.

Il me tire vers l'avant et commence à soulever l'un des coins du scotch.

— Désolé pour ça.

Il tire sur le scotch d'un seul coup. Je pousse un cri étouffé.

— Ça va ?

— Non, réponds-je d'un ton cinglant. Libère-moi.

L'ordre que je lui donne semble plus implorant qu'autoritaire.

— Désolé, Pâquerette. Ce n'est pas possible.

Il me traîne dans mon atelier.

— Voilà ce qui va se passer. Je vais faire le ménage dans ta boutique, et tu vas rester là où je te mettrai sans faire un bruit. Tu en es capable, ou il faut que je te remette dans la réserve ?

Je suis tentée – très tentée – de lui donner un coup de genou dans les parties. Sauf que je viens de voir ce dont cet homme est capable. Il a affronté un homme armé d'un pistolet *et* d'un couteau, et il a gagné. Ça ne se finirait pas bien pour moi.

Il essuie de nouveau mes larmes.

— Sois sage, Pâquerette, et il n'y aura pas de problème entre nous. D'accord ?

— Je ne veux pas de toi ici.

C'est bête à dire, mais c'est vrai. Je veux qu'il s'en aille. Qu'il quitte ma boutique. Ma vie. Ma réalité.

J'ai envie de vomir.

J'aimerais que tout ça ne soit jamais arrivé.

— C'est réciproque, Pâquerette, dit-il.

Il tire le tabouret derrière mon bureau, qui se trouve plus ou moins dans le couloir, mais qui donne sur la boutique, et il m'assoit dessus.

Je me tourne vers lui pendant qu'il sort un balai et une pelle d'un placard et s'active dans la boutique.

— C'est Hannah. Mais tu le sais déjà.

Je suis un peu amère, car le fait qu'il ait prononcé mon prénom a causé ma perte. Si je n'avais pas hésité lorsqu'il m'a appelée, j'aurais réussi à fuir par la porte de derrière.

Il me tourne le dos. Il balaye les pots brisés et la terre avec des mouvements rapides et habiles.

— Hannah. C'est toi la propriétaire, désormais.

Je regarde les muscles de son dos onduler à chaque coup de balai. Je ne devrais pas être flattée qu'il sache des choses à mon sujet. En plus, ce n'est pas comme s'il s'agissait d'informations fracassantes. Dans son organisation, tout le monde est au courant. Mais mon pouls s'emballe quand même.

— Armando.

En entendant son nom, il relève brusquement la tête et plante son regard dans le mien. Mon estomac se serre. Il est aussi beau que dans mes souvenirs, sauf qu'il a un air plus sérieux, désormais. Il n'y a plus la moindre trace de sourire sur son visage. Plus trace de charme et de désinvolture. Et ses yeux...

Je ressens une pointe de compassion.

Car ses yeux semblent très vieux.

— Tu t'en souviens, dit-il.

Je hausse les épaules, comme s'il n'avait pas tenu le premier rôle dans une centaine de mes fantasmes les plus inavouables.

— Toi aussi, tu te souvenais de mon prénom. Où étais-tu passé ? demandé-je d'une voix rauque.

Son regard se ferme, et il reprend sa tâche.

— En prison. Je viens de sortir.

Un frisson me parcourt. *En prison.* Josie et moi n'y avions même pas pensé.

— Est-ce que c'était ta... première fois depuis ta sortie ?

Ça expliquerait pourquoi il s'est jeté sur moi comme une bête sauvage quand je l'ai embrassé.

Au début, je crois qu'il ne me répondra pas. Il m'ignore alors qu'il jette le contenu de la pelle aux ordures. Puis il marmonne :

— Ouais.

Je suis à la fois ravie et dévastée. J'imagine que j'aurais préféré que sa passion vienne uniquement de son attirance pour moi. Il avait retenu mon prénom, après tout.

Que je suis bête !

Puis je réalise qu'il m'observe, et je tente de maîtriser mon expression. De porter un masque indéchiffrable, comme lui.

— Ça va ? J'ai été… sauvage.

Eh merde, je rougis. Je sens la chaleur me monter dans le cou et se répandre dans mes oreilles et mes joues.

Oui, il était sauvage. Et c'était torride. Je ne savais pas que j'aimais que l'on me tire les cheveux ou que l'on me donne la fessée. Et j'en veux encore, comme une grosse gourmande. Le manque est presque douloureux.

— Je t'achèterais bien des fleurs, mais je crois que ce n'est pas ton truc, dit-il.

Il esquisse un sourire, et idiote que je suis, je lui souris en retour.

— Seulement si tu achètes le bouquet ici, réponds-je.

C'est absurde, parce que je n'aimerais pas qu'un homme m'achète un bouquet pour me l'offrir. J'ai seulement dit ça parce que je suis tellement à court d'argent que je serais vexée qu'il achète des fleurs ailleurs.

Qu'est-ce qui me prend, de penser à ça ? Je suis retenue prisonnière dans ma propre boutique. Par un *meurtrier*.

L'heure n'est pas aux roses et au romantisme.

Alors je fais ma curieuse :

— Où est passée ta fiancée ?

Il grimace, et son expression se fait plus dure.

— Tu poses beaucoup de questions, Pâquerette.

Les pièces du puzzle s'assemblent dans mon esprit.

— Elle ne t'a pas attendu, réponds-je à sa place.

Il remet la table renversée sur ses pieds et pose les plantes survivantes dessus.

Il ignore ma compassion et me passe devant pour remplir un seau dans mon grand évier professionnel. Je sens une odeur d'eau de javel. Bon, au moins, il nettoie après lui. Il aurait pu m'obliger à le faire.

Je me tords les mains dans le dos.

— Ça fait mal, dis-je.

— Arrête de bouger.

— Merci. Super conseil. Ça ne m'avait pas traversé l'esprit.

Il me jette un regard tout en diluant l'eau de javel dans le seau.

— Tu es attachée parce que tu ne m'as pas obéi. Sois plus sage, si tu veux que j'arrête de te tenir en laisse.

— En laisse ?

Il emporte le seau dans la boutique. Il y a du sang par terre, mais pas beaucoup, heureusement.

— Pourquoi tu ne t'es pas servi du pistolet ? Trop bruyant ?

Il secoue la tête.

— Tais-toi, Pâquerette.

— Tu ne voulais pas le tuer.

Armando émet un bruit réprobateur tout en passant la serpillière dans le couloir. Il passe devant moi pour jeter l'eau sale dans l'évier.

— Ne t'en mêle pas. Tu n'as rien vu. Si quelqu'un te pose la question, il y a eu une bagarre, mais on est sortis pour terminer ça dehors. Tu as fermé la boutique et tu es rentrée en avance.

Mon tabouret pivote, alors je me sers de mes pieds pour tournoyer comme une enfant.

— Sans vouloir te vexer, ton histoire ne tiendrait pas deux minutes face à un interrogatoire.

Armando me rejoint à grands pas.

La part de moi assez audacieuse pour se montrer insolente se ratatine, surtout lorsque je me rappelle que cet homme est un tueur brutal.

Il s'arrête juste devant moi, et l'indécision apparaît sur ses traits. Il a peut-être perçu ma peur. Il tend la main vers moi, et je sursaute. Ses gestes deviennent plus lents. Il glisse les doigts dans mes cheveux, avant de les serrer avec force.

— Écoute-moi bien, Hannah. Je n'ai pas envie de prononcer les mots que je suis censé te dire, là. Pas avec toi.

Mon estomac fait des sauts périlleux tandis que je tente de décrypter ses paroles. Je n'arrête pas de me focaliser sur le *pas avec toi.*

Comme s'il me voyait bel et bien comme une personne à part. Mais je surinterprète sans doute trop ce qu'il dit, pour ne pas regretter de l'avoir laissé me faire ces choses.

Comme si je voulais croire que ces ébats sauvages avaient compté pour lui.

Moi, en tout cas, je suis toujours troublée. Et quand j'arrête de cogiter ou de me demander si je me suis salie en faisant ça, je commence à me dire que m'envoyer en l'air avec un homme comme Armando valait le coup. À mon avis, après lui, le sexe plan-plan n'aura plus aucune saveur. Les hommes doux et gentils ne me feront plus d'effet. J'aurais dû me douter que si ces connards de la mafia m'ont toujours attirée, c'est pour une bonne raison. Je préfère les mâles alpha. Je suis certaine qu'il s'agit d'une faiblesse biologique que beaucoup de femmes partagent avec moi.

Je tente de déglutir, malgré l'étau invisible qui m'étrangle.

— Je ne parlerai de ce que j'ai vu à personne, parviens-je à dire d'une petite voix.

— Gentille fille. Il n'y aura aucun problème, alors.

Oh, que si. Pour moi et pour nous.

Je prends mon courage à deux mains, car poser des exigences n'est pas mon fort, surtout dans ce genre de situation insensée. Je lève le menton.

— Mais c'est toi qui payeras pour les dégâts.

Je ne quitte pas son visage des yeux alors que je montre la zone où les pots ont été brisés.

— Oui. Bien entendu.

Ouf. C'était plus facile que je le craignais.

Je m'assois au bord du tabouret, autant que faire se peut, avec sa poigne sur mes cheveux qui me maintient en place. Cela a seulement pour effet de projeter ma poitrine en avant. Son regard tombe sur mon décolleté, et son expression devient avide.

Je me lèche les lèvres, et ses yeux se posent sur ma bouche.

— Est-ce que… est-ce que tu me libéreras ?

Son désir disparaît, remplacé par son air dur habituel.

— On verra, Pâquerette.

Il me lâche les cheveux et se détourne.

Un frisson traverse ma peau.

Le doute et l'horreur envahissent mon cerveau et chassent toutes pensées intelligentes.

Je bondis sur mes pieds. Il pivote, et sa main se retrouve sur ma gorge en un instant. Il ne me serre pas, mais me fait reculer jusqu'à mon tabouret. Son ton est égal lorsqu'il dit en secouant la tête :

— Je ne t'ai pas autorisée à bouger.

C'est cette voix glaciale plus que tout le reste qui me terrifie.

Il doit voir la panique dans mon expression, car il pose doucement un doigt sur mes lèvres et le fait glisser vers le bas.

— Chut. Du calme. Si tu fais ce que je te dis, je ne te ferai aucun mal. *Capisce* ?

Je soutiens son regard et hoche rapidement la tête.

— Gentille fille.

CHAPITRE DIX

Armando

Merde.

J'ignore ce que je vais faire de cette fille. Je ne peux pas la garder attachée éternellement.

Elle a été témoin d'un meurtre, mais je ne fais pas de mal aux personnes innocentes.

Le type que j'ai tué aujourd'hui ? C'était un professionnel. Pas un bon, mais clairement un mec payé pour cette mission. Sans doute envoyé par les *Hermanos.*

Cazzo.

Je suis passé directement de ma première confession hors de prison à l'enfer. Don Pachino m'a ordonné de me tenir à carreau. La bonne blague. Je finis de nettoyer la boutique, désireux d'effacer toute trace de lutte. Je vais devoir rembourser quelques pots de fleurs à Hannah, mais les dégâts sont raisonnables. Par chance, il n'y avait pas trop de sang.

Marco est un ange de s'être chargé du corps pour moi. C'est la seule personne en qui j'ai assez confiance pour ça. Il y a des soldats. Avant, j'avais ma propre équipe, et j'aurais pu appeler l'un d'entre eux, mais quelque chose m'a soufflé de ne pas le faire.

Debout face à Hannah, je fais glisser ma paume autour de son bras pour la mettre debout. Elle me fusille du regard.

— Où sont les clés du van garé à l'arrière ?

Elle écarquille les yeux.

— Pourquoi ? Tu ne peux pas mettre un corps dedans...

— Il n'y a pas de corps, la coupé-je. Mais il faut qu'on parte. Maintenant. Et je n'ai pas de voiture.

Je n'ai pas de permis non plus, mais ça, c'est le cadet de mes soucis. J'aurais sans doute dû garder le pistolet, au point où j'en suis. Je viens de commettre un meurtre et un kidnapping. Les cinq ans de prison que je risque pour possession d'arme à feu par un criminel, c'est du pipi de chat, à côté.

— C'est... c'est une épave. Je ne m'en sers plus, parce qu'il n'arrête pas de caler.

Merde.

— Je prends le risque, dis-je. *Où sont ces putain de clés ?*

— Dans mon sac à main. *Bon sang.*

Elle me montre un sac caché sous le comptoir d'un geste du menton.

Ça me plaît, que mon ton l'énerve et qu'elle me réponde un peu. Ça signifie qu'elle n'est pas complètement terrorisée. Elle estime toujours que je devrais la traiter mieux que ça, et elle a raison, bien sûr. Mais je n'ai plus vraiment l'habitude de faire des politesses.

Je fouille dans son sac et trouve les clés, puis je consulte son permis de conduire pour découvrir son adresse.

— Tu vis seule ?

Elle pâlit.

— P... pourquoi ?

— Parce que quelqu'un essaye de me tuer. Je ne devrais pas t'emmener dans mon appartement. C'est tranquille, chez toi ?

Le soulagement envahit ses traits, et elle hoche la tête, tremblante.

— Oui. Je vis seule. Enfin, c'est petit.

— Tu sais, je viens tout juste de quitter une cellule de deux mètres sur trois. Je crois qu'on survivra.

Je ne me suis confié comme ça à personne, depuis ma sortie. Même pas à ma mère ou à Don Pachino. Je la traîne vers la porte, mais elle résiste et jette un regard à la caisse enregistreuse.

Je tente d'interpréter son hésitation.

— Tu ne laisses pas d'argent dans la caisse la nuit ?

— J'ai un dépôt à faire. Ce soir. Sinon, ton boss n'aura pas son argent quand il encaissera mon chèque.

Ses yeux s'embuent, et une drôle de sensation s'empare de moi.

Je n'avais rien ressenti depuis mon incarcération.

Nada.

Aucun cœur ne battait dans ma poitrine.

Mais à présent, l'empathie pointe de nouveau le bout de son nez.

Ses finances doivent être au plus bas.

Je la traîne jusqu'à la caisse et teste ses clés une à une jusqu'à trouver la bonne. Il n'y a pas beaucoup d'argent à l'intérieur. Moins de trois cents dollars, à mon avis.

— Il y a une enveloppe dans le tiroir, dit-elle.

Je trouve une sacoche avec une fermeture éclair et je fourre l'argent dedans.

— C'est tout ?

De nouvelles larmes lui montent aux yeux, et elle hoche la tête.

Oui, elle a clairement des soucis d'argent.

Bon, si elle garde mon secret, je lui serai redevable. Je glisse ma main libre dans ma poche.

— Combien il te manque ?

— Quoi ? demande-t-elle, surprise, en me dévisageant. Oh, euh, au moins cent dollars, peut-être plus.

Je passe en revue les billets que le don m'a donnés lorsque j'ai de nouveau prêté serment à lui-même et à l'Organisation, que le don aime appeler la *Cosa Nostra*. Je fourre six cents dollars supplémentaires dans sa sacoche.

— Ça suffira ?

Les yeux ronds, elle hoche la tête, le souffle court.

— Bien. Voilà ce qui va se passer. Si tu es sage – bien sage –, je te détacherai et je te laisserai t'asseoir dans le siège passager. On ira faire ton dépôt.

Je lui donne une tape sur les fesses avec la sacoche pleine d'argent.

— Ensuite, on ira chez toi. *Capisce* ?

Elle hoche la tête en vitesse.

— Je serai sage. Promis.

Lorsqu'elle se lèche les lèvres, je suis envahi par l'envie soudaine de l'embrasser à nouveau. Parce que je n'avais jamais connu un baiser pareil. Plein de passion, de chaleur et de désir pur. Je veux y goûter à nouveau.

Et ensuite, j'aimerais bien voir ces lèvres étirées sur mon membre. En train d'aller et venir sur mon érection avec le même enthousiasme dont elle a fait preuve tout à l'heure, penchée sur le comptoir. Je veux voir le plaisir dans ses yeux quand je la ferai jouir, sentir son corps trembler sous une jouissance que moi seul peux lui donner. Je me rapproche d'elle, et mes mains glissent le long de ses bras tandis que je colle mon bassin au sien, sans laisser le moindre doute quant à mes intentions.

Je jurerais qu'elle lit dans mes pensées, car quand je baisse les yeux, je vois ses tétons dressés sous son tee-shirt.

Et je dois avoir perdu la tête, car ma seule pensée, c'est que je devrais la baiser avant de partir.

Au lieu de cela, je la traîne à l'arrière, et nous sortons dans la ruelle où j'ai aidé Marco à fourrer le cadavre dans son coffre, trois quarts d'heure plus tôt. Je m'arrête sur le seuil de la porte et me sers de l'une des clés d'Hannah pour couper le ruban adhésif qui lui lie les poignets.

Avant de la libérer, je glisse la main dans ses cheveux et lui renverse la tête en arrière.

— Ne me le fais pas regretter, Hannah.

Mon corps est collé au sien. Sa poitrine se soulève et retombe rapidement, attirant mon regard vers son décolleté appétissant. Je glisse le pouce le long de sa mâchoire.

— Non. Je serai sage. Promis.

— C'est bien.

Je la relâche lentement, peu désireux de séparer mon corps du sien. Je ne suis pas sûr de pouvoir lui faire confiance, hors de la boutique. Elle risque de hurler. De s'enfuir. De prendre son téléphone.

Mais bon, ça servira de test. Si elle se comporte mal, je gérerai la situation. Et je saurai que je ne peux pas lui faire confiance.

Ce qui signifie... Bon sang, je n'ai vraiment pas envie de songer aux conséquences, car je ne fais pas de mal aux femmes. Et encore moins aux innocentes.

Et elle fait partie de ces deux catégories.

CHAPITRE ONZE

Armando

J'ouvre la porte de derrière et la pousse dehors, avant de fermer derrière nous et de tester le verrou.

— Prouve-moi que tu es digne de confiance, dis-je en lui assénant une autre claque sur le derrière.

Je ne suis pas très fessée, d'habitude. Pas avant la prison, en tout cas. Bon, d'accord, il m'est déjà arrivé de donner une ou deux tapes sur les fesses de ma copine au lit, mais avec Hannah, ça n'a rien à voir.

Son cul est pulpeux. Rond, rebondi. Ferme. Je ne veux pas me contenter de la pencher en avant pour la baiser à nouveau, j'ai envie de la fesser jusqu'à ce que sa peau noire rosisse avant de la prendre par-derrière.

Nom de Dieu.

Je suis un sauvage.

Une bête en rut.

Et Hannah est ma proie.

J'ai envie de la jeter à l'arrière du van et de profiter de son corps plantureux ici, tout de suite.

Je prie presque pour qu'elle me donne une bonne raison de continuer à la brutaliser, mais elle se tient à carreau et se dirige droit vers la portière passager du Doge Ram pourri tout droit sorti des années 70, avec un autocollant de fleur sur le côté. Elle attend que je déverrouille la portière. La peinture du vieux van s'effrite, et la carrosserie commence à être rongée par la rouille. Les mots *Le Jardin d'Éden – Fleuriste* sont abîmés, délavés et se décollent, dévoilant la peinture jaune qui se trouve en dessous.

— Ce tas de ferraille roule encore ?

J'ai prononcé ces mots à voix haute tout en ouvrant la portière à Hannah. Je n'ai pas l'intention de l'humilier, mais bon sang, cette épave est un vrai dinosaure.

— Et toi, tu as le droit de conduire, au moins ? rétorque-t-elle en montant.

— Non.

Je claque la portière et fais le tour du véhicule, gardant un œil sur elle à travers les vitres. Elle s'assoit et croise les mains sur ses genoux, sage comme une image.

Un peu trop, peut-être. Soit déposer cet argent à la banque compte plus à ses yeux que sa sécurité, soit elle mijote quelque chose.

J'espère que c'est la première proposition.

Je me glisse derrière le volant et démarre. Correction : je *tente* de démarrer. Il faut plusieurs essais pour que le van prenne vie en crachotant. Je me demande comment elle effectue ses livraisons, avec ce truc. Encore une preuve qu'elle a des soucis d'argent.

Le van sent les lilas et l'essence, et le pare-brise est fendillé. Le moteur a beau tourner, il ne ronronne pas vraiment comme une machine bien huilée. Si nous parvenons à quitter cette ruelle, ce sera un miracle.

Je jette un regard aux mains croisées d'Hannah. Ses poignets portent toujours la marque du ruban adhésif dont je me suis servi pour les attacher, et elle a une égratignure rouge vif sur le bras.

C'est quoi ce bordel ?

Je lui saisis aussitôt le poignet, avant d'avoir eu le temps de me calmer. Je suis furieux de lui avoir fait du mal. Je ne sais même pas à quel moment c'est arrivé. Mon corps déborde de colère, comme si je voulais la défendre contre moi-même. Cette agressivité est différente de celle que j'ai éprouvée face au tueur à gages. Elle est moins froide et clinique. Cette fois, l'émotion s'en mêle.

Hannah pousse une exclamation et tente de se dégager. Je m'efforce de me montrer plus doux, car je lui fais peur.

— C'est moi qui t'ai fait ça ? dis-je d'une voix étranglée en passant le pouce sur la longue écorchure.

Elle me regarde comme si j'avais perdu la boule.

C'est peut-être le cas.

Un petit rire quitte ses lèvres.

— Quoi ? Cette griffure ? Non. C'est mon chaton qui m'a fait ça hier soir. Il est tombé dans la baignoire pendant que je prenais mon bain. J'ai découvert que les chats savaient voler.

Encore un rire nerveux.

Chaton.

Chaton. Il me faut un moment pour assimiler ce terme. Une adorable créature touffue dotée de griffes. Bien sûr. C'est son chat qui l'a griffée.

Pas moi.

Je la lâche et m'enfonce dans mon siège, m'efforçant de souffler. J'ai envie de lui demander si je lui ai fait du mal, mais je sais déjà que la réponse est oui. Elle a des marques aux poignets et des bleus sur les hanches. Rien de plus grave, j'espère. Rien de profond et de psychologique qui la hantera jusqu'à la fin de ses jours.

Mais bien sûr. Un type entre dans sa boutique, tue un mec sous ses yeux, avant de l'attacher et de la baiser. Évidemment qu'elle restera traumatisée.

— J'ai plein de griffures sur les cuisses aussi, dit-elle.

Mes yeux tombent sur le bas de sa minijupe. Bon sang, j'ai très envie de voir ces griffures-là, maintenant.

Je tourne la tête en direction du pare-brise. Il faut que je me concentre. Je trempe ma bite dans une meuf, et tout part en couille.

Hannah doit avoir une chatte magique, ou un truc dans le genre. Ça ne me paraît pas si insensé que ça.

— Quelle banque ? demandé-je d'un ton brusque. J'espère qu'on peut faire le dépôt depuis l'extérieur.

— La Chicago City Bank, sur Lincoln Street. Et euh... peut-être.

Son ton est dubitatif, comme si elle savait que ce n'était pas possible, mais qu'elle ne voulait pas me le dire.

— C'est possible ou pas, Pâquerette ? insisté-je d'un ton cassant.

Elle me touche l'avant-bras.

— S'il te plaît ? Il faut *vraiment* que je dépose cet argent.

Je n'en reviens pas d'envisager une chose pareille. Hannah est mon otage le temps que je trouve une solution avec elle, et moi, je l'emmène à la banque ? Où elle aura une bonne dizaine d'occasions d'appeler à l'aide ou de s'enfuir ?

D'un autre côté, mon plan, très vague, est de la garder sous surveillance le temps de voir si je peux lui faire confiance. Pour déterminer si elle risque de me dénoncer. Ignorer ses besoins ne m'aidera pas à gagner ses faveurs. Et puisque je suis réticent à l'idée de la faire taire sous la menace, je vais devoir lui lâcher du lest, si je ne veux pas l'éliminer.

Et je ne le veux pas du tout.

Les dents serrées, je tente de prendre une décision. Passer à la banque est une très, très mauvaise idée. Je ne peux pas l'y envoyer seule. Je ne peux pas la laisser dans le van à moins de la ligoter à l'arrière, et faire une chose pareille en public serait risqué.

— S'il te plaît, répète-t-elle.

Je lui jette un regard et pousse un juron.

— Si tu tentes quelque chose, Pâquerette, tu le regretteras.

C'est la seule menace que je suis capable de proférer contre elle.

M'en prendrais-je à une femme ? Jamais de la vie. Nous avons beau être des criminels, nous faisons le serment de respecter les femmes et les anciens. J'avais envie de me donner un coup de poing, quand j'ai cru que je lui avais éraflé le bras.

Je n'hésiterais pas à lui donner une fessée et à l'attacher, par contre. À lui montrer qui est le chef.

— Je ne tenterai rien, répond-elle.

Je grogne, mais je trouve une place de parking tout près de la banque.

— N'ouvre pas cette putain de portière avant que je fasse le tour, ordonné-je avec un regard noir.

Elle pâlit légèrement.

— Du calme, Armando. Je ne ferai rien. Je veux juste déposer cet argent.

Elle ramasse la sacoche posée entre nos sièges et l'agite en l'air. Sa main tremble énormément, et je m'en veux de lui avoir fait peur, mais je ne m'excuse pas. Je me contente de la fusiller des yeux pendant que je ferme ma portière et fais le tour du véhicule.

Elle attend que j'ouvre sa portière, comme je le lui ai ordonné.

— Gentille fille.

Je lui tends la main pour l'aider à descendre.

Elle serre la sacoche contre sa poitrine.

— Je peux prendre mon sac ? Au cas où il leur faudrait une carte d'identité ?

J'ai déjà mis son portable dans ma poche, mais cette idée ne me plaît pas. Je ramasse son sac et sors sa carte d'identité de son portefeuille.

— Allons-y.

Je lui prends la main, mais je la coince dans son dos, comme si elle était en état d'arrestation. C'est symbolique ; son autre main est libre, mais elle comprendra où je veux en venir.

Je me mets à angoisser dès que nous pénétrons dans la banque. L'air empeste le bois verni, le désinfectant et la sueur. Il y a des gens partout. Un vigile armé à l'entrée. C'est un grand mec baraqué avec une moustache et un uniforme trop petit. Ses yeux observent les environs derrière les verres de ses lunettes, fatigués et pleins d'ennui.

Hannah n'a qu'à crier à l'aide, et je suis foutu.

— Armando, murmure-t-elle.

J'aime bien quand elle dit mon nom. Ça me plaît qu'elle se soit souvenue de moi. Sa main se tortille dans la mienne, et je réalise que je la serre trop fort.

Je lâche un peu de lest et laisse nos mains jointes se balancer entre nous. Nous avançons jusqu'à un guichet, et mon cœur bat tellement fort que je crains que la banquière l'entende. Elle pensera sans doute que je suis là pour braquer la banque, et elle appuiera sur l'alarme silencieuse.

Hannah remplit le formulaire de dépôt et pousse les billets sur le guichet.

— Vous avez eu des agios, aujourd'hui.

Hannah se crispe.

— Ah bon ? Je croyais que j'avais jusqu'à la fin de la journée pour faire mon dépôt.

La banquière regarde son écran.

— Non, tout est fait en temps réel. Votre chèque a été encaissé à 14 h.

Bon, elle ne m'a pas menti là-dessus, au moins. Elle a réellement des problèmes financiers. Je tapote les billets sur le formulaire.

— Ça suffira à couvrir les frais ? demandé-je.

La banquière compte l'argent et entre le montant dans son ordinateur.

— Les agios se montent à 35 dollars, il vous manque donc 22 dollars.

Je fourre la main dans ma poche et en sors cinq cents.

— Déposez ça sur le compte avec le reste.

Elle hoche la tête, compte les billets et tape autre chose.

— Ce sera tout ? demande-t-elle.

Je referme les doigts sur la main d'Hannah.

— Oui.

Je commence à la tirer vers la sortie, quand la banquière m'appelle.

— Attendez.

Je me fige, les épaules sous tension.

— N'oubliez pas votre reçu.

Bon sang. Je veux quitter cet endroit. Mais je tourne les talons et prends le reçu, avant d'entraîner ma petite captive à ma suite.

— Il te manquait beaucoup d'argent, dis-je alors que nous quittons la banque.

Je ne veux pas l'humilier, mais je me demande comment elle comptait s'en sortir, au juste.

Elle se raidit et coince ses boucles derrière son oreille gauche.

— Mieux vaut devoir de l'argent à la banque qu'au don, non ?

— Si. Tu as des loyers en retard ?

J'ignore pourquoi je m'inquiète soudain pour elle, mais c'est bel et bien le cas. Si elle doit du fric à Don Pachino et qu'elle ne le paye pas, il ne fera qu'une bouchée de son entreprise. Le magasin de fleurs deviendra une machine à blanchir de l'argent. Chaque van de livraison sera conduit par un soldat de la Famille en mission. Ce serait tellement pratique, d'ailleurs, que je suis surpris que mon chef n'ait pas encore mis ce type de système en place.

Hannah secoue la tête, et ses pointes dorées cascadent dans son dos, mais un océan d'inquiétude se lit toujours dans ses épaules tendues. Je comprends. Son loyer a beau être à jour, elle continue de se faire du souci pour le lendemain, le surlendemain et ainsi de suite.

Je la remets dans le van. Vu le fiasco de cette journée, je suis surpris que notre passage à la banque se soit bien passé.

Je me rends dans son quartier, qui ne se trouve pas très loin du fleuriste. Trouver une place est un enfer, et je tourne en rond une demi-douzaine de fois. Je ne veux pas me garer trop loin de chez elle, car cela lui donnerait l'occasion de crier à l'aide ou de s'enfuir ou... peu importe.

Le plus bête, c'est que je sais parfaitement comment tuer dans l'œuf ce genre de comportement. Je suis doué pour les menaces. Je maîtrise parfaitement l'art de la méchanceté et de la cruauté.

Elle se pisserait dessus, et je n'aurais même pas à lever le petit doigt.

Mais je n'en ai pas la force. Même si cela me simplifierait la vie.

Ça me faciliterait la tâche une fois chez elle. Il me suffirait de lui rappeler mes menaces. De la terroriser. Et de vérifier de temps en temps qu'elle est toujours aussi effrayée.

L'intimidation, c'est un jeu d'enfants.

Mais je n'ai pas envie de m'y adonner ce soir.

Je ne sais vraiment pas ce que je vais pouvoir faire d'elle, mais tout en moi se révolte à l'idée de lui faire encore plus peur. Et honnêtement ? Hannah est une dure à cuir, car jusqu'à présent, la seule chose qui l'a fait craquer, c'est la perspective de ne pas pouvoir faire son dépôt.

Ça signifie qu'elle me fait confiance malgré elle, ou qu'elle est persuadée d'être en mesure de me manipuler.

Aucune de ces deux possibilités ne me dérange.

Nous passons devant un flic en train de distribuer des amendes. Hannah relève brusquement la tête.

Je me fige alors qu'un million de scénarios défilent dans ma tête. Dans le plus crédible, elle essaye d'ouvrir la portière pour sauter. Mais elle tourne aussitôt les yeux vers moi. Elle ne cherche pas à faire comme si de rien n'était. Elle ne me cache pas qu'elle a vu le flic. Elle me demande plutôt du regard : *toi aussi, tu as vu ce policier ?*

Je hausse un sourcil. Cette fille est une énigme.

— Qu'est-ce qui se passera s'il te contrôle ?

Mon cerveau tourne à plein régime. Elle est sérieuse ?

— Tu t'en fais pour moi ?

Elle hausse les épaules.

— Tu n'as pas le permis.

Je presse les freins en voyant quelqu'un déboîter, et je mets mon clignotant derrière la voiture. Pendant que nous patientons, je dévisage longuement Hannah pour essayer de lire en elle.

— Est-ce que tu as même un tout petit peu peur de moi, Pâquerette ?

Je devrais vouloir qu'elle me réponde oui. Cela signifierait que j'ai fait le nécessaire pour qu'elle se taise. Pour qu'elle ne me dénonce pas. Mais pour une raison idiote, je suis ravi qu'elle ne soit pas trop effrayée. Parce que je lui plais.

Elle écarquille légèrement les yeux, comme si je venais de lui rappeler qu'elle devrait me craindre.

— Oui, répond-elle le souffle court.

— Pas au point de vouloir que je me fasse choper.

Elle retient toujours son souffle lorsqu'elle secoue légèrement la tête.

Mmm. Je ne suis pas sûr d'avoir mérité sa loyauté, mais ça me fait plaisir.

Je me gare et ouvre ma portière, avant de faire le tour à la hâte pour ne pas qu'elle s'enfuie.

Elle ne tente rien. Elle bondit hors du véhicule et tire sur sa mini-jupe, qui remonte sur ses cuisses fuselées. Ses boucles denses lui tombent sur un œil tandis qu'elle m'observe.

Je lui tends la main comme si nous étions en plein rencard et qu'elle m'avait invité à entrer, au lieu de la situation tordue que je lui impose.

— Je t'ai assez tenu la main comme ça, rétorque-t-elle.

Elle me dépasse sans accepter mon geste. Une sensation étrange monte en moi. Une chose que je n'ai pas ressentie depuis des années. De quoi s'agit-il, déjà ?

De l'amusement.

Cette fille m'amuse.

Mes lèvres essayent de s'étirer, mais elles ne savent plus comment faire.

Tant pis. Je la suis.

CHAPITRE DOUZE

Hannah

Nous montons les escaliers jusqu'à mon appartement, et je tente de me souvenir si j'ai nettoyé la litière d'Ombre, ce matin. Mon logement est tout petit, alors les mauvaises odeurs peuvent facilement s'installer.

Mais c'est idiot. Est-ce que je me soucie sérieusement de ce qu'il pense ?

Ce n'est pas comme s'il s'agissait d'un mec invité à mater une série et plus si affinités. C'est un mafieux qui vient de tuer un homme dans ma boutique. Il m'a prise en otage, avec mon van et mon appartement, et je ne sais absolument pas comment la situation risque de se terminer.

La seule chose qui m'empêche de paniquer pour de bon, c'est son attirance manifeste pour moi. Même maintenant que je monte les marches, je sens son regard sur mes fesses.

Je me retourne pour vérifier. Bingo.

— Tu aimes ce que tu vois ? raillé-je.

— Oh, Pâquerette, *j'adore* ton cul.

Je détourne la tête avant qu'il voie mon air satisfait. Ce mec n'a pas fréquenté de femmes depuis des années, et je suis la première avec qui il couche depuis sa sortie de prison, alors pas étonnant qu'il me trouve incroyable. Il n'empêche que sa réaction face à mon baiser m'a changée à jamais. Je ne veux plus jamais être avec un homme moins réceptif que lui.

Non que je manque d'attention, d'habitude. Loin de là. Je me fais souvent draguer. Je plais beaucoup aux mecs. Mais ça ne dure jamais, parce que je suis une imbécile qui s'attache beaucoup trop vite. Je suis une éponge émotionnelle, et je plonge dans leurs mondes. Je ressens leurs émotions. J'essaye de résoudre leurs problèmes. J'oublie les miens. Et puis soudain, je me sens complètement impliquée, alors que le type me quitte. À tous les coups.

Sérieusement, je suis sortie avec beaucoup trop d'hommes-enfants. Des séducteurs immatures qui ne pensent qu'à eux.

Armando, lui...

Il est très compétent. Et très dangereux, aussi. Même si c'est tordu, je suis certaine que ça fait partie de ce qui m'attire chez lui.

Et je me souviens qu'à l'époque, il débordait de charme.

À présent, c'est un homme brisé.

Il a fait de la prison, vient de tuer un type sous mes yeux et m'a attachée avant de me baiser dans la foulée. Oui, vraiment brisé.

Je suis folle d'éprouver un tel désir pour lui. Pourquoi est-ce que les bad boys donnent envie aux femmes de les changer ? Ça ne marche jamais, à mon avis. Il a beau être plus sexy et plus doué de ses mains que les mecs avec qui je sors d'habitude, mon besoin irrépressible de jouer les sauveuses restera le même.

Une part secrète de mon être a envie de le guérir.

Je crois que c'est pour ça que je me suis donnée à lui. Que je l'ai embrassé. Que j'ai offert mon corps pour étancher son désir désespéré.

Je l'attends à la porte, car c'est lui qui a mon sac. Il en sort mes clés et me les donne. Lorsque je peine à insérer la bonne dans la serrure à cause de mes doigts tremblants, il prend le relais et nous ouvre la porte, avant de me guider à l'intérieur d'une main dans mon dos.

Mon appartement n'est qu'un studio avec une salle de bains. Par chance, il n'y a pas de mauvaises odeurs. Ma porte d'entrée est peinte aux couleurs d'un bourdon, même si je sais que mon proprio péterait les plombs s'il le découvrait. Mais j'ai besoin d'une touche de couleur pour égayer les choses.

À l'intérieur, mon appartement est petit et simple. L'unique pièce contient un canapé deux-places violet, une table basse avec une nappe aux couleurs vives, et une télé que j'ai achetée 30 dollars au magasin d'occasion. La kitchenette compte quatre placards et un petit frigo. J'ai de la chance, car contrairement à certains appartements voisins, mon studio possède une cuisinière à deux feux. J'ai à peine la place pour une table minuscule et deux chaises, mais j'ai réussi à les faire passer.

Mon lit est collé contre le mur du fond afin de me laisser le plus d'espace possible. Des coussins aux couleurs de l'arc-en-ciel reposent sur un édredon bleu vif, pour donner une ambiance un peu lounge et faire oublier qu'il s'agit seulement d'une petite pièce avec un canapé et un lit dans un coin.

Une guirlande de lumières est accrochée en travers du studio et dégage une lumière chaude. Cet appartement n'a rien d'impressionnant, mais c'est le mien, et je m'y sens bien.

Mon chaton miaule sur le lit. Il se lève et creuse le dos pour s'étirer en frémissant.

— Coucou, Ombre.

Il court vers moi sur ses petites pattes et se frotte à mes chevilles.

Je regarde Armando déambuler dans mon espace, sans savoir comment interpréter son expression.

Les yeux trahissent généralement les émotions cachées derrière le masque des gens, mais quand je plonge le regard dans ceux d'Armando, je ne vois que le néant. Tout son être semble avoir érigé un mur entre nous, et je ne peux pas le pénétrer. Une sensation de malaise et d'incertitude me monte le long de l'échine alors que je tente de le sonder.

Sa présence a tout de même quelque chose d'étrangement réconfortant, de rassurant. C'est ironique, vu les circonstances…

— Alors, qu'est-ce qui se passe, maintenant ? demandé-je en faisant mine de ne pas avoir peur de cet homme imposant.

Armando se frotte le visage.

— Maintenant ? répète-t-il.

Je suis convaincue qu'il n'en a aucune idée. Il n'y a pas de marche à suivre type pour le scénario j'ai-tué-un-mec-dans-ta-boutique.

— Maintenant, je vais te garder prisonnière jusqu'à ce que je sois certain que tu es fiable.

— Je suis fiable, lui assuré-je immédiatement.

J'imagine que je m'attends depuis le début à ce qu'il me pose la question. Ou qu'il m'en donne l'ordre, ou qu'il... bref. J'ai déjà pris ma décision, et je crois que je l'ai su tout de suite : je ne le dénoncerai pas.

— Je ne répéterai à personne ce que j'ai vu. Je ne dirai rien, c'est promis.

Il hoche la tête.

— Bien.

— Alors... c'est réglé. Non ?

— Pas encore.

Je soupire.

— Qu'est-ce que tu comptes faire, dans ce cas ?

Il s'adosse à la porte et examine mon appartement. Lorsque son regard se pose sur mon lit, ses paupières deviennent lourdes, mais il secoue la tête et sort son téléphone.

— Avant tout, il faut que je passe un coup de fil. Ensuite, je nous commanderai à manger. Qu'est-ce que tu aimes ?

Je hausse les épaules. Je ne cracherai pas sur un repas gratuit, vu que dans ma cuisine, je n'ai que quelques cannettes d'eau pétillante aromatisée et un sachet de chips.

— J'aime tout, réponds-je.

Il hausse un sourcil.

— Tu manges des calzones ? Je connais un super resto.

— Ça me va. Je prendrai la même chose que toi.

Il compose un numéro, et j'entends une brève conversation saccadée. Surtout des *ouais* et des *merci.* Je me rends dans la salle de bains. De là, je l'entends commander deux calzones, une salade et une bouteille de vin, avant de donner mon adresse, qu'il a manifestement mémorisée.

Je profite de mon passage dans la salle de bains pour nettoyer la litière en vitesse, même si je ne comprends pas pourquoi je me donne autant de mal.

Ce n'est pas un rencard.

Je quitte la pièce avec un sac poubelle fermé plein de crottes de chats et je percute de plein fouet le torse large d'Armando.

Il me rattrape par les poignets, avant de plisser le nez et de repousser mon bras qui tient le sac poubelle.

— Tu voudrais que ce soit un rencard ? demande-t-il.

Quoi ?

Oh non, est-ce que j'ai parlé tout fort ? Je le croyais au téléphone !

Je me dégage et me rue presque vers la porte.

Il me retient par la taille juste avant que j'atteigne le seuil.

— Où tu vas comme ça ?

Je brandis le sac poubelle.

— À la benne à ordures. Hors de question que je laisse ça ici, réponds-je de mon meilleur ton condescendant.

Il ne me lâche pas. Au lieu de cela, il me serre encore plus fort, et sa bouche effleure les contours de mon oreille.

— Continue de me répondre sur ce ton, Pâquerette. Je me ferai un plaisir de te donner une autre fessée.

Mes genoux menacent de céder.

Bon sang. Ce ne sont pas des paroles séductrices, mais mon corps semble le penser. À ces mots, mon sexe se contracte lentement, brûlant. Une plainte lancinante après mon orgasme manqué. Je pourrais recoucher avec lui, rien qu'une seule fois, juste pour finir, pour voir si la jouissance est à la hauteur de toute cette ardeur.

— Sors la poubelle toi-même, alors, répliqué-je d'un ton insolent, sans même le faire exprès.

Heureusement – ou malheureusement –, il ne relève pas ma provocation. Il se contente de me relâcher lentement.

— Pas possible non plus, dit-il.

— Alors finalement on va l'avoir, ce rencard. J'ai toujours rêvé qu'un homme m'escorte jusqu'aux poubelles.

Je rejette mes cheveux par-dessus mon épaule sans le quitter des yeux.

J'entrevois un écho de l'ancien Armando. Ses lèvres frémissent comme s'il risquait de sourire si je continuais. Il me prend le sac des mains et entrelace nos doigts.

— Je suis prêt à tout pour ma chérie, dit-il.

Je cache mon sourire tandis qu'il ouvre la porte et glisse l'index dans mon trousseau de clés.

Ombre détale dans le couloir, et je me penche pour le ramasser. J'enfouis le visage dans sa fourrure avant d'embrasser sa jolie petite tête et de le remettre dans l'appartement. Je ferme la porte.

J'ai envie de continuer de flirter, mais un silence gêné tombe entre nous. Ou en tout cas moi, je suis gênée. Armando est aussi tendu qu'à l'accoutumée. Il a la même expression dure et indéchiffrable que quand il faisait le ménage après son meurtre. Que quand il conduisait mon van.

Nous descendons les trois volées de marches et sortons jusqu'aux bennes à ordures, avant de faire demi-tour sans échanger un mot. Armando jette un coup d'œil dans la rue, de nouveau semblable à un agent secret dur à cuire.

Je me demande pour qui il s'inquiète.

— Qui veut te tuer, alors ?

Armando ne laisse rien transparaître. Il ne me regarde pas. Mais je vois un muscle se crisper dans sa mâchoire, comme s'il serrait les dents.

Il ignore ma question et presse le pas pour regagner l'immeuble.

Je passe les faits en revue. Il vient de sortir de prison, et quelqu'un a tenté de l'assassiner. Soit il s'agit d'une histoire qui date d'avant son incarcération, soit c'est quelque chose qui s'est passé pendant qu'il purgeait sa peine.

— C'est toi qui as tué quelqu'un le premier ? insisté-je.

Il me jette brièvement un regard avant de détourner la tête.

Alors c'est ça. Quelqu'un cherche à se venger.

— C'est quelqu'un qui fait partie de la mafia ?

— Sérieusement, Hannah, dit-il d'un air inflexible. Encore une question, et je te scotche la bouche. Je ne plaisante pas.

Je suis plus vexée par sa menace que je ne devrais l'être. Nous faisons tous les deux semblant que je ne suis pas sa prisonnière. Je crois que je préfère cette illusion à la menace sinistre qui plane sur la réalité. Ou mon avenir.

— Sale con, grommelé-je.

Jolie répartie.

— J'essaye de te protéger.

Serait-il sur la défensive ?

Je ricane.

— Ouais, c'est ça, tu es un vrai chevalier servant, hein ?

Son propre ricanement étouffé est amer.

— Non, certainement pas. Et tu ne veux pas savoir tous les trucs dépravés que j'ai envie de te faire, alors ne me cherche pas.

Si, j'ai envie de savoir, désormais.

Tellement envie... que je suis tentée de lui poser la question. Nos épaules se touchent alors que nous montons les escaliers côte à côte.

— Quels trucs dépravés ?

Apparemment, je n'ai aucune retenue.

Il me jette un regard langoureux qui me fait aussitôt mouiller. Il laisse échapper un son guttural, avant de répondre :

— Je pourrais t'attacher au lit.

Et ? J'ai désespérément envie qu'il poursuive.

CHAPITRE TREIZE

Hannah

Mes tétons se dressent. Je suis trempée. J'ai envie d'un deuxième round pour pouvoir jouir. Je réalise que c'est insensé. Moi, séduire mon ravisseur ! Ou est-ce lui qui me séduit ?

Qu'est-ce qu'on fabrique ?

Nous regagnons mon appartement, et il ferme la porte derrière nous.

— Je t'écarterais les jambes et je te lécherais jusqu'à ce que tu cries.

Sa voix est grave et rauque.

Je repense à sa passion, dans la boutique. Au fait qu'il sort tout juste de prison, et que je suis la première femme avec qui il a couché.

Je déglutis.

— Qu... qu'est-ce que je dois faire... pour subir ça ?

Armando me prend par les cheveux et s'empare de ma bouche tout en me faisant reculer jusqu'à ce que l'arrière de mes genoux cogne contre le lit. Je tombe sur le dos, et il me suit, allongé sur moi, ses lèvres collées aux miennes.

J'aurais pu affirmer que notre baiser à la boutique était le meilleur de toute ma vie, mais celui-ci est peut-être encore mieux. Il est moins frénétique, mais il gagne en finesse. Comme un baiser violent suivi d'une petite morsure. Une pluie de bisous le long de ma gorge.

— On est dans le pétrin, murmure-t-il en me coinçant les poignets au-dessus de la tête. Vraiment dans le pétrin.

Je me trémousse sous son corps, envahie par le désir. Je n'ai jamais réagi ainsi face à un homme. Il m'est arrivé d'être excitée, surtout après un verre ou deux, mais avec Armando, les sensations sont décuplées.

Notre première fois était comparable à un éclair. Cette fois, il prend son temps. Il tire sur mon tee-shirt et mon soutien-gorge avec les dents pour stimuler mon téton. Je glisse les jambes autour de sa taille pour le serrer contre moi. Je fais rouler mes hanches pour me satisfaire en me frottant à lui. Il sort quelque chose de sa poche. Je m'attends à ce que ce soit un préservatif, mais c'est le ruban adhésif de fleuriste.

Comme s'il avait *prévu* de m'attacher à nouveau.

Cette idée devrait me faire bien plus peur. Mais avec sa bouche sur la mienne, je ne trouve qu'une seule interprétation à son geste : il comptait s'en servir au lit.

Il me lie les poignets – pas aussi serrés qu'à la boutique – et il me les soulève au-dessus de la tête. En appui sur une main, il m'observe. Ses pupilles sont dilatées, ses yeux pleins d'un désir sombre, mais son visage est inexpressif. Comme s'il avait oublié comment sourire.

Il passe doucement le pouce à l'intérieur de mon bras. Je me tortille lorsqu'il touche une zone chatouilleuse.

— Tu ne m'as pas répondu, tout à l'heure, dit-il.

Il semble tellement bourru. Tellement sérieux. S'il n'était pas en train de m'effleurer, je pourrais le croire en colère.

— À quel sujet ?

— Quand je t'ai demandé ce qui t'avait excitée, les poignets attachés ou la fessée ? Ou l'autre truc ?

L'autre truc. J'imagine qu'il fait référence à son combat à mort.

Ça n'aurait clairement pas dû m'exciter. Mais j'ai toujours aimé les films de Jason Bourne, et Armando était tout aussi cool et redoutable que Matt Damon. Ou que Chris Hemsworth dans son film sur Netflix, *Tyler Rake*. Alors oui, jusqu'à la mort en elle-même, la scène a titillé la partie la plus primitive de mon cerveau. La partie qui tient à se reproduire avec le guerrier le plus féroce des environs.

— Les trois, susurré-je.

Il me dévisage encore un moment, sans dire un mot. Comme s'il cherchait à sonder les profondeurs de mon âme. Puis il demande :

— Tu aimes quand c'est sauvage ?

Mes joues se mettent à brûler. Je serais idiote d'admettre une telle chose face à un mec dont je devrais me méfier. En plus, je n'en suis même pas sûre. Avant aujourd'hui, je n'avais jamais essayé.

— J'ai aimé ça avec toi.

C'est la vérité. Et la seule chose dont je sois sûre.

Quelque chose semble se fermer derrière ses yeux, et il me prend les poignets. Il tire sur mes bras pour les attacher à la tête de lit.

Un frisson d'excitation me parcourt à l'idée d'être aussi vulnérable. Complètement à sa merci, je ressens tout de façon plus aiguë. Il soulève mon tee-shirt et tire sans ménagement sur mon soutien-gorge. Je pousse une petite exclamation, le ventre frémissant à chaque respiration, les tétons dressés. Il prend le droit entre le pouce et l'index et serre. Fort. Puis il me donne une claque sur le côté du sein.

Je grogne, surprise. J'ai peur – oui, vraiment peur –, parce que ça fait un peu mal, et que personne ne m'a encore jamais fait ça. Son geste a également quelque chose d'irrespectueux, et je ne suis pas sûre d'aimer ça.

Sauf qu'il observe attentivement mon expression.

Et son regard ferme m'apaise.

Il me pince de nouveau le téton et penche la tête pour le sucer. Il le lape avec sa langue, l'effleure avec ses dents, le prend en bouche et le libère dans un bruit mouillé.

J'entrouvre les lèvres. Mon cerveau grésille et court-circuite.

Il inflige le même traitement à mon téton gauche, sauf qu'il commence avec sa bouche et termine par une tape.

Je pousse un cri, de nouveau prise au dépourvu. Je suis un peu craintive, et très excitée. Il pince mes deux tétons en même temps, puis les fait rouler avant de me saisir les seins à pleine main.

Je renverse la tête en arrière et me cambre, ma poitrine collée à ses paumes. J'en veux plus.

Armando commence à descendre, soulevant ma jupe, sur mes hanches, avant de baisser ma culotte.

— Je ne t'ai pas fait assez jouir tout à l'heure, hein ? dit-il d'une voix rocailleuse. Tu es une vraie gourmande.

Je secoue la tête.

— Je vais me rattraper.

Mon soupir se transforme en gémissement.

Il jette ma culotte sur le côté et promène le pouce le long de ma fente mouillée.

— Juteuse, commente-t-il.

J'aurais honte, sauf qu'il porte son pouce à sa bouche et suce mes fluides comme s'il s'agissait d'un nectar.

— Écarte.

Je le regarde un moment sans comprendre. Il me soulève les genoux et les colle à mon buste, avant de me donner une tape sur l'intérieur des cuisses. C'est douloureux, et je n'aime pas ça, mais ça me sort vite de l'esprit, car il plonge la tête entre mes jambes.

Son premier coup de langue me fait soulever le bassin. Il glisse les mains en dessous et me pétrit les fesses au rythme de ses caresses le long de ma fente.

Des bruits insensés quittent ma bouche. Des plaintes étouffées. Des petits *mmm*. Des halètements.

Je gémis, me cambre et serre les jambes autour de ses épaules.

Il prend son temps. Le bout de sa langue parcourt mes petites lèvres, avant de taquiner mon clitoris. Il me pénètre avec, avant de coller la bouche à mon bouton sensible pour le sucer.

Je pousse un cri et tire sur mes poignets liés, les genoux pressés contre ses oreilles. Il enfonce le pouce dans mon entrée sans cesser de sucer mon clitoris, et je me mets à frémir, à trembler. Je suis proche – toute proche – de la jouissance. Du moment qu'il continue d'aller et venir en moi avec son pouce, j'y parviendrai.

Mais il arrête.

Il ôte son pouce. Cesse de me suçoter.

— Noooon, gémis-je. Pitié.

— Tu veux jouir ?

Sa voix est tellement grave et rauque que je la reconnais à peine.

— Oui. S'il te plaît. Recommence, Armando. Oh, Seigneur. S'il te plaît ?

— Tu seras bien sage ?

— Oui !

Je ne sais pas de quoi il parle, mais je serai sage, bien sûr. Je suis prête à tout, à ce stade.

— Si je te dis *écarte*, qu'est-ce que tu fais ?

Il donne une petite tape à mon clitoris, et mes genoux s'ouvrent comme les ailes d'un papillon.

— J'écarterai les jambes, réponds-je. Seigneur, j'écarterai les jambes. Je suis désolée. J'étais un peu lente, tout à l'heure.

Il enfonce de nouveau le pouce dans mon entrée, et je gémis de plaisir. Je réalise à quel point je suis mouillée et gonflée. À quel point j'ai besoin de ça.

— S'il te plaît, imploré-je à nouveau.

Je n'ai jamais supplié un mec au lit. Je n'ai jamais été aussi désespérée.

Si seulement il allait et venait avec son pouce, l'orgasme serait à ma portée. Ou bien il pourrait sucer mon clitoris. J'agite mes genoux-ailes un peu plus pour tenter de prendre son pouce plus profondément.

Je suis surprise de sentir un doigt contre mon anus, et je me contracte en poussant une plainte.

— Non non, dit-il en secouant la tête. Ouvre-toi.

Bon sang. Il est sérieux ?

Je n'ai pas envie de ça. Sauf que si. Parce qu'alors que son doigt caresse mon entrée de derrière, ma température monte d'au moins deux degrés, et je me mets à gémir comme une star du porno. C'est tabou et c'est mal, mais c'est tellement bon !

Il se met à aller et venir, alternant entre son pouce et son autre doigt, avant de faire bouger les deux en même temps. Dès qu'il se penche et lèche mon clitoris, je jouis. *Fort.*

Incroyablement fort.

Tellement fort que des feux d'artifice dansent sous mes yeux, et que je ravale un véritable hurlement.

La pièce se met à tourner. Des lumières continuent d'apparaître derrière mes paupières. Mon vagin et mon anus se contractent autour de ses doigts, et je gémis chaque once de plaisir que j'ai en moi.

J'ignore combien de temps ça dure. Je m'égare dans un autre monde.

J'ouvre les yeux lorsqu'il se retire, et j'ai l'impression de m'être absentée très longtemps.

L'expression d'Armando est toujours aussi insondable.

C'est alors que la sonnette retentit.

CHAPITRE QUATORZE

Armando

J'ai faim, et le timing est parfait, mais je suis tout de même énervé de devoir aller ouvrir la porte.

Je déchire le scotch qui lie les poignets d'Hannah et je l'assois, en replaçant son tee-shirt sur son soutien-gorge en désordre. Je ne veux pas que le livreur la voie comme ça.

Je ne veux pas que le livreur la voie tout court.

Je me sens extrêmement possessif, là. J'aide Hannah à se lever et je la guide vers la salle de bains.

— Va te débarbouiller. Je vais ouvrir la porte.

Je lui donne une tape sur les fesses.

Bon sang, ce cul est fait pour ça. Je crois que je pourrais ponctuer chacune de mes phrases d'une tape sans jamais m'en lasser.

Elle se rend dans l'autre pièce, et j'ai une drôle de sensation dans la poitrine.

Sa reddition me fait de l'effet. Elle n'est ni faible, ni stupide, ni même apeurée. Pas trop apeurée, en tout cas. Je crois qu'elle est sincèrement soumise. Cela expliquerait sa réaction quand je lui ai attaché les poignets. Je n'ai jamais connu une femme comme elle. Sa confiance est un cadeau. Un cadeau qui me donne l'impression d'être fort et faible à la fois. Honoré.

Et très protecteur.

J'attends que la porte de la salle de bains se referme avant d'ouvrir au livreur pour le payer. Je pose la nourriture sur la table pour deux qui se trouve près de la fenêtre, et je cherche des assiettes et des verres à vin. Je n'en trouve pas. Son appartement est minuscule, mais mignon. Elle a des plantes dans des pots de toutes les couleurs un peu partout. Certaines sont en fleurs, d'autres sont ornées de rubans. Ses meubles sont rustiques, en bois délavé. Sans doute des objets dénichés au marché aux puces, mais tout va bien ensemble. Les riches payent des fortunes pour ce genre d'esthétique. Elle a une âme d'artiste, c'est évident. Elle a l'œil pour ces choses-là.

Je m'apprêtais à servir les calzones et à ouvrir le vin, mais le bruit de la douche me cause un lancinement entre les jambes. Je suis tellement en manque après l'avoir léchée que j'ai du mal à marcher.

Je devrais la laisser tranquille. La laisser prendre sa douche.

Au lieu de cela, je me retrouve à presser la poignée. Et quand je constate que la porte est ouverte, je vois ça comme une invitation. Mes vêtements tombent au sol avant même que je décide de me déshabiller. Je tire sur le rideau de douche et rejoins Hannah.

Elle fait de grands yeux, mais ne recule pas. Elle admire mon corps. Je baisse les yeux. Je me sentais tellement déconnecté que je ne sais même plus à quoi je ressemble. J'ai le torse poilu, et je suis pâle à cause du manque de soleil. À mon arrivée en prison, j'étais plus potelé. Cette couche de graisse s'est transformée en muscles secs.

Hannah semble aimer ce qu'elle a sous les yeux, car ses lèvres s'entrouvrent comme si elle avait envie de me goûter. Je prends le temps de la dévorer du regard.

Elle est parfaite. Petite, mais pulpeuse, avec une taille fine, des seins ronds et des fesses en forme de cœur. Une couronne de fleurs est tatouée autour de son bras, une petite fée assise sur l'un des boutons. Sa peau brune est lisse. Elle ne ressemble en rien aux filles que j'ai connues. Elle est naturelle. Superbe.

Je regarde les gouttes d'eau courir le long de ses tétons. J'ai envie de les laper. Non. Je vais laper ces gouttes d'eau. Je tire le rideau derrière moi et la plaque aux carreaux du mur, avant de coller ma bouche à la sienne avec toute la force de mon agressivité contenue.

J'ignore si c'est parce que j'ai été privé de sexe pendant cinq ans ou parce qu'Hannah me fait particulièrement de l'effet, mais je semble incapable de me réfréner, avec elle. Par chance, elle est plus que consentante. Ses bras glissent autour de mes épaules, et elle enroule une jambe autour de ma taille pour me permettre de la pénétrer.

— Préservatif, halète-t-elle entre deux baisers.

Un préservatif. Merde. Comment ai-je pu oublier ?

— Ne bouge pas d'ici, grondé-je en la plaquant au mur d'une main entre ses seins, attendant qu'elle assimile l'ordre que je lui donne.

Puis j'ouvre le rideau de douche et fouille dans la poche de mon pantalon. Je sors une capote de mon portefeuille, déchire l'emballage et me redresse pour l'enfiler.

— C'est bien, tu as été sage.

Elle n'a pas bougé d'un centimètre.

— Viens là.

Je saisis sa cuisse et trouve son entrée avec mon gland couvert de latex. Je tâtonne jusqu'à ce que je glisse en elle.

— Voilà, laisse-moi entrer, murmuré-je en la pénétrant lentement.

Elle s'agrippe à mes épaules pour me coller à elle.

— Prends-moi en entier.

Je continue de m'enfoncer, jusqu'à la garde. Puis je place un pied sur le rebord de la baignoire, sa cuisse calée sur la mienne, et je me mets à aller et venir.

C'est le paradis. La dernière fois que je l'ai baisée, j'étais fou de désir. Cette fois, je savoure chaque coup de reins. La caresse de nos peaux mouillées l'une contre l'autre, la chaleur de son passage étroit et accueillant.

J'ôte ses mains de mes épaules pour les coller au mur. Pas pour moi – j'aime sentir ses ongles égratigner ma peau –, mais pour elle. Parce que j'essaye de découvrir ce qui lui plaît. Ça fonctionne. Peut-être même un peu trop, car ses yeux roulent dans leurs orbites, et son pied glisse. Je lui maintiens les poignets d'une seule main et me sers de l'autre pour hisser ses fesses et lui faire garder l'équilibre.

Je devrais dire quelque chose. La complimenter. Lui montrer que j'adore ça. Avant, j'étais capable de dire des trucs cochons en toutes circonstances. Désormais, je suis rouillé, je ne sais plus parler aux gens. Je pousse mes lèvres à bouger :

— C'est trop bon, Hannah.

Ma voix est rocailleuse. Grave et à vif.

— Tu es tellement bonne.

Elle gémit doucement, et je prends ça pour un encouragement.

Je n'ai pas envie que ça se termine, mais mon bassin n'en fait qu'à sa tête. Mes va-et-vient deviennent plus brusques, plus profonds.

Hannah se remet à pousser de petits gémissements sexy, et mon cerveau court-circuite. J'ai trop chaud à cause du jet d'eau et de la vapeur, de mon sang qui afflue directement vers mon entrejambe. J'ai le tournis, ce qui n'est pas rassurant, vu que c'est moi qui nous fais tenir debout.

J'entrouvre le rideau pour faire entrer un peu d'air, et je la baise avec plus de force. J'oublie de lui maintenir les poignets, car mes mains explorent son corps, pétrissant ses seins, agrippant sa taille, caressant ses fesses.

— Putain, tu es tellement bonne, gémis-je d'une voix essoufflée et rauque.

Elle se cambre, sa poitrine collée à la mienne, et je jurerais sentir son cœur battre au même rythme que le mien.

Je suis perdu dans la sensation de nos peaux mouillées qui glissent l'une contre l'autre, de son corps qui se contracte sur le mien. Je suis tout proche... encore quelques coups de reins, et je tomberai du précipice.

Mais avant toute chose, je glisse les doigts entre nous et trace des cercles autour de son clitoris. Elle pousse une exclamation, et je sens ses parois pulser autour de moi dans l'orgasme.

Mes lèvres effleurent son cou, lui donnant des frissons tandis que je continue d'aller et venir en elle.

Ma respiration devient plus rapide alors que ma propre jouissance se profile, et je la saisis par les hanches pour m'enfoncer plus profondément en elle, désireux de savourer chaque instant. Elle crie alors que son corps convulse autour du mien.

Mes bourses se contractent. Je grogne et agrippe ses fesses à deux mains pour me plonger en elle alors que j'éjacule. Elle incline le pelvis dans ma direction pour me prendre plus facilement, frottant son clitoris à mon pubis pour atteindre l'orgasme à nouveau. Ses muscles se contractent dans un rythme effréné sur mon érection, et mon plaisir s'intensifie. Je remplis le préservatif.

Je colle mon front au sien et respire avec elle, mon membre pulsant en elle. Nos souffles se mêlent et ralentissent. L'eau devient froide. Je n'ai pas envie de me retirer, mais je le fais quand même. Je coupe le jet et sors de la baignoire pour jeter le préservatif. Le sol est trempé, parce que j'ai ouvert le rideau, alors je jette une serviette par terre et en prends une autre pour sécher Hannah. Elle est toujours adossée au mur, l'air étourdi, et je l'aide à sortir, en la maintenant au cas où ses jambes céderaient.

Elle me montre le placard d'un doigt tremblant en murmurant quelque chose d'inintelligible. Je l'ouvre et trouve une autre serviette, avec laquelle je me frictionne.

— Ouah, murmure-t-elle.

Je me tourne vers elle tout en me séchant les cheveux.

— Ouais, confirmé-je. Merci.

— Alors... tu vas me libérer, maintenant ? On est quittes ?

Je me fige. Je cligne des yeux d'un air hébété. La pièce tourne autour de moi. Je laisse tomber ma serviette. Bon sang, mais qu'est-ce qu'elle insinue ?

Le sang me bat aux tempes.

Est-ce que je viens... de la *violer* ?

Est-ce qu'elle a fait tout ça par obligation, pour que je la relâche ?

— C'était pour ça ? dis-je d'une voix étranglée.

Je ne réalise même pas que je me dirige vers elle. Je n'ai pas conscience que ma main se colle à sa gorge et la fait reculer.

— C'est pour ça que... Est-ce que... *Putain !*

Dans un rugissement, je donne un coup de poing dans le mur à côté d'elle. Le plâtre cède, et ma main le traverse.

— Merde, dis-je en lâchant Hannah avant de me détourner.

Vient-elle de s'offrir à moi dans l'espoir que je la libère ? Je suis un monstre.

Je ne suis même pas capable de détecter si une fille me désire ou pas. Je suis tellement perdu, tellement plongé dans la violence et la survie, que je ne sais plus ce qui est réel.

Je pensais être capable de gérer la situation avec Hannah. J'avais une vague idée de la marche à suivre pour la protéger de moi et de l'organisation, mais au lieu de ça, j'ai fait quelque chose d'impardonnable.

Je ramasse mes vêtements sur le sol pour les enfiler, et ma poitrine se déchire lorsque Hannah ouvre la porte de la salle de bains pour me fuir.

Je la suis seulement parce que la vapeur me donne le tournis, et que j'ai vraiment besoin de réfléchir.

J'entends un sanglot étouffé, et une bombe explose dans mon torse, mes bras, mes entrailles. Hannah est face à sa commode, dos à moi, et tente de glisser un deuxième pied dans sa culotte, sans y parvenir. Je devrais lui laisser un peu d'intimité. Je ne devrais surtout pas aller la voir.

Mais je le fais quand même.

En un instant, mon bras est autour de sa taille pour la stabiliser, et je tiens l'élastique de sa culotte pour l'aider. Une fois sa jambe dans le trou, je la fais remonter le long de ses cuisses.

— Je suis désolé, murmuré-je dans ses cheveux.

Sa poitrine est agitée par un sanglot. Elle reste immobile un instant, comme si elle tendait l'oreille.

— Désolé de quoi ? demande-t-elle d'un ton calme.

Il s'agit d'une sorte de test, mais j'ignore ce qu'il signifie. Comme s'il y avait une réponse précise à donner pour tout arranger. Tout ce que je sais, c'est que le son de sa respiration saccadée me tue.

Comme toute trace de l'intelligence émotionnelle que j'ai un jour possédée m'a quitté, je bredouille :

— De t'avoir fait pleurer, quelle que soit la raison.

Mauvaise réponse. Je le sais dès que ces mots quittent ma bouche. Et je le comprends d'autant plus lorsqu'elle se dégage, se retourne et me gifle. C'est une claque un peu molle qui me rate presque. Hannah ne ressent visiblement aucune satisfaction, car elle plie les doigts et décide de m'asséner un coup de poing, cette fois.

Je l'esquive, lui saisis le poignet et la prends par la taille. Je glisse mon autre bas sous ses genoux et la porte comme un bébé.

Elle pousse une exclamation et se débat.

— Qu'est-ce que tu fais ?

Je n'en sais rien. J'ignore pourquoi je l'ai portée, et ce que je compte faire ensuite. Tout ce que je sais, c'est que je n'aime pas le chaos qui règne dans ma poitrine. Dans ma tête.

Je la porte jusqu'au lit et la pose dessus, tirant un coin de la couverture pour couvrir ses seins nus. Je m'assois à côté d'elle. J'ai envie de la prendre dans mes bras, mais de toute évidence, elle n'a pas envie que je la touche.

— J'ai juste...

Je tente d'analyser ce qui vient de se passer. Elle est plus en colère que jamais. Ce qui signifie sans doute que j'ai dit quelque chose... Je me repasse tous les événements en tête et... *ah*.

Je suis un imbécile. Je lui ai demandé si elle avait couché avec moi pour que je la libère.

Elle me fusille du regard, le menton tremblant, visiblement vexée.

— Attends, Hannah. Tirons ça au clair. Je ne te traitais pas de pute. Je ne voulais pas te manquer de respect. Pas du tout. J'étais...

Je prends une grande inspiration et tente de trouver les mots pour expliquer la colère que je porte en moi.

— J'étais furieux contre moi-même.

Ma rage s'envole. Comme s'il me suffisait d'en identifier la cause.

— Est-ce que tu as eu l'impression d'être... obligée ? Avec moi ? Je... je ne t'ai pas forcée, si ?

— Non, connard.

Elle me pousse. Je suis content de ce contact. Ça reste un lien entre nous. Une chose dont j'ai manqué pendant une éternité. Et puis elle n'a pas tenté de me donner un coup de poing, cette fois. Je lui prends la main et la maintiens en place.

— Parle-moi.

Je suis presque suppliant. Les mots sont rouillés dans ma bouche, mais je m'obstine à les faire sortir :

— J'ai perdu la main, Hannah.

Je vois une larme parcourir sa peau noire et lisse.

— J'essaye de te suivre dans ce délire et de ne pas paniquer, mais...

Elle s'interrompt et prend une inspiration tremblante, qu'elle relâche lentement.

— Tu ne peux pas me toucher quand tu es en colère comme ça.

Je suis envahi par un sentiment d'horreur. *Cristo*, lui ai-je fait du mal ? Je lui soulève le menton pour examiner son cou, mais je ne vois pas d'ecchymoses. Pas d'empreintes de doigts, pas de marques. Je pourrais jurer que je ne lui ai pas fait de mal. Jamais je ne ferais ça. Pas même en pleine crise de colère. Frapper une femme, ça ne me ressemble vraiment pas.

— Je ne t'ai pas fait de mal... si ?

Elle secoue la tête.

— Mais je t'ai fait peur, supposé-je.

Évidemment que je lui ai fait peur, bon sang. Je l'ai tenue par la gorge et j'ai fait un trou dans le mur à côté de sa tête.

Elle repousse ma main et détourne les yeux.

— Non. Ce n'est pas ça.

Sa voix est tendue. Frustrée.

Je suis complètement paumé.

— Je ne suis pas sûre de savoir l'expliquer. Ne recommence plus, c'est tout.

Mon cœur s'emballe, comme si mon corps savait que cette conversation pouvait avoir une grande importance, si seulement je savais de quoi nous parlions.

— Essaye, dis-je. Essaye de m'expliquer.

Elle tourne de nouveau ses yeux pailletés d'or vers moi d'un air songeur.

— Je suis l'une de ces personnes qui...

Ses paupières papillonnent et elle baisse les yeux, comme si elle était gênée.

— Je ne sais pas... C'est comme si je ressentais les émotions des autres. Dans ma chair.

Elle agite les mains de bas en haut au centre de son buste.

Je penche la tête sur le côté.

— Une empathe, dis-je.

Comme dans *Star Trek*. Ça existe vraiment ?

Apparemment.

La lueur d'espoir qui traverse son expression me dit que j'ai enfin dit quelque chose de bien.

— Oui, je crois. Si quelqu'un pleure dans la pièce, je pleure. Si quelqu'un est contrarié, je le suis aussi. Alors s'il te plaît... ne me touche pas quand tu es en colère. C'est trop pour moi.

Bon sang.

Je comprends mieux. Toute ma honte et ma colère lui ont été transmises. Ou en tout cas, c'est ce qu'elle a ressenti.

— Merde, dis-je.

Je lui tends les bras, et elle ne se dégage pas. Je la soulève et l'assois sur mes genoux, tout en la couvrant avec les draps.

— D'accord, Pâquerette. Je ne te toucherai plus quand je suis en colère. Je le jure devant Dieu.

Elle enfouit le visage dans mon cou. Au bout d'un moment, ses lèvres se mettent à bouger, à m'embrasser avec douceur.

Je ne saurais expliquer ce qui arrive à mon corps. J'ai l'impression que tous mes organes se soulèvent de quelques centimètres. Comme si j'avais passé du temps dans une cocotte-minute qui aurait tout écrasé. Et à présent, mes entrailles reprennent forme.

Je résiste à l'envie de la serrer contre moi. Mon envie de me lever et de me débarrasser de toutes ces nouvelles émotions inédites est trop intense.

— Mangeons, dis-je d'un ton bourru.

Je la remets debout et lui palpe les fesses.

CHAPITRE QUINZE

Hannah

J'enfile un débardeur et un short de pyjama. Mince. Je *déteste* pleurer devant des gens. C'est tellement gênant. Moi et mes émotions surdéveloppées... C'est comme ça que j'ai fait fuir tous les mecs avec qui je suis sortie.

Armando ne semble pas s'en formaliser, cela dit, et je suis soulagée. Il déballe les calzones et les place dans des assiettes, avant de nous servir du vin dans mes verres à jus de fruits.

— Désolée, je n'ai pas de verres à vin.

Je m'installe sur la chaise en osier que j'ai trouvée au marché aux puces et que j'ai peinte en jaune.

Le regard d'Armando quitte mon visage pour se poser sur ma poitrine sans soutien-gorge. Il s'y attarde pendant qu'il s'assoit sur l'autre chaise, dont seule la couleur est assortie à la mienne.

Mes tétons se dressent sous son attention. Je dois déborder d'hormones, parce qu'à chaque fois que nous couchons ensemble, mon désir est décuplé.

— Tu n'avais pas grand-chose chez toi, dit-il. Qu'est-ce que tu aurais mangé ce soir, si je n'étais pas là ? Il n'y a rien à manger dans le frigo.

Je hausse les épaules.

— J'aurais improvisé.

Armando se renfrogne.

— Tu devrais prendre mieux soin de toi.

Je lève les yeux au ciel. Son côté protecteur est adorable, mais je suis une adulte, et je n'aime pas beaucoup qu'on me fasse la leçon.

— Je prends soin de moi. Ce n'est pas parce que je ne possède pas de frigo dernier cri débordant de produits hors de prix que je me néglige.

Avec un sourire en coin, j'ajoute :

— Mais merci de te faire du souci, *papa*.

— C'est peut-être précisément ce qu'il te faut. Un papa qui prend soin de toi.

Il se penche vers moi, ses yeux noirs pleins de promesses.

Je retiens mon souffle. Je devrais l'envoyer paître, lui dire que je ne suis pas intéressée. Mais j'en suis incapable. J'ai envie de lui, même si je sais que c'est dangereux. Je prends une grande inspiration et tente de calmer mon cœur qui s'emballe. Je susurre :

— Peut-être bien.

Je bats des cils. J'essaye de jouer les séductrices, mais je crois que j'échoue aussi sur ce plan.

— Un papa pour te donner la fessée quand tu n'es pas sage.

Mes joues se mettent à brûler lorsque nos regards se croisent. J'ai envie de détourner les yeux, mais les siens me clouent sur place. Je suis figée, subjuguée.

— Je crois que ça te plairait, non ?

J'ouvre la bouche pour protester, mais je suis trop troublée pour répondre. Je me contente de hausser les épaules, car je ne fais pas confiance à ma voix. Je ne veux pas trahir l'excitation qu'il m'inspire… à nouveau.

J'ai chaud. Avec un petit sourire, Armando jette un regard à mes lèvres, avant de planter de nouveau ses yeux dans les miens. Son expression intense m'indique qu'il ne dit pas ça pour plaisanter. Il est sérieux.

— Tu veux un papa ? Tu veux qu'un homme te prenne par la main et te dise quoi faire ?

Sa voix est grave et rauque.

Je déglutis avec difficulté et secoue la tête.

— Tu parles, rétorqué-je. Comme si tu en étais capable.

Je suis certaine que ma résistance factice ne trompe personne, mais jamais je n'admettrai que sa question m'a donné des frissons.

Armando se rapproche et me caresse les cheveux. Sa main m'envoie une décharge électrique, et je ferme les paupières pour savourer cette sensation.

— Il faut peut-être que je te fasse changer d'avis.

— Bon courage.

Je me demande si ce que je ressens se lit sur mon front.

— En plus, ajouté-je, tu es juste un mec qui m'a à moitié kidnappée. D'ailleurs, c'est un enlèvement, ou un rencard ? Tu peux éclaircir tout ça ?

Il me jette l'un de ses regards insondables tout en prenant une énorme bouchée de calzone.

— Un enlèvement et plus si affinités ? suggère-t-il.

Je cache mon sourire en entamant ma calzone.

— Oh la vache. C'est trop bon.

Je tire sur un long filet de fromage pour le faire céder.

— Tu as vu ça ? Gio m'avait manqué.

Je le dévisage. Il est à la fois brusque et galant. C'est un dur, sans aucun doute, tout en muscles fermes et redoutables, mais dépourvu de tatouages. Ça me surprend.

— Tu vas passer la nuit ici ?

Il hoche la tête.

— Bien sûr.

— Qu'est-ce que qui passera demain ?

J'ai déjà mangé la moitié de ma calzone. Je n'avais pas réalisé à quel point j'avais faim. La barre de céréales que j'ai engloutie pour le déjeuner remonte à très loin.

Armando se jette lui aussi sur sa nourriture.

— Je continuerai de te surveiller, répond-il. Jusqu'à ce que je sois sûr.

— Et comment est-ce que tu seras sûr ? insisté-je.

Il secoue la tête.

— Arrête. S'il te plaît, arrête.

J'attends, certaine qu'il va ajouter quelque chose, mais il n'en fait rien. Il se contente de boire une gorgée de vin.

— J'en ai ras le bol, dis-je.

Je me lève et emballe le reste de ma calzone. Si je la finis, j'aurai mal au ventre.

— Tu as le beau rôle, reprends-je. C'est moi qui suis séquestrée. Je crois que tu me dois bien quelques explications.

Il ne bouge pas, mais son regard sur moi est intense.

— Toi aussi, tu en tires quelques avantages.

Il ne tourne pas sa phrase comme une question, mais je sens l'interrogation derrière. Il est prudent. Dans la salle de bains, il a cru que j'avais couché avec lui pour gagner ma liberté, et c'est ça qui l'a mis en colère.

Je respecte cette espèce de code d'honneur qu'il a. Il n'hésite pas à me kidnapper, mais il refuse de me faire du mal. Je le sais, car il a paniqué, lorsqu'il a cru qu'il était responsable de mes griffures de chat. Il est prêt à me dominer, mais il ne veut pas abuser de moi.

Soudain, je me sens lasse. J'ignore si c'est à cause du vin ou de cette journée stressante, mais j'ai envie de me rouler en boule. Ou de crier encore un peu.

Je me détourne et ravale mes larmes.

Et puis merde. Je vais me coucher. Je me rends dans la salle de bains pour me brosser les dents.

Je l'entends laver nos verres et les poser.

Je refais mon lit, qu'il a mis en pagaille lorsqu'il a tiré sur les draps pour me couvrir. Encore une preuve de sa galanterie.

Arrête de toujours voir le côté positif. Je suis un bel exemple de syndrome de Stockholm, là.

Je me mets au lit et tire la couverture jusqu'à ma taille.

— Je peux récupérer mon portable ? Si quelqu'un m'a appelée ou m'a envoyé un message, mon absence de réponse risque d'inquiéter.

Armando se passe une main sur le visage.

— Je vais vérifier.

Je suis déçue, pas parce que j'ai besoin de mon téléphone, mais parce que je n'ai pas réussi à gagner sa confiance. Je le regarde sortir mon sac à main d'un placard – il l'avait sans doute caché là – et prendre mon portable. Il consulte l'écran.

— Quel est ton mot de passe ?

Je tends la main, mais il ne bouge pas. Bon sang. Je ne gagnerai pas cette bataille. Je suis beaucoup trop conciliante, comme personne.

— Cinq-cinq-cinq-cinq.

— C'est ton chiffre porte-bonheur ?

Il tape le code et regarde l'écran.

— Pas de messages.

Son propre téléphone sonne. Il le sort de sa poche arrière et jette un coup d'œil au nom qui s'affiche.

— Allô.

Il écoute.

— Ce soir ? Merde.

Ses épaules s'affaissent, et il me regarde.

— J'essaye de faire profil bas.

Il écoute encore un moment.

— Ouais, je comprends. Non non, je vais m'en occuper. Je serai là. Dans une heure. OK.

Il raccroche et remet le téléphone dans sa poche, avant de me regarder longuement d'un air songeur.

Mes poils se dressent sur mes bras.

— Quoi ?

Il se dirige vers ma commode et se met à ouvrir les tiroirs.

— Qu'est-ce que tu fabriques ? Qu'est-ce qu'il te faut ? *Dis-moi* les choses, connard.

Il se tourne vers moi et secoue la tête.

— Arrête de m'insulter, Pâquerette.

Il ouvre mon tiroir à chaussettes et en sort un collant.

— Qu'est-ce que tu fais ?

Des alarmes résonnent dans ma tête, mais bête comme je suis, je continue de me comporter comme si ce type était mon rencard. Plus tard, je me demanderai pourquoi je n'ai pas résisté. Pourquoi je ne me suis pas enfuie.

Il rejoint mon chevet à grands pas et se met à m'attacher les poignets.

— Je dois sortir. Je ne peux pas t'emmener avec moi.

— Quoi ? Non !

Je ne lui oppose toujours pas vraiment de résistance. Je me repose sur ma capacité à le faire changer d'avis. Cet homme a une conscience, ça, je le sais.

Il noue le collant autour de la tête de lit.

— Non ! Tu ne peux pas me laisser là comme ça. Et s'il y avait un incendie ? Je mourrai, parce que je ne pourrai pas sortir. Armando !

Sans me prêter attention, il retourne dans la cuisine pour fouiller dans les tiroirs. Quand il revient avec un rouleau de scotch, je perds mes moyens.

Je lui donne des coups de pieds et tire sur mes poignets pour me libérer.

— Non ! Tu ne me colleras pas ça sur la bouche !

Ombre, sensible à l'atmosphère, traverse la pièce comme une flèche et se cache sous le lit.

Armando déchire un morceau de scotch. Je détourne le visage.

— Arrête ! m'écrié-je. Je ne coucherai plus jamais avec toi. Je te le jure.

— Je comprends.

Il me colle le scotch sur la bouche. Je crie. J'ai du mal à respirer par le nez, car je suis en train de pleurer.

— Chut, dit-il en me caressant la tête.

Je me dégage.

Il s'accroupit à côté du lit, face à moi. Je respire trop vite, trop superficiellement.

— Calme-toi, Pâquerette. Je reviens le plus vite possible.

Je secoue la tête dans un geste frénétique.

— Je suis désolé. Les autres options seraient encore pires, je peux te l'assurer.

Les larmes roulent sur mes joues. Je suis tellement furieuse que j'ai envie de lui donner un coup de boule. Dommage qu'il soit hors de portée.

— Je vais prendre ton van pour aller plus vite. Dors. Je serai là à ton réveil.

Je pousse un hurlement étouffé par le scotch et je secoue la tête, mais il pose la main sur ma joue et embrasse ma bouche masquée avant de se relever.

Eh merde. J'ai perdu une occasion de lui donner un coup de tête !

Salaud.

Il disparaît. Et je suis attachée à mon propre lit avec un collant.

CHAPITRE SEIZE

Armando

D'après Marco, Don G se trouve à son club de strip-tease, le Lollipop, et je ferais mieux de me bouger le cul pour aller lui faire mon rapport.

Ce n'est pas au téléphone qu'on annonce qu'on vient de buter un mec, et le don ne voudrait pas non plus que je me pointe chez lui avec ce genre de nouvelles. Dans la Famille, on ne parle pas business quand les femmes sont présentes. Elles et les innocents sont laissés en dehors de ça. Ça fait partie du code.

Ça me rend malade qu'Hannah ait été mêlée à mes emmerdes, car la ternir risque d'être mon plus grand regret.

Et moi qui croyais ne plus avoir de conscience...

Je conduis le van jusqu'au Lollipop, mais je me gare quelques rues plus loin. Je ne veux pas que l'on fasse le lien entre ma petite fleuriste et moi. Quelqu'un veut toujours me tuer, et je refuse qu'elle se retrouve encore plus en danger.

Je pénètre dans le club d'un pas pressé. Toute la bande est là. C'est la vieille équipe : le cercle proche du boss, à l'exception d'Alex, son beau-fils. Avant, Alex était déjà comme un fils pour Don Pachino, et il a fini par épouser sa fille pendant que j'étais au trou, alors j'imagine qu'il est banni à vie du Lollipop par respect pour Jenna.

C'est marrant, mais là, je me dis qu'un tel bannissement ne me dérangerait pas. Les filles qui tournoient sur leurs barres ne me font aucun effet. Et la compagnie de ces hommes ne me manque pas.

Ce club est réputé en ville. Il a une ambiance old-school, avec ses néons sur les murs et ses meubles couverts de velours. Il y a deux plates-formes au fond de la salle, chacune avec sa propre barre, où deux danseuses peuvent se produire en même temps. Deux vastes bars occupent la plus grande partie du club, et quelques petites tables sont disposées un peu partout pour permettre des conversations plus tranquilles. Des haut-parleurs répartis aux quatre coins de la salle diffusent une musique aux basses sonores.

Sur les murs sont affichées des photos en noir et blanc d'anciennes danseuses et de clients célèbres. Le choix de boissons a beau être important, le club est spécialisé dans les bières, les vins et les whiskys, vu que ce sont les commandes les plus courantes ; il y a peu de cocktails sur la carte.

Les filles qui travaillent ici portent des costumes qui vont de l'ensemble de lingerie classique aux dessous affriolants. Certains laissent peu de place à l'imagination lorsqu'elles étalent leurs compétences sur les barres de pole dance. Elles tournoient gracieusement au rythme de la musique, alternant rapidement les pirouettes, les grands écarts et les mouvements de hanches tout en agitant leurs cheveux comme des rubans de soie, fascinant leur public et provoquant des encouragements bruyants.

De chaque côté des deux plates-formes se trouvent deux grands écrans LED qui passent des extraits de films – d'action, en général –, là pour distraire ceux qui ne seraient pas captivés par ce qui se passe sur scène. Il y a parfois des performances spéciales, lors desquelles les danseuses se servent d'accessoires et interagissent avec le public. La réaction est généralement très enthousiaste.

Dans l'ensemble, le Lollipop dégage un glamour à l'ancienne, avec une touche de péché et de débauche.

Mais moi, je n'ai aucune envie d'être ici. Surtout que je n'arrête pas de repenser au visage baigné de larmes d'Hannah et de l'imaginer piégée dans un immeuble en flammes. *Je mourrai, parce que je ne pourrai pas sortir.*

Je sais que le risque d'incendie est assez faible, mais bon sang, je n'arrive pas à me sortir cette éventualité de la tête, à présent.

J'aurais dû appeler quelqu'un pour la surveiller pendant que je m'occupais des affaires. Pour faire le guet devant sa porte. Qu'est-ce qui m'a pris de la laisser toute seule ? Ce n'est pas mon genre. Je protège ce qui m'appart...

— Ah, le voilà ! Mando, viens là.

Angel me fait signe d'approcher. Je jette un regard à Don G, qui mâchonne son cigare, mais son attention est accaparée par deux types assis de chaque côté de lui. Je vais devoir attendre mon tour.

— Ce soir, tout le monde paye une lap-dance à Mando, annonce Angel. Pour rattraper le temps perdu.

Le temps perdu.

Rien ne saurait mieux décrire mes années de prison. Pas comme il l'imagine, comme si j'avais perdu une partie de ma vie, ce qui serait vrai aussi. Mais j'ai également en partie perdu la notion du temps. Au trou, je me suis renfermé. Physiquement, j'étais encore en vie. Je dormais, je mangeais et je marchais. Je me battais pour survivre, au point de tuer un homme à mains nues. Mais je ne me souviens de rien. Correction : je ne *veux pas* me souvenir de quoi que ce soit. Alors oui, j'ai perdu du temps.

— Non merci. Je suis juste venu dire un mot au...

— Arrête tes conneries, m'interrompt Angel.

Il tire une chaise à côté de lui et agite déjà un billet de vingt dollars en direction de l'une des danseuses.

— Danse un peu pour mon pote, ma belle. Il vient de sortir de tôle.

Je ne veux pas de cette danse, mais je donne le change. Je m'avachis dans ma chaise, les bras tombants et les jambes écartées, faisant de mon corps un terrain de jeu pour cette fille qui étale son parfum fruité sur mes vêtements.

— Arrête de dire ça, ordonné-je à Angel.

Je sais que je me comporte comme un con. C'est super irrespectueux. Il fait partie de l'ancienne génération, et c'est un capo. Dans l'organisation, le respect aux aînés est primordial. Je sens qu'il se hérisse, alors j'ajoute :

— S'il te plaît.

— Ouais, OK. Je comprends.

Son ton est réticent, mais je sais qu'il laissera passer mon coup d'éclat, vu que je viens de sortir de prison. J'ai le droit à son indulgence pour cette fois.

Il ne s'excuse pas – et je ne m'attends pas à ce qu'il le fasse, bien sûr –, mais entre nous, tout va bien.

La danseuse fait son boulot, me met son décolleté sous le nez, me monte dessus à califourchon avant de se retourner et de frotter ses fesses à ma queue.

Elle porte un minuscule string rouge et des talons de douze dont elle se sert pour m'empêcher de bouger. Elle est cambrée, la tête renversée en arrière, et ses longs cheveux blonds lui cascadent dans le dos. Elle ondule sur moi comme une vague au ralenti, et entre ses mouvements désespérés et ma gêne, que je ne cherche pas à cacher, j'ai l'impression d'être coincé dans une espèce de boucle temporelle. Elle me jette un regard toutes les deux secondes comme pour implorer ma pitié, mais je parviens seulement à rester immobile, à attendre que ça passe.

Je dois prendre sur moi pour tenir jusqu'au bout. Je n'ai vraiment pas la patience pour ce genre de conneries, ce soir.

Et à mon avis, je ne l'aurai plus jamais. Ça me plaisait vraiment, les soirées au club du don ? À jouer les gros durs ? À faire semblant d'être à ma place, de connaître mon rôle ?

À présent, j'ai juste envie de tourner le dos à tout ça.

De m'en aller.

Mais ce n'est pas envisageable. On ne quitte pas la *Cosa Nostra*. Pas quand on a été initié dans l'organisation. J'appartiens à Don Pachino, désormais, jusqu'à la fin de mes jours.

Arturo fait signe à une autre fille en agitant un billet.

— À ton tour. C'est pour lui, indique-t-il en me montrant du doigt.

Nom de Dieu. Combien de temps ça va durer, ce supplice ?

Mais je sais que si je refuse, tout le monde prendra ça de travers, surtout le don. Il faut que je fasse preuve de gratitude et de souplesse. D'accord, j'ai fait de la tôle, mais c'est le jeu. Maintenant que je suis sorti, on m'offre des lap-dances et on m'aide à reprendre mes repères. Il faut que je leur prouve que j'en vaux la peine. Que je n'ai pas retourné ma veste et que je ne les ai pas reniés.

C'est toujours la grande crainte, quand quelqu'un sort de prison. Surtout quand la personne en question est libérée avec un an d'avance. Mais moi, je sais ce que je vaux. Jamais je ne trahirai. Et pas par peur. Je suis *sincèrement* toujours loyal. C'est toujours ma famille.

Mais là, je ne suis pas d'humeur.

Je ne suis d'humeur à pas grand-chose, alors ça ne me surprend pas.

Cet enfoiré d'Emilio m'envoie une autre fille, qui, au lieu d'attendre son tour, se joint à sa copine. J'ai une langue dans chaque oreille, et quatre mains parcourent mes vêtements.

J'ai une semi-érection, parce que bon. J'ai des seins sous le nez. Mais je suis plus répugné qu'excité.

Et pour être honnête, si j'étais venu ici hier, avant Hannah, je n'aurais peut-être pas bandé du tout. Elle a réveillé ma queue d'entre les morts.

Bon sang, elle est attachée et bâillonnée sur son propre lit. Voilà comment je la remercie.

Je ne coucherai plus jamais avec toi. Je te le jure.

C'est tout ce que je mérite. Mais je suis quand même assez salaud pour espérer qu'elle reviendra sur sa menace. Parce qu'en ce moment, c'est elle qui me maintient la tête hors de l'eau. La seule chose qui semble avoir un sens dans ma vie. Et vu à quel point nos interactions sont tordues depuis le début, ça en dit long.

— Je t'offre la prochaine, me lance Marco.

— Non, c'est moi, insiste Léo.

Je secoue la tête, et Marco sourit comme s'il n'y avait aucun problème.

— Ça marche. Une prochaine fois, alors.

La danse prend fin, et je me lève avant que quelqu'un d'autre fasse venir une fille. J'en ai ras le bol. Je sais que je suis impoli. Je devrais rester quelques heures, boire quelques verres. Prouver ma loyauté et retrouver ma place parmi les proches du don.

Mais j'en suis incapable. Je me dirige vers Don G et reste debout devant lui, fusillant Emilio du regard jusqu'à ce qu'il dise :

— Quoi ?

Bien sûr, ce type est trop con pour comprendre le message.

— Il faut que je parle au don.

— File-lui ta place, marmonne Don Pachino.

Alors seulement, Emilio se lève, en faisant exprès de me donner un coup d'épaule dans le torse en me passant devant.

Johnny, le type assis de l'autre côté du boss, se lève à son tour pour nous laisser un peu d'intimité.

— Quel est le problème ? me demande aussitôt Don Pachino.

Je m'enfonce dans mon siège, les yeux résolument fixés sur les filles qui dansent sur scène.

— Quelqu'un a essayé de me faire éliminer. Un tueur à gages s'est pointé devant chez Rocco, cette après-midi. Je lui ai réglé son compte. Mais je tenais à vous en informer.

— Qui l'a envoyé ? Un détenu ?

— Ouais. Sans doute. J'ai buté le membre d'un gang, à l'intérieur. C'est peut-être une vengeance. Je n'en sais rien. Je vais faire profil bas le temps d'en découvrir plus. Je ne laisserai pas cette histoire interférer avec mon travail ou les affaires de la famille. *Lo prometo.*

— Appelle ton boulot et fais-toi porter pâle. Tu seras payé quand même. Laisse les choses se tasser. Découvres-en plus.

Je hoche la tête et serre la main du don.

— D'accord. C'est ce que je vais faire. Merci, Don Pachino.

— Don G, corrige-t-il en me retournant sa poignée de main.

Il m'indique que je fais toujours partie du premier cercle. Seuls ses plus proches soldats lui donnent ce surnom, Don G, en référence à son prénom, Giovanni.

Je me lève et adresse un signe de tête au reste du groupe.

— Hé, Mando, tu veux une autre danse ? me lance Arturo.

— Pas ce soir. Mais merci à tous. C'était sympa.

Nom de Dieu. Mes politesses sonnent comme des mensonges.

Je ne peux plus jouer ce rôle.

Je me souviens que j'étais très doué pour ça, à l'époque. J'étais le meilleur, même. Désormais, j'ai l'impression de mener la vie d'un inconnu. Tout me semble étrange, mal.

Je traverse le club et regagne le van d'Hannah.

Merde… *Hannah.*

J'espère vraiment qu'elle s'est endormie.

CHAPITRE DIX-SEPT

Hannah

Je me réveille en sursaut en entendant Armando revenir, et Ombre, qui était roulé en boule sur ma poitrine, bondit hors du lit et s'étire. Je regarde le réveil numérique sur ma table de chevet d'un air hébété. Ça fait deux heures qu'il est parti. Je suis tombée dans un sommeil agité au bout d'une heure, après avoir fait des exercices respiratoires pour me calmer. À présent que l'adrénaline de cette journée stressante me submerge à nouveau, je suis bien réveillée. Et furieuse.

Armando se dirige droit vers moi et s'accroupit.

— Tu es réveillée, dit-il en ôtant le scotch de ma bouche.

— Tu es une ordure.

Il m'ignore et détache mes poignets de la tête de lit. Dès que j'ai les mains libres, je le frappe au visage. Ses réflexes sont bien meilleurs que les miens. Il saisit mes mains toujours liées entre elles d'une poigne de fer.

— Hé, dit-il en me serrant un peu moins fort. Tu veux passer toute la nuit attachée ?

— Va te faire voir.

Il arrête de dénouer mon collant et hausse un sourcil sévère. C'est terriblement sexy, ce qui m'énerve de plus belle. Je ne devrais pas être sous le charme. Le fait qu'il couche avec moi et qu'il repousse mes limites m'empêche d'y voir clair. Bon, j'avoue que c'est moi qui ai fait le premier pas en l'embrassant, à la boutique. Mais je suis complètement paumée, désormais. J'ai l'impression d'avoir plongé tête la première dans une relation toxique où je me retrouve attachée par mon ravisseur, à désirer son affection et à ignorer le fait qu'il me retient prisonnière.

C'est bien pire que toutes les relations douteuses que j'ai connues jusqu'à présent. Pire que Jarod, qui m'a trompée trois fois avant que j'arrête de croire à ses excuses. Pire qu'Eric, avec lequel j'ai mis six mois à réaliser qu'il me voyait seulement comme un plan cul. Ce que je vis là, c'est la définition même d'une relation abusive. Ce n'est pas une relation, d'ailleurs. C'est un syndrome de Stockholm.

Des larmes de rages me montent de nouveau aux yeux, et je lutte encore un peu pour libérer mes mains liées.

Armando resserre sa prise, un genou posé sur le lit pour se pencher sur moi, collant mes mains à ma poitrine pour m'empêcher de bouger.

— Hannah.

— Tu empestes la fumée de cigare, lui lancé-je, comme si j'étais face à un compagnon rentré en retard d'une soirée avec ses potes.

Puis je repère une autre odeur entêtante, et mon estomac se serre.

— Je rêve ! Tu pues le parfum bas de gamme ! Espèce de salaud !

Je ne m'attendais pas à être envahie par un tel sentiment de trahison.

— Hé, hé, hé, hé.

Il s'assoit sur moi à califourchon. Sans que je sache comment, il parvint à dénouer les collants pendant que je me débats, et il me coince les poignets au-dessus de la tête. L'une de mes mains est toujours emmêlée dans le collant. Je continue de lutter. Ma douleur à l'idée d'avoir été assez bête pour coucher avec lui pulse entre nous.

— J'étais dans un *club de strip-tease*, dit-il comme si cela arrangeait tout.

Lorsque je pince les lèvres, horrifiée, il ajoute aussitôt :

— Pour une *réunion.*

Bien sûr. Apparemment, dans la mafia, c'est là que se tiennent les réunions. Finalement, je veux bien le croire sur ce point.

— Ils n'arrêtaient pas de me payer des lap-dances parce que je viens de sortir de prison. Mais je n'avais pas la tête à ça, Pâquerette.

— Oh, c'est évident.

Ma voix dégouline de douleur et de sarcasme.

Son visage est tordu par le dédain. D'ordinaire, il montre si peu ses émotions que je suis stupéfaite.

— Tu crois que j'avais besoin d'un truc pareil ? Après ce que tu m'as donné ?

Je me fige.

Après ce que tu m'as donné.

Armando ne se trouve qu'à quelques centimètres de moi, et ses yeux noisette lancent des éclairs. Il déborde de frustration. De passion. Je le sens à travers sa peau, mais cette fois, ça ne fait pas de mal à mon corps ; ça le nourrit.

— Si tu avais couché avec une autre femme ce soir, je t'aurais coupé la bite.

J'ai beau être sa prisonnière, je tiens à mettre les points sur les i. Je ne suis pas assez bête pour croire que nos ébats signifiaient quelque chose. Je n'ai pas vu ça comme une promesse ou une preuve d'engagement. C'est arrivé, c'est tout. Mais je serais terriblement vexée s'il allait voir ailleurs après ce que nous avons fait.

— Je n'ai couché avec personne d'autre, Hannah. Je n'avais même pas envie d'être au club. Je te le jure devant Dieu. Il semble soudain très las. Ses yeux son vieux.

— Et à cause de ce que tu m'as dit, j'ai passé mon temps à craindre un incendie.

Eh bien.

Voilà qui est satisfaisant.

Je suis toujours fâchée, mais je commence à me radoucir.

Il tire sur mon poignet toujours emberlificoté dans le collant et l'attache à la tête de lit.

La panique s'empare de nouveau de moi.

— Qu'est-ce que tu fais ?

— Je vais me débarrasser de cette odeur.

Il soulève mon autre poignet et l'attache également.

Pour moi, conclut une petite voix.

— Tu es une ordure.

Il a repris son air froid et indifférent, et son visage est un masque brutal.

— On me l'a déjà dit, rétorque-t-il.

Il se rend dans la salle de bains et laisse la porte ouverte tandis qu'il se déshabille.

Je le regarde faire. Il ne fait pas ça pour me plaire. Il a sans doute laissé la porte ouverte pour s'assurer que je ne me mette pas à hurler ou à tenter quelque chose, mais le spectacle vaut tout de même le coup d'œil. Je l'ai déjà vu nu tout à l'heure, mais j'étais tout près, et à moitié folle de désir. À présent, je peux l'admirer plus sérieusement. Et je le trouve encore plus impressionnant. Il est tout en muscles. Des tablettes de chocolat qui pourraient servir de prises d'escalade. Il ne reluit pas. Il n'est pas bronzé et épilé. Il est poilu, brut et puissant. Il est naturel et viril.

Mon père est ouvrier, un homme gentil que j'aime et que je respecte. C'est un homme grand et fort capable de tout réparer de ses mains. Il travaille dans le bâtiment et est électricien.

Armando a beau être du genre à porter des costumes italiens très chics, quelque chose chez lui fait écho en moi. Une similarité entre mon père et lui qui me parle au niveau biologique. Mon cerveau est conditionné à voir mon père comme l'archétype de ce que doit être un homme. Et Armando correspond à la définition. Il est fort. Il sait ce qu'il veut. Il est efficace.

Il se glisse sous la douche. Il ne traîne pas, se savonnant partout et ressortant en moins de deux minutes.

Il enfile son boxer après s'être séché, et il revient à mon chevet. Sans dire un mot, il détache mon collant de la tête de lit. Il laisse mes poignets liés l'un à l'autre, cependant.

Peut-être qu'il s'attend à ce que je lui donne un autre coup de poing.

J'y songe encore.

Il grimpe à mes côtés. Je lui tourne le dos, les épaules courbées. Je suis toujours en colère.

Quand il colle son corps au mien et passe un bras autour de ma taille, je tente de lui donner un coup de coude malgré mes mains liées. Il est trop rapide. Il me saisit les bras et noue les bouts du collant à son propre poignet. Ah. Je comprends mieux, maintenant. Il n'essayait pas de me faire un câlin. Il voulait m'attacher à lui.

J'imagine qu'il estime que c'est plus gentil que de m'attacher à la tête de lit. Et c'est sans doute vrai. Cette position est plus agréable, en tout cas.

Et je savoure secrètement son bras autour de moi. Il est lourd. Rassurant. Réconfortant, même si c'est insensé. Ça fait très longtemps que je n'ai pas été étreinte par un homme, et j'avais oublié à quel point j'aime ça. L'odeur du savon et de sa peau propre pénètre mes narines.

Son sexe se contracte contre mes fesses.

— On ne couchera pas ensemble, déclaré-je d'un ton ferme.

C'est peut-être moi que j'essaye de convaincre.

— Compris, répond-il d'une voix rauque.

— Plus jamais, je veux dire.

— Chut, Pâquerette. Dors.

Il pose une grande main sur l'une des miennes, presque comme si nous nous tenions par la main.

Comme je déteste aimer ça à ce point, j'ajoute :

— Je trouve toujours que tu es une ordure.

Il ne dit rien, et je commence à me sentir coupable, comme si je devais veiller à ne pas le blesser.

Puis il prend la parole :

— Écoute, Hannah, je sais que tu es en colère. Mais crois-moi, t'attacher et te laisser là, c'était ma meilleure option.

Je tourne la tête dans sa direction et regarde le plafond d'un air furieux.

— C'est n'importe quoi.

— Tu aurais préféré que je t'attache dans le van et que je te laisse sur le parking du club de strip-tease ? Ou... Bon sang. Je ne veux même pas parler des autres possibilités.

Ses mots sont pleins de frustration.

Un frisson me parcourt l'échine, car à mon avis, l'autre option était de se débarrasser de moi – la témoin de son crime – de façon permanente.

Et je me sens soudain aussi lasse qu'il en a l'air. Je suis peut-être affectée par ce qu'il dégage, mais je ressens un poids écrasant. Les larmes me montent aux yeux, et certaines se mettent à couler le long de l'arête de mon nez.

— Et l'option où tu me fais confiance, tout simplement ? Je t'ai dit que je ne parlerai pas. Quand est-ce que tu comptes me croire ?

Armando garde le silence derrière moi, mais son corps est raide, tendu. Son bras s'est resserré autour de moi, ainsi que sa main sur les miennes. Enfin, il pousse un soupir bruyant dans mes cheveux.

— Je te fais confiance, Hannah. C'est juste que l'enjeu est trop important pour me reposer uniquement là-dessus. La moindre erreur me coûtera la vie.

Bon, j'avoue que *ça*, c'est un enjeu important.

— Je suis désolé que tu te retrouves mêlée à ça. Sincèrement. Mais je n'avais pas prévu toutes ces emmerdes, et j'essaye juste de gérer les conséquences.

— Et je fais partie de ces conséquences.

— Tu es la seule conséquence agréable.

Je crois sentir ses lèvres effleurer ma nuque, et je dois contenir le frémissement de plaisir qui me traverse. Je tente de rester indifférente à ses mots, même si je le crois. Je sais qu'il dit la vérité.

— Ne me laisse plus jamais attachée comme ça, dis-je, la voix étranglée par les larmes.

Il me serre contre lui.

— Je suis désolé, Pâquerette.

J'aurais cru que dormir les poignets attachés me serait impossible, et pourtant, je me surprends à tomber dans un état de relaxation profonde. La chaleur et le poids d'Armando me font le même effet que ces couvertures lestées que l'on dit si apaisantes.

— Je ne veux pas te faire de mal, Hannah, dit-il dans l'obscurité de sa voix grave.

Il m'en a déjà fait. Mais je pense qu'il le sait.

Je suis une éponge émotionnelle, et cela me permet d'absorber ses sentiments.

Alors je le crois. J'ai de la compassion pour lui, vu la situation dans laquelle il se retrouve. Mais ça ne nous empêche pas d'aller droit dans le mur. Et au moment du choc frontal, ça ne m'empêchera pas de souffrir le martyre.

CHAPITRE DIX-HUIT

Armando

Je me réveille en sursaut à plusieurs reprises pendant dans la nuit, le cœur battant, mon instinct de tueur aiguisé comme une lame, mais à chaque fois, je réalise que je suis blotti contre le corps doux et moelleux d'Hannah, et mon pouls ralentit. À chaque fois, j'enfouis le visage dans ses cheveux – son incroyable rideau de boucles serrées – et je hume son odeur, qui me donne l'impression d'être chez moi.

Être à ses côtés, c'est comme ouvrir une trappe et découvrir qu'un tout autre monde existe. Elle n'est pas sauvage, pas folle, mais elle se comporte d'une façon si éloignée de la norme, de tout ce que j'ai connu, qu'elle me réveille lentement de la stupeur dans laquelle j'étais plongé.

Tant d'émotions, de passion, de souplesse et de gentillesse. Une force tranquille. Chaque minute avec elle me transforme. Je reviens à la vie.

Sauf qu'il ne s'agit pas de mon ancienne vie. Pas d'une vie que j'ai déjà connue.

C'est quelque chose de si différent et de si étrange que je ne sais même pas sous quel angle l'aborder.

Je lui détache les poignets dans son sommeil et passe le doigt sur les fleurs tatouées sur son épaule et sur son bras. Bon sang, elle est tellement belle. Tellement différente des femmes avec qui je suis sorti jusque-là. Tout le contraire de Grace. Sa beauté est naturelle. Cette masse de cheveux indomptés qui lui tombent jusqu'aux fesses, sa petite silhouette pulpeuse, mais musclée. Sa peau lisse et noire. Elle est sans prétention et elle a les pieds sur terre.

Je glisse la main dans ses boucles, laissant leurs pointes dorées s'enrouler autour de mes doigts.

J'ai envie de lui faire confiance. Vraiment.

Mais je ne peux pas me montrer stupide et irréfléchi. Je ne peux pas penser avec ma bite.

Je ne l'ai pas très bien traitée du tout, cependant, et dans l'ensemble, elle a encaissé sans broncher. Il faut que je fasse quelque chose de gentil pour elle.

Je sors mon téléphone et fais un peu de shopping en ligne. C'est un cadeau débile. Elle n'en a certainement pas besoin, vu que son frigo est vide et que son van est en train de la lâcher. Mais bon, les meilleurs cadeaux ne sont-ils pas ce que l'on ne s'achèterait pas soi-même ? J'entre l'adresse du *Jardin d'Éden* pour la livraison, et je confirme la transaction.

La Belle au bois dormant ne s'est toujours pas réveillée.

La faim finit par me tirer du lit, mais quand je me lève pour me mettre en quête de nourriture, je ne trouve rien dans sa cuisine. J'aimerais sortir nous acheter quelque chose, mais je n'ai pas envie de l'attacher à nouveau. Et je ne veux pas non plus la réveiller.

Je trouve un café du quartier qui assure les livraisons, et je nous commande un sandwich aux œufs et un café au lait chacun.

Puis je me mets à fouiller dans ses affaires.

J'ouvre ses tiroirs et regarde à l'intérieur. J'examine les cadres accrochés aux murs, qui renferment principalement des photos ou des peintures de fleurs.

J'ignore ce que je cherche. Des indices sur sa personnalité, j'imagine. Non, c'est un mensonge. Je cherche la trace d'un petit copain.

Je sais qu'elle n'en a pas, sinon elle n'aurait pas couché avec moi, mais je veux savoir si elle voit quelqu'un. Si elle a été en couple. Découvrir quel est son passé amoureux.

A-t-elle l'habitude de coucher avec d'autres mecs comme elle l'a fait avec moi ?

Ou est-ce un cas exceptionnel ?

Parce que pour moi, ce n'était clairement pas banal.

Bien sûr, avant ça, je n'avais jamais fait abstinence pendant cinq ans.

Mais notre lien est plus fort que ça. L'alchimie entre nous crève le plafond. Et la façon dont elle se donne à moi réveille mon côté dominateur, dont j'ignorais l'existence.

Enfin, j'ai toujours aimé diriger. Je suis un mâle alpha, et j'ai besoin de commander. Mais je me suis toujours montré respectueux. Je n'avais encore jamais penché de fille sur un comptoir avant de lui donner une fessée et de la baiser. Je n'avais encore jamais attaché l'une de mes conquêtes.

Bien sûr, ça, ce n'était pas pour m'amuser, c'était nécessaire.

La première fois.

Et la dernière.

Mais pas la fois entre les deux. La fois où on a tous les deux aimé ça.

Hannah fait ressortir le sauvage qui est en moi. C'est dingue, toutes les choses que j'ai envie de lui faire. Même maintenant, alors que je pense à ce que je veux lui offrir, j'ai envie d'abuser d'elle.

Pas pour de vrai. Pas contre son gré. Mais pour jouer. Comme à la boutique, quand elle était effrayée, mais excitée. Je voudrais qu'elle soit comme ça à chaque fois.

Tremblante. Nerveuse. Soumise.

Bien sûr, pour l'instant, il n'est pas question de remettre ça. Elle est fâchée contre moi, et je n'insisterai pas. Je lui dois le respect.

Hannah se réveille lorsque le livreur sonne. Je suis en train de fouiller dans son tiroir à sous-vêtements pour passer ses culottes en revue.

— Qu'est-ce que tu fous, Armando ? Tu baves sur mes petites culottes ?

Exactement, amore. Je laisse retomber la culotte en dentelle rose que j'avais à la main. Mon membre est pressé contre ma fermeture éclair de tant l'avoir imaginée dans ces dessous, que je lui ôterais avec les dents.

Je ne lui réponds pas et presse le bouton pour que le livreur puisse monter.

Hannah croise les bras sur sa poitrine comme si elle avait peur. Ou qu'elle se sentait vulnérable.

— Qui est là ?

— Juste un livreur, Pâquerette. Tu as faim ?

Elle se détend légèrement.

— Oui.

Elle ne quitte pas son lit, cependant, alors je me contente d'entrouvrir la porte pour récupérer ma commande, que j'apporte à Hannah. Elle me regarde d'un air soupçonneux pendant que je lui tends son café et que je pose le mien sur la table de chevet.

J'ai complètement perdu sa confiance, hier soir. Ça vaut sans doute mieux ainsi. Il est préférable qu'elle ait peur de moi.

Je me glisse sur le lit à côté d'elle, et m'adosse au mur tandis qu'elle prend une petite gorgée de café et gémit doucement.

— Il est bon ? demandé-je.

— Délicieux. Qu'est-ce que c'est ?

— Un simple café au lait, réponds-je en la regardant avec curiosité.

— Il est plus fort que ce que je bois d'habitude. Ou moins sucré. J'ai tendance à ajouter plein de sirops en tous genres dans ma tasse. Je ne savais pas que j'aimais le boire comme ça.

Elle me parle comme si tout allait bien. Cela apaise quelque peu le chaos qui règne dans ma poitrine depuis que je l'ai fait pleurer, hier soir.

J'ouvre le sachet de nourriture et lui tends son sandwich, avant de prendre le mien. Son chaton, Ombre, saute sur le lit et se dirige vers nous en ronronnant. Je mange mon sandwich en veillant à ne pas faire de miettes, et j'ignore la minuscule créature, mais il décide de se rouler en boule sur mes genoux, me pétrissant les cuisses avec ses petites pattes.

Je finis de manger et range l'emballage de mon sandwich dans le sac en papier. Le chaton se lève pour mener l'enquête, plongeant le museau dans le sac avant d'y glisser la patte pour jouer avec l'emballage bruyant.

Il ronronne toujours.

J'ouvre le haut du sac et le couche pour que le chaton puisse y entrer, ce qu'il fait, avant de tourner dans tous les sens.

Hannah émet un petit son amusé à côté de moi.

C'est adorable. Je *sais* que ça l'est, mais je ne le ressens pas vraiment. C'est comme si les zones de mon cerveau qui détectent toutes ces choses avaient été coupées. Hier soir, lorsque nous sommes arrivés chez elle, j'ai pris le chaton dans mes bras. Je l'ai regardé de près, conscient qu'il était censé être mignon, j'ai tenté de ressentir quelque chose, mais je n'y suis pas parvenu. Tout comme je n'ai rien ressenti lorsque j'ai étreint ma mère, à ma fête de bienvenue. Pourtant, les câlins d'une maman, c'est le genre de choses qui fait remonter un tas d'émotions, même s'il s'agit principalement de honte et de remords.

Mais les larmes d'Hannah m'ont affecté, hier. Avec elle, je ressens des choses.

C'est déjà ça.

Elle mange toujours, prélevant des bouchées délicates qu'elle mâche lentement. Je sors du lit et récupère mon café, que je porte jusque dans la salle de bains. Je cherche un rasoir et me rase le visage.

Quand je sors, Hannah est en train de s'habiller. Elle a enfilé une robe tee-shirt grise qui moule ses moindres courbes, avec un gilet court en dentelle blanche. Elle porte de grosses sandales originales, turquoise, marron et orange. Elles dévoilent ses orteils et ses ongles rose vif ornés de petites fleurs blanches. J'ai envie de les sucer.

Elle se tourne vers moi, le visage tendu. Elle est nerveuse.

Merde. Est-ce qu'elle a peur de moi, désormais ? Je devrais m'en réjouir, mais ça me fait l'effet d'un coup de poing dans le ventre.

— Il faut que j'aille à la boutique, déclare-t-elle d'un ton de défi, mais le frémissement de ses lèvres contredit son assurance. Je dois vendre des fleurs, sinon je ne pourrai pas payer mes factures.

Elle lève le menton, les narines légèrement dilatées tandis qu'elle me cloue sur place avec son regard autoritaire.

— À quelle heure ? demandé-je d'un ton léger.

Je me doutais bien qu'il fallait qu'elle travaille. J'ai vu les horaires sur sa vitrine.

Elle reste un moment hébétée, comme surprise que je ne refuse pas.

— J'ouvre à midi.

Je jette un coup d'œil à l'horloge. Il est déjà dix heures.

— Tu es prête ?

Tout son corps reprend vie, et elle fait aussitôt un pas en direction de la salle de bains, avant de s'interrompre.

— Euh... qu'est-ce qui va se passer, Armando ?

— Je resterai avec toi, Hannah. Jusqu'à ce que je sois sûr. Alors on ira à la boutique ensemble.

— C'est n'importe quoi, grommelle-t-elle.

Elle passe devant moi pour accéder à la salle de bains, mais ses tensions l'ont quittée. Comme auparavant, j'ai l'impression que ce qui l'inquiète, c'est sa boutique, pas moi. Et étonnamment, cela me met de meilleure humeur, moi aussi.

Je sors son sac à main du placard où je l'ai rangé et je ramasse le chargeur sur son bureau. Je glisse son téléphone dans ma poche arrière.

Elle sort de la salle de bains, maquillée et les cheveux enveloppés dans une pièce de tissu coloré qui empêche ses boucles de lui tomber dans les yeux. Elle porte du mascara, et sa bouche est irisée. J'ai envie de lui enlever son rouge à lèvres d'un baiser, mais je ne me risque pas à essayer.

— On y va, lance-t-elle d'un air provocateur.

Je lui tends son sac et je prends les clés.

— C'est trop bizarre, commente-t-elle lorsque je ferme la porte derrière nous. J'essaye de me faire à la situation, mais si j'y réfléchis de trop près, je crois que je péterai les plombs.

Nous descendons les escaliers, et je place une main sur son dos. Je ne devrais pas la toucher, pas après hier soir, mais son corps est irrésistible. J'ai constamment envie de le faire.

— Je suis surpris que tu n'aies pas encore perdu ton sang-froid, Pâquerette, dis-je en me frottant le front. Tu arrives tout en haut de ma liste.

Je m'interromps, parce que je ne sais même pas ce que je raconte. Je sais seulement que c'est la vérité. Elle est tout en haut de ma liste. Sur tous les plans.

— Quelle liste ?

Évidemment qu'elle s'interroge. C'était vachement bizarre, de dire ça.

Je secoue la tête.

— Rien. Laisse tomber.

Elle me coule un regard en coin, une curiosité bouillonnante sous ses épais cils recourbés.

C'est alors que ça me frappe : je lui plais. C'est pour ça qu'elle m'a embrassé. Pour ça qu'elle n'a pas paniqué quand j'ai infiltré sa vie. Envahi son espace. Bon, je savais déjà que nous étions attirés l'un par l'autre. C'est électrique, entre nous. Mais à présent, je détecte autre chose. Ce bon vieux lien que je perçois entre nous. Un désir qui n'est pas uniquement sexuel.

Bon sang, ça me donne presque envie de rire.

Pas pour me moquer d'elle. Surtout pas. Non, je me sens soudain tellement léger que je pourrais m'envoler.

J'entremêle mes doigts aux siens. Elle a beau m'en vouloir, je lui plais quand même. Je regagnerai le droit de la toucher.

Elle ne me repousse pas, et je savoure cette petite victoire. Je l'accompagne jusqu'au van et je lui ouvre la portière passager.

Le véhicule crachote, et il me faut quatre tentatives pour le faire démarrer. Merde. Il faut impérativement le réparer. Aujourd'hui.

CHAPITRE DIX-NEUF

Hannah

Je ne m'attendais vraiment pas à ce qu'Armando me laisse aller au boulot. Je pensais que nous aurions un autre débat, que je perdrais. Je ne m'attendais pas non plus à ce qu'il m'accompagne.

C'est étrange et tordu, mais cette idée m'enthousiasme presque. Comme si mon petit ami venait traîner avec moi sur mon lieu de travail.

Je n'arrête pas de me rappeler que je suis sa prisonnière, pas sa copine, mais quand il me prend par la main et m'ouvre la porte, tout mon corps est parcouru de frissons ravis.

Je n'ai pas bien fait attention à la route qu'il a prise, mais lorsqu'il se gare devant un garage auto, je me redresse dans mon siège.

— Qu'est-ce qu'on fait ?

— On achète un nouvel alternateur pour cette épave. Viens.

Je ramasse mon sac, ouvre ma portière et bondis hors du van. Je remarque qu'il ne m'ordonne plus de ne pas bouger. Sa confiance en moi grandit.

— Je n'ai pas les moyens, lui dis-je après avoir fait le tour du véhicule.

Il en a sans doute déjà conscience, mais je préfère mettre les choses au clair.

— C'est moi qui paye, répond-il.

— Je ne peux pas te laisser faire ça.

Son visage prend une expression autoritaire.

— Je ne te demande pas la permission. Je t'informe que ton van n'est ni sûr ni fiable. Alors je le répare. Ce n'est pas négociable.

Je ne devrais pas être sous le charme, mais quelque chose dans la façon dont il dit cela fait pointer mes tétons. J'entrevois l'ancien Armando : le mec élégant et beau parleur qui passait à la boutique du temps de Mary Alice avec des liasses de billets. C'est cette assurance et cette aisance teintées d'un peu d'arrogance qui me font de l'effet. Comme si pour lui, l'argent n'était pas un problème, et qu'il était ravi de m'aider. Carrément sexy.

Il parle à un mécanicien, l'informant de ce qui cloche avec mon van, puis nous entrons pour remplir des papiers. Armando donne mon nom, mais c'est son nom et son numéro de téléphone qui figurent en lieu et place de la personne à contacter. Il demande ensuite à ce que nous soyons déposés à la boutique.

Ce n'est pas si compliqué, mais depuis que j'ai des problèmes avec le van, je n'ai jamais osé le faire examiner. Principalement parce que je savais que je n'avais pas les moyens de payer les réparations. Mais aussi parce que je craignais qu'après un regard sur moi – une jeune femme noire qui n'y connaît rien en mécanique – le garagiste tente de m'arnaquer.

Personne n'essayerait d'arnaquer Armando. Ou en tout cas, personne de sain d'esprit.

Sur la route, il garde le silence, assis à côté de moi, mais à des années-lumière de là.

Je presse ma jambe contre la sienne.

— Merci.

Il tourne la tête et me regarde sans l'ombre d'un sourire, son visage un masque indéchiffrable et redoutable. Je ne pense pas qu'il m'ait entendue.

— Quoi ?

— J'ai dit merci.

Il me regarde encore un moment d'un air hébété, comme s'il lui fallait un moment pour revenir au présent et assimiler mes mots. Puis il détourne de nouveau la tête.

— Je t'en prie, Pâquerette.

J'envisage de glisser ma main dans la sienne, mais je résiste. Je n'ai aucune idée de ce qu'il traverse ; en danger de mort à peine sorti de prison. Il a tué quelqu'un et retient la seule témoin prisonnière. Le prendre par la main n'arrangera pas ses affaires.

J'ai la chance d'avoir des soucis réparables, qu'Armando est en plus prêt à régler en partie. S'il ne m'avait pas donné l'argent du loyer, hier, j'ignore ce que j'aurais fait. Et envoyer le van au garage me permettra de rendre mon entreprise plus lucrative. Je pourrai reprendre les livraisons.

La navette nous dépose à la boutique, et Armando déverrouille la porte avant de regarder à gauche et à droite dans la rue, comme un agent secret. Ses yeux se posent sur l'endroit où le corps était tombé.

— Ça va ? m'enquiers-je en lui touchant le coude.

Il sursaute et se retourne, sourcils haussés. Un soupir s'échappe de ses lèvres.

— C'est *toi* qui me demandes ça ?

Il place une main derrière ma tête et pose les lèvres sur ma tempe.

— Toi, ça va ? me demande-t-il d'une voix grave et douce.

Sa question a quelque chose d'intime, comme si nous partagions un grand secret. Je suppose que c'est bel et bien le cas. Il sent le propre, sa peau fraîchement rasée lisse contre la mienne.

Mon cœur s'emballe. Je réalise à quel point ses lèvres sont proches. À quel point son contact me réconforte.

— Oui, ça va. Je ne le connaissais pas, ce type, et j'ai trouvé la scène un peu… surréaliste. Comme si je regardais un film, tu vois ?

Armando hoche la tête. Son pouce me masse l'arrière du crâne.

— Ouais. Pareil pour moi. Mais j'ai tout le temps l'impression de regarder un film, en ce moment. Tout le temps, sauf…

Il s'interrompt. Je recule pour le dévisager.

— Sauf quoi ?

Ses doigts glissent dans mes cheveux et se referment dessus, capturant une grosse mèche. Il s'en sert pour me renverser la tête en arrière.

— Sauf avec toi. Toi, tu me parais bien réelle.

Je retiens mon souffle.

Dans un geste lent, comme pour me laisser le temps de protester, il penche la tête. Ses lèvres glissent sur les miennes. C'est un baiser élégant. Expérimenté. Pas un baiser passionné et effréné comme ceux que nous avons échangés hier.

Là, c'est différent. C'est de la séduction.

Et la séduction, ce n'est pas juste. Car Armando n'est pas un homme dont je peux tomber amoureuse. Ce n'est pas de l'amour. C'était peut-être un coup bas de ma part, quand je l'ai embrassé la première fois, mais là, c'est lui qui me fait un coup bas.

Je parviens à glisser les mains entre nous, et je repousse son torse pile quand il recule. Il me laisse faire et frotte ses lèvres l'une contre l'autre comme s'il savourait ma salive.

Je vacille en arrière, puis tourne les talons et me précipite dans l'arrière-salle, allumant les lumières et préparant l'ouverture de la boutique.

Mince. Il faut que je prenne mes distances avec ce mec. Parce qu'il a complètement infiltré mon monde, chacun de mes pores. Et cela ne m'aide vraiment pas à rester sur mes gardes.

Les mains tremblantes, je m'affaire, mon corps et mon esprit toujours troublés par son baiser. Je ne peux pas nier la chaleur qui persiste entre nous, et je sais qu'elle ne se dissipera pas de sitôt.

J'essaye de me concentrer sur mon travail, mais mes pensées retournent à Armando et à la sensation de ses lèvres sur les miennes. Je m'enflamme en me remémorant le courant électrique qu'il y avait entre nous.

Je marque une pause et lève les yeux. Il est debout sur le seuil et me reluque, les yeux brûlants. Je soutiens son regard, et durant un instant, personne ne fait un geste. Puis il s'approche et tend les bras vers moi, passe un doigt le long de ma joue. Son geste est doux, mais ferme et m'envoie une vague de plaisir dans tout le corps.

Ses yeux m'examinent de bas en haut, et ma peau chauffe sous son regard.

— Tu es sublime, me murmure-t-il à l'oreille.

Je frémis, le cœur battant, et je tente de retrouver ma voix.

— Tu cherches à me distraire, dis-je. À me faire négliger mon travail.

— Tu travailles, là ?

— J'ouvre bientôt, et je ne suis pas prête.

Seigneur, cet homme est redoutable. Le pouvoir qu'il exerce sur mon corps est indéniable.

Il fait un pas supplémentaire vers moi.

— Tu me sembles parfaitement prête.

— Armando...

Il m'interrompt en pressant ses lèvres contre les miennes. Ce baiser est différent du précédent, plus intense et passionné. Et je sens la tension entre nous s'envoler à chaque seconde qui passe.

Enfin, il recule et me contemple, les paupières lourdes.

— Je comprendrai, si ce n'est pas ce que tu veux, dit-il d'une voix grave et rauque. Mais je ne peux pas nier ce que je ressens en ce moment.

Je hoche la tête, dans tous mes états. Moi aussi, j'en ai envie. Mais j'ai peur. Peur de ce qui se passera, si je le laisse prendre ses aises.

— C'est... c'est ce que je veux, chuchoté-je, à peine audible.

Il me pousse vers une haute étagère sur laquelle j'entrepose mes rubans et autres objets décoratifs. Il me plaque contre elle, me piégeant entre son corps et la surface dure. Ses mains glissent sur mes flancs, et je ne peux pas m'empêcher de cambrer le dos pour me coller à lui. Il se penche en avant et pose ses lèvres sur les miennes, glisse la langue dans ma bouche, m'explore et me goûte.

Ma respiration devient superficielle, et je ne sens plus que son érection, pleine de promesses. Il parcourt mon dos et referme les mains sur mes fesses, me soulevant pour unir nos corps davantage. J'encercle sa taille de mes jambes, et il déchire ma culotte sans effort.

Armando s'agenouille face à moi et se met à embrasser l'intérieur de mes cuisses, remontant lentement jusqu'à trouver mon clitoris. Sa langue experte le caresse, et le plaisir envahit mon corps. Sa langue va et vient, et il me colle à lui pour l'enfoncer profondément en moi. Je gémis, tremblante. J'avance le bassin vers lui, l'encourageant à m'explorer encore plus.

Il répond à mon geste en glissant un doigt en moi, son pouce collé à mon anus. Ses mouvements deviennent plus empressés, et je sens que j'atteins le point de non-retour.

Mes soupirs sont de plus en plus bruyants, et tout mon corps frémit alors que je jouis. Ses mains glissent sur mes cuisses, et il se relève lentement pour me regarder dans les yeux.

— Prête pour la suite ?

J'acquiesce, le corps toujours tremblant après le plaisir qu'il vient de me prodiguer. Il m'embrasse langoureusement et me retourne, me plaquant de nouveau contre l'étagère. Je l'entends déchirer un emballage de préservatif. En tout cas, j'espère que c'est de ça qu'il s'agit, mais je suis trop excitée pour m'en soucier.

— Tu m'avais dit que tu ne coucherais plus jamais avec moi.

Ses mots rauques me caressent la peau et m'envoient un frisson dans la colonne vertébrale.

— J'ai changé d'avis, parviens-je à répondre.

Il fait glisser son gland le long de ma fente, puis me pénètre parderrière, m'emplissant à chaque coup de reins. Je laisse échapper un gémissement bruyant.

Il bouge de plus en plus vite, et bientôt, je crie son nom, contente de ne pas encore avoir ouvert la boutique.

Ses va-et-vient violents s'intensifient, et je sens un nouvel orgasme monter en moi. Lorsque j'atteins un sommet de plaisir, je sens son corps se crisper, et il s'enfonce en moi dans un gémissement grave. Il me pénètre encore plus profondément qu'avant, et je sens son sperme chaud remplir le préservatif lorsqu'il me rejoint enfin dans l'extase.

Nous restons immobiles quelques instants, haletants, tentant de reprendre notre souffle. Il me redresse et m'enlace, la tête posée sur mon épaule.

La preuve de ma jouissance couvre l'intérieur de mes cuisses, et je jette un regard à ma culotte, jetée sur le sol.

Armando me fait pivoter et m'embrasse profondément, ses mains sur mon corps. Ses caresses sont électriques, et mon excitation grandit à nouveau. Sa bouche quitte mes lèvres pour se promener dans mon cou, couvrant ma peau de chair de poule.

Sa main glisse de plus en plus bas, et il enfonce deux doigts en moi, les faisant tourner d'un côté puis de l'autre jusqu'à ce que je frémisse de plaisir.

— J'aime sentir ton nectar. J'aime en avoir plein les doigts.

Pour toute réponse, je gémis, envahie par le désir. Il continue de me titiller, effleurant mon point sensible de son pouce et m'envoyant des vagues d'extase. Je me cambre pour me coller à sa main. J'en veux encore.

Il me maintient fermement les hanches en place alors qu'il me caresse de l'intérieur, mes parois toujours parcourues de contractions après la jouissance. Mes jambes flageolent, et je halète tandis qu'il ôte lentement sa main.

Il m'étreint à nouveau et me susurre à l'oreille :

— Je te dois une culotte neuve.

CHAPITRE VINGT

Armando

Je m'assois dans la partie atelier pour ne pas être dans les pattes d'Hannah. Le long d'un mur se trouve un établi surmonté d'étagères disposant de tout son matériel ; vases, paniers et mousse verte dans laquelle il est possible de planter des fleurs. C'est ici qu'elle met au point ses créations. Contre le demi-mur étroit se trouve son bureau, couvert de factures et de livres de comptes datant d'il y a trente ans. Les affaires de Mary Alice.

Hannah se déplace à toute vitesse, plaçant des fleurs dans la chambre froide, faisant du rangement. Puis elle retourne son écriteau sur *ouvert* et déverrouille la porte.

Je me mets à passer en revue les factures et autres documents, en additionnant les totaux dans ma tête. Elle a fait trois mariages en trois mois. Ces événements rapportent gros. Mais le reste est modeste : des bouquets et autres arrangements floraux. Apparemment, ça fait quatre mois qu'elle n'assure plus de livraisons. Sans doute le moment où le van a commencé à faire des siennes.

Pour le fun, j'ouvre le livre de comptes le plus récent. Pendant que j'étais en prison, j'ai obtenu un diplôme de commerce. Je crois que je voulais impressionner le don à ma sortie. Je ne lui en ai pas encore parlé.

Malgré mon manque d'enthousiasme général, ces derniers temps, je m'intéresse aux affaires. J'examine les recettes et les dépenses. Arturo m'obligeait à me servir d'un livre de comptes à l'ancienne pour rentrer les recettes de nos vols de voitures et de nos rackets, alors je sais comment ça marche. Je sors le livre de compte suivant, puis le suivant. Ce que je vois confirme les difficultés d'Hannah. Les bénéfices de Mary Alice ne progressaient plus depuis des années. Ils se maintenaient tout juste. Et ses profits n'ont jamais été énormes. La plus grosse partie des dépenses concerne les salaires et le loyer, suivie des fleurs et autres matières premières.

Hannah entre dans l'atelier et s'arrête net.

— Qu'est-ce que tu fais ?

Je ne réponds pas. Je demande plutôt :

— Tu as les mêmes frais que Mary Alice à l'époque ?

Elle s'approche avec raideur.

— Plus ou moins. Le loyer a augmenté de deux cents dollars quand j'ai repris l'entreprise, et je fais aussi un paiement mensuel à Mary Alice pour la boutique.

— Combien ?

— Mille cinq cents.

Je siffle.

— Quoi ? réplique-t-elle sur la défensive.

Je ne devrais pas insister, mais j'ai envie d'étudier ces chiffres de plus près. De découvrir ce qui est allé de travers.

— Tu as fait tes calculs avant de signer cet accord ?

Elle pâlit légèrement.

— Comment ça ?

Lorsqu'elle rejette ses cheveux par-dessus son épaule, je vois sa main trembler. Elle a beau être tout à fait capable de me gérer – moi, le tueur qui l'a enlevée –, quand il s'agit de faire tourner une entreprise, elle est dépassée par les événements, et elle le sait.

Je m'empare de ses doigts tremblants.

— Je veux juste dire que je comprends pourquoi tu galères. Il n'y a jamais eu beaucoup de marge de manœuvre.

Elle regarde nos mains jointes comme s'il s'agissait d'un objet inconnu. Bon sang, elle a l'air à deux doigts de s'évanouir. Elle se dégage pour se retenir au bord du bureau et bat rapidement des paupières.

— Hé, ne panique pas. C'est gérable. Mais tu ne peux pas continuer comme Mary Alice et espérer faire des bénéfices. Il faut que tu mettes des changements en place.

Elle s'appuie lourdement sur le bureau, comme si ses jambes ne la soutenaient plus. J'ai envie de l'asseoir sur mes genoux et de lui dire que tout ira bien, mais je ne suis pas son héros. Et je suis trop cynique pour croire que tout ira bien si elle ne change pas de stratégie.

— Quels changements ?

Je me lève et croise les bras.

— Je ne sais pas. Il faut que tu trouves d'autres clients. Que tu te fasses de nouveaux contacts. Que tu explores d'autres idées. Tu payes Mary Alice pour ce qu'elle t'a légué, mais je pense que c'est trop cher. Parce que son entreprise était de moins en moins profitable.

Les yeux d'Hannah s'embuent, mais elle ravale ses larmes. Quelqu'un entre, et elle se précipite dans la partie boutique, en me jetant un regard noir par-dessus son épaule.

Je ne la quitte pas des yeux. D'ici, je l'entends, alors je le saurai tout de suite, si elle demande de l'aide à un client ou si elle tente d'écrire un mot. Honnêtement, je ne m'attends pas à ce qu'elle tente quoi que ce soit, mais je serais idiot de lui témoigner une confiance aveugle. Ce n'est jamais une bonne idée, surtout avec une belle femme.

Hannah met au point un bouquet économique pour sa cliente, tout en me fusillant de nouveau du regard.

Je fais craquer ma nuque. Pourquoi est-ce que je me sens aussi salaud ?

J'ai été franc, c'est tout, et je tentais de l'aider.

Mais je n'aime pas la voir en colère. Comme hier soir, quand je l'ai laissée attachée, une sensation désagréable me serre l'estomac.

Des sentiments.

Merde.

Est-ce que j'ai *envie* de me remettre à éprouver des émotions ?

La vie est peut-être plus simple, quand on est engourdi et qu'on se fout de tout.

Je devrais rester pour tenir Hannah à l'œil, mais je suis impatient de résoudre mes problèmes et de mettre un terme à cette situation tordue avec elle, alors je sors mon téléphone et m'enfonce dans l'arrière-boutique pour appeler Luis, une connaissance. Il est prêteur sur gages et ne crache pas sur les transactions illégales. Il vend toutes sortes de choses, grandes ou petites. À Chicago, il a beaucoup de connaissances dans le Milieu, et dans les gangs.

Il décroche avec un « Salut ».

— Salut, c'est Armando, de la Famille Pachino. Ça fait un bail.

— Armando. T'es sorti ?

— Ouais, c'est tout récent.

— Qu'est-ce que t'as pour moi ?

— Rien. Je me tiens à carreau, mais je me demandais si tu pourrais m'aider à obtenir quelques infos.

Il marque une pause. Je sais que dans ce monde, rien n'est gratuit. Tout ce qu'il me dira aura un prix.

— Quelles infos ?

— Il y a un contrat sur ma tête. Je me demandais si tu en avais entendu parler ?

— Nan, j'étais pas au courant. Qui c'est, à ton avis ?

— Je pense que c'est les Hermanos. J'ai eu un accrochage avec un de leurs membres en tôle. Tu pourrais découvrir si j'ai vu juste ?

— Ouais, je vais me renseigner. C'est ton nouveau numéro ?

— Pour l'instant.

— Ça marche. Je te rappellerai.

Je raccroche et ouvre la porte qui donne sur la ruelle de derrière, agité. Ce matin, j'ai commencé à me demander s'il s'agissait bien des Hermanos. C'est plutôt le genre à tirer sur leur cible en passant à côté en voiture, avec toute une bande et des fusils automatiques. Un seul type qui tente de me buter dans un coin, ça pue le tueur à gages. Et pourquoi m'enverraient-ils un professionnel alors qu'ils sont parfaitement en mesure de m'éliminer eux-mêmes ?

Il y a deux raisons pour engager un tueur : quand on n'est pas un tueur soi-même, ou quand on veut que personne ne sache qu'on est derrière le meurtre. Et quand je dis que personne ne le sache, je ne parle pas seulement de preuves. Ou des flics. Je veux dire, personne, pas même dans la rue.

Imaginons que Don Pachino fasse assassiner quelqu'un. Il envoie un message. Il veut que dans le milieu, tout le monde sache qu'il est responsable. Et à mon avis, c'est pareil pour les Hermanos. Le message serait : *faut pas nous faire chier, en prison comme à l'extérieur.*

Alors je trouve ça bizarre, d'avoir été attaqué par un mercenaire.

Ça ne me plaît pas. Et je commence à me dire que je devrais peut-être me faire plus de souci que je le croyais.

Je deviens complètement parano.

Je me dis que je n'aurais pas dû commander à manger chez Gio, hier soir. On me connaît, là-bas. Le proprio connaît mon nom. Et j'ai payé par carte, une carte désormais associée à l'adresse d'Hannah. Si ça se trouve, j'ai foutu en l'air mon projet de me cacher chez elle.

C'est pour ça que j'ai conduit son van dans un garage inconnu, ce matin.

J'en connais un tas, des mécaniciens. Des types qui me feraient un super prix ou bosseraient même gratuitement. Mais je refuse de lier Hannah et son entreprise à mon nom. Elle est déjà assez dans la merde comme ça. S'il lui arrivait quelque chose à cause de moi, je ne me le pardonnerais pas.

Je la regarde travailler dans son atelier, mettre au point de nouveaux arrangements floraux. Elle a du talent. Mais elle est dépassée.

J'ai envie de l'aider.

C'est la première chose qui m'a semblé claire depuis ma sortie de prison, en plus du fait que je voulais coucher avec elle. La première chose qui m'a paru digne d'intérêt.

Malheureusement, me mêler de ses affaires est la pire idée qui soit. Si je voulais vraiment son succès, je garderais mes distances.

CHAPITRE VINGT ET UN

Hannah

J'ai l'estomac noué. Ou alors, mon diaphragme est tendu. Parce que j'ai du mal à respirer. Mon stress est monté en flèche, lorsqu'Armando m'a posé des questions sur l'entreprise.

Les larmes me montent aux yeux pendant que je crée des bouquets dont je n'ai pas besoin. Travailler au contact des fleurs est la seule chose qui me rend heureuse ici, cependant. Enfin, ça me rend heureuse en général. C'est pour ça que j'ai abandonné mes études d'infirmière et l'avenir que ma mère souhaitait pour moi pour racheter la boutique. Les fleurs me rendent heureuse. J'aime leurs couleurs, leurs textures délicates, leurs odeurs. J'aime être au contact d'autant de beauté et mettre à profit mon instinct et ma créativité pour élaborer des bouquets.

La fac, ce n'était pas fait pour moi. J'avais beau avoir d'excellentes notes, je ne m'y plaisais pas. Alors quand Mary Alice m'a proposé de reprendre son entreprise, je me suis mise à le désirer plus que tout au monde.

Mais à présent, j'ai l'impression d'avoir commis une énorme erreur.

Armando rentre par la porte de derrière, et je me renfrogne. J'ai un peu la haine contre lui, là.

Je sais que ce n'est pas sa faute, mais il m'a dit les choses que je tente de me cacher à moi-même depuis six mois. J'ai fait une grave erreur en rachetant *Le Jardin d'Éden*. J'ai renoncé à mes études et à une carrière assurée, et je suis sur le point de tout perdre.

— Salut, dit-il en m'observant, une hanche appuyée contre l'établi. Je ne voulais pas te mettre en colère.

— Je ne suis pas en colère, mens-je d'une voix tendue.

Ce que je veux vraiment dire, c'est que je n'ai pas envie d'être en colère, parce qu'il n'est pas responsable de ma faillite.

— Je ne critiquais pas ta décision de reprendre la boutique, Hannah.

C'est pourtant l'impression qu'il m'a donnée.

— Regarde-moi.

Je l'ignore.

— *Hannah.*

Il est très doué pour jouer les autoritaires. Je parie que quand il veut, il est capable de pousser des mecs à se pisser dessus.

Je me tourne vers lui, les lèvres pincées. La pression monte dans ma gorge, menaçant d'exploser.

— Tu n'es pas complètement foutue. Et tu n'as pas merdé non plus.

Je le regarde d'un air hébété. Curieux résumé. Bizarrement, ses mots s'installent en moi dans une sorte de pulsation réconfortante.

Il penche la tête sur le côté.

— Tu veux que ça marche, non ?

J'ouvre la bouche, déroutée par le tour qu'a pris ma colère. Elle est toujours bien présente dans ma poitrine, mais elle ne bouillonne plus. Elle ne rugit plus.

— *Oui*, réponds-je d'un ton sec, même s'il ne mérite pas ma mauvaise humeur.

— Hé.

Il pose une main sur ma taille. Cela fait un drôle d'effet à mes entrailles, surtout vu mon état de nerfs.

— Tu es inquiète. Je comprends. Mais des choix s'offrent à toi.

Je me surprends à me rapprocher de lui, comme si la force de son corps solide ou son attitude arrogante pouvaient m'être transmises.

— Quels choix ?

Il hausse les épaules.

— Tu peux continuer de te ronger les sangs sans rien changer.

Je fronce les sourcils, les poumons de nouveau sous tension.

— Ou tu peux instaurer des changements pour faire progresser ton entreprise. Parce que c'est ce que tu veux, non ? Qu'elle progresse ?

Je hoche la tête. Oui. C'est ce que j'imaginais quand je l'ai rachetée. Je n'avais pas l'intention de continuer comme Mary Alice le faisait depuis des années, et je ne m'attendais certainement pas à avoir encore moins de clients qu'elle.

— Je ne peux pas la faire progresser si je n'ai pas d'argent à investir. Je n'avais même pas les moyens de réparer le van pour continuer les livraisons. C'est pour ça que je parviens tout juste à garder la tête hors de l'eau depuis le rachat.

— Tu trouveras une solution.

Je le regarde, stupéfaite.

— Sérieux ? C'est ça, ton conseil ?

— Toutes les idées ne coûtent pas de l'argent. Et l'argent ne provient pas que d'une seule source.

Je secoue la tête. J'ignore pourquoi je m'attendais à ce qu'il ait des réponses magiques à m'apporter.

— Qu'est-ce que tu y connais, de toute façon ? grommelé-je en tournant les talons.

Il m'attrape par le bras et me tire vers lui.

— Soit tu abandonnes, soit tu te bats, Pâquerette. Mais ne retiens pas ton souffle en prétendant que tu n'es pas en train de couler.

Je ne suis pas du genre violente, mais je le repousse d'un geste brusque.

— Va te faire foutre, Armando.

Je sais, pas terrible, comme réplique, mais je...

Je perds le fil de mes pensées lorsqu'il capture mes poignets et me plaque contre le mur, son corps musclé collé au mien.

— Fais gaffe, Pâquerette.

Je ne comprends pas pourquoi je mouille à chaque fois qu'il me maintient. Ou qu'il me menace. On dirait que mon corps ne sait pas faire la différence entre la violence et les préliminaires. Non qu'Armando soit violent avec moi. D'ailleurs, ses actions ressemblent effectivement à des préliminaires. Mais ça ne me ressemble pas.

— Lâche-moi, chuchoté-je, sans le penser.

— Respire, Pâquerette.

Je tente de libérer mes poignets, mais sa poigne se resserre.

— Respire, ou je t'y obligerai.

— Ah bon ? Et comment ?

Je suis beaucoup plus excitée qu'apeurée. Je veux que toute son attention se tourne vers moi. Vers mon corps.

Peut-être même vers mon entreprise, bien qu'il m'ait énervée.

Vif comme l'éclair, il me couvre le nez et la bouche de sa main libre, m'empêchant d'inspirer.

La surprise et la peur m'envahissent, et je me débats. Mon instinct de survie a pris le relais.

Armando me lâche les poignets et glisse la main entre mes jambes, me saisissant fermement le pubis. Il me laisse prendre une rapide respiration, avant de m'étouffer à nouveau. Le choc, la terreur et le plaisir se mêlent en moi dans un torrent de sensations. Le sang afflue en direction de mon clitoris, et je ressens des fourmillements partout. Il me caresse pendant que j'angoisse à l'idée de ne pas pouvoir respirer.

Pile quand je commence à paniquer, il ôte sa main de ma bouche et la referme sur ma gorge. Je prends des goulées d'air. Ça ne fait que trente secondes, mais je suis déjà au bord de l'orgasme. Armando ne m'étrangle pas, il se contente de me maintenir contre le mur tandis que son doigt glisse entre mes jambes. Il ne me pénètre pas encore, mais je suis déjà prête à lâcher prise. Je couvre sa main de la mienne et la presse plus fermement contre mon clitoris, mon entrée, mon anus.

Avec un sourire, il hoche la tête, les yeux pétillants de plaisir tandis que mon souffle devient saccadé. Son autre main glisse le long de mon corps, caressant mon cou et m'envoyant un frisson de plaisir, avant de se poser sur ma joue. Il plonge ses yeux dans les miens, et je lis l'intensité dans son regard.

— Je pourrais te baiser tous les jours, du matin au soir, murmure-t-il.

Je sens son souffle me chatouiller la peau. Je hoche la tête, incapable de trouver mes mots.

Sa main se ferme de nouveau sur ma gorge et il se penche sur moi, pressant ses lèvres sur les miennes avec voracité. Sa langue explore ma bouche, goûtant et titillant, et mon excitation grandit.

Dans un grognement, il introduit deux doigts en moi. Je halète face à ce plaisir soudain, et commence à aller et venir, frottant son poignet contre mon clitoris. Il se met à aller plus vite, me stimulant d'une façon étonnamment proche d'un rapport classique, me satisfaisant pleinement.

On vient de coucher ensemble.

Comme avec lui, je suis insatiable, je me trémousse contre lui, impatiente d'en avoir plus. Il relève le défi, alternant entre les pénétrations brusques et les caresses pleines de douceur, me propulsant de plus en plus près de l'extase.

Il répond à mes gémissements en me pénétrant plus vite et plus fort. Je sens sa respiration devenir saccadée tandis que je soupire contre lui, le corps tremblant de plaisir. Son autre main glisse autour de ma taille pour m'étreindre, et sa langue retrouve le chemin de ma bouche, m'explorant tandis que ses doigts vont et viennent frénétiquement sur ma peau sensible.

Les sensations me submergent. Chacun de mes nerfs est en feu, et je suis au bord de l'orgasme, le bassin collé à sa main dans un effort désespéré pour atteindre la ligne d'arrivée... à nouveau. Il doit le percevoir, lui aussi, car sa langue bouge avec plus de passion contre la mienne, ses doigts vont de plus en plus vite jusqu'à ce que je n'en puisse plus. Je crie ma jouissance, le corps parcouru de spasmes et de frissons.

Pendant que je halète sous l'orgasme, Armando continue de me caresser entre les jambes. Des étoiles dansent sous mes yeux, et je ferme les paupières, transportée dans un autre univers.

Lorsque je reviens à la réalité, lorsque mon souffle s'apaise et que j'ouvre les yeux, je vois Armando, le front collé au mur à côté de ma tête, en train de me caresser la mâchoire avec son pouce. Ses doigts se trouvent toujours autour de mon cou, et son autre main continue de me caresser.

Un grand frisson secoue tout mon corps, un autre orgasme.

— Ne baisse pas les bras, Pâquerette. Arrête de retenir ton souffle. Tu peux tout arranger.

Je me laisse aller contre son corps.

— Comment ? demandé-je d'une voix chevrotante.

Je suis pathétique. Je devrais me mettre en colère, après ce qu'il vient de me faire. Même si ça m'a plu, c'était déplacé et effrayant. Je devrais le repousser et lui dire de ne plus jamais me toucher, surtout sur mon lieu de travail.

Au lieu de cela, je lui tombe dans les bras et le laisse me soutenir.

— Tente toutes les idées qui te passent par la tête jusqu'à ce que quelque chose fonctionne. Demande de l'aide. Ne lâche rien. Tu en es capable. Tu as du talent. Fais-toi confiance.

Pour un discours motivant, c'est un peu léger, mais je me sens étonnamment mieux. C'est sans doute mon orgasme qui parle.

Je me dégage doucement, même si je ne suis pas sûre que mes jambes me soutiennent.

— Tu restes quand même une ordure, marmonné-je.

— Sans aucun doute.

Je m'éloigne lentement, les jambes flageolantes, mais je *respire* beaucoup mieux qu'avant.

Je jette un regard par-dessus mon épaule et surprends ses yeux, suspendus à mes moindres mouvements. Il est en chasse, et je suis une proie facile.

Je pourrais m'enfuir. Je devrais m'enfuir. Mais vu la façon dont il me reluque, je me prendrais sans doute les pieds dans mon désir et je tomberais tête la première. Et connaissant Armando, il se contenterait de m'aider à me relever et me donnerait une fessée pour me punir d'avoir tenté de m'échapper, avant de me baiser à nouveau.

CHAPITRE VINGT-DEUX

Armando

Hannah est toute tourneboulée. Je n'arrive pas à décider si elle est toujours fâchée contre moi ou si c'est l'orgasme qui l'a mise dans tous ses états. Elle se déplace frénétiquement dans la boutique, s'arrêtant parfois pour regarder ses articles, mais sans jamais rien accomplir. Finalement, c'est peut-être le travail qui lui fait cet effet-là.

La porte s'ouvre, et une femme de grande taille avec des boucles d'un blond lumineux et des taches de rousseur sur le nez entre d'un pas pressé.

— Désolée du retard.

Elle passe le comptoir et pénètre dans l'atelier, où je suis en train de me détendre, pour poser son sac à main sur le bureau voisin.

— Salut, me dit-elle.

Elle n'a pas l'influence apaisante d'Hannah. Je redeviens dur et glacial, dépourvu d'émotions, prêt à tout. Je ne réponds pas et me contente de hausser un sourcil.

Cela la rend nerveuse, et elle rejoint aussitôt Hannah.

— Qu'est-ce qu'il a, Guido ? l'entends-je chuchoter.

Hannah me jette un regard apeuré, et je me hérisse aussitôt, même si je ne saurais dire pourquoi. Je crois que je n'aime pas voir cette expression sur son visage, même quand j'en suis la cause.

— Euh, c'est Armando. Il va passer la journée ici.

— Pourquoi ?

J'ignore si cette femme est une employée, ou une amie d'Hannah. Les deux, peut-être.

— Armando, je te présente Josie, annonce Hannah d'une voix plus forte. Elle travaille ici.

Je jette un regard à l'horloge. La boutique ouvrait à midi. Il est deux heures moins le quart. À quelle heure était-elle censée arriver ?

— Oh la vache, tu n'as pas réussi à réunir la somme pour le loyer à temps, c'est ça ? murmure Josie.

Hannah jette un nouveau regard inquiet dans ma direction.

— Pas tout à fait, mais j'ai trouvé une solution pour ce mois-ci.

— Comment ça ?

Hannah se contente de secouer la tête.

— Tu peux t'occuper de la caisse ?

Josie lui jette un regard curieux, mais quand elle n'obtient pas de précision, elle répond :

— Bien sûr.

Hannah passe devant moi à toute vitesse et s'installe à son établi. Elle sort un vase et deux rouleaux de ruban. Elle parvient à se concentrer, à présent. Je réalise qu'elle attendait d'avoir quelqu'un au comptoir pour pouvoir se consacrer à ses arrangements floraux. J'aurais pu l'aider. Le fait qu'elle ne m'ait rien demandé en dit long. Je crois qu'elle feint d'être plus à l'aise en ma présence qu'elle ne l'est vraiment.

La culpabilité me transperce la poitrine. Je ressens la même honte qu'hier, quand j'ai cru qu'elle avait couché avec moi pour rester en vie.

Est-elle si bonne actrice ?

Non. Je ne pense pas. Ça lui plaît. Son corps ne peut pas mentir. Elle ne m'oppose aucune résistance. Mais bon... est-ce que je lui laisse vraiment le choix ?

Hannah semble calme et assurée, pendant qu'elle assemble des seaux de fleurs sorties de la chambre froide. Elle qui semble affolée face à ses livres de comptes, une fois à son établi, elle fait des merveilles. Ses mouvements sont rapides et assurés tandis qu'elle forme son bouquet coloré et noue un ruban rouge et blanc autour d'un vase. Je ne sais même pas de quelles fleurs il s'agit. Des orchidées, peut-être ? Quelque chose d'exotique et de surprenant. Ce bouquet n'a rien de banal.

Puis ça me frappe.

— Ce sont les couleurs d'une enseigne de barbier ?

Elle fait un pas en arrière pour examiner son œuvre d'un œil critique.

— Oui.

C'est du génie. Son talent est impressionnant.

— Rocco t'a commandé des fleurs ?

Ça m'étonne de lui.

— Non, mais il en recevra quand même. J'ai réfléchi à ta suggestion de créer de nouveaux contacts. Tu as raison. Je n'en ai pas beaucoup. Et les clients qui me viennent de Mary Alice arrivent tous de chez Rocco. Alors je me suis dit qu'il fallait que je cultive tout ça. Désormais, Rocco aura l'un de mes bouquets dans son salon, et à côté, une pile de mes cartes de visite.

— C'est malin.

J'ai envie d'y aller avec elle, de voir comment ça se passera. J'ignore si c'est pour la protéger des hommes qui pourraient se trouver chez le barbier ou pour marquer mon territoire, mais cela n'a pas d'importance, car je ne peux pas le faire.

Le meilleur moyen de protéger Hannah est de ne pas être associé à elle.

Je vais rester au fond de sa boutique comme une chiffe molle, à me cacher de Dieu sait qui.

C'est n'importe quoi.

— Tu ne m'avais pas dit qu'une employée devait venir, dis-je.

Je jette un regard à Josie, qui ne semble rien faire d'autre qu'inspecter ses ongles manucurés en bâillant.

— Son emploi du temps peut être assez... fluide, répond Hannah, toujours concentrée sur son bouquet.

Elle sort un autre vase et prépare un arrangement encore plus gros et plus impressionnant. Il fait une soixantaine de centimètres de haut et est sublime.

— C'est pour qui, ça ?

Elle se mordille la lèvre.

— Il y a un hôtel à deux rues d'ici, dit-elle en haussant les épaules. Je pourrais aller me présenter. Tu sais, au cas où ils auraient besoin de fleurs pour certains événements. Ou ils pourraient me recommander aux organisateurs des événements en question.

— C'est une bonne idée.

Elle parviendra peut-être réellement à arranger les choses.

— Je t'y conduirai quand on aura récupéré le van, comme ça tu n'auras pas besoin de commander un taxi.

Elle me jette un regard noir.

— Je n'avais pas l'intention de prendre un taxi. Je n'en prends jamais. Je comptais marcher.

Je jette un regard à ses sandales compensées.

— Non. Je t'y conduirai. Tu ne voudrais pas que les fleurs se fanent. Attends le van. Il sera prêt dans quelques heures.

Elle prend une inspiration et souffle lentement, comme si tout ceci la rendait nerveuse.

— Tu vas assurer. Ils t'adoreront.

— Tu en es sûr ?

— Certain.

Elle s'approche de moi, entre dans ma bulle. Je me retiens de la toucher jusqu'à ce que je réalise que c'est ce qu'elle veut. Je glisse un bras autour de sa taille et la serre contre moi.

Elle lève son joli visage.

— J'ai le trac.

— Pâquerette, une belle femme comme toi ? Talentueuse et arrangeante ? Personne en ville ne *refuserait* de collaborer avec toi. Je te le garantis. Il faudra juste voir avec qui ils travaillent actuellement et quels sont leurs besoins. Certains contacts mettent parfois du temps à germer, mais ça finira par arriver.

Ses cils recourbés battent dans ma direction.

— J'ai envie de te croire.

— Ne me crois pas, Pâquerette. Crois en *toi.* C'est la seule chose qui te permettra de réussir.

Elle se redresse, le dos bien droit.

— Et toi, en qui tu crois ?

Sa question est simple. Ou elle devrait l'être, mais j'ai l'impression d'avoir avalé du plomb.

— En personne, Pâquerette. Absolument personne.

CHAPITRE VINGT-TROIS

Hannah

Josie n'arrête pas d'essayer de me prendre entre quatre yeux, mais Armando ne la laisse pas faire. Il fait mine d'être détendu, de se reposer à l'arrière, mais il a choisi une place qui lui permet de tout surveiller : la porte de devant et celle de derrière. L'atelier. La chambre froide. La kitchenette. La boutique n'est pas si grande que ça, mais où que j'aille, je sens le poids de son regard sur moi.

Et dès que Josie essaye de me suivre quelque part avec un million de questions dans les yeux, Armando se trouve soudain à côté de nous, à me mettre en garde sans dire un mot.

Là, par exemple, je suis dans la chambre froide, mais dès que Josie m'y rejoint, Armando ouvre la porte pour pouvoir écouter.

C'est flippant. Et ça ne devrait pas me faire mouiller. J'ignore pourquoi ses tentatives d'intimidation m'excitent à ce point. Je dois avoir un problème.

Mais l'inquiétude de Josie me donne la boule au ventre. J'aurais dû être perturbée par ma situation dès le départ, mais ce n'est que maintenant, en voyant les choses à travers les yeux de mon amie, que je réalise à quel point c'est tordu.

Et bien sûr, je ne peux rien lui confier. Même si Armando ne nous surveillait pas, je ne dirais rien.

Je ne sais pas, je dois être l'une de ces personnes qui emportent les secrets de leurs amis dans la tombe. Et j'imagine qu'Armando appartient à la catégorie des amis. C'était déjà le cas au moment de l'incident. Je voulais qu'il gagne.

Je croyais en lui. Même si lui ne croit pas encore en moi.

Je regrette que cela me vexe à ce point.

Mais je dois me montrer indulgente. Il souffre sans doute de stress post-traumatique, après la prison. Quelqu'un a tenté de le tuer, et il ne sait pas à qui faire confiance.

Pourquoi aurait-il foi en moi ? Il a raison de se méfier.

J'entends mon téléphone biper, le son d'un nouveau message. Cela arrive plusieurs fois.

Où est ce foutu portable ? Armando l'a caché quelque part. Il le garde tout le temps sur lui, même si je lui suis reconnaissante de l'avoir chargé.

Je jette un œil dans la boutique et vois Josie, derrière le comptoir, son téléphone à la main et la tête tournée par-dessus son épaule pour me regarder. Nous sommes amies depuis le collège, quand elle m'a défendue contre Erica Bane, l'une des élèves populaires, le troisième jour d'école. Elle me connaît par cœur. J'ai été bête de croire que je pouvais lui cacher quoi que ce soit.

Elle est en train de m'envoyer des messages. Et elle vient de réaliser que je n'étais pas en possession de mon téléphone.

Ça risque de poser un problème.

Je sors de la chambre froide en vitesse et prends des airs de patronne. Ce que je suis, d'ailleurs. Malheureusement, je n'en ai jamais l'impression.

— Tu as vu mon téléphone ? demandé-je d'une voix douce à Armando.

— Euh, ouais. Tu l'as laissé là.

Il me le tend avec un calme olympien. Je suis un peu perturbée par ses talents de comédien. Par sa facilité à mentir. Mais il fait partie du crime organisé, après tout. Et il a sans doute grandi dans ce milieu.

Je consulte mes messages, qui viennent tous de Josie. Elle me demande ce qui se passe, si je vais bien et si elle devrait aller chercher de l'aide.

Tout va bien, réponds-je. *J'ai couché avec lui, et il passe un peu de temps avec moi. Il m'a aidée à payer le loyer.*

Je fais exprès de laisser Armando lire par-dessus mon épaule avant d'envoyer le message.

Tout ce que j'ai écrit est vrai. À part peut-être le *tout va bien.*

Je n'ai pas encore pardonné à Armando de m'avoir attachée, hier soir. Ma colère persiste, mais sinon... je vais réellement bien. Armando me rend nerveuse, mais il s'agit en grande partie d'excitation parce qu'il est là. Parce qu'il me surveille. Parce que j'ignore ce qu'il va faire ensuite.

M'attends-je à ce qu'il jette mon corps dans le lac Michigan quand tout sera terminé ? Non. Je ne peux pas imaginer une chose pareille.

J'ai beau être nulle en affaires, j'ai de l'empathie. Je ne peux pas m'empêcher de comprendre les gens, car je ressens leurs émotions comme si c'étaient les miennes. Du moins, c'est l'impression que j'ai. Josie me prend pour une folle dès que je dis ça, mais je jure que c'est la vérité.

Je ne perçois pas Armando comme une menace envers moi. Il dégage très peu d'émotions, sauf si je compte le désir. Mais il n'est pas diabolique. Il n'est pas en train de planifier mon meurtre.

Josie : *Tu as couché avec lui ? C'est qui ? Un parfait inconnu !!! Je ne l'avais encore jamais vu à la boutique.*

Moi : *C'est le mec dont je te parlais hier, celui qui venait quand je travaillais encore pour Mary Alice. Il est passé à la boutique hier, juste avant la fermeture.*

Josie : *Pour acheter des fleurs à sa fiancée ? Pitié, dis-moi que tu ne te tapes pas un mec en couple. Hannah !!*

Moi : *Il n'est plus avec elle. Ils ont rompu il y a des années.*

J'ajoute presque qu'il sort de prison, mais ça ne la regarde pas. En plus, je pense qu'elle le jugerait, et qu'elle me jugerait de coucher avec un criminel. Je ne suis pas d'humeur à me justifier.

Josie : *Et alors... c'était chaud au lit ? Il était à la hauteur de tes fantasmes ?*

Je me sens rougir, et je jette un coup d'œil à Armando, qui me surveille, mais n'essaye plus de lire mes messages. J'ai apparemment gagné une once de sa confiance.

Je m'évertue à essayer de lui prouver que je suis fiable pour qu'il me libère, mais pour être honnête, je dois avouer que je ne suis pas encore prête pour que ça se termine. J'aime le frisson d'excitation que je ressens lorsqu'il m'épie. Lorsqu'il admire mon corps. Je crois que je suis déjà accro à ses caresses.

Moi : *Torride.*

Josie : *Mais qu'est-ce qu'il fait là ?*

Moi : *Il est protecteur, j'imagine.*

Josie : Ça, c'est super sexy. Protecteur, possessif... oui !

Moi : *Tu n'imagines même pas à quel point.*

CHAPITRE VINGT-QUATRE

Armando

Une fois qu'Hannah a apporté ses fleurs à l'hôtel et laissé sa carte, je me gare devant un supermarché. J'ai besoin d'un rasoir, d'une brosse à dents et d'autres bricoles. En plus, elle n'a rien à manger chez elle.

— Qu'est-ce qu'on fait ? s'enquiert Hannah.

— Les courses.

Je coupe le moteur et descends du van, avant de regarder alentour pour vérifier que personne ne nous surveille. Je n'ai rien vu de suspect aujourd'hui, mais il serait stupide de ma part de laisser retomber ma vigilance.

— Allons-y.

Elle bondit hors du véhicule et me rejoint.

— Ne t'éloigne pas. Obéis. Prouve-moi que je peux te faire confiance.

Elle pousse un petit soupir indigné. Si elle voulait tenter quelque chose, elle l'aurait déjà fait depuis longtemps. Je le sais bien. Mais je n'ai plus confiance en rien, désormais.

— Va chercher un chariot.

Elle me fusille du regard.

— Tu comptes m'y attacher, là aussi ?

Mon membre se contracte à cette idée.

— Ne me tente pas, Bouclettes.

— Oh, c'est Bouclettes, maintenant ? Je croyais que c'était Pâquerette.

Je l'ignore, principalement parce que j'ai largement dépassé mon quota de mots quotidiens. J'ai la gorge en feu, tellement j'ai parlé aujourd'hui.

Je glisse les doigts à l'avant du chariot et nous guide jusqu'au rayon hygiène. Je trouve une brosse à dents, du dentifrice et un sachet de rasoirs. Lorsque je jette une boîte de préservatifs dans le chariot, Hannah s'en rend compte.

— Tu pars du principe qu'on va de nouveau coucher ensemble ? Et si je décide à nouveau de ne plus coucher avec toi ?

— D'accord.

— Pourquoi tu dis *d'accord* comme si tu ne me croyais pas ?

J'arrête le chariot et me tourne vers elle. Elle est tellement belle, même quand elle est de mauvaise humeur.

— Du calme, Pâquerette. Je respecterai ta décision à ce sujet, quelle qu'elle soit.

Cela ne suffit pas à l'amadouer. D'ailleurs, elle pousse le chariot, m'obligeant à m'écarter pour ne pas être percuté. Je marche à côté du chariot pendant qu'elle remonte l'allée.

— Alors à quoi vont te servir ces préservatifs ? Tu comptes retourner à ton strip-club ? Hein ? Tu vas aller te chercher une meuf là-bas ?

Bon sang. Je sais que mon masque se fendille, car je sens un sourire arriver. Elle est jalouse ? C'est adorable.

Je ravale mon amusement et prends un air insondable.

— Non. Je n'irai pas au club de strip-tease, Pâquerette. J'ai pris ces préservatifs au cas où tu déciderais que tu veux continuer de coucher avec moi.

Elle arrête le chariot et me regarde d'un air songeur. Ses lèvres sont boudeuses, mais sa posture est plus détendue.

— Je vais y réfléchir, dit-elle.

Je hausse les épaules.

— D'accord.

Elle se met à rougir, et recommence à pousser le chariot d'un pas déterminé.

— Qu'est-ce que tu veux prendre d'autre ?

— De la nourriture.

— J'ai besoin de litière, marmonne-t-elle.

— Allons en chercher.

Nous nous rendons au rayon animalerie. Elle prend sa litière. J'ajoute de la pâtée pour chatons et des friandises à l'herbe aux chats avec une ficelle pour qu'Ombre joue avec.

— Je ne pensais pas que tu aimais les chats, commente Hannah en me regardant sous une masse de boucles.

Ça me blesse qu'elle l'ait remarqué. Je n'ai pas réussi à dissimuler mon manque d'humanité.

— Je n'aime pas ça, réponds-je d'un ton bourru.

C'est faux. Je n'ai rien contre les chats. Je m'en fous complètement, c'est tout. Mais je sais que c'est tordu, de pouvoir regarder un chaton en face sans rien ressentir. Quelque chose cloche chez moi, c'est sûr. Tous les mammifères sont programmés pour trouver les bébés animaux mignons. J'ai appris ça au collège, en cours de sciences.

Je traverse le magasin d'un pas raide. J'ai fait quelques achats avant d'emménager dans l'appartement que m'a loué Marco, mais j'étais en plein choc culturel, à ce moment-là. Le simple fait d'entrer dans le supermarché me donnait l'impression de sortir de mon corps – un peu comme tout le reste, cette semaine. À présent, je suis déterminé à trouver quelque chose que j'aime ou que je veux. Je traîne Hannah dans tous les rayons et remplis le chariot de toutes sortes d'ingrédients. Steaks. Glaces. Chips. Fruits et légumes frais. Biscuits Oréo.

— J'espère que c'est toi qui payes, parce que je ne le ferai pas, grommelle Hannah une fois le chariot plein.

— Oui, c'est moi qui m'en charge.

Après quelques instants, elle dit :

— Je suis désolée. C'était méchant.

Franchement. Cette fille. Qui fait ça ? Qui s'excuse après une simple raillerie ?

— Non, tu as bien mérité de me faire des remarques.

— Eh bien, ça me laisse un mauvais goût dans la bouche.

Ça lui laisse un mauvais goût dans la bouche. Hannah Munn est si pure que j'en ai le tournis. Elle n'est ni innocente ni naïve. Ce n'est pas une petite souris. Elle est juste... gentille. Bienveillante. Honnête.

Et elle se sent mal, car faire des remarques désagréables, ce n'est pas dans sa nature. Grace me faisait parfois la gueule toute la journée et ne s'en excusait jamais. Hannah ne m'a même pas vexé, et elle s'en veut.

— C'était injuste. Tu m'as aidée financièrement à la banque et avec le van.

Sa voix se brise légèrement.

Oh, merde. Est-elle en train de craquer ? Pour ça ?

— Viens là, Pâquerette.

Je la serre contre mon torse et l'enlace.

— Ce n'est que de l'argent. Il faut que tu arrêtes d'en avoir peur.

— Je n'ai pas peur de l'argent, dit-elle, encore plus contrariée.

Elle me repousse, et je la lâche.

— Tu n'en as peut-être pas peur, mais c'est clairement un sujet sensible pour toi. Tu te mets dans tous tes états pour l'argent, plus que pour quoi que ce soit d'autre. Plus que pour ce qui s'est passé hier.

— C'est important.

— Non. C'est toi qui en fais toute une montagne. Ce n'est que du fric.

— Ça t'est déjà arrivé d'en manquer ?

Je me remémore mon adolescence. Mon premier job pour Don G. J'assurais la sécurité au Lollipop alors que j'avais seize ans. Je jouais des mécaniques et je me prenais pour le héros de ces filles dévêtues. J'avais pris goût à l'argent. Je voyais les autres types en faire étalage, et je rentrais chez moi avec une liasse de billets dans ma poche. Je faisais les courses pour ma mère et lui payais son plein d'essence. Je lui avais dit de quitter son deuxième boulot.

— J'ai toujours voulu en avoir plus, admets-je. C'est comme ça que je suis entré dans l'Organisation.

Elle écarquille les yeux et garde le silence, songeuse.

— Ça t'arrive de le regretter ? demande-t-elle enfin.

Je lâche un grognement amusé. Le regretté-je ? Je n'ai même pas le droit de me poser cette question. Je ne peux pas me le permettre, car sinon, je n'aurai plus de raison de vivre.

Quand on entre dans la mafia, on n'en sort jamais, sauf les deux pieds devant.

— Officiellement, non.

— Et officieusement ? demande-t-elle à voix basse.

— J'ai quelques regrets. Mais il n'y a pas de ticket de sortie. J'y suis à vie, maintenant.

Je hausse les épaules.

— Alors autant en tirer parti.

Ses cils recourbés battent dans ma direction. Elle voit beaucoup plus que ce que je veux laisser paraître.

Je change de sujet.

— Viens, Pâquerette. C'est moi qui paye les courses, alors finis de remplir ce chariot. Je ne sais pas ce que tu aimes.

— Va pour le homard et le caviar, alors.

Elle rejette ses cheveux par-dessus son épaule et fait onduler ses hanches tout en poussant le chariot.

Un frémissement s'empare à nouveau de mes lèvres.

Un sourire. Hannah me donne envie de sourire.

— Si ma princesse veut du homard, elle l'obtiendra.

Elle s'arrête, se mordille la lèvre inférieure, puis choisit une boîte de désodorisants à brancher sur une prise.

— Je préfère ça, dit-elle. Ça aide avec les odeurs de chat. Ça coûte une fortune, pour une capsule d'huile. Mais...

Je lui prends la boîte des mains sans même regarder le prix.

— Tu ne reviens pas très cher, comme fille.

Elle sourit à nouveau, un sourire que je pourrais contempler chaque jour que Dieu fait, et elle se dirige vers les caisses.

Nous sortons du magasin, et le bourdonnement des basses nous assaille, venu d'une Chevrolet Impala tunée. Je me tourne aussitôt vers Hannah et saisis le chariot pour l'arrêter.

— Quoi ?

Elle ouvre de grands yeux. Elle est assez maligne pour voir que je suis sur mes gardes, et elle examine la rue, suivant le véhicule du regard.

— Tu les connais ? demande-t-elle.

Je ne me retourne pas, même si j'en meurs d'envie. Je déteste tourner le dos au danger.

— Je ne sais pas, marmonné-je. Les basses s'éloignent.

— La voiture est partie, m'informe-t-elle.

Je me tourne en direction du van et pousse le chariot comme si de rien n'était.

Putain.

Ça aurait pu être les Hermanos. Ils auraient pu être armés de fusils. Ils auraient pu tirer. Hannah aurait été tuée.

Je suis toujours glacé et dépourvu d'émotions lorsque je m'imagine tomber sous les balles, mais l'idée qu'Hannah meure à cause de moi me donne la nausée.

Je ne devrais pas me cacher chez elle. Mieux vaut m'exposer au danger plutôt que de l'utiliser comme un bouclier.

Je dois quitter sa vie.

Et vite.

Je la guide jusqu'au siège passager du van, lui ouvre la portière et l'aide à monter, avec l'impression que l'on m'épie. Que mes moindres gestes sont sous surveillances. Je remarque qu'Hannah me dévisage, manifestement consciente de mon malaise. Sans lui donner la moindre explication, je ferme la portière et fais le tour du van, furieux d'avoir baissé ma garde. Je jette des regards dans tous les sens pour passer le parking au peigne fin, agissant enfin comme l'homme que j'ai été entraîné à être.

J'arrête de jouer au petit couple. Nos vies en dépendent.

CHAPITRE VINGT-CINQ

Hannah

Ombre se précipite pour nous accueillir à notre retour. Il escalade la jambe de pantalon d'Armando.

— Qu'est-ce qu'il fout ? s'exclame ce dernier en reculant, les yeux braqués sur la petite créature aux griffes acérées.

— Pardon. Il est redoutable.

Je me dépêche de décrocher le chaton de sa cuisse.

— Laisse-moi le voir, dit Armando en tendant la main.

J'hésite un instant avant de lui donner le chaton. Je ne sais pas comment il traite les animaux, même s'il vient d'acheter des friandises à Ombre.

Il me le prend des mains et le tient face à son visage.

— Écoute-moi bien, petit. Ma jambe, c'est pas ton griffoir. Compris ?

Je glousse et récupère le chaton.

— Donne-lui l'une des friandises, suggère Armando.

Mon cœur se serre étrangement. Comme si nous étions parents

d'un petit animal ensemble, ou une bêtise de ce genre. C'est absurde, bizarre et *Seigneur*... cette situation m'épuise.

Je vais chercher les friandises et en donne une à Ombre pendant qu'Armando range les courses et met la table.

Je suis fâchée contre lui, rappelé-je à mes ovaires, qui semblent s'activer toutes les trente secondes. *Très fâchée.* Il m'a attachée à mon propre lit, hier soir. Il m'a confisqué mon téléphone, alors que j'en ai *besoin.* Il continue de monter la garde comme si j'étais sa prisonnière.

Et techniquement, c'est ce que je suis. Non ? Difficile d'avoir cette impression, vu que je n'arrête pas de coucher avec mon geôlier. Même là, j'ai du mal à ne pas le toucher.

Nous nous asseyons et mangeons un poulet déjà rôti et une salade César préparée par Armando. Il mange vite, tête baissée, sans dire un mot. Je l'imagine manger ainsi en prison, et ma poitrine se serre. J'ai envie de l'interroger à ce sujet, mais il est tellement fermé que je n'ose pas.

Il finit par lever les yeux, en pleine bouchée, et il avale bruyamment. Comme s'il venait de réaliser que nous étions assis sans rien dire pendant qu'il engloutissait sa nourriture comme si un garde allait enlever son plateau.

— Raconte-moi quelque chose à ton sujet, dit-il.

— Euh... comme quoi ?

Il marque une pause et jette des regards aux quatre coins de la pièce avant de poser les yeux sur moi.

— C'est quoi, ta fleur préférée ? Je sais que tu en es entourée toute la journée et que tu connais les goûts de tes clients. Mais quelle est la tienne ?

— Il faut que j'en aie une ?

— Oui. Tout le monde a une fleur préférée.

— Je dirais... les roses. Les roses rouges.

Je ne suis pas sûre que j'aurais donné cette réponse, si je n'avais pas été prise au dépourvu.

— Ça ne m'étonne pas. Tu as la personnalité d'une rose.

J'ai le souffle coupé.

— Pourquoi ça ? demandé-je.

— Elles sont belles, fortes et demandent de l'attention.

— Je ne demande pas d'attention, répliqué-je, surprise.

— Tu devrais.

Il plante son regard dans le mien et me donne des papillons dans le ventre.

— Ne te contente jamais de moins que ça.

— Et toi ? Tu as une fleur préférée ?

— Celle qui te rend heureuse. Ce serait ça, mon choix.

Il ne sourit pas. Il ne dit pas ça dans le but de me charmer ou de me séduire. Sa réponse est simple, directe et catégorique. Je ne sais pas comment réagir.

Alors je me contente de continuer à manger, et il m'imite. Nous échangeons peu, mais je suis réconfortée par sa présence et par le bruit de ses couverts sur son assiette. Je ne devrais pas interpréter ses mots et ses gestes, mais je ne peux pas m'en empêcher.

Une fois notre repas terminé, il m'aide à débarrasser, avec la même efficacité dont il fait preuve dans les autres domaines. J'ai l'impression que nous formons un petit couple, debout l'un près de l'autre à faire la vaisselle et à ranger. Le seul bruit dans la pièce est celui de l'eau et des miaulements d'Ombre, qui réclame les restes de poulet.

Je suis surprise de voir Armando s'agenouiller pour lui en donner un petit morceau.

— C'est tout pour l'instant. C'est trop gras, dit-il au chaton qui lèche les dernières gouttes de sauce sur ses doigts épais.

Il ramasse sa brosse à dents et les autres articles de toilette sur le plan de travail et se rend dans la salle de bains. Je me sens... bizarre. Je ne sais pas comment assimiler tout ce qui m'arrive et le flot d'émotions bonnes comme mauvaises qui me traversent. Mais il faut que je trouve mon portable. J'ai peut-être des messages en attente d'une réponse. Ça m'insupporte, qu'il refuse de me le rendre.

Je fouille dans les placards du haut, car c'est là qu'il a rangé mon sac à main hier soir. Sans succès.

Puis je le vois. Il est au sommet du frigo, caché derrière les paniers fleuris que j'accumule à cet endroit. Ça m'amuse qu'il l'ait mis tout en haut. Comme si j'étais une petite fille incapable de l'atteindre.

Bon, j'avoue que je suis trop petite pour le récupérer, mais je pose un genou sur le plan de travail et je tends le bras. Je parviens à l'attraper, et je consulte mes messages.

J'en ai reçu deux. Un de ma mère, qui me demande si je viens dîner demain, et un de Josie, qui m'annonce qu'elle sera en retard lundi.

Elle ne demande pas. Elle *annonce.*

Je soupire. Encore un problème que je fais semblant de ne pas voir.

Je commence à répondre, quand j'entends Armando pousser un juron.

Il se rue vers moi, mais je ne me laisse pas intimider. Oui, il est capable de me faire du mal. Il est violent. Dangereux. Mais je sais que son côté brusque est réfléchi, mesuré. Et je suis persuadée qu'il a un code, quand il s'agit de faire du mal aux femmes. Autrement dit, il ne les frappe pas. Et franchement, s'il avait voulu s'en prendre à moi, il l'aurait déjà fait.

— Qu'est-ce que tu fous, Hannah ?

Il m'arrache le téléphone des mains et balaye mon écran, les sourcils froncés.

— À qui tu as écrit ?

— À personne, réponds-je sans cacher mon hésitation tout en montrant le portable d'un signe du menton. Tu n'as qu'à vérifier toi-même.

Son pouce vole sur l'écran alors qu'il vérifie mon journal d'appels.

— Tu aurais pu envoyer un message et l'effacer.

— J'ai besoin de ce putain de téléphone, Armando.

Je m'autorise à laisser transparaître ma mauvaise humeur, car je refuse de le laisser me tyranniser ou me faire peur.

Il secoue la tête et fourre le téléphone dans sa poche arrière.

— Ce n'est pas comme ça que ça marche, Pâquerette, dit-il en me prenant les poignets et en me clouant sur place de son regard sombre. Je te fais confiance et je tourne le dos une minute… Tu vas avoir de gros ennuis.

De gros ennuis.

Pourquoi cela me provoque-t-il un frisson d'excitation ?

Parce que je sais déjà que j'aime ses punitions. Il me retourne et me plaque les mains contre le réfrigérateur, avant de tirer mes hanches en arrière pour que je me penche en avant. Mes poignets sont menottés sous l'une de ses larges paumes.

Quand la tape arrive, je suis prête, mais elle est plus forte que je m'y attendais, et je pousse une exclamation. Il frappe mon autre fesse tout aussi fort, puis soulève ma minirobe jusque sous mes aisselles. Il continue de me fesser par-dessus ma culotte.

— Aïe, OK, dis-je d'un ton sec, car c'est réellement douloureux.

Il colle sa bouche à mon oreille, assez près pour que son souffle chaud me chatouille la mâchoire.

— Garde les mains collées à ce frigo, Hannah. Si tu bouges, je te le ferai regretter.

Il n'attend pas mon accord pour me lâcher les poignets et baisser ma culotte sur mes cuisses.

Oh, mon Dieu.

C'est super excitant, mais presque humiliant. Surtout à cause de ma culotte coincée autour de mes jambes. Je me tortille pour la faire tomber.

— C'est bien, dit Armando.

Et tout change.

J'avais peut-être un peu peur, jusqu'ici. Il était un peu plus brutal que d'habitude. Sa fessée était plus forte. Mais ça y est, j'ai repris confiance en lui.

— Je ne coucherai pas avec toi, dis-je, tentant de maintenir le peu de contrôle qu'il m'a donné.

Le sexe est ma seule monnaie d'échange. Bien sûr, il pourrait me forcer. Mais je sais qu'il ne ferait jamais ça.

— Compris, mais ça ne m'empêche pas de te punir, répond-il d'une voix grave et rauque.

Eh bien tant mieux. Je n'ai pas particulièrement envie qu'il arrête. Sauf quand il se met à me fesser plus vite, et toujours trop fort.

— Aïe !

Je sursaute et grimace alors qu'il m'assène quatre coups supplémentaires.

— Je peux te faire tellement de choses qui n'impliquent pas de te baiser.

Il continue à frapper. Ma peau brûle de plus en plus à chaque contact de sa paume. Ce qui me fait mal me procure également un bien fou.

— Tu seras bien sage et tu suivras mes règles ? Ou je dois continuer à te donner la fessée ?

Il parle d'une grosse voix autoritaire, et mon sexe pulse à chaque syllabe de sa question.

— Je serai sage.

J'ai beau prononcer ces mots, ils semblent disparaître, noyés dans mes halètements et mes gémissements.

— Tu veux que Papa te punisse comme la vilaine fille que tu es ?

Oh. La. Vache. Cette simple question m'envoie un courant électrique. C'est tellement puissant.

— Oui, *Papa*, dis-je avant d'inhaler profondément. C'est ce que je veux.

Il se laisse tomber à genoux derrière moi et me pince les fesses. Il les écarte et me donne un coup de langue.

Je laisse échapper un gémissement chevrotant. Oh, oui. Je ne sais pas où il a appris à baiser, mais il a été à bonne école.

Il fait le tour de mon anus avec sa langue, puis m'écarte les cuisses pour m'ouvrir à lui. Le visage enfoui entre mes fesses, il lèche mon clitoris avant de remonter. La douleur de sa fessée se transforme en une chaleur fourmillante, incendiant davantage cette région, comme si mon centre n'était pas déjà en feu.

Il alterne entre des tapes sur mon derrière et des coups de langue dans mes replis, tout en me pénétrant d'un doigt. Son pouce caresse mon anus.

— Heureusement qu'on ne couche pas ensemble, Pâquerette. Sinon je te pencherais en avant, je te sodomiserais et je te baiserais comme un fou.

Nom. De. Dieu.

Armando enfonce son pouce dans mon vagin avant de retourner à mon anus, désormais lubrifié. Il appuie. Il enfonce trois – peut-être même quatre – doigts devant en même temps.

Je pousse un cri, un grand « oh, mon Dieu ! » et je perds l'équilibre. Mes genoux ont cédé. Armando soulève mon bassin et ôte ses doigts.

— Non, gémis-je.

Merde. Mon orgasme était tout proche.

Il me prend par la taille et me tire en arrière. Je pousse un cri en tombant sur ses genoux, mais il ne perd pas une minute. Il glisse une main derrière ma jambe gauche et la soulève, m'écartant en grand. De sa paume droite, il se met à *frapper* mon sexe.

Ses claques sont fermes et rapides. Il frappe tout : mon clitoris, mon entrée, mes lèvres. Je me trémousse sur ses genoux, tentant de le repousser tout en me collant à lui. C'est d'une intensité folle. Un mélange de bon et de mauvais qui me ferait presque perdre la tête. Ça fait mal, et en même temps, c'est super satisfaisant.

Dans un cri aigu, j'attrape la main qui me frappe et la colle à mon pubis pour pouvoir jouir. Il plie les doigts et en enfonce un ou eux en moi. J'atteins l'orgasme, parcourue d'une vague de plaisir.

— Oh, putain, haleté-je. Oh, mon Dieu.

Mon orgasme continue.

Armando fait onduler sa main pour que sa paume stimule mon clitoris. Je jouis à nouveau.

— Seigneur.

Je me laisse tomber en arrière dans ses bras, la tête renversée sur son épaule. Il ôte ses doigts et je pousse une plainte, mais il assène trois tapes supplémentaires à mon sexe, et j'ai un nouvel orgasme.

— Nom de Dieu, dis-je d'une voix essoufflée. Putain, mais qu'est-ce que tu viens de me faire ?

Tout mon corps fourmille, mes fesses me brûlent, mon sexe est à vif après ses tapes, mon anus pulse toujours après son incursion.

Je me retourne et enfouis le visage dans son cou, car mes yeux se mettent soudain à me brûler. Je sais que si je n'en fais pas tout un plat, l'émotion me traversera sans s'attarder, et je ne veux pas qu'il me voie. C'est bizarre, cette facilité que j'ai à pleurer.

Il change de position pour mieux me maintenir, et je sens son érection dure comme du bois contre mes fesses. Je ne me sens pas coupable. Pas vraiment.

Mais à dire vrai, je suis toujours excitée. Je ne sais pas, mon corps n'est peut-être pas satisfait tant que je ne vais pas jusqu'au bout. Tant que je ne chevauche pas son membre.

— La seule condition pour que je couche à nouveau avec toi, c'est si je peux t'attacher, cette fois, lui dis-je.

— Hors de question, répond-il sans hésitation.

Mais je sens son membre se contracter derrière moi. Il colle les doigts à mon clitoris et trace de lents cercles.

Bon sang !

Ses caresses sont ma kryptonite. Je crois qu'il pourrait me faire faire n'importe quoi, s'il me faisait jouir comme ça tous les jours.

Je me blottis dans son cou et pousse une plainte. Je viens de jouir, mais mon désir est comme neuf. Et il amplifie mon excitation à chaque passage sur mon clitoris.

— Je te laisserais me chevaucher sans les mains, propose-t-il.

Je le mords dans le cou de frustration.

— C'est à dire ?

— Tu sais. Comme dans les clubs de strip-tease. Tu peux me grimper dessus, mais je n'ai pas le droit de te toucher.

Il avait besoin de me reparler de strip-club et de me rappeler la soirée de la veille ?

— Non, je ne sais pas, dis-je d'un ton acerbe. Je n'y suis jamais allée.

— Tu veux me chevaucher ? demande-t-il en me palpant les fesses.

Malheureusement, il semblerait que mon corps n'attende que ça. Il n'est pas rancunier, lui.

Lorsque j'hésite, Armando me soulève et me pose sur mes pieds pendant qu'il se met debout. Puis il me porte comme un bébé. Je pousse un cri, craignant d'être trop lourde, mais cela ne semble pas lui demander trop d'efforts.

Et être portée est une sensation délicieuse. Une sensation sur laquelle je ne souhaite pas m'attarder, car j'aime déjà beaucoup trop la façon dont Armando me touche. Je ne veux pas m'y habituer, car nous ne sortons pas ensemble. C'est éphémère. C'est cette expérience tordue et angoissante qui a fait naître notre intimité. Comme les gens qui font équipe pendant une apocalypse zombie et qui sont obligés de forger des liens qui n'auraient jamais existé dans d'autres circonstances.

Et oui, ça en dit long, que je compare notre situation à celle des personnages de *The Walking Dead.*

Il me pose au pied du lit et m'enlève ma robe, qui était toujours coincée sous mes aisselles.

Je repousse doucement son torse, ce qui évidemment ne le fait pas bouger d'un pouce.

— Tu n'as pas le droit de me toucher, lui rappelé-je.

CHAPITRE VINGT-SIX

Armando

Marie pleine de grâce. Je suis dur comme du bois pour Hannah. Comment fait donc cette créature magique pour transformer tous nos conflits en parties de jambes en l'air explosives ? Elle se donne pleinement à moi. Même quand elle cherche à garder ses distances, son corps fond sous mes caresses et toutes les choses cochonnes que je lui fais. Je ne les fais pas de façon préméditée, elle me les soutire. Elle me les inspire. Son corps reçoit, et le mien veut donner. Il m'est impossible de ne pas lui offrir chaque caresse, chaque fessée, chaque orgasme qu'elle semble désirer.

Et là, ce qu'elle désire, c'est faire semblant de tenir les rênes, alors je les lui remets. Je me déshabille et sors un préservatif de mon portefeuille. Je me laisse tomber sur le lit, sur le dos, et enfile le préservatif.

Hannah est complètement nue. Elle est renversante. Toute en courbes légères, avec sa peau noire et ses superbes boucles qui lui tombent sur les épaules et dans le dos. Elle grimpe sur le lit.

Je coince une main sous ma tête, mais je maintiens mon érection de l'autre jusqu'à ce qu'elle prenne le relais. Un frisson de plaisir me traverse dès qu'elle resserre le poing dessus.

— Je parie que tu veux que je te suce, dit-elle, les pupilles dilatées.

Mon érection devient encore plus forte.

— Putain ! m'exclamé-je.

— Je ne suis pas sûre que tu le mérites.

Elle joue les allumeuses, mais je m'en fous, car elle me monte dessus et colle son sexe à mon gland. Elle l'enduit de ses fluides, avant de s'enfoncer dessus.

Je pousse un grognement et dois prendre sur moi pour ne pas la prendre par les hanches afin de l'aider. C'est vachement dur de ne pas me servir de mes mains. Parce que ce n'est pas une strip-teaseuse, pas une inconnue. C'est Hannah, et je suis impatient de la voir jouir sur ma queue.

Elle se met à onduler lentement, les seins en avant. C'est une vraie déesse. J'ai envie de caresser sa poitrine généreuse. Son clitoris. J'ai envie de la faire aller et venir sur moi tellement fort qu'elle en aura le tournis. Mais c'est elle qui commande, maintenant. Et je suis très reconnaissant d'être en elle.

Je bouge le bassin au rythme du sien, le soulève pour aller à sa rencontre quand elle redescend. Bien vite, elle n'en peut plus. Elle pose les mains sur mes épaules et se met à me chevaucher plus vite. Ses seins se balancent, ses cheveux forment un rideau autour de ma tête.

Je serre les poings sur l'oreiller en dessous de ma tête – je le déchire, même – pour m'empêcher de rompre ma promesse en la touchant. Quand elle réalise mon dilemme, elle me maintient les poignets sur le lit comme si j'étais son prisonnier et fait glisser sa chatte magique de plus en plus vite le long de mon membre. Elle se donne à fond, comme une pile électrique, jusqu'à ce qu'à bout de souffle, elle s'interrompe.

Je soulève le bassin pour aller à sa rencontre. C'est incroyable. Elle est trempée et serrée. Et quand je lève les yeux, je vois ses seins qui rebondissent, ses tétons qui durcissent. Je suis incapable de garder mes mains pour moi encore longtemps. Je meurs d'envie de la toucher. De pétrir ses seins pulpeux. De pincer ses tétons dressés entre le pouce et l'index. De caresser son clitoris et de la faire jouir.

Je suis à bout. Enfoncé jusqu'à la garde dans son fourreau mouillé, je bouge les hanches pour la prendre encore plus profondément. Mes doigts tremblent.

Elle se cambre et se contracte avec force sur mon érection. Sentir ses muscles se refermer autour de moi suffit à me faire perdre pied. Elle halète, à présent, et ses seins s'agitent tandis qu'elle va et vient.

Je lève les bras et mes mains se referment sur sa poitrine, que je palpe et pétris. Elle écarquille les yeux et déglutit. Je laisse retomber une main pour m'occuper de son clitoris. Je ne peux pas m'en empêcher. Il est juste là. Hannah continue de me chevaucher. Je trace un huit autour de son clitoris jusqu'à ce qu'elle gémisse, impatiente de jouir.

Je lui lâche les seins et m'empare de ses fesses pour m'enfoncer le plus profondément possible en elle. Je la regarde se cambrer pour aller à ma rencontre en poussant un gémissement rauque.

Bon sang.

— Laisse-moi te toucher, la supplié-je. Laisse-moi diriger, ma belle. Tu vas aimer ça, je te le promets.

Son regard est flou, ses joues rosies. Elle bat des paupières avec ses cils recourbés tout en réfléchissant. Je lève le bassin, et elle lâche un soupir de plaisir.

Dès qu'elle m'adresse un minuscule hochement de tête, je la saisis par les hanches et me mets à contrôler ses mouvements. Je la soulève et la fais descendre sur moi en rythme. C'est le paradis, mais j'ai moi aussi hâte de finir. Elle m'a fait bander toute la journée, et je viens de la voir jouir sur le sol de la cuisine.

Elle gémit comme si son orgasme approchait, en poussant de petits cris aigus qui retentissent comme une mélodie dans la pièce.

Nous approchons tous les deux du but, mais sans y parvenir, et je pense qu'un changement de position nous aiderait.

— Laisse-moi te coucher sur le dos.

Je ne suis pas du genre à demander la permission pour tout, d'habitude, mais c'est elle qui a le pouvoir, là, et je compte la laisser décider. C'est ma pénitence. Elle est plus agréable que celles du Père Fantoni.

— D'accord, souffle-t-elle.

Je la retourne en un instant, nos bassins collés l'un à l'autre. Dès que je suis dessus, je commence à enchaîner les coups de reins. Les yeux d'Hannah roulent dans leurs orbites, et ses lèvres s'entrouvrent de plaisir. Elle se caresse les seins. Je la maintiens en place entre l'épaule et le cou pour empêcher sa tête de cogner contre le mur, et je la baise sauvagement.

Quand je décide que j'ai besoin de la prendre encore plus profondément, je soulève l'une de ses cuisses et la pilonne dans cette position.

Je l'embrasse avec force à nouveau. Cette fois, ma langue insiste et domine. Je suce la sienne, l'obligeant à se soumettre. Elle est à moi. Elle va s'en souvenir. J'ai envie de la marquer. Je veux qu'elle me sente sur elle, qu'elle me sente en elle. Je veux qu'elle pense à moi dès qu'elle se touchera ou qu'elle se remémorera cette soirée.

— Putain, tu as tellement bon goût, Hannah. Je vais te faire jouir super fort. Je vais te faire crier.

Je la regarde perdre pied, ses jambes tremblantes et son dos cambré, tout son corps supportant le poids d'un orgasme trop intense. Elle respire profondément, avec le ventre, dans un rythme saccadé, et se tortille contre moi, ses mains agrippées à mes avant-bras. Dès qu'elle se contracte autour de moi, je sens mon propre orgasme se profiler.

— Je vais jouir, bébé, grogné-je. Je vais te remplir…

Elle se met à crier, emplissant la pièce d'exclamations extatiques. Mes bourses se contractent, mes cuisses tremblent.

— Bon sang, Hannah, je vais jouir, répété-je alors que des étoiles se mettent à exploser derrière mes yeux.

— Oui ! Moi aussi !

Son orgasme est tellement puissant qu'elle tremble pendant que le mien déchire mon corps, s'empare de moi et secoue tout mon être. Je n'ai pas envie d'arrêter. Je veux rester en elle pour toujours, sentir son corps m'aspirer davantage, me garder en lui, tous deux liés.

Je continue d'éjaculer, sans interrompre mes coups de reins, et Hannah se mord la lèvre, se cambre et crie encore. Son sexe se contracte sur le mien, pulsant au rythme de sa jouissance.

Seigneur, elle est tout.

Vraiment tout.

Je ralentis et vais et viens en douceur un moment, une simple caresse, puis je m'arrête enfin. Je sens mon membre pulser et se contracter en elle à cause des ondes de choc.

— *Bella.*

Elle fronce les sourcils et lève la tête de l'oreiller.

— Quoi ?

— Tu es tellement belle.

— Je rêve, ou tu viens de m'appeler par le prénom d'une autre femme ?

Son ton est sec, blessé.

Je me surprends à éclater de rire. Bon Dieu. Quand ai-je ri pour la dernière fois ?

— Non, j'ai dit *bella.* Ça veut dire belle en italien.

Je me retire et enlève le préservatif, que je jette dans la corbeille près du lit.

— Oh, dit-elle.

Elle devient de nouveau toute douce et attentive. Putain, j'adore sa réceptivité. Et j'adore sa jalousie.

— Tu parles italien ? me demande-t-elle.

Je me colle à elle et lui caresse la hanche.

— Un peu. Je le comprends mieux que je ne le parle. Je suis un Américain de deuxième génération, alors mes grands-parents le parlent couramment.

— Ouah, dit-elle en se blottissant contre moi, une paume posée sur mon torse. Tu es toujours... comme ça ?

Je repousse une mèche bouclée sur son épaule pour admirer l'une de ses seins magnifiques.

— Comme quoi ?

Elle se mordille la lèvre.

— Comme ça au lit.

Je ne parviens à cacher ma surprise que partiellement. J'ai appris il y a bien longtemps que quand une femme se confie, question sexe, on ne fait rien qui risque d'interrompre la discussion. Si Hannah veut en parler, je suis partant. Même si je suis tellement coupé de mes émotions que je suis presque un robot.

Je réfléchis.

— Non. Je ne crois pas. J'étais plus doué avant. Ma technique était plus… au point. Plus sophistiquée, même. Mais avec toi…

Je ferme les paupières et laisse le plaisir de ce que nous venons de faire m'envahir.

— Avec toi, c'est plus cru. Avide. Presque désespéré.

Elle me regarde d'un air hébété. Une lueur de vulnérabilité brille dans ses yeux sulfureux, mais je ne sais pas très bien ce qu'elle voudrait que j'ajoute. J'ai peut-être déjà merdé.

— Chaque fois qu'on le fait, quelque chose se dégèle en moi, admets-je.

Encore de la vulnérabilité sur son visage. Sa respiration devient plus rapide. Sa lèvre est-elle en train de trembler ?

Je décide de me montrer pleinement honnête :

— Tu me soignes.

Ses yeux s'emplissent de larmes, et elle laisse échapper un petit soupir. Je prends son visage dans mes mains et tente de ne pas réagir à ses larmes. Deux d'entre elles roulent sur sa joue, et je les essuie avec mon pouce.

— Tu me *détruis*, dit-elle d'une voix étranglée.

Je me fige. Retiens mon souffle.

Qu'est-elle en train de dire ? Où veut-elle en venir ? Merde.

Ma poitrine se serre.

— Comment ça ?

Tout mon corps se tend alors que j'attends sa réponse.

Elle s'assoit, et je l'imite.

— Armando, qu'est-ce qui se passe entre nous ? Je ne sais même pas ce qu'on est en train de faire, mais je sais que c'est une mauvaise idée.

Oh non. Mon cœur s'arrête. Mon buste se raidit.

— Je n'ai pas les réponses que tu cherches, admets-je.

— Tout se passe tellement vite. Comme une violente tempête.

— C'est vrai.

— Alors qu'est-ce que c'est ? Juste du sexe… plein de sexe ?

Je secoue la tête.

— Non, Pâquerette. Ce n'est pas que du sexe. Je peux au moins te dire ça.

Même si je ne peux pas m'empêcher de la toucher dès que possible.

— Mais c'est dangereux, insiste-t-elle.

Un poing se ferme sur mes entrailles.

— Je n'enferme pas mes émotions dans une boîte, ajoute-t-elle. Mes émotions prennent de la place, et elles s'insinuent partout. Je ne veux pas me jeter tête la première dans les profondeurs si je sais que personne ne sera là pour m'en tirer.

Je digère sa métaphore. Est-ce que *les profondeurs*, ça veut dire l'amour ?

Bon sang.

J'ai envie de lui dire que je ne lui ferai pas de mal. Mais elle a raison. Quelqu'un veut ma mort. J'ignore si je survivrai à cette semaine. Et même si j'y parviens, Hannah et moi ne vivons pas dans le même monde. Le sien est plein de couleurs, de lumière et de fleurs délicates.

Le mien est obscur.

Mortel.

Destructeur.

Je vis dans un nid de péché.

Je n'ai rien à lui offrir.

D'ailleurs, plus je passe de temps avec elle, plus je la mets en danger.

Dès que j'aurai fini de prétendre que c'est elle qui représente une menace pour moi, je devrai prendre mes distances.

M'en aller sans un regard en arrière.

Si j'étais quelqu'un de bien, je le ferais immédiatement.

Mais je ne suis pas quelqu'un de bien. Je prends son visage dans mes mains et me jette sur sa bouche comme si elle venait de me faire une déclaration d'amour. Et quelque part, c'est le cas.

— On est tous les deux dans les profondeurs, Pâquerette, lui dis-je lorsque nous nous séparons.

Je n'ai jamais connu plus profond que ça.

Quand elle saigne… je saigne.

CHAPITRE VINGT-SEPT

Hannah

Le téléphone d'Armando se met à sonner au beau milieu de la nuit. À la façon dont il bondit hors du lit avec une exclamation, je comprends qu'il a l'habitude de se battre dès le réveil. Il respire profondément par le nez, et l'écran de son portable s'allume. Son expression est dure. Digne d'un guerrier.

— Allô ?

J'entends un homme parler d'une voix tendue à l'autre bout du fil. Je détecte les mots *tirs* et *flics*.

Armando pousse un juron et se met à enfiler ses vêtements comme s'il se préparait pour une bataille.

— Ça marche. J'arrive... Non, je prendrai un Uber... Ouais.

J'allume la lampe de chevet et sors du lit à mon tour. Mon cœur bat à tout rompre, même si j'ignore ce qui se passe.

Armando raccroche et boutonne son pantalon, avant de glisser son téléphone dans sa poche.

— Qu'est-ce qui ne va pas ? Qui c'était ? m'enquiers-je.

Je suis peut-être trop directe, mais il est *chez moi* et vient de quitter *mon lit*. J'estime avoir gagné ce droit.

Il se tourne vers moi pour me regarder. Son visage est dur. Redoutable. Létal.

— Il faut que j'y aille, dit-il en regardant aux quatre coins de la pièce. Tu vas devoir rester...

— Ne songe même pas à m'attacher.

Je suis fière de ma voix basse et menaçante, pas hystérique comme la dernière fois.

Mais il y songe, justement. Ça se voit, car il ne bouge pas. Il reste planté là, à me regarder.

— Ne fais pas ça, Armando. Quand est-ce que tu vas me faire confiance ? Je ne bougerai pas d'ici. Je retournerai me coucher, c'est tout.

Il ouvre mon tiroir d'un geste brusque et sort l'un de mes collants.

— Je ne te fais pas confiance, d'accord ? *Je ne fais pas confiance.* Croismoi quand je te dis que t'attacher est plus clément que les menaces que je devrais proférer pour te laisser libre ici. Si je faisais ça, il n'y aurait plus de retour en arrière possible.

Ses mots me font mal. Il est capable de me *baiser*, mais pas de me faire *confiance.*

— Si tu m'attaches, il n'y aura pas de retour en arrière possible non plus, l'avertis-je.

Je parcours la pièce du regard à la recherche d'une arme. Comme je n'en trouve aucune, je ramasse la lampe de chevet.

— Je suis prête à me battre.

Je brandis la lampe comme si je comptais l'abattre sur sa tête. Je n'oserais sans doute pas aller aussi loin, surtout qu'après le combat auquel j'ai assisté à la boutique, je sais que mes chances de victoire contre lui sont ridiculement faibles. Et je serais sans doute blessée. *Ah.*

Je me souviens de son point faible.

— Tu serais obligé de me faire mal.

Ça, ça le dérangera. Ça va à l'encontre de son code d'honneur.

Il ne laisse rien paraître, mais je sais que j'ai gagné, car il laisse retomber le collant dans le tiroir et cherche ses clés.

— Repose cette lampe. Mets-toi au lit, ordonne-t-il d'un ton sec.

Je ne bouge pas.

Son téléphone sonne à nouveau. Il consulte l'écran d'un air sombre.

— Armando à l'appareil... Oui, Monsieur. Oui, je suis au courant... Non, je ne suis pas dans le coin, mais je peux arriver dans vingt minutes... D'accord, je pars tout de suite.

Après avoir raccroché, il pointe son index sur moi.

— Au lit, avant que je change d'avis. Je confisque ton portable et ton iPad. Si tu ouvres la porte d'entrée, je le saurai, et tu le payeras à mon retour. Si je dis ça, c'est pour ta sécurité. *Capisce* ?

Mon cœur bat la chamade, mais mon corps, ce traître, est excité par son ton autoritaire. Je me mets au lit, contente d'avoir su négocier ma liberté. Enfin, la liberté de mes poignets, du moins.

— Que s'est-il passé ? demandé-je, bien que je sache qu'il ne me dira rien.

— Rendors-toi, Pâquerette.

— Tu peux prendre le van, proposé-je. Ou je peux te conduire.

— Pas la peine, répond-il d'une voix ferme et implacable. Tu ne peux pas être impliquée dans ce qui se passe dans ma *vie*. Point.

Je lève les yeux au ciel et patiente, assise sur le lit. Je le regarde partir. Il quitte l'appartement en vitesse avant de revenir et de me regarder longuement.

— Bon, écoute...

J'attends.

— Si ce matin, je ne suis pas revenu, tu peux partir. Ne dis rien à personne et fais ta vie comme si tu ne m'avais jamais connu. D'accord ?

Je le dévisage, les veines glacées.

Comme je ne réponds pas, il ajoute :

— Je suis sérieux, Hannah. Tu ne m'as jamais connu. Jamais vu. Jamais. Compris ?

Il croit qu'il risque de ne pas revenir. Qu'est-ce que ça signifie ? Qu'il sera mort ? Ou en prison ?

Qu'est-il en train de se passer, bon sang ?

Soudain, je suis terrifiée pour lui, mais il n'y a rien à dire ou à faire, car il est déjà parti.

Je reste assise dans la lueur de la lampe un long moment, angoissée pour lui.

Armando. Merde !

Pourquoi ai-je moi aussi l'impression de risquer la mort ? Je ne veux pas tenir à lui à ce point. Ce n'est pas mon petit ami. Ce n'est même pas mon ami tout court. Il n'est rien pour moi. Pourtant, je me sens pleinement concernée. Comme d'habitude, je m'investis trop vite. Trop fort. Trop intensément.

Mais en avoir conscience ne m'empêche pas d'avoir l'impression que tout s'écroule autour de moi. Armando est mêlé à quelque chose de grave. Et je n'ai vraiment pas envie qu'il meure.

Mais si je veux partager quelque chose avec cet homme, ce sera ma réalité. Il fait partie de la mafia. Je le sais. Je ne peux pas l'ignorer. Il est comme il est, et moi, je suis juste une fille qui tient une boutique de fleurs.

Le mur entre nous est fait des briques de traditions, de règles édictées par des gens plus puissants que lui. Il vit dans un nid de péché, et j'ai beau adorer jouer au petit couple avec lui, il faut que je me souvienne de ma réalité.

Et s'il ne revient pas ?

Et s'il *revient* ?

CHAPITRE VINGT-HUIT

Armando

Bordel de merde.

Tout mon corps est glacé lorsque je sors de mon Uber devant mon immeuble. Quatre voitures de police et une ambulance bloquent la rue, tous gyrophares dehors. Il y a des flics partout. J'approche, les mains en l'air.

— Je suis Armando Rossi. C'est sur mon appartement qu'on a tiré, dis-je au premier policier qui me repère.

— D'accord.

Il parle dans son talkie-walkie :

— J'ai la victime.

Il écoute la réponse.

— Ouais, je l'amène.

Il me jette un regard soupçonneux.

— Vous êtes armé ?

Je garde les mains en l'air.

— Non, Monsieur.

Il me fouille pour s'en assurer.

— Suivez-moi.

À mon étage, je vois Marco avec un autre flic. Son appartement se trouve deux étages plus haut, à côté de celui de Léo. J'espère vraiment qu'ils n'ont pas été visés, eux aussi.

Il me fait un signe du menton. Je passe devant le concierge, qui me montre du doigt et grogne :

— Je veux que vous dégagiez d'ici demain. Je n'aurais jamais dû laisser un repris de justice louer un appartement ici.

— Il restera, dit Marco.

Sa voix ferme et sonore fait taire les conversations chuchotées, et tout le monde le regarde.

J'ignore le concierge et mon cousin. Je suis de nouveau amorphe. Ma bouche a un goût de cendres. Mes mouvements sont mécaniques. Tout est gris. Mes murs semblent se refermer sur moi comme les barreaux de ma cellule à Joliet. En cet instant, je pourrais facilement tuer ou être tué sans éprouver la moindre émotion.

Un policier me rejoint devant ma porte.

— C'est vous, Armando Rossi ?

— Oui, Monsieur.

Il jette un regard à son collègue.

— Il a été fouillé ?

— Oui, il n'a rien.

— Je peux voir votre pièce d'identité ?

Je sors mon portefeuille et lui montre la carte d'identité que j'ai obtenue la semaine dernière, vu que mon permis a été annulé. Le flic sort un calepin et un stylo et prend des notes.

— Vous pouvez me dire ce qui s'est passé ici ?

Je secoue la tête.

— Non, Monsieur. J'étais absent.

— Que s'est-il passé, à votre avis ? demande-t-il d'un ton cassant, visiblement agacé.

Il m'a déjà jugé, et je suis sûr que le verdict n'est pas clément.

— Je pense...

Je regarde dans mon appartement. Tous les murs sont criblés de balles. Le tableau que Marco avait suspendu au mur est brisé, et le sol est couvert d'éclats de verre. L'écran plat est en morceaux. La baie vitrée est fendillée, mais elle tient bon.

Pour l'instant.

Le rembourrage du canapé est exposé. Marco m'a dit ce qu'il a vu et entendu, alors je n'ai aucun mal à me faire une idée des événements. Des types se sont introduits chez moi et ont tiré des centaines de balles dans l'appartement avec des fusils semi-automatiques.

— Je pense que quelqu'un veut ma mort.

— Qui ça ?

Je secoue aussitôt la tête.

— Aucune idée.

Il plisse les yeux.

— Vous n'avez pas une hypothèse ?

Je hausse les épaules.

— Non.

— Le proprio dit que vous sortiez tout juste de prison.

Je devrais répondre *oui, Monsieur*, mais soudain, j'en ai ras le bol de cette conversation. Je veux que tout le monde dégage. Il faut que je parle à Marco et Léo. Alors je jette un regard noir à ce connard de flic. Il ne m'a pas posé de question, techniquement, alors je ne daignerai pas lui répondre.

Je m'éclaircis la gorge.

— Je peux jeter un œil dans l'appartement ?

Le flic plisse de nouveau les yeux.

— Vous avez des choses dignes d'être volées, ici ?

— Non.

Fini les *Monsieur.* Comme je l'ai dit, j'en ai marre.

Il range son carnet et son stylo dans sa poche.

— D'accord. Jetez un œil, et dites-moi s'il manque quelque chose.

Je me rends dans la chambre. Elle est aussi amochée que le salon. Il y a des impacts de balle dans la porte, dans la tête de lit. Les plumes de l'oreiller sont éparpillées dans la pièce. Les types ont sans doute commencé par cette pièce. Quand ils ont réalisé que je n'étais pas là, ils ont tiré partout quand même.

C'est un message. Ils me traqueront.

Ça, ça ressemble plus aux Hermanos que l'attaque de vendredi.

J'avais caché l'argent que m'avait donné le don dans l'appartement, mais je ne veux pas vérifier en présence des flics. Je ne veux pas qu'ils me demandent d'où viennent ces sept mille dollars. C'est l'argent qu'il me reste après avoir donné un coup de main à ma mère et à Hannah. Marco a refusé que je lui rembourse la caution, le loyer et les meubles de l'appartement.

Nous restons nous tourner les pouces encore quarante minutes avant que les types en bleu décident de s'en aller. Le propriétaire est toujours sur le palier, à attendre pour me parler. Marco se place à mes côtés.

— Écoutez, dit-il le proprio en levant les mains dans un geste de conciliation. Je ne peux pas avoir des gens comme vous ici. Mes résidents ont besoin de se sentir en sécurité, et ce qui s'est passé ce soir risque de faire fuir tout le monde.

À une époque, je lui serais rentré dedans. Je suis un mâle alpha, et je ne me laisse pas marcher sur les pieds. Mais là, je me fous royalement de savoir si je peux rester dans l'immeuble ou non. Après tout, je n'y ai pas passé beaucoup de temps, depuis que j'ai revu Hannah.

Je ne suis même pas en colère après les tirs. Je n'ai pas envie de me venger.

Je suis de nouveau sans émotion.

Et c'est la seule chose qui me perturbe.

Mais quelle importance, après tout ? Je n'habite même plus mon corps.

C'est Marco qui s'offusque à ma place. Il envahit l'espace personnel du proprio, sans le toucher, mais nez à nez avec lui.

— Non, ce qui risque de les faire fuir, mon pote, c'est si tu te mets la famille Pachino à dos. Mon cousin reste là. Moi aussi. Mon frère aussi. Et si tu reviens nous faire chier, je ruinerai ton business, ainsi que ta vie et celle de tes proches. Tu peux me croire, mon vieux.

Le propriétaire le croit. Il le croit tellement fort qu'il pâlit et qu'il se met à claquer des dents. Et Léo, avec un timing parfait, choisit ce moment pour nous rejoindre, sa carrure amplifiant la menace de son frère.

— Maintenant, dégagez.

Le proprio prend ses jambes à son cou.

Mes cousins attendent qu'il soit parti avant de pénétrer dans mon appartement. Marco porte un pantalon et un marcel blanc, comme s'il avait enfilé le premier truc qui lui passait sous la main. Léo, lui, a pris le temps de s'habiller.

— Ça, c'est clairement un coup des Hermanos, dit Marco. Je les ai vus se précipiter dans une bagnole dans la rue. Ils portaient des cagoules et ils avaient des semi-automatiques. J'ai entendu un flic dire qu'ils avaient tiré sur les caméras de sécurité devant l'immeuble et sur la porte vitrée. Ensuite, ils ont tranquillement pris l'ascenseur pour cribler ton appartement de balles. Tu as prévenu Don G ?

— Pas encore.

Je jette un regard en coin à Léo, parce qu'il a beau être comme un frère pour moi, moins de personnes connaissent mes histoires, mieux c'est.

Il sort un pistolet de sa ceinture et des munitions de sa poche.

— Je sais que tu n'as pas le droit de porter une arme, mais à mon avis, tu serais plus en sécurité si tu portais ça en permanence, maintenant.

Mon âme ne s'est peut-être pas complètement ratatinée, car je ressens une lueur de gratitude. Ma famille prend soin de moi. Quoi qu'il arrive.

Je prends le pistolet et le coince à la ceinture de mon pantalon.

— Ouais, merci.

— Je m'inquiète pour ta mère, dit Marco. Vu qu'ils ne t'ont pas trouvé ici, ils ne risquent pas d'aller te chercher chez elle ?

Je me frotte le visage.

— J'ai pensé à la même chose. Je vais voir si je peux l'envoyer en vacances.

Je me rends dans ma salle de bains à grands pas et cherche mon argent dans le placard sous le lavabo. Il est toujours là. Mais je ne suis pas surpris. Il ne s'agissait pas d'un cambriolage.

Ces types étaient là pour m'abattre, c'est certain. Et après tout le bruit qu'ils ont fait, ils ont dû filer sans traîner. Honnêtement, je suis étonné qu'ils aient pris un tel risque dans un immeuble comme celui-ci.

Je sors un sac de sport du placard et me mets à jeter des vêtements, des chaussures et des produits de toilette dedans. L'appartement d'Hannah reste l'endroit le plus sûr pour moi. J'ai bien fait d'y rester. Mais Marco a raison, ma mère est peut-être en danger. Et cette idée me fait ressentir des émotions, pour une fois. Je suis prêt à tout pour ma mère. Quand j'étais petit, nous n'étions que tous les deux, et je suis prêt à tuer ou à mourir pour elle.

— Je ferai venir mes soldats demain pour qu'ils fassent le ménage, dit Marco.

— Merci.

— Qu'est-ce que je peux faire d'autre ?

— Rien. Tu en as déjà trop fait. Ça ne me plaît pas de t'être redevable à ce point-là, mec.

Je lui serre la main et l'étreins en lui donnant une tape dans le dos.

Il recule et me regarde dans les yeux. Les siens sont vert clair, la couleur du dollar. Un vrai piège à filles.

— Tu ferais la même chose pour moi, dit-il.

Son expression est très sérieuse, comme s'il prêtait serment.

Je réalise alors qu'il ne prend pas uniquement soin de moi parce que je fais partie de la famille. Il ne le fait pas simplement par pitié. Il se sent coupable que je me sois fait choper. Que j'aie trinqué pour lui. Pour Léo. Pour les autres mecs de notre réseau de vol de voitures. J'ai joué de malchance, et je me suis fait pincer. Et il va sans dire que j'ai tenu ma langue.

J'ai envie de lui dire quelque chose pour le rassurer. Parce que l'inverse est vrai : il aurait fait la même chose, s'il avait été à ma place. Ce qui le ronge, c'est peut-être le fait que j'aie pris aussi cher. Tout me réussissait, à l'époque. Je croyais être amoureux. J'étais fiancé à une femme superbe. Je me faisais des tas de pognon. J'étais reconnu et respecté au sein de l'organisation. J'avais ma propre équipe : Marco et Léo bossaient sous mes ordres. J'étais destiné à devenir un leader et à grimper les échelons lorsque l'ancienne génération prendrait sa retraite.

Puis mes activités ont attiré l'attention des flics, et je me suis pointé au garage au volant d'une Mercedes Benz toute neuve au mauvais moment. Je me suis enfui, mais j'étais cerné. Je pouvais seulement encaisser. Purger ma peine et recommencer à zéro.

Comme les mots ne sont plus mon point fort, je ravale mes émotions et me contente de faire un check à mes cousins.

— Tu as toujours la clé de chez moi, non ? demandé-je à Marco.

— Ouais, t'inquiète. Tu veux passer la nuit chez moi ?

— Nan, j'ai un endroit où dormir.

Je ramasse mon sac de sport et me dirige vers la porte. Marco me jette un regard curieux, mais il ne me demande pas où je vais. Dans notre métier, moins on en sait, mieux on se porte. Je sais que mes cousins ne me dénonceraient jamais, mais je ne veux pas leur faire porter mes secrets. Ils en font déjà assez pour moi.

— Fais-toi discret, en tout cas.

— Ouais, ça marche. Merci encore.

Je touche le pistolet à ma ceinture et adresse un signe de tête à Léo.

— Attends, il est hors de question que je te laisse passer cette porte sans te donner des gardes, dit Léo. Surtout s'il y a une meuf dans l'histoire, maintenant.

— Je gère.

— Mon frère a raison, intervient Marco. Au moins un garde. Au cas où.

J'ouvre la bouche pour protester, puis je pense à Hannah. J'ai beau être prudent, il est possible que la personne qui veut ma mort soit au courant de son existence. Je ne m'en fais pas pour moi, mais je devrais m'assurer qu'elle soit protégée en permanence. Je hoche la tête.

— Ouais, c'est pas une mauvaise idée. Je veux qu'Hannah soit en sécurité.

— Alors elle a un nom, s'exclame Léo avec un sourire en coin.

Je me rends dans la cuisine en ruines et trouve un calepin et un stylo dans un tiroir. Je note l'adresse de l'appartement d'Hannah et celle du *Jardin d'Éden*, et je tends le papier à Léo.

Il l'examine.

— C'est la fleuriste à côté du salon de Rocco ?

J'acquiesce à nouveau.

— Je t'enverrai aussi l'adresse de son employée. Je veux m'assurer qu'elle soit protégée aussi. Il ne faudrait pas qu'elle soit prise pour cible par erreur.

Marco se penche sur l'épaule de son frère pour lire mes notes, et il dit :

— C'est comme si c'était fait.

— On va découvrir qui est responsable de tout ça, et on y mettra un terme. Je te le garantis, assure Léo.

Mon plus jeune cousin est devenu un homme en mon absence. Je ne lui connaissais pas cette maturité.

Un million de petites choses ont changé, pendant que j'étais en prison. Ce sont des changements subtils, mais suffisants pour me donner l'impression d'évoluer dans un tout autre monde.

Ou alors c'est moi qui ai changé du tout au tout.

Et si je veux survivre à la semaine, j'ai plutôt intérêt à me reprendre, et vite.

Je dois découvrir ce qui se passe. Ce que je peux faire.

Qui est digne de confiance.

Qui je dois tuer afin de ne plus être pris pour cible.

Pourtant, j'ai toujours du mal à m'intéresser à mes problèmes.

La seule chose qui m'intéresse un minimum, à présent, c'est Hannah. Je voudrais être endormi dans son lit, là.

Je suis vorace.

Je sais que je devrais la laisser tranquille. Je devrais lui foutre la paix, surtout vu le danger que je représente pour mon entourage.

Mais j'en suis incapable.

Elle est tout ce qui me retient à la vie.

Le seul chemin qui m'apparaît, c'est celui qui mène à elle.

C'est mon seul moyen de me retrouver.

CHAPITRE VINGT-NEUF

Hannah

Je pose les yeux sur la silhouette endormie d'Armando. Il est rentré peu avant l'aube et n'a pas ouvert l'œil depuis. Il est étendu sur le dos, les draps emmêlés à sa taille. Ses muscles fins et sculptés lui donnent un air dangereux, même dans son sommeil. Ombre est blotti contre lui et ronronne contre son ventre, un drôle de compagnon de lit.

Je ne vois pas de sang, de plaies ou de bleus sur lui, et je réalise que cela pourrait devenir mon quotidien. Passer son corps en revue à la recherche de blessures. Si Armando et moi continuons sur cette voie, quelle qu'elle soit, ma vie consistera à m'inquiéter pour lui quand il s'éclipsera au beau milieu de la nuit.

Saurai-je gérer ça ?

Saurai-je gérer *Armando* ?

Quand il est rentré et qu'il s'est glissé derrière moi, j'ai fait semblant de dormir. Je ne savais pas quoi dire ou faire. Je ne pouvais pas vraiment lui demander comment s'était passée sa journée de travail. Ni lui confier que j'avais passé la nuit à lutter contre les larmes et la nausée. J'étais terrifiée à l'idée de ce qui pouvait lui arriver, de ce que je ferais s'il ne revenait jamais. Mais collée à son corps chaud, l'un de ses bras pesant autour de ma taille, je me sentais en sécurité. Plus en sécurité que jamais, en fait. Cette sensation m'a donné l'impression que tout le reste valait le coup. Qu'il valait le coup.

J'hésite à le réveiller ou à le laisser dormir. Il faut que je me rende à la boutique. J'ignore pourquoi je me sens obligée de lui demander la permission pour partir. Ce n'est pas parce qu'il me voit comme une prisonnière que j'en suis une.

Sauf que ce rôle me plaît. C'est la vérité, aussi absurde soit-elle. Je n'ai pas vraiment envie qu'il me libère et qu'il s'en aille. Car je suis déjà accro à lui. Comme toujours, après avoir couché avec un mec.

Je ne sais pas contenir mes émotions. Comment les maîtriser. Je ressens les choses en grand, et c'est toujours un désastre. Ça fait toujours fuir les hommes.

C'est peut-être pour ça que j'aime l'idée d'être prisonnière. Armando ne s'enfuira pas. C'est lui qui m'impose sa présence, pas l'inverse. Je ne peux pas tout faire foirer, parce qu'il n'y a pas de relation entre nous. Je n'ai pas choisi cette situation. Je ne peux rien refuser, à part de coucher avec lui. Et je ne suis vraiment pas douée pour ça.

Pourquoi refuserais-je, après tout ? C'est le gros point positif de cette situation. Même s'il n'y a pas que le sexe qui me plaît. J'adore vivre ces péripéties. La menace du danger compensée par une certaine confiance en lui. Et j'aime ses petites attentions, comme quand il fait mes courses ou descend la poubelle. Quand il débarrasse la table. Ma vie semble plus simple quand il veille sur moi. Quand il participe. J'ai tellement l'habitude de me faire du souci pour les autres que ça fait du bien que quelqu'un s'occupe de moi, pour une fois.

Je touche son biceps ferme.

— Armando ?

Il prend une grande inspiration et s'assoit aussitôt, un pistolet à la main... braqué sur moi.

Je pousse un cri de surprise et me fige. Je ne sais même pas d'où il sort cette arme. Je dois me repasser la scène pour conclure qu'il l'a tirée de sous son oreiller.

Mon oreiller. Où je ne cachais certainement pas de pistolet.

Il me regarde d'un air hébété et baisse son arme. Il ne dit pas un mot.

— Nom de Dieu, Armando.

Je pousse un soupir tremblant. Comme il ne parle toujours pas, j'ajoute :

— Écoute, il faut que j'aille à la boutique. Tu peux rester là pour dor...

Mais il est déjà debout, obligeant Ombre à sauter par terre et à creuser son petit dos.

— Tu n'es pas obligé de venir. Je pense t'avoir prouvé que je ne parlerai pas, non ? Alors donne-moi mon téléphone, et je file. Tu peux rester si tu veux.

Sans me prêter attention, Armando sort un tee-shirt d'un sac de sport caché sous mon lit.

OK. Apparemment, il emménage ici.

Ça ne devrait pas me réjouir, mais c'est un peu le cas.

Il s'habille en quelques secondes, fixant le pistolet à sa jambe avant d'enfiler son pantalon. Il va chercher mon sac à main, mon téléphone et les clés du van, dans le four, cette fois. Lorsque nous quittons mon appartement, il n'a toujours pas décroché un mot.

Une fois sur le trottoir, il me montre le Starbucks du coin d'un signe du menton.

— T'as mangé ?

Sa voix est grave et rocailleuse à cause du sommeil. Grognon, même.

— Non, réponds-je.

Je ne suis pas une mangeuse très assidue. Le soir, j'ai tendance à grignoter à cause du stress, mais je suis trop surmenée pour prendre des repas réguliers. Malheureusement, sauter des repas ne m'a pas valu une silhouette hollywoodienne. Mais au diable Hollywood. J'ai des courbes pile là où il faut. Et Armando semble s'en délecter.

Il se dirige droit vers le Starbucks et sort son portefeuille. Ses yeux sont morts, ce matin. Je les ai déjà vus comme ça, mais là, ils manquent particulièrement de luminosité. À moins que l'empathe en moi détecte son absence d'émotions.

Je ne peux pas m'ôter de la tête le pistolet qu'il a braqué sur moi tout à l'heure. Son visage menaçant avant qu'il comprenne que c'était moi. Son regard était redoutable. Comme celui d'un animal sur le point de tuer pour se libérer. Quel genre de vie a-t-il pu vivre, pour sauter sur son arme dès le réveil ? Que lui est-il arrivé hier soir ? J'ai envie de l'interroger, mais je sais qu'il ne me répondra pas.

Armando commande un sandwich aux œufs et un double expresso avant de se tourner vers moi. Je commande du porridge et un café au lait. C'est encore lui qui paye.

C'est bête, car il ne s'agit pas d'une grosse somme d'argent, mais j'aime sortir en ville avec Armando. Le voir payer pour mes repas et mes courses. Ça me plaît, cette façon qu'il a de prendre les choses en main. La façon dont il a fait réparer le van sans même me consulter.

Ça agacerait certaines femmes, mais moi, je trouve ça séduisant.

Il a un côté père de famille sexy, et même si ça n'a jamais été mon délire, je crois que ça commence à me plaire.

Nous prenons notre commande à emporter, et c'est de nouveau Armando qui prend le volant. Ça aussi, ça me plaît. Je me fiche qu'il s'agisse de mon van ; je déteste conduire en ville. J'aime bien que quelqu'un d'autre prenne les rênes. Je peux manger mon porridge et siroter mon café au lait tout en regardant par la fenêtre sans me faire le moindre souci – temporairement, du moins.

Il est toujours complètement renfermé sur lui-même, et je n'essaye pas d'engager la conversation. Je connais plein de gens qui n'aiment pas parler le matin, même quand ils ont bien dormi et qu'ils n'ont pas eu à gérer une crise toute la nuit. Je vais attendre qu'il se radoucisse.

Une fois arrivés, nous entrons dans la boutique par la porte de derrière. Armando parcourt les lieux d'un pas raide et ouvre les stores de la vitrine. Puis il retourne mon écriteau avec les horaires d'ouverture.

— Tu te fous de ma gueule, Hannah ? gronde-t-il.

Je me fige. La menace est de retour. Je la sens même à l'autre bout de la pièce, et cela me fait peur.

— Quoi ?

Il me montre l'écriteau.

— Tu n'es pas censée ouvrir le dimanche. À quoi tu joues ?

Il se tourne sur le côté et jette des regards dehors.

Nom de Dieu. Il croit que je l'ai piégé, ou quoi ? Que les flics vont débarquer pour l'arrêter ? Ou alors les gens qui veulent le tuer ?

CHAPITRE TRENTE

Hannah

Je le rejoins, en partie pour conquérir ma peur viscérale face à lui quand il est de cette humeur, en partie parce que je suis furieuse qu'il se méfie de moi. Et fâchée qu'il m'ait effrayée.

— Au cas où tu ne l'aurais pas remarqué, Armando, je n'arrive pas à payer mon loyer. Il faut que j'ouvre le plus possible, et ça inclut les dimanches. Je bosse tous les jours. À chaque heure. C'est la seule solution, si je veux survivre.

Il me regarde d'un air étonné, et son expression dure se radoucit en partie.

J'affronte son regard.

— Ne me crie plus jamais dessus comme ça. Tu es terrifiant, quand tu te mets en colère.

Je m'attends à ce qu'il soit désolé. Je veux qu'il m'appelle « ma chérie », qu'il me caresse les cheveux, qu'il me serre dans ses bras et qu'il me promette de ne plus jamais me faire peur, mais au lieu de cela, il se renfrogne.

— Ouais, t'as bien raison d'avoir peur de moi, Pâquerette.

La blessure de ses mots est profonde dans ma poitrine. Je lève le menton.

— Ah bon ? Alors dis-le. Dis ces choses dont on ne se remettra pas. Profère tes menaces et finissons-en. Tu pourras t'en aller, comme ça. Ça nous facilitera la tâche à tous les deux.

Il reste planté là une minute, et le doute danse sur ses traits. Je jurerais que la pièce tourne autour de nous, comme dans les films. Puis sa main jaillit et s'empare de ma tête. Ses lèvres s'écrasent sur les miennes. C'est un baiser passionné et juteux, car je lui rends la pareille.

C'est ce qu'on sait faire de mieux. Notre relation est une mascarade, nous ne savons pas communiquer, mais cette danse-là, nous la maîtrisons. J'imagine que c'est pour ça qu'il m'a embrassée. Tout comme je l'ai embrassé la première fois, quand il se demandait quoi faire de moi.

Ça.

Voilà ce qu'on fait.

Il interrompt notre baiser, mais il ne me lâche pas la tête.

— C'est ce que tu veux, Hannah ? Tu veux que je parte ?

Il exsude la tristesse. Avec une pointe de désespoir. Il soutient mon regard comme si ma réponse avait le pouvoir de maintenir la lune en orbite.

— Non, admets-je.

C'est la dernière chose que je veux.

Il colle de nouveau ma bouche à la sienne et me dévore d'un baiser brûlant. Je l'embrasse en retour, ouvrant et refermant les lèvres sur les siennes.

— Je suis désolé, dit-il d'une voix éraillée quand nous nous séparons. Quelqu'un a criblé mon appartement de balles, cette nuit, et ça m'a rendu complètement parano. Je n'aurais pas dû crier. Surtout pas sur toi.

J'écarquille les yeux, même si je me doutais qu'il lui était arrivé quelque chose dans le genre.

Il lâche ma tête pour me caresser la joue et passer le pouce sur ma lèvre inférieure.

— Je ne veux surtout pas que tu aies peur, ajoute-t-il. Je veux t'embrasser comme si c'était la fin du monde. Te baiser comme si nos vies en dépendaient.

Une vague de chaleur me submerge.

— Si je ne perds pas complètement la raison, là, c'est seulement grâce à toi. C'est toi qui me permets de ne pas devenir fou, Hannah. Toi.

J'adore entendre sa voix rauque prononcer mon nom. C'est moi qui l'embrasse, cette fois, ma poitrine pressée contre ses muscles solides.

— Comme si nos vies en dépendaient, hein ? murmuré-je lorsque j'émerge pour reprendre mon souffle.

Il me plaque à la vitrine et baisse de nouveau les stores. Ses mains sont partout, caressant mes flancs, palpant mes fesses. Je lève une jambe que j'enroule autour de sa taille, et quand il me soulève, je l'enserre avec mes deux cuisses. Je sens la bosse de son érection entre mes jambes.

Ses lèvres dansent sur ma clavicule, puis s'interrompent tandis qu'il cherche mon oreille avec ses dents, me mordillant plus fort qu'à l'accoutumée. Je le sens jusque dans mon centre. Sa voix est grave et rauque, et ses mots envoient une vibration sensuelle dans mon oreille.

— Putain, tu es trop belle. J'adore t'embrasser. Et te baiser. J'ai envie de te pencher ici-même, tout de suite. J'ai envie de te prendre contre cette vitrine jusqu'à ce que tu cries.

Je suis trop essoufflée pour répondre. Je ne sais même pas quoi dire.

— Fais-le, j'ai envie de toi.

Ses mains quittent mes fesses pour mes hanches, puis mon ventre, ses doigts enfoncés dans ma chair.

— Je veux te regarder jouir de derrière. Je veux regarder ta chatte prendre ma queue. Je veux te baiser pendant des heures.

— Moi aussi, c'est ce que je veux, lui dis-je, ma gorge sèche et serrée.

J'en ai envie, mais je ne veux pas que ça se termine. Je veux rester ici. Rester dans ce moment pour toujours.

Il m'embrasse à nouveau, sans aucune douceur, cette fois, mais avec impatience. Il me retourne et me porte jusqu'à mon bureau. Mes fesses touchent sa surface, et je reviens à la réalité.

La réalité.

Nous sommes à la boutique. Mon entreprise. La réalité.

— Attends, haleté-je. On ne peut pas continuer comme ça.

C'est trop. Armando est trop. Je ressens trop de choses.

Il se raidit. Recule. L'absence de ses mains me fait l'effet d'un seau d'eau froide.

— Ouais, dit-il.

Je regrette déjà de l'avoir réfréné. Je lui tends les bras.

— Attends.

Il reprend sa place entre mes jambes et caresse ma cuisse nue. Ses doigts glissent sous ma robe courte. Nos fronts se touchent.

— Parle-moi, Hannah.

Lui parler. C'est le moment où je me montre telle que je suis et où il prend ses jambes à son cou. Mais ça vaut peut-être mieux comme ça. C'est ce qu'il me faut.

— Je...

Je prends une grande inspiration pour me donner du courage.

— Le sexe sans sentiments, ce n'est pas pour moi. Je ressens trop de choses, tu vois ? Et je m'attache trop vite...

Le pire truc que l'on puisse dire à un mec.

Mais c'est la vérité.

— Tu trouves que c'est du sexe sans sentiments ? demande-t-il d'une voix un peu éraillée.

— Non, admets-je.

Il prend une grosse mèche de mes cheveux et l'enroule autour de son poing, regardant mes boucles blondes se mêler aux brunes.

— Pour moi, ce n'est pas du sexe sans sentiments, dit-il. Ça a quelque chose de désespéré, de vivifiant. Comme la première gorgée de lait d'un bébé affamé.

Oh, Seigneur. Mon cœur fait un salto arrière. J'adore savoir que je lui procure quelque chose qu'il ne peut pas trouver ailleurs. Que je le transforme, même. Cela donne de l'importance à notre danse. À mon identité et au sens de ma vie. Je lève la tête vers lui pour l'embrasser, mais il recule d'un centimètre et me fait mariner.

— Mais si tu as besoin de prendre tes distances, je le respecterai. Je ne force pas les femmes.

Trop craquant.

— Mais souviens-toi... soufflé-je en battant des cils. J'aime qu'on me force.

Sa respiration coupée veut tout dire.

Tout comme la façon dont il me capture le poignet et me retourne pour me pencher sur le bureau. Il me coince le bras dans le dos et me donne une claque sur les fesses.

— Je m'en souviens, dit-il de sa voix rocailleuse.

Il s'empare lentement de mon autre poignet et le coince également dans mon dos. Mon visage est pressé contre la surface lisse du bureau, dont l'odeur d'encre et de papier se mêle au parfum masculin d'Armando. Il soulève le bas de ma robe pour dévoiler mes fesses. Puis il descend ma culotte, juste assez pour pouvoir me caresser.

— Tu as encore mal après la dernière fessée que je t'ai donnée ?

Mon sexe se contracte à ce souvenir. À moins qu'il se contracte sous son geste. Je secoue la tête.

— Tu as encaissé ta punition comme une fille bien sage, hein ?

Oh, mon Dieu.

C'est torride.

Il frappe le bas d'une fesse, et la vibration se propage jusque dans mon centre.

— Ouais, continue de me défier, Pâquerette, parce que je ne me lasserai jamais de faire rougir ton cul.

Je me trémousse pour le tenter, et il me donne un autre coup. Il me caresse pour chasser la brûlure.

— Tu es la femme la plus sexy que j'aie jamais connue. Et de loin.

Il frappe à nouveau.

Je ferme les paupières, savourant la sensation et ses mots. Il n'est pas très bavard, d'habitude, alors ses compliments sont comme un onguent sur mes nerfs à vif.

— Et ça me plaît que tu sois émotive, poursuit-il en frappant un peu plus fort. Que tu t'attaches vite. Parce que les rares fois où je ressens quelque chose, c'est quand je suis avec toi.

Un nouveau coup.

Les larmes me brûlent les yeux. Pour une fois, on dirait que le mec dont je tombe amoureuse est sur la même longueur d'onde que moi. C'est un vrai miracle.

— Oh, putain, gronde-t-il, sa bouche dans mon cou. Tu aimes ça quand Papa te punit ?

Il frappe de nouveau mes fesses, et je gémis en me collant à sa paume. Il me soulève légèrement, et le tissu rêche de son pantalon gratte ma peau surchauffée et impatiente. Je frémis et me cambre pour aller à sa rencontre.

— O... oui. J'aime ça. J'aime ça... *Papa.*

Ce mot roule sur ma langue comme s'il y avait parfaitement sa place.

— Qu'est-ce que tu veux, Pâquerette ? gronde-t-il en m'embrassant dans le cou. Dis-moi ce que tu veux.

— Je veux que tu me baises, susurré-je, haletante. Je veux que tu me baises comme ça, mon cul en l'air et ta queue en moi.

Sa main caresse mon clitoris, et je gémis, mon cerveau embrumé par un plaisir plus intense que tout ce que j'ai ressenti jusqu'ici.

Il introduit un doigt en moi. Je suis tellement mouillée qu'il s'y glisse sans problème, et mes genoux cèdent presque. Il ajoute un deuxième doigt et se met à aller et venir tandis que le bout de son pouce stimule mon clitoris.

Je colle mon visage au bureau, et mes cris de désir résonnent dans la pièce. Le bois est froid contre ma joue et je sens les lèvres d'Armando sur mon dos. Il murmure des paroles cochonnes qui me montent droit à la tête.

— Je vais te baiser dans cette position, bébé. Ma queue va te faire jouir plus fort que jamais. Mais d'abord, je veux que tu fasses quelque chose pour moi.

Il ôte ses doigts, et je pousse une plainte.

Il tire sur la chaise de bureau qui se trouve derrière lui et s'assoit dessus avant de libérer son érection. Je me tourne vers lui et me laisse tomber à genoux. Son regard devient intense. Torturé, même. Je lui dois bien une pipe après tout le plaisir qu'il m'a prodigué. C'est toujours lui qui dirige, et je suis... Eh bien, j'étais sa prisonnière. Un rôle que j'adore, apparemment.

Mais je veux qu'il m'ordonne de le sucer. Je veux qu'il guide ma tête en me maintenant par les cheveux, qu'il contrôle le moindre de mes mouvements. Je veux le sucer parce qu'il l'aura exigé.

Comme s'il lisait dans mes pensées, il dit :

— Pose ces lèvres sur ma queue.

Je saisis la base de son membre et fais glisser ma langue autour de son gland. Son érection se contracte, soudain plus épaisse et plus longue dans ma main.

— Oh, bon sang, bredouille-t-il, les narines dilatées, le souffle court.

Son poing se referme dans mes cheveux et me tire la tête en arrière pour que je le regarde dans les yeux. Une vague de chaleur envahit mon entrejambe. Je suis excitée par le pouvoir que j'exerce sur lui et celui qu'il exerce sur moi. J'ai hâte de lui donner du plaisir.

Tout en soutenant son regard, je serre lentement les lèvres sur son gland et descends plus bas.

Son gémissement exprime presque de la douleur.

— Bon sang, Hannah.

Ses doigts s'emmêlent dans mes cheveux et son poing se referme.

— Tu...

Sa voix s'étrangle alors qu'il me pousse en avant pour que je le prenne à nouveau dans ma bouche.

Il s'agit d'une nouvelle démonstration de domination sexuelle. Si l'on m'avait demandé si j'aimais ça, avant, j'aurais répondu « jamais de la vie », mais désormais, ça me plaît. J'ai beau être un peu vexée de son manque de gratitude, de la façon dont il se sert de ma bouche comme d'un trou, je suis trempée, mes tétons dressés fourmillent, et je caresse son frein avec ma langue dans un geste enthousiaste.

— C'est bien Hannah. Putain, c'est trop bon. Tu es une gentille fille.

Ce n'est pas la première fois qu'il me félicite d'être une *gentille fille*. Ça aussi, ça devrait m'offenser, mais ça m'excite. Son poing est de plus en plus serré sur mes cheveux, et il va et vient plus vite dans ma bouche. Je le suce avec entrain tout en pompant avec ma main, faisant de mon mieux pour lui faire du bien.

Son bassin ondule, et son sexe cogne contre ma langue. Je serre les lèvres sur son érection et le prends profondément en bouche, les joues creusées, et il s'enfonce jusqu'aux bourses. Sa respiration devient plus rapide, et je sens ses biceps se crisper. Je sais qu'il approche du but. Je veux le faire jouir.

Je veux sentir son sel sur ma langue.

Son membre se contracte. Il gémit et s'enfonce davantage. Je l'avale avec appétit.

Je fais tourner ma main autour de sa base et caresse son frein avec ma langue. Son poing se referme dans mes cheveux, et je le caresse comme il aime.

Il est toujours tellement dur qu'il m'est presque impossible de le prendre en entier, et ma mâchoire est douloureuse.

Je l'engloutis ; je le suce le plus vite possible. Je lutte contre les haut-le-cœur réflexes, les yeux embués alors que son membre atteint une taille impressionnante. Il va bientôt jouir, et quand il le fera, je veux qu'il soit dans ma bouche. Je veux le goûter. Je veux sentir son sperme sur ma langue. Je veux l'avaler.

Je passe la langue de bas en haut le long de son érection, et il se crispe.

— Oh, s'exclame-t-il. Putain.

Il me force à reculer et me regarde, les yeux brillants.

— J'aurais voulu continuer éternellement, mais je n'aurais pas tenu, dit-il.

Il fourre la main dans sa poche et en sort un préservatif.

— Viens, Pâquerette. Fais un tour sur mes genoux.

Sa voix est grave et sexy. Il est doué pour parler crûment.

Je me débarrasse de ma culotte, toujours coincée autour de mes cuisses, et je m'installe sur lui à califourchon pendant qu'il déroule la capote.

— Oh, Seigneur, dit-il en frissonnant lorsque je me laisse glisser sur son érection. Hannah. Tu es une vraie déesse. La déesse des fleurs. Il y en a une ?

Je ne l'ai jamais entendu enchaîner autant de mots sans que ce soit nécessaire. Quelque chose lui a délié la langue, et j'adore ça. Il me saisit par les fesses et maîtrise mes mouvements, bien que je sois au-dessus. Je le prends profondément lorsqu'il soulève le bassin tout en m'abattant sur lui.

Il pétrit ma chair.

— Bon sang, j'adore ton cul, Hannah. Il m'excite à mort.

Il commence à avoir le souffle court. J'adore le voir perdre les pédales.

— Une vraie déesse des fleurs. Ou une nymphe des bois. Tu es comme cette fée sur ton épaule... mais en beaucoup mieux. Tu es *charnelle.*

Ses doigts s'enfoncent dans ma chair. Je suis à quelques secondes de l'orgasme.

Et lui aussi, à en juger par l'intensité de ses coups de reins, ses dents serrées et son regard sauvage. Il me fait rebondir sur ses genoux, mes jambes de chaque côté de son bassin, mes cheveux retombant sur le côté droit de mon visage.

Il me contemple, les yeux mi-clos.

— Tu es belle, tellement belle. Tu vas bientôt jouir ?

— Oui ! m'exclamé-je. Je suis prête !

Je suis même plus que prête, car dès qu'il caresse mon clitoris, je lâche prise et mes muscles se contractent sur son membre.

— Oh, *putain*, rugit-il.

Il oublie mon clitoris et me saisit les hanches pour me faire aller et venir sur son sexe.

Il jouit, nous soulevant tous les deux dans un coup de reins si profond qu'il quitte sa chaise. Il pose le bord de mes fesses sur le bureau et me pilonne tout en éjaculant.

Je tombe en appui sur les coudes, le souffle court, et je regarde l'homme qui avait un visage de marbre ce matin perdre toute retenue.

De la meilleure façon qui soit.

— *Cristo*, bredouille-t-il.

Il rouvre les yeux et me dévisage. Il glisse un bras derrière mon dos pour me serrer contre son torse.

— Ça va ?

— Oui, réponds-je.

Je mordille sa poitrine et me contracte sur son membre. Je lâche un petit rire. Puis je me mets soudain à pleurer.

Ce ne sont pas des larmes de tristesse, simplement le contrecoup de l'orgasme. Mais je déteste quand ça m'arrive.

Les bras d'Armando m'étreignent avec plus de force. Je m'attends à ce qu'il panique, à ce qu'il craigne de m'avoir fait mal, ou quelque chose dans le genre. Ou pire, qu'il prenne ses distances à cause de mon émotivité. Ça a tendance à faire fuir les mecs.

Mais il ne dit pas un mot. Il ne me demande pas ce qui ne va pas. Il se contente de me serrer contre son torse dur comme du bois et de me laisser pleurer dans sa chemise.

Quand mes larmes se tarissent enfin, il recule et m'essuie les joues.

— Bon sang, j'adore tes larmes.

— Quoi ?

Il secoue la tête.

— Argh, c'est bizarre, dit comme ça. Ce n'est pas ce que je voulais dire.

J'attends, mais il ne s'explique pas. Il prend déjà ses distances, comme cela arrive toujours. Mais ses mots... ça, c'était différent de ce qui se passe avec les autres hommes.

Je le prends par la main.

— Alors reformule. Qu'est-ce que tu voulais dire ?

Sa paume calleuse se pose sur ma joue.

— Tu vas bien, hein ? Ça, c'était juste... toi ? Ou j'ai encore merdé ?

Son *encore* me serre l'estomac. Mais il me fait plaisir. Car cela signifie qu'il a peur de tout gâcher avec moi.

Je secoue la tête.

— Ouais, c'est juste moi qui en fais... trop. Comme d'habitude.

Je dis ces mots d'un ton de défaite, pas à cause de sa réaction, mais à cause de toute une vie passée à ressentir les émotions trop intensément.

Il baisse la tête pour croiser mon regard.

— Non. Tu n'en fais pas trop. J'adore ça. Tu es un peu... comme une créature mythique sauvage...

Il s'interrompt et lève les yeux comme pour chercher ses mots.

— Je ne dirai pas *comme une licorne*, parce que ça fait bête. Mais quelque chose dans le genre.

Mon cœur déborde de ma poitrine. De nouvelles larmes roulent sur mes joues. Armando les essuie avec ses pouces.

— Je ne sais pas, Pâquerette. Tu es pleinement ouverte. Tu absorbes tout. Tu me *reçois.* Et je trouve ça magnifique. Et si je suis censé dire que je le regrette, je le ferai. Mais ce serait un mensonge, parce que j'adore te voir craquer et dévoiler ton essence avant de te reprendre et de recommencer à zéro.

Je plonge le regard dans les yeux noisette d'Armando et savoure ses compliments. Je me développe. Je deviens de plus en plus moi-même. Celle que je suis vraiment. La personne que je suis avec Armando, c'est ça, la vraie moi. Plus qu'avec personne d'autre. Plus que quand je suis seule, même. Il glorifie des parts de moi que je n'aimais pas.

Et savoir qu'il me trouve exceptionnelle, ça me transforme. Ça me rend plus forte. Plus entière.

Il jette un regard autour de la boutique avec un sourire en coin.

— Je ne sais pas ce qu'il a, ce *Jardin d'Éden*. Il me donne envie de pécher. Encore et encore.

Il m'embrasse.

— Et encore.

CHAPITRE TRENTE ET UN

Armando

Alors que je redescends sur Terre après mon euphorie post-orgasmique, je décide que le moment est venu de parler de quelque chose qui me pèse depuis mon réveil ce matin.

Je colle mon front à celui d'Hannah.

— Est-ce que je suis mauvais pour toi ? Est-ce que tu veux que je m'en aille ? Sois honnête.

Elle fait rouler sa tête de gauche à droite contre la mienne.

— Non, murmure-t-elle. Je n'ai jamais voulu que tu partes. C'est ce qui me faisait peur. Ce que je tentais d'éviter. Mais ce moment est arrivé.

— Ce moment est arrivé, répété-je.

Je la comprends, sur le plan logique, mais je ne sais pas du tout ce qu'elle ressent. Je me sens vide, alors que ses émotions débordent. C'est peut-être pour ça qu'on est si compatibles. Pourquoi ça marche entre nous.

Hannah est impossible à comprendre, parce qu'elle est diamétralement différente de moi et des gens que je connais. C'est pour ça qu'elle me paraît mythique. Sa capacité à accepter les choses est monumentale.

Je caresse ses boucles folles, avant de les ébouriffer à nouveau. Elles sont faites pour que je ferme le poing dessus.

— Alors je suis pardonné ? Je suis désolé de m'être comporté comme un con.

Elle lâche une bouffée d'air qui ressemble à un rire.

— Oui, tout va bien.

Je me retire et jette le préservatif dans la corbeille près du bureau.

— Qu'est-ce que je peux faire pour t'aider, par ici ?

Je range mon membre et ferme ma braguette. Je ramasse la culotte d'Hannah et m'accroupis pour la passer autour de ses chevilles.

— Euh...

Elle ne semble pas oser demander.

— Oui ? Quoi ? Tout ce que tu voudras, Pâquerette.

— Tu veux bien m'aider à nettoyer la chambre froide ? C'est ce que je fais le dimanche avant l'ouverture, en général.

— Je m'en occupe. Toi, consacre-toi à une autre tâche.

Son visage s'illumine de surprise mêlée de culpabilité. Elle bondit du bureau et remonte sa culotte.

— C'est vrai ? Ce n'est pas une corvée agréable, même si tu auras moins de mal que moi, fort comme tu es.

Je plisse le front en me demandant ce qui peut bien requérir autant de force.

— Tu seras obligé de soulever les gros pots de fleurs pour passer la serpillière en dessous. Moi, je m'asperge tellement que je finis trempée. En hiver, j'enlève mon pantalon avant d'entrer pour qu'il ne soit pas mouillé.

Cette idée me donne une semi-érection.

— Je prends note. Je passerai à la boutique un dimanche d'hiver.

Son sourire est une récompense agréable. Je veux bien nettoyer des piles de crottes de chien, si ça me vaut un sourire comme ça.

Je sais déjà où se trouvent ses produits d'entretien, vu que j'ai dû javelliser ses sols. Je les sors et me rends dans la chambre froide. J'entrepose les pots de fleurs dans le couloir pendant que je passe le balai et la serpillière.

Je m'active depuis déjà un bon moment lorsque je réalise quelque chose : je suis éveillé. Vivant. Ce vide mortel qui s'est si profondément ancré en moi cette nuit s'est dissipé. D'ailleurs, tout mon corps est en ébullition. Je détecte quelque chose que je n'ai pas ressenti depuis des années.

Une lueur de bonheur.

Je suis sorti de prison il y a une semaine et il y a un gang à mes trousses, mais je bouillonne de satisfaction.

Hannah me rend heureux. C'est la seule explication possible. J'aime passer du temps avec elle. Tout a plus de sens, quand elle est là. Et bien sûr, au lit, c'est le pied.

Je l'entends crier dans la kitchenette, et ma joie se transforme en fureur.

Personne n'emmerde ma copine.

Mon pistolet à la main, j'accours, prêt à buter son agresseur. Prêt à donner ma vie pour sauver la sienne.

Je me rue dans la pièce et m'arrête net, pointant mon arme à droite et à gauche.

Euh...

Il n'y a personne avec elle. Elle est figée au milieu de la minuscule salle de pause, ses yeux écarquillés et pleins de terreur.

À cause de moi. Du pistolet.

Je le baisse aussitôt.

— Tu as crié.

Elle laisse échapper un rire tremblant et me montre un coin de la pièce.

— Il y a une souris.

— Une souris.

Je pousse mon cœur à se calmer. Je tente de desserrer les doigts sur mon arme. Je la pointe sur le côté et penche la tête.

— Tu veux que je l'abatte ? demandé-je d'un ton faussement sérieux.

Elle me sourit et s'approche de moi jusqu'à ce que ses seins moelleux se pressent contre mes côtes.

— Une blague, dit-elle. Je crois que c'est la première fois que j'en entends une sortir de ta bouche.

Vraiment ?

Eh ben.

Je reviens réellement à la vie, alors.

— Tu faisais vraiment peur quand tu as débarqué dans la pièce, roucoule-t-elle, comme si ça l'avait excitée.

Je range le pistolet à ma ceinture et je glisse un bras autour d'Hannah.

— Je me demandais…

— Quoi ?

— Ce qui t'a poussée à m'embrasser, la première fois. Les gros durs te plaisent ?

— C'est toi qui me plais, admet-elle en glissant les mains sur mes pectoraux. Depuis toujours.

— Ah bon ?

Ça me surprend. Je me souvenais d'elle, mais elle était jeune, à l'époque. Intouchable. En plus, j'étais fiancé. Je la trouvais mignonne, mais je n'y faisais pas plus attention que ça. À présent, je suis ahuri d'avoir pu passer à côté. J'aimerais pouvoir remonter le temps et revivre toutes mes visites à la boutique en me concentrant sur elle.

— Et oui, j'aime bien ton côté dangereux. C'est super excitant.

Je lui caresse la joue.

— Tu n'es pas banale, Pâquerette.

Elle recule.

— Bon, tu peux jouer les mecs dangereux avec mes souris ?

Je ris.

— Ouais, si tu veux. Tu as des pièges ?

— Euh, oui. J'en ai acheté quelques-uns, mais je n'ai pas osé les poser, parce que je ne me voyais pas nettoyer les cadavres. C'est aussi pour ça que je n'ai pas mis de mort aux rats.

Mes lèvres frémissent. Nom de Dieu. Un vrai sourire. Je ne savais pas que ma bouche savait toujours comment faire.

— Tu préférais encore coexister avec les souris.

Elle hoche la tête.

— Exactement.

— Je vais m'occuper de ça pour toi, ma belle. Je suis l'homme de la situation. Elles ne t'embêteront plus jamais.

Tandis que je retourne nettoyer la chambre froide, je remarque autre chose : une légèreté m'envahit soudain.

Comme si j'avais une raison de vivre.

J'oserais même dire que je commence à me sentir normal à nouveau. Si c'est possible.

— Hé, Pâquerette !

Je sens qu'il est temps d'affronter quelque chose que j'évite depuis ma sortie de prison. Je pensais que je mettrais un long moment avant d'être de nouveau d'humeur, mais je me sens tellement bien, d'un coup, que je me dis que c'est le bon moment.

Hannah ouvre la porte de la chambre froide et s'adosse au mur.

— Tu m'as sonnée ?

Son sourire lui mange le visage. Je pourrais l'admirer toute la journée.

— On est dimanche, dis-je.

Elle hoche la tête.

— Oui, je crois qu'on l'a déjà confirmé.

— Prends ta journée.

— Je ne peux pas. Je t'ai dit...

Je fouille dans mon portefeuille et en sors un billet de cent dollars, que je place dans sa main.

— Vois ça comme un congé payé et viens à l'église avec moi.

Je dois expier mes péchés. Pour me purifier et devenir digne de ce trésor de femme. Je ne sais pas si ça marche vraiment, ces trucs-là, mais ma mère y croit. Elle allume un cierge pour moi dès qu'elle va à la messe, deux fois par semaine.

Même si ça ne fonctionne pas, c'est déjà un pas dans la bonne direction. Pour Hannah.

Elle écarquille les yeux.

— À l'église ?

— On est dimanche. C'est le jour de l'église.

— Maintenant ?

Je hoche la tête.

— La messe est déjà finie, mais ce sera toujours ouvert.

Elle regarde sa tenue.

— Il faut que je rentre me changer.

Je la prends par la main et l'éloigne de la chambre froide.

— Tu peux me croire, après les secrets et les confessions qui ont été révélés dans cette église, personne ne te jugera pour ta tenue.

Je lui embrasse le front et ajoute :

— En plus, tu es sublime.

— Je ne te prenais pas pour quelqu'un de religieux.

— Je l'étais. Ça remonte à très loin. Mais il est temps que j'y retourne. En plus, j'ai promis au Père Fantoni que je viendrais, et je n'ai pas encore tenu parole. J'ai beau être un pécheur, quand je dis quelque chose, je le fais.

Elle me sourit avec douceur.

— D'accord, je vais juste vérifier que la porte d'entrée est bien verrouillée.

Elle se précipite dans la boutique et se fige en poussant une exclamation. Je pose aussitôt la main sur mon arme, avant de réaliser qu'il s'agit sans doute simplement d'une autre souris.

— Armando, chuchote-t-elle d'une voix apeurée.

Je sors mon pistolet et je cours la rejoindre.

Elle me montre l'interstice entre les stores et la vitrine.

— Il y a un homme dehors.

Je désenclenche la sécurité de mon arme, prêt à défendre la femme que…

Je reconnais *Marco.*

Soupirant après avoir retenu mon souffle, je rengaine mon pistolet, ouvre la porte et donne un coup de poing joueur dans le bras de mon cousin.

— J'ai failli te tirer dessus, mec.

— Léo et moi, on t'a dit qu'on posterait quelqu'un.

Il examine Hannah de la tête aux pieds, et je lis son approbation dans le sourire charmeur qu'il lui adresse.

— Pourquoi toi, et pas l'un de tes gars ?

Il hausse les épaules.

— On est dimanche. La plupart d'entre eux sont en famille, aujourd'hui. Je n'avais rien de mieux à faire. En plus, on n'est jamais mieux servi que par soi-même.

À côté de moi, Hannah s'éclaircit la gorge, me rappelant les bonnes manières.

— Marco, je te présente Hannah. Hannah, voici mon cousin Marco.

Elle lui tend la main, et de sa voix la plus adorable, lui dit :

— Ravie de te rencontrer officiellement. Je te reconnais, car tu as déjà été client de la boutique.

— C'est toi la patronne désormais, c'est ça ?

— Oui.

— On s'en allait, justement, interviens-je. À Saint Andrew. Tu veux venir ?

Marco éclate de rire.

— Si je mets un pied dans cette église, la colère de Dieu s'abattra sur moi. Ça fait tellement longtemps que je ne me suis pas confessé que je ne saurais pas par où commencer.

— Parfait, dis-je. La colère de Dieu pourra s'abattre sur nous deux, comme ça.

Marco jette un regard à Hannah, puis à moi.

— L'église, hein ?

— On est dimanche, réponds-je.

Marco sourit.

— Ouais, je sais quel jour on est. Mais Hannah, je te préviens. Ne reste pas juste à côté de nous. Si on prend feu en entrant, ça ne sera pas beau à voir.

CHAPITRE TRENTE-DEUX

Hannah

— Les filles bien sages ont le droit de manger une glace après l'église, dit Armando en me guidant le long de la rue, ma main dans la sienne.

Nous venons de dire au revoir à Marco. Armando a pratiquement dû le menacer pour qu'il nous laisse quelques heures. Armando lui a assuré que nous allions droit chez moi, alors je ne comprends pas pourquoi nous ne rentrons pas.

— Quand j'étais petit, ma mère m'offrait toujours une glace pour me féliciter d'avoir été sage à la messe.

Il me regarde et m'adresse un clin d'œil.

— Et toi, tu as été sage.

Tout mon corps s'enflamme, dans tous ses états. Nous marchons main dans la main comme un couple, le soleil brille et nous allons manger une glace. On dirait un vrai rendez-vous. Nous passons un dimanche tranquille tous les deux. Tout paraît si normal.

Le glacier se trouve seulement à une rue de là, et dès que je l'aperçois, je tombe sous le charme de la petite boutique. Elle est peinte en rose pastel et en blanc, avec une grande pancarte en forme de glace au-dessus de l'entrée. À l'intérieur, l'air est frais et sucré, et j'entends une clochette tinter lorsque nous poussons la porte.

L'endroit est pittoresque et a un charme vieillot, et l'arôme des cônes fraîchement confectionnés nous frappe dès que nous entrons. Il y a beaucoup de clients, mais nous parvenons à trouver une table libre dans un coin. Des notes de guitare flottent dans l'air, et je remarque qu'un jeune homme est assis avec son instrument de l'autre côté de la boutique.

— C'est quoi, ton parfum préféré ? demande-t-il.

— Je prendrai la même chose que toi.

Question glaces, il n'y a pas de mauvais parfum.

Armando va passer commande, me laissant profiter de la musique. Pendant qu'il fait la queue, il se retourne et me fait un signe de la main, un grand sourire aux lèvres. Mon cœur papillonne alors que je réponds à son geste, une sensation de chaleur dans la poitrine. Quand il revient à notre table, il a deux cônes dans la main.

— Deux boules. L'une est au chocolat caramélisé, l'autre à la pâte à cookies.

Je vois la fierté sur son visage à l'idée d'avoir choisi les deux meilleures saveurs qui soient.

— Parfait, dis-je.

Assis là, nous dégustons nos glaces en écoutant la musique. Un moment simple. Décontracté.

— T'as grandi à Chicago ? me demande Armando en m'observant par-dessus son cône.

— Ouaip. Et j'y suis née.

— Tes parents y vivent toujours ?

Je hoche la tête.

— Oui. Ma mère est infirmière, et mon père travaille dans le bâtiment.

C'est dingue, d'avoir ce genre de conversation avec lui. Entre Armando et moi, rien ne s'est passé normalement, jusqu'à présent. Mais désormais, j'ai l'impression que nous sommes seuls au monde et que rien d'autre ne compte.

— Et toi ?

Il hoche la tête.

— Moi aussi, je suis né ici. Ma mère m'a élevé toute seule, mais on est Italiens, alors j'ai une grande famille. Une vingtaine de cousins et cousines. Je suis surtout proche de Marco et Léo. Je les vois plutôt comme des frères. On était de vrais diables, tous les trois.

Son regard habituellement vide devient chaleureux. Le voir s'illuminer me donne l'impression d'être plus vivante. Il se confie. Il s'ouvre à moi, alors que je commençais à croire qu'il en était incapable.

— Merci pour cette sortie, dis-je une fois nos glaces terminées. Ça fait très longtemps que je n'ai pas eu un véritable jour de congé. Même quand j'essayais de faire une coupure, mon cerveau continuait de s'inquiéter. Alors pour moi, c'est une occasion rare.

— On va remédier à ça.

— *On* ?

Il a un sourire en coin.

— Tu ne peux plus te débarrasser de moi, Pâquerette.

Il prend un air plus sérieux, et ses yeux s'assombrissent.

— Tu travailles trop dur. Tes jolies épaules portent beaucoup trop de choses. Il est temps qu'on te vienne en aide.

J'ai toujours été une femme indépendante. Je tiens à m'en sortir toute seule, mais bon sang, ça fait du bien d'avoir un homme assis en face de moi… prêt à me protéger et à veiller à mon bien-être.

Je m'essuie la bouche avec une serviette en papier.

— Merci, dis-je encore.

Je ne veux pas que ce moment prenne fin.

— Mais de rien, répond-il en me reprenant par la main. Il faudrait qu'on fasse ça plus souvent.

Je hoche la tête alors qu'un sourire étire mes lèvres.

— Avec plaisir.

Alors que nous quittons la boutique, je réalise que je n'ai pas connu un tel bonheur depuis longtemps. J'ignore ce que l'avenir nous réserve, mais je sais que je veux qu'Armando soit à mes côtés. Je veux le tenir par la main et marcher au soleil tous les jours. Je veux l'écouter parler et découvrir ce qui le fait rire, tout en acceptant les zones d'ombres qui hantent ses yeux.

Je veux savourer d'autres glaces avec lui et explorer d'autres petites boutiques charmantes, mais je veux également être là pour lui lorsque les cicatrices de son passé remonteront à la surface et que ses démons referont leur apparition. Je veux tomber amoureuse de lui, et je veux qu'il tombe amoureux de moi.

Nous flânons dans la rue, profitant de la brise chaude et de notre compagnie mutuelle. Nous n'avons pas de destination en tête, mais cela n'a pas d'importance. Être ensemble nous suffit.

Soudain, il s'arrête devant une petite boutique. Elle regorge de vêtements et d'accessoires vintages. Il se tourne vers moi, les yeux brillants d'enthousiasme.

— Entrons ! suggère-t-il.

Je le suis à l'intérieur, avec l'impression d'être une petite fille dans un magasin de bonbons. La boutique est encore plus adorable que le glacier. Ses murs sont couverts de papier peint aux couleurs vives, et les vêtements sont différents de tous ceux que je vois d'habitude. Ils sont anciens, et pourtant très tendance.

Armando se met à sélectionner des pièces pour que je les essaye, et je ne peux pas m'empêcher de rire. Il a un sens de la mode impressionnant, et tout ce qu'il choisit m'irait à merveille. Tandis que nous passons les rayons en revue, je sens que nous partageons une proximité que je n'ai jamais connue avec personne d'autre. Comme si nous étions dans notre bulle, et que rien ne pouvait nous en sortir.

Après avoir fait quelques essayages sous ses encouragements, je choisis une robe à fleurs. Il me l'offre sans hésitation, affirmant que je suis trop belle dedans. J'ai remarqué qu'il aimait prendre soin de moi, et qu'il fallait que je le laisse faire. Que je résiste à l'envie de refuser son argent et de faire des histoires pour le moindre centime.

Lorsque nous quittons le magasin, il me dit :

— J'imagine qu'on ferait mieux de rentrer. Si Marco ou l'un de ses hommes arrive pour monter la garde avant qu'on y soit, mon cousin va me tuer.

— Et ce serait bien dommage, réponds-je en riant.

— Tu n'as jamais vu Marco en colère, dit-il avec l'ombre d'un sourire.

Le bonheur lui va bien. Il est canon, là.

Je me penche en avant, tellement proche de lui que je sens son souffle chaud au parfum de glace.

— Embrasse-moi, dis-je. Embrasse-moi comme un homme embrasse sa petite amie.

Il me regarde avec un mélange de surprise et d'hésitation, comme s'il tentait de lire dans mes pensées. Je sens mon cœur s'emballer, et je sais que je repousse ses limites. J'ai parlé de *petite amie*. Mais je m'en fiche. J'ai envie qu'il m'embrasse, qu'il me revendique, qu'il me fasse oublier tout le reste.

Il se penche lentement, ses lèvres à seulement quelques centimètres des miennes. Ses mains glissent autour de ma taille pour me serrer contre lui. Je ferme les paupières et prends une grande inspiration pour essayer de calmer mon cœur affolé. Puis, enfin, ses lèvres rencontrent les miennes dans un baiser tendre et presque hésitant.

Au début, Armando est doux et délicat, comme s'il craignait de me faire du mal. Mais lorsque je réponds avec enthousiasme, il devient plus passionné, et sa langue titille mes lèvres. Je gémis tout bas, les mains sur ses épaules pour l'encourager. Il me plaque au mur de la boutique, son corps ferme contre le mien, et je ressens une vague de désir inédite.

Je passe les bras autour de sa nuque, les doigts emmêlés dans ses cheveux courts. Je sens la puissance de ses bras qui m'étreignent. Avec un grognement, il interrompt notre baiser et recule pour me dévisager.

— Qu'est-ce qu'on est en train de faire ? demande-t-il d'une voix rauque.

— On s'embrasse, réponds-je avec un petit sourire aux lèvres.

— Comme un homme et sa petite amie ?

— Exactement, dis-je simplement en l'attirant à moi pour un autre baiser.

Cette fois, il réagit avec encore plus de passion, et ses mains explorent mon corps pendant qu'il m'embrasse langoureusement.

Tandis que nos bouches se meuvent dans une harmonie parfaite, je réalise que c'est ça qui me manquait. De la passion, du désir, et le frisson de l'inconnu. Je ne sais pas où cela va nous mener, mais pour l'instant, tout ce qui compte, c'est ce feu entre nous, cette avidité dans notre baiser et la promesse d'autres moments comme celui-ci.

CHAPITRE TRENTE-TROIS

Armando

Nous pénétrons dans son petit appartement, en plein baiser, enveloppés dans un ouragan de désir. J'ai besoin de cette femme comme j'ai besoin d'oxygène.

Alors que nous passons la porte en trébuchant, nos lèvres jointes dans une passion frénétique, une vague de soulagement m'envahit. Enfin, je suis là, avec elle, et rien d'autre ne compte. Son appartement est tout petit, minuscule, même, mais je m'en fiche. Tout ce qui m'importe, c'est elle. Nous sommes deux bêtes de retour dans notre nid. Notre nid de péché.

Mes mains explorent son corps, parcourent les pleins et les déliés de sa silhouette. De la chaleur irradie de sa peau, amplifiant mon désir. J'ai besoin d'être en elle. Tout de suite.

Je la soulève, ses jambes enroulées autour de ma taille tandis que je me dirige maladroitement vers le lit. Son odeur emplit mes narines, m'enivrant davantage.

Alors que nous nous écroulons sur le lit, j'interromps notre baiser un instant pour la regarder dans les yeux. Les siens sont sombres et pleins d'une avidité égale à la mienne. Je la veux tout entière, et je sais que c'est réciproque.

— Je vais te baiser comme un homme baise sa petite amie, dis-je en me remémorant ce qu'elle m'a demandé tout à l'heure.

Ses mains s'enfouissent dans mes cheveux pour m'attirer contre elle. Je perçois son impatience, son désir pour moi.

— Non. Baise-moi comme un animal baiserait sa proie.

Cette fille... Elle est incroyable. Incroyable.

Je baisse la tête pour l'embrasser à nouveau, et ma langue plonge dans sa bouche tandis qu'elle gémit de plaisir. Nos corps sont pressés l'un contre l'autre, et mon érection n'attend qu'une chose : la pénétrer. Je glisse une main entre ses jambes et je constate qu'elle est mouillée, prête pour moi, ce qui m'encourage à aller plus loin. J'ai besoin d'être en elle. De la faire mienne.

D'une main, je défais les boutons de sa robe, révélant sa peau douce. Mes lèvres quittent les siennes pour descendre le long de son cou et de sa poitrine dans une pluie de baisers. Mon autre main tire sur le bas de sa robe pour la faire glisser le long de son corps jusqu'à ce qu'elle tombe par terre.

Mes mains se promènent partout, car je veux toucher chaque centimètre carré de sa peau. Elle gémit et se tortille sous mon corps alors qu'elle referme les doigts dans mes cheveux pour me coller à elle, comme si elle craignait que je l'abandonne.

Ma bouche trouve son téton, et je me mets à le sucer, à le stimuler avec ma langue tout en caressant son autre sein.

Son corps tremble sous le mien, et elle se met à haleter. Je fais glisser mes doigts le long de son ventre pour retrouver son centre mouillé.

Elle lève les jambes et les serre autour de ma taille pour me presser contre elle, impatiente d'être pénétrée. Quand mes doigts trouvent la couture de sa culotte, j'y glisse l'index pour la lui enlever.

J'insère un doigt en elle, avant de me retirer et de la pénétrer à nouveau sous ses gémissements de plaisir. Je la titille, la torture à chaque caresse. Je veux qu'elle me supplie de lui en donner plus. Je veux qu'elle soit consciente du pouvoir que j'exerce sur elle.

— S'il te plaît, soupire-t-elle. S'il te plaît, j'ai besoin de toi. Baise-moi.

Mes doigts bougent plus vite, à présent, et mon pouce trace de petits cercles autour de son clitoris.

Elle renverse la tête en arrière et gémit, sa voix pleine de désir.

C'est le son le plus érotique que j'aie jamais entendu. Tout ce que je veux, c'est la faire crier sous mon corps, l'entendre gémir mon nom pendant le restant de mes jours.

Elle tire sur mes vêtements, me déshabillant avec impatience.

Je veux la pénétrer sans attendre.

D'un geste vif, je me glisse hors de mon pantalon et le jette au sol. J'arrache mon boxer lorsqu'elle referme la main sur mon membre. Je gémis de plaisir, conscient de ce qui s'annonce.

Mon sexe me lance, et du liquide préséminal s'échappe de mon gland. Les doigts d'Hannah me caressent de bas en haut tout en stimulant mon gland avec son pouce. Je grogne alors qu'elle joue avec moi, mon corps tendu en attendant la suite.

Je glisse deux doigts dans son fourreau accueillant. Elle se contracte à la moindre caresse, comme si son orgasme était déjà proche.

Je veux être en elle tout de suite.

Mon membre trouve son entrée mouillée, et elle soulève le bassin. Elle est trempée, et je m'enfonce en elle sans effort, la chaleur de ses replis épousant la forme de mon érection. Son corps frémit pendant que je la pénètre, et je sais qu'elle attend impatiemment que je me mette à aller et venir.

Je me retire jusqu'à ce que seul mon gland reste en elle, puis je m'enfonce à nouveau. Je la saisis par les hanches et la prends sauvagement, en pleine extase. Je ne suis pas doux, et elle va à la rencontre de chacun de mes coups de reins agressifs. Le plaisir sur son visage est indescriptible. Je la prends, et elle savoure chaque seconde qui passe.

Je me retire, et elle pousse une plainte. Je veux qu'elle me désire.

— Supplie-moi, grondé-je. Supplie-moi de te baiser.

— Pitié. J'ai envie de toi. Pitié, baise-moi.

Je m'enfonce profondément en elle, ses jambes autour de ma taille pour me prendre plus profondément.

— Baise-moi, répète-t-elle. Baise-moi sauvagement.

Je me retire, mais elle est prête pour moi. Elle est impatiente, et je sais qu'elle veut que je l'emplisse.

— S'il te plaît, bébé, s'exclame-t-elle. Remplis-moi. Laisse-moi jouir. Fais-moi jouir. J'ai besoin de ça. Besoin de toi. Baise-moi. Pitié.

C'est la plus belle chose que j'aie jamais entendue. Je plonge mon membre en elle encore et encore, de plus en plus vite.

Alors que nous bougeons ensemble, nous gémissons, haletons et murmurons. Je sens que son orgasme approche, car son corps se tend sous le mien. Elle plante ses ongles dans mon dos alors qu'elle essaye de s'accrocher à moi.

Mon membre pulse alors qu'elle soulève les hanches, allant à la rencontre de chaque coup de reins avec un gémissement de plaisir. Un plaisir qui devient si puissant que je sens mon propre orgasme monter.

C'est la sensation la plus intense que j'aie jamais connue. Mon sexe me lance à chaque fois que je plonge en elle. Elle pousse des plaintes, me supplie de la faire jouir encore et encore.

Elle n'est plus très loin, désormais. Ses gémissements sont de plus en plus sonores, et son corps remue sous le mien.

— Jouis en même temps que moi, grondé-je. Jouis maintenant.

Je la pénètre profondément, pleinement, la pousse à lâcher prise. Elle frémit, et son sexe se referme sur le mien tandis qu'elle pousse un cri.

Elle tremble, le bassin pressé contre le mien, et son orgasme la secoue jusque dans son centre. Mes bourses se contractent une fois, deux fois, quatre fois alors que je reste enfoui, répandant ma semence en elle.

J'ignore combien de temps nous restons là, collants, brûlants et comblés. Nos respirations ne font plus qu'une, nos cœurs suivent la même cadence. Et pour la première fois de ma vie, je me sens chez moi.

CHAPITRE TRENTE-QUATRE

Hannah

— Alors il vit avec toi, maintenant ? me demande Josie. Tu ne trouves pas ça un peu précipité ?

Je hausse les épaules.

— Quelque part, si. Je ne sais pas. C'est particulier, entre nous. La façon dont on s'est retrouvés a tout accéléré.

— C'est à cause de lui qu'un malabar me suit sur le chemin du travail ?

— Il veille à notre sécurité. Le temps que les choses se tassent, avec son boulot.

Elle écarquille les yeux.

— On est en danger ? Je n'ai pas besoin de ces conneries.

— Il est surprotecteur, c'est tout. C'est comme ça, dans son milieu.

— Et ça vaut le coup ? Il est si doué que ça ? s'enquiert Josie d'un ton taquin.

Elle sort un bouquet fané de la chambre froide et jette l'eau du vase dans l'évier.

Je ressens la même angoisse que je ressens toujours lorsqu'elle travaille, mais je suis tout de même contente de pouvoir parler d'Armando avec elle.

Je bats des cils.

— Extrêmement doué. On l'a fait trois fois hier, et une fois ce matin.

— Eh ben ! C'est torride. Du coup, c'est une sorte... d'accord entre vous ? Tu te vends à lui pour qu'il paye ton loyer, ou quoi ?

Je lui jette une rose morte en pleine tête.

— Meuf, je ne me prostitue pas. Il m'a proposé de payer le loyer, c'est tout. Et j'ai accepté.

— Mmm mmm. Et comment ça s'est fait, au juste ?

Mince. Je ne peux pas lui révéler la vérité.

— Bon, d'accord. Je me vends à lui, grommelé-je comme si j'avouais tout.

Josie ouvre de grands yeux.

— Oh, c'est sexy. Je trouve ça hyper chaud. Il a sorti une liasse de billets et il t'a dit *au lit, ma poule ?*

Je glousse.

— Ouais, exactement.

Josie me dévisage avec une curiosité éhontée. Elle est aussi grande que je suis petite. Elle fait un mètre quatre-vingt-cinq, et au sein de sa fratrie, c'est elle la plus petite. Oui, ils font tous du basket. Sa famille est arrivée du Brésil quand elle avait quatre ans. Noire comme moi, elle est très belle, avec des cheveux blonds peroxydés qui forment un halo autour de sa tête. C'est elle qui m'a donné envie de teindre la pointe de mes cheveux en blond, même si je n'ai pas choisi une teinte aussi claire qu'elle.

Elle penche la tête sur le côté.

— Je ne suis pas sûre de savoir ce que j'en pense.

— Comment ça ? demandé-je, un peu sur la défensive.

— Je ne sais pas. Tu as l'air heureuse. Plus heureuse que tu ne l'as été depuis très longtemps. Mais ça ne te ressemble tellement pas que je me demande si je devrais mettre en place une intervention.

Mes joues se mettent à brûler.

— Il me plaît beaucoup, Jos.

Elle agite un doigt sévère dans ma direction.

— Ne le lui dis pas. Et ne pleure pas devant lui ! Pitié, dis-moi que ce n'est pas déjà fait.

Je grimace. Josie sait comment se finissent toutes mes relations. Nous sommes amies depuis le lycée, et je suis toujours le même schéma. Je m'attache trop vite et je cogite pour le moindre détail. Puis je balance un « je t'aime » prématuré. Ou je fonds en larmes pour un rien, et c'est fini. Le type prend ses jambes à son cou. Je suis trop émotive.

— Si, j'ai pleuré devant lui, admets-je.

Josie me jette un regard qui veut dire *alors c'est fichu*, et j'ajoute aussitôt :

— Mais c'était après l'amour !

— Mmm. Et comment ça s'est passé ?

Je réfléchis.

— Euh. Plutôt bien, en fin de compte. Il n'a pas eu l'air de trouver ça bizarre.

Maintenant que je le dis, je suis surprise. Pourquoi cela ne l'a-t-il pas mis mal à l'aise ou convaincu que j'étais dingue ?

— Je ne sais pas... Peut-être que les femmes pleurent sans arrêt après avoir couché avec lui, plaisanté-je, même si l'imaginer avec une autre me laisse un mauvais goût dans la bouche. Il est juste très doué.

Josie pose les mains sur les hanches.

— Ça s'est passé quand, ça ?

Ma gêne revient.

— Hier... et peut-être bien avant-hier.

Et ce matin, il a brutalement cessé de me coller où que j'aille.

Il est parti pendant que j'étais toujours au lit. Il m'a embrassée sur le front et m'a dit qu'il devait aller au boulot. Comme si c'était parfaitement banal, et que je n'étais pas sa prisonnière depuis des jours. Il m'a dit qu'un homme monterait la garde devant la boutique toute la journée, et m'a demandé de ne pas partir seule. Il ne me surveillerait plus. Il m'a simplement dit qu'il m'appellerait dans la journée pour prendre de mes nouvelles, comme dans un couple normal.

J'en ai conclu qu'il me faisait enfin confiance, mais si ça se trouve, ce sont mes pleurs qui l'ont fait fuir. Ou moi et mon côté trop collant. Peut-être qu'il me fuit.

La clochette de l'entrée se met à tinter, et Jack, le livreur, entre.

— Un paquet pour vous, Mademoiselle.

Avec un sourire radieux et paternel, il me tend une enveloppe matelassée.

— Vous devez signer, pour celle-ci.

Perplexe, je signe sur sa tablette et examine le paquet. Je n'ai rien commandé, vu que je n'ai pas d'argent sur mon compte. Enfin, désormais, j'ai l'argent qu'Armando y a déposé.

Je déchire l'enveloppe et découvre une minuscule boîte à bijoux.

— Oh, ouah.

Mon pouls s'emballe. Il m'a acheté un cadeau.

Un cadeau.

Ça veut dire quelque chose, non ?

Josie émet un son enthousiaste.

— Tu as un admirateur.

— Oh, ouah, murmuré-je à nouveau en soulevant le couvercle d'une main tremblante. Ouah.

Apparemment, c'est le seul mot que j'ai à l'esprit. J'ouvre la boîte. À l'intérieur se trouve un anneau pour le nez en or rose et orné d'un diamant.

Josie s'empare du certificat d'authenticité.

— Or dix-huit carats avec un diamant VVS éthique.

Elle lève les yeux vers moi.

— *La vache.* Tu lui plais carrément.

Je ne peux pas m'empêcher de sourire bêtement.

Je lui plais.

C'est un cadeau attentionné. Il me correspond. Il ne s'agit pas d'un pendentif en forme de cœur avec plein de diamants ou un autre truc cliché. Il a choisi quelque chose que j'aimerais et que je porterais. J'enlève mon anneau en or tout simple et le remplace par celui d'Armando.

— Ça me va bien ?

Josie a un grand sourire.

— À merveille.

— Oui, il est parfait.

Bien sûr, pour que le bijou arrive aujourd'hui, Armando a dû le commander il y a deux jours, alors cela ne prouve pas que je lui plais toujours, mais je me sens soudain beaucoup plus optimiste quant à l'avenir de notre relation.

Oui, je veux que nous ayons un avenir.

Mais je ferais mieux de ne pas trop me projeter. C'est comme ça que je gâche toutes mes relations.

Je regarde Josie, car je me dis que le moment est bien choisi pour lui parler de son travail ici et des ajustements à faire. Maintenant, pendant que nous sommes proches et à l'aise.

— Écoute, Josie...

— Mmm ?

— Euh, je me demandais... ça te plaît de bosser ici ?

Elle me jette un regard d'un air un peu alarmé. J'ai comme une boule dans le ventre. Dans l'œsophage. Dans la gorge.

— Oui, ça me plaît. Pourquoi ?

Je me fais des idées, ou elle a l'air nerveuse ?

— Oh, euh, je...

Bon sang ! Je bafouille comme une idiote !

— Tant mieux, dis-je. Je suis contente. Je voulais juste vérifier.

Je tourne les talons et me rue dans l'atelier.

Super. Ça s'est passé comme sur des roulettes. Argh. Je ne suis vraiment pas faite pour gérer une entreprise toute seule !

J'ai besoin de prendre l'air. Je sors dans la ruelle. Je vois Marco, adossé au mur, en train de balayer l'écran de son téléphone.

— Salut, Marco.

En le voyant là, je me sens à la fois gênée et protégée.

— Armando m'a dit que l'un de tes hommes serait là aujourd'hui. Je ne m'attendais pas à ce que ce soit toi.

— Ça ne me dérange pas, répond-il avec un sourire en quittant son téléphone des yeux.

Marco ressemble beaucoup à Armando. Ça se voit qu'ils appartiennent à la même famille. En fait, ils se ressemblent tellement qu'en le regardant, Armando me manque déjà. J'espère qu'il m'appellera bientôt.

— J'aime bien prendre un peu la température avant.

Je hausse un sourcil.

— Ah oui ? Et quelle est la *température*, alors ?

— Tu plais à mon cousin. Énormément.

Mon cœur virevolte, et je retiens mon souffle.

— C'est vrai ?

— Oh, que oui.

Marco penche la tête et me dévisage attentivement avant d'ajouter :

— Il n'avait encore jamais emmené quelqu'un à l'église.

Je l'ignorais, mais je suis ravie de l'apprendre.

— J'imagine que c'est réciproque ? s'enquiert-il.

Mon visage me brûle. J'ai les paumes moites, et soudain, je regrette de ne pas avoir de cigarette. Je ne fume pas, mais ça aurait le mérite de me donner une contenance, et je ne me sentirais pas aussi gênée de me tenir dans la ruelle avec un homme que je connais à peine.

— C'est réciproque, confirmé-je.

— Et tu sais ce que ça implique ?

Je plante mon regard dans le sien.

— Tu comprends où mène la vie d'Armando, hein ?

Je hoche la tête et me mets à scruter mes vieilles Converse.

— Oui, réponds-je.

— Ce n'est pas quelque chose que tu peux changer.

— Je n'ai aucune envie de changer Armando.

Marco fait un pas vers moi et glisse un doigt sous mon menton pour que j'affronte son regard. Il ouvre la bouche pour parler, mais la sonnerie de mon téléphone l'interrompt.

— C'est peut-être Armando, dis-je.

Je ne reconnais pas le numéro, mais j'espère que c'est bien lui.

Marco me fait signe de répondre.

CHAPITRE TRENTE-CINQ

Armando

— Embrasse Nonna de ma part, d'accord ?

Ma mère m'a appelé en chemin pour l'aéroport. Je lui ai offert des billets d'avion pour aller voir sa mère dans l'Arizona pendant deux semaines, pour ne pas avoir à craindre que quelqu'un s'en prenne à elle.

— D'accord, répond-elle. Je sais que tu as des ennuis, et je sais que tu ne peux rien me dire, mais Mando ?

Je retiens mon souffle.

— Oui, Ma ?

— Prends soin de toi, dit-elle d'une voix chevrotante.

— Bien sûr, Ma. C'est ce que je fais. Je veux juste m'assurer que tu sois en sécurité.

— Tu vis dans ton appartement ? Ce n'est peut-être pas une très bonne idée.

— Non. Je loge dans un endroit discret. D'ailleurs...

J'ignore pourquoi j'ai envie de tout lui dire. Mais elle mérite d'entendre quelque chose – n'importe quoi – de positif.

— J'ai rencontré une fille. Elle m'héberge le temps que les choses se tassent.

Ma mère lâche une petite exclamation surprise.

— C'est fantastique. Elle doit beaucoup te plaire, si tu me parles d'elle.

— Oui.

— Elle te rend heureuse ?

— Oui. Je ne pensais pas que c'était possible. Mais c'est le cas.

— Tu mérites de trouver le bonheur.

— Je ne suis pas sûr de mériter quoi que ce soit, admets-je.

— Tu as fait des erreurs, mon fils. Et tu en commettras plein d'autres. Mais s'il y a bien une chose que je sais, c'est que tu mérites d'être heureux. Ne lutte pas contre le bonheur.

— J'essaye de ne pas le faire.

— Comment s'appelle-t-elle ?

J'hésite, car nous sommes au téléphone, mais je doute que mes ennemis soient assez dégourdis pour m'avoir mis sur écoute. En plus, j'ai un portable prépayé acheté le jour de ma sortie de prison.

— Hannah.

— Hannah. Elle est catholique ?

C'est ma mère tout craché.

— On est allés à l'église ensemble hier.

— C'est très bien. Tu t'es confessé ?

— Oui.

C'était la chose la plus difficile et pourtant la plus simple que j'aie faite depuis bien longtemps. J'ai fait ça pour moi. J'ai fait ça pour Hannah, et pour tenter de libérer mon âme. J'ai prononcé les mots que je devais prononcer, et je n'ai rien caché :

Bénissez-moi mon père car j'ai péché.

Mon âme est irrémédiablement souillée.

Cinq ans se sont écoulés depuis ma dernière confession.

Cinq ans depuis que ma mère en larmes m'a vu être traîné hors du tribunal, les menottes aux poignets.

Trois ans depuis que j'ai tué un homme en prison. À présent, ma tête est mise à prix.

Trois jours de liberté, et je commets déjà un autre péché pour survivre.
Et encore un autre avec elle, ma jolie témoin.
Et un autre avec elle.
Et un autre.
Je ne demande pas l'absolution.
Tout ce que je désire vraiment, c'est elle.

— Ça me fait très plaisir, dit ma mère. J'aimerais beaucoup la rencontrer.

Quelque chose me serre la poitrine. Parce que la normalité, ce n'est pas pour moi. Je n'aurai sans doute jamais l'occasion de présenter Hannah à ma mère, même si je suis certain qu'elles s'adoreraient. Ce sont deux femmes chaleureuses au grand cœur.

— Oui, on verra. Bon voyage, Ma.

— Merci. Sois prudent, Mando. Je vais prier pour toi.

— Je sais. Je t'aime.

Alors que je prononce ces mots, j'ai l'impression de les ressentir aussi. Ou du moins, de me souvenir de ce que ça fait. C'est le pouvoir des mamans.

Je raccroche et me rends au travail. Le don m'a dit de me faire porter pâle, mais rien à foutre. J'y vais. J'emmerde les Hermanos. Qu'ils passent me voir au chantier si ça leur chante. J'ai un pistolet, et je suis prêt à les recevoir.

Je dois me construire une vie à l'extérieur. Je ne peux pas me terrer éternellement chez Hannah, même si je l'apprécie. Oui, *apprécie.*

C'est un mot que je ne pensais pas utiliser de sitôt.

Je me suis encore enfoncé en elle plusieurs fois, hier soir. Lors de l'une de nos sessions passionnées, je l'ai mise à quatre pattes sur le lit et je l'ai baisée, le pouce enfoncé dans son cul. Ensuite, avant le lever du soleil, je me suis réveillé avec une main sur son sexe, et c'était reparti. Je l'ai fait rouler sur le ventre, les cuisses écartées. Je l'ai maintenue d'une main sur sa nuque, parce qu'elle aime un peu de brutalité.

Elle a joui deux fois. Elle est tellement sensible. Tellement courageuse.

C'est quelque chose que j'ai réalisé hier soir. La vulnérabilité dont elle fait preuve ne peut naître que d'un immense courage. Ce n'est qu'en suivant son exemple que je pourrai redevenir humain.

Non que je pense qu'il y ait beaucoup d'humains comme elle.

C'est drôle, comme elle peut sembler normale, à première vue. Comme une vingtenaire ordinaire, capable de s'intégrer partout. Mais elle est tout sauf banale.

Je n'arrive pas à me la sortir de l'esprit. Je n'arrive pas à chasser son odeur de mes narines ; je n'arrive pas à oublier son regard, lorsqu'elle m'a regardé partir, étendue sur le lit. Où que je me tourne, je la vois. Elle m'obsède.

Avant de descendre de son van, que j'ai emprunté, je décide de lui passer un coup de fil. Je sais que Marco monte la garde, mais ça me rassurera d'entendre sa voix.

— Salut, Pâquerette, dis-je lorsqu'elle décroche.

— J'espérais que c'était toi, répond-elle d'une voix souriante.

— Ta matinée se passe bien ?

— Oui. Josie est arrivée à l'heure, et on a discuté.

— Marco est là ? Il a dit qu'il surveillerait la boutique.

— Oui. Et d'ailleurs, j'étais justement en train de lui parler.

Pile quand je m'apprête à lui dire de rentrer dans la boutique, en sécurité, j'entends le pire bruit possible. Un *pop, pop, pop* sonore, suivi d'un cri à percer les tympans.

— Hannah !

Le hurlement continue.

— Hannah !

Puis le silence...

ANCRÉ DANS LE PÉCHÉ

CHAPITRE UN

Hannah

Les pneus d'une voiture crissent dans la ruelle derrière le *Jardin d'Éden*, ma boutique de fleurs.

Le cousin d'Armando, Marco, qui était posté dans la ruelle pour me protéger, pivote et saisit le pistolet à sa ceinture.

Je sursaute instinctivement, et mon cœur s'arrête. Un type se penche par la fenêtre ouverte, son arme braquée sur nous. Le temps semble ralentir alors que Marco écarquille les yeux comme s'il réalisait soudain quelque chose.

— À terre ! me lance-t-il.

Il se jette sur moi et me plaque au sol de béton froid qui se trouve derrière la benne à ordures.

Le corps de Marco protège le mien tandis que des coups de feu assourdissants retentissent dans la ruelle. Il brandit son arme pour répliquer, mais avant de pouvoir presser la détente, il est touché par une balle.

La douleur enflamme ses yeux. Son corps convulse.

Je hurle. Il y a du sang partout, et le liquide chaud et collant se répand sur mes jambes.

— Marco !

Ma voix est à peine audible à cause de la cacophonie des coups de feu qui frappent la benne à ordures métallique.

Les mains tremblantes, je le touche, prenant peu à peu conscience de la situation. Il ne s'agit pas d'une attaque au hasard. Nous avons été ciblés.

— Reste à terre, m'ordonne Marco les dents serrées, le corps tremblant à cause du choc ou de l'adrénaline.

Son sang a beau former une flaque entre nous, il ne me quitte pas des yeux une seconde, comme s'il était déterminé à me protéger quoi qu'il en coûte.

Oh, Seigneur.

J'ai déjà vu un homme mourir cette semaine. J'ai déjà été exposée à la violence de l'existence d'Armando. Mais cette mort-là m'avait semblé surréaliste. Comme si je regardais un film. Marco, je le connais. C'est le cousin d'Armando. S'il meurt...

Non, je ne peux même pas y penser. Il respire toujours. Il semble alerte.

Des voix retentissent dans la voiture.

— C'est pas lui !

Et :

— On y va ! On y va !

Le véhicule démarre en trombes, laissant pour seule preuve de l'agression une trace de pneus et un nuage de poussière.

C'est pas lui.

Ils cherchaient à éliminer Armando, et ils sont venus à ma boutique. Dans la ruelle de derrière. Cela signifie-t-il qu'ils ont fait le lien entre lui et moi ?

Est-il en danger dans mon appartement ?

Cette idée me serre la gorge.

Marco continue de se vider de son sang sur mes vêtements et ma peau. Dans un grognement, il roule sur le côté et tente de se relever.

— Doucement, dis-je. Je vais appeler à l'aide.

Je cherche mon téléphone et le trouve par terre. *Armando.* J'étais en train de lui parler avant que tout cela se produise.

— Armando ! m'écrié-je, tentant de dégager mes jambes coincées sous celles de Marco. Armando, Marco a été touché !

Il entend peut-être toujours ce qui se passe de notre côté et sait désormais que nous sommes tous les deux en vie, mais en danger.

Comme si ma voix l'avait fait apparaître, Armando pénètre dans la ruelle, les yeux écarquillés par la panique. Il observe la scène : Marco blessé et moi tremblante et couverte de sang.

— Hannah !

Il court vers nous, mais n'a d'yeux que pour moi.

— Je vais bien, mais Marco a été touché.

— *Madonna mia*, qu'est-ce qui s'est passé, putain ?

Il s'accroupit à nos côtés, les mains en suspens au-dessus de son cousin, comme s'il ne savait pas où le toucher et comment l'aider. La peur marque son visage pâle, une vulnérabilité que je n'avais encore jamais vue chez lui.

— Tes potes, grogne Marco en s'asseyant, les dents serrées par la douleur. Ils ont débarqué de nulle part.

— Vous avez pu voir qui c'était ? demande Armando.

Je vois les rouages tourner dans son esprit, comme s'il préparait déjà sa vengeance.

— Je... je ne sais pas, bégayé-je, toujours sous le choc. Je n'ai pas vu leurs visages.

— Merde.

Armando alterne les regards entre son cousin et moi, son inquiétude palpable.

— Il faut que je vous emmène en lieu sûr. Vous pouvez marcher ?

— Bien sûr que je peux marcher, répond Marco d'un ton désinvolte en essayant de se mettre debout.

Son visage se tord de douleur, et il s'écroule de nouveau au sol. Les mâchoires serrées, Armando glisse le bras de son cousin autour de ses épaules et le hisse sur ses pieds.

— Tu n'irais pas bien loin dans ton état, dit-il.

Je me place de l'autre côté de Marco pour aider Armando. À deux, nous parvenons à faire avancer son cousin.

— Mando, murmure Marco d'un ton las. Je ne les ai pas vus venir.

— On s'en souciera plus tard, répond Armando d'une voix tendue. Pour l'instant, le plus important, c'est de vous emmener loin d'ici.

Alors que nous portons et traînons Marco le long de la ruelle en direction de ma boutique, mes pensées tourbillonnent jusqu'à atteindre une conclusion dévastatrice : ma vie est désormais irrévocablement liée à ce monde dangereux et à l'homme qui m'y a plongée. Même si le voir tuer un homme à mains nues nous avait déjà suffisamment liés comme ça.

L'arrière de la jambe de Marco est trempé de sang, et je vois Armando observer sa blessure, les narines dilatées.

— Il faut qu'on t'emmène à l'hôpital, dit-il.

— Tout va bien, insiste Marco les dents serrées tandis que j'essaye de le maintenir debout. Demande à l'un des gars de faire sortir la balle, ça suffira.

— Tais-toi, rétorque Armando. Je te conduis à l'hôpital. Donne-moi tes clés.

Il cale son cousin contre le mur de brique à côté de la porte de derrière.

— Mec, je veux pas foutre du sang sur les sièges de ma BM.

— Tu préférerais une ambulance ?

Marco grogne.

— Bon, d'accord.

Il cède ses clés avec réticence.

— Tu peux le tenir une minute, Pâquerette ? Je vais faire le tour avec la voiture.

— Bien sûr.

Ma voix se brise. Je tremble toujours de partout, complètement sidérée.

Armando doit percevoir la peur dans mon ton, car il s'arrête et m'examine des pieds à la tête, comme s'il cherchait une éventuelle blessure.

— Je suis indemne, lui assuré-je. Va chercher la voiture.

L'inquiétude voile ses yeux sombres.

— Tu en es sûre ?

J'acquiesce, tentant d'ignorer la terreur qui continue de me coller comme une seconde peau.

— Oui, tout va bien. Vraiment. Vas-y !

Il hoche la tête dans un mouvement saccadé et s'éloigne en courant.

Quelques minutes plus tard, une BMW entre en trombes dans la ruelle et s'arrête. Armando ouvre la portière passager, puis descend pour m'aider à asseoir Marco. Je me glisse sur la banquette arrière.

— Dépose-moi juste devant l'hosto, dit Marco lorsqu'Armando démarre. Je ne veux pas que ça remette en question ta liberté conditionnelle.

Armando serre les dents.

— C'est ma putain de faute.

— Arrête de te morfondre, *stronzo.* C'est moi qui me suis fait tirer dessus. Dépose-moi devant et va-t'en. Appelle Léo et assure-toi qu'il cache tout à notre mère, puis vient avec lui, comme si tu venais d'apprendre la nouvelle.

Armando hoche la tête d'un air sinistre. Je le vois me regarder dans le rétroviseur.

— Je resterai avec Marco, dis-je. Je ne suis pas en liberté conditionnelle.

— Non, répond aussitôt Armando. Je ne veux pas que tu te retrouves mêlée à cette histoire. *Capito* ?

Une fois à l'hôpital, Armando accélère en direction des urgences.

— Hé, *primo*, dit Marco d'une voix râpeuse. Ne t'en fais pas pour moi. La balle n'a rien touché d'important.

Il ouvre sa portière et parvient à tituber jusqu'à l'entrée.

— Je devrais l'accompagner.

— Reste là, gronde Armando.

Il suit son cousin du regard un moment avant de démarrer à toute allure.

Il fait le tour de l'hôpital, puis se gare sur le parking et coupe le moteur. Les mains tremblantes, il sort son téléphone.

— Il faut que j'appelle Léo, marmonne-t-il.

Il jette des coups d'œil aux quatre coins du parking, comme s'il s'attendait à une nouvelle attaque.

— Léo, c'est moi, dit-il d'un ton empressé lorsque le frère de Marco décroche. Marco s'est fait tirer dessus... dans la ruelle derrière le *Jardin d'Éden*. Il protégeait Hannah. C'était moi qui étais visé. Ouais, on est devant l'hôpital, là. Retrouve-moi là-bas. Et Marco a dit qu'il fallait cacher ça à votre mère.

La conversion se conclut rapidement, et Armando range son portable dans sa poche.

Quand nous sortons de la voiture, il se remet à m'examiner, comme s'il pensait que j'avais également été touchée et que je le lui cachais.

— Tu es blessée ?

Je secoue la tête.

— Laisse-moi voir, insiste-t-il.

Il glisse une main autour de ma taille pour me rapprocher. Son contact m'envoie un frisson dans l'échine, mais c'est pile ce qu'il me faut pour arrêter de trembler des quatre membres. Ça me ramène sur terre.

Les mains d'Armando parcourent mon corps avec douceur. Il grogne en voyant mes genoux écorchés par le béton.

— Merde, Hannah. Heureusement que tu n'as pas reçu de balle.

Il pose son front contre le mien.

— Armando...

Je ne sais pas quoi dire ou faire.

— Je suis désolé, Hannah.

Ses bras m'étreignent toujours, et sa respiration est saccadée tandis qu'il observe les environs, promenant le regard sur tous les recoins sombres. Je sens la tension monter en lui.

— Je suis désolé que tu te retrouves prisonnière de ma toile.

— Je ne me sens pas prisonnière, dis-je à voix basse.

Je suis sincère.

Si Armando n'avait pas tué un homme dans ma boutique, je n'aurais pas eu le privilège d'apprendre à le connaître. Je n'aurais jamais su ce que ça fait, d'être possédée par un homme comme lui.

Et je ne renoncerais à ça pour rien au monde.

Mais son visage est inexpressif, comme si l'agression avait réveillé son stress post-traumatique. Il secoue la tête.

— Je voulais te tenir à l'écart de tout ça.

Je pose une main sur sa joue et l'oblige à me regarder.

— Hé. Je vais bien. Et Marco se rétablira, lui aussi.

Ses yeux sombres croisent les miens, et l'espace d'un instant, j'y vois quelque chose de vulnérable et à vif.

— Je ne sais pas ce que je ferais si tu avais été touchée, Hannah, dit-il avant de déglutir. Je ne supporte pas l'idée que tu sois blessée par ma faute.

— Tout ira bien. Je vais bien. Et Marco ira bientôt mieux.

Armando secoue la tête.

— Rien ne va. Mais je vais m'assurer que ça change.

CHAPITRE DEUX

Armando

Les chaussures compensées colorées d'Hannah claquent sur le sol stérile et résonnent dans la salle d'attente des urgences pendant qu'elle fait les cent pas.

Léo est assis, une cheville posée sur le genou opposé, et agite le pied.

— Tu as prévenu le don ? me demande-t-il.

— Pas encore.

À une époque, je me serais immédiatement tourné vers Don G. Quelles que soient les circonstances. Mais je me sens complètement déconnecté de la *Famiglia*, désormais.

Bien sûr, je dois lui rapporter les événements. Lui raconter ce qui s'est passé. Mais quand je le ferai, je veux être en mesure de lui dire que je maîtrise la situation. J'ai besoin de réponses pour pouvoir mettre un terme à tout ça.

Surtout maintenant qu'Hannah y est mêlée.

Je ne peux pas la mettre en danger.

Je jette un regard à l'horloge. Ça fait des heures que Marco est à l'hôpital, et le silence de cette pièce blanche et froide est assourdissant.

— Quand est-ce qu'ils vont nous donner des nouvelles, nom de Dieu ? grommelé-je, tentant de contenir ma frustration et ma peur.

Je boude dans un coin de la pièce, à l'écart d'Hannah, tout en luttant contre mon envie de donner un coup de poing dans le mur. J'imagine Marco en train de se prendre une balle qui m'était destinée et je rejoue la scène encore et encore dans mon esprit, un rappel constant que je suis responsable. Et si la balle avait frappé son cœur ? Sa tête ? En ce moment même, je serais en train d'expliquer à ma tante les raisons de la mort de son fils.

Cette idée me rend malade.

Je voulais ressentir quelque chose, n'importe quoi, mais pas ça.

Dieu merci, Hannah n'a pas été touchée.

— Putain, dis-je en serrant les poings.

Je coule un regard vers elle, vers son beau visage affligé par l'inquiétude, et ma poitrine se serre davantage. Si seulement je ne l'avais pas entraînée dans ce monde, dans le chaos de mon passé, elle ne serait pas ici, face au danger.

Elle se dirige vers moi.

— Armando. Il va s'en sortir. Et ce n'est pas ta faute.

Je détourne la tête, incapable d'affronter son regard. Comment peut-elle continuer d'être aussi gentille après tout ça ? Après les ennuis et la douleur que je lui ai causés ?

— Arrête de culpabiliser, m'implore-t-elle d'une voix brisée, les yeux embués de larmes. Tu ne pouvais pas deviner que ça arriverait.

Je la regarde dans les yeux. Je ne sais pas comment elle peut pleurer pour moi. Je suis un mort vivant, et elle un océan d'émotions.

— Tu crois ça ? demandé-je avec amertume.

Des images de mon passé défilent dans ma mémoire. Chaque accord foireux, chaque ennemi vengeur. Tout a mené à ce moment.

— Tu as besoin de sécurité.

— Non, j'ai besoin de toi, murmure-t-elle en me touchant la main.

Je me dégage, comme si son contact me brûlait.

— Besoin de moi ? Tu ne sais pas dans quoi tu t'engages.

Je lis le chagrin dans son regard, et ma culpabilité grandit.

— C'est possible, dit-elle en posant les yeux sur ses pieds, avant d'affronter de nouveau mon regard. Mais je sais que mes sentiments pour toi ne changeront pas juste à cause de ce qui s'est passé dans cette ruelle.

Putain. Cette fille. Je ne la mérite pas du tout.

Une infirmière pénètre dans la salle d'attente et s'adresse à Léo et moi :

— Il a quitté le bloc. Nous avons extrait la balle de sa...

Je bondis sur mes pieds et me dirige droit vers sa chambre sans demander la permission. Hannah m'emboîte le pas. Léo reste avec l'infirmière pour écouter son rapport.

J'ai besoin de voir de mes propres yeux qu'il va bien.

— Salut, tous les deux, nous lance faiblement Marco depuis son lit d'hôpital. Apparemment, j'avais juste une balle dans la fesse. Je savais que j'avais un beau cul, mais je n'imaginais pas qu'il serait pris pour cible comme ça !

Il rit tant bien que mal, vu la douleur qu'il éprouve.

Je m'efforce de sourire, reconnaissant qu'il essaye de détendre l'atmosphère malgré ses souffrances. Son rire est comme un antidote à la lourdeur dans ma poitrine. Il a beau essayer de faire bonne figure, je vois ses traits tirés. Il est évident qu'il cherche à nous rassurer.

— Bonne blague, *primo*, dis-je avec un demi-sourire.

— Allez, Hannah. Mes blagues ne te font peut-être pas rire, mais accorde-moi au moins un sourire, dit Marco en la regardant.

— Seulement parce que tu es blessé, alors.

Son sourire pourrait illuminer la plus sombre des cellules de prison.

— Hé, je prends, plaisante-t-il, avant de grimacer en changeant de position sur son lit.

— Merci, Marco, dis-je d'un ton sincère. D'avoir pris cette balle.

— Oui, merci, intervient Hannah. Je sais qu'elle aurait pu me toucher. Tu m'as sauvé la vie.

Il hausse les épaules.

— Pas de quoi. J'évolue dans ce milieu depuis assez longtemps pour être conscient des risques. Je ne suis pas un pauvre civil innocent qui se serait retrouvé mêlé à tes histoires, Armando. J'ai fait des choix.

Malgré ce que dit mon cousin, la culpabilité me dévore comme un loup affamé. Je serre les poings et détourne le regard, luttant contre mon envie d'exploser et de tuer quelqu'un.

— Marco n'avait rien à faire là. C'est moi qui aurais dû être dans cette ruelle. Cette balle m'était destinée.

— Armando, tu ne peux pas...

Hannah est interrompue par l'entrée soudaine du frère de Marco, Léo.

— Bon sang, mais qu'est-ce qui s'est passé ? demande-t-il en pénétrant dans la chambre.

— Je me suis pris une balle dans le cul.

Léo lâche un rire rauque.

— Ouais, on m'a dit ça. Au moins, elle a rien touché d'important.

— Ha ha, très drôle, réplique Marco avec un sourire triste. J'ai fait ce que j'avais à faire.

— Du coup tu te retrouves avec un deuxième trou ? demande Léo. Ça fait de toi un double trou du cul.

— C'est ça, continue, petit frère, gronde Marco.

— Écoute, interviens-je en m'adressant à Léo. C'est un vrai bordel. Je vais tout arranger. C'est promis.

Le poids de mes responsabilités pèse encore plus lourdement sur mes épaules. Je jette un regard à Hannah, qui m'examine comme si elle percevait ce que je ressens. Je suis sûr que c'est le cas. Cette fille a une empathie impressionnante.

Je n'arrive pas à lire dans ses pensées.

Léo cesse de taquiner son frère pour se tourner vers moi.

— Tu peux compter sur moi pour t'aider à trouver les salauds qui ont terni les fesses parfaites de mon frère.

Il ajoute d'un air plus sérieux :

— On va s'assurer qu'ils regrettent d'avoir défié notre famille.

Tandis que nous élaborons des projets de vengeance, Marco nous interrompt, grimaçant en se redressant.

— Avant de jouer les vengeurs, il y a quelque chose que vous devriez prendre en compte.

Il fait un signe de tête en direction d'Hannah.

— Il vaut peut-être mieux qu'elle quitte la ville un moment, elle aussi. Comme ta mère.

— C'est hors de question, répond aussitôt Hannah d'un ton implacable.

Bon sang, Marco a raison. Si quelqu'un fait le lien entre elle et moi, elle deviendra une cible. Les *stronzi* qui veulent ma mort se trouvaient derrière sa boutique. Ils ont peut-être déjà fait le lien entre nous.

Mais ils m'attendaient peut-être simplement là à cause du salon de Rocco. Car c'est quand je sortais de chez le barbier qu'ils m'ont trouvé, la dernière fois.

Hannah pose les mains sur ses hanches.

— Non, insiste-t-elle. J'ai une entreprise à faire tourner. Je n'irai nulle part.

Je suis une vraie ordure, car pour être honnête, je ne veux pas qu'elle s'en aille. Je veux continuer de me cacher chez elle. Je ne veux pas m'en séparer. Hannah est la seule touche de couleur dans ma vie en noir et blanc.

— Je ne pense pas que ce soit une cible. C'est seulement moi qu'ils visent.

— C'est vrai, confirme Marco. Je les ai entendu crier « c'est pas lui » après m'avoir tiré dessus.

Un soupçon de soulagement se forme dans ma poitrine.

— Bonne nouvelle. Hannah peut rester, dans ce cas.

Elle me rejoint, et je la serre dans mes bras, humant l'odeur de ses cheveux – un mélange de fleurs fraîches et de vanille chaude.

— Tu restes, mais il va falloir qu'on prenne des précautions supplémentaires.

— D'accord, chuchote-t-elle en m'étreignant avec force.

— Bon, ça marche, intervient Léo d'un air toujours aussi sérieux. On va s'assurer de la garder en sécurité pendant que tu t'occupes de ça. Et je t'aiderai à leur rendre la monnaie de leur pièce, Armando.

— Hé, ne m'oubliez pas, lance Marco, qui tente de sourire malgré la douleur qui marque ses traits. Je suis tombé, mais je ne suis pas mort. Je serai bientôt sur pieds. Et c'est moi qui me vengerai.

Il bâille.

— Mais pour l'instant, je veux juste fermer les yeux et profiter des antidouleurs.

Adossé au mur, Léo croise les bras.

— Ouais, mec, et toutes les infirmières vont se battre pour changer tes bandages.

— Je devrais peut-être me faire tirer dessus plus souvent, hein ?

Marco rit, avant de grimacer sous l'effort.

— Évite les fesses, la prochaine fois. Niveau coolitude, tu peux faire mieux, raillé-je, faisant rire toutes les personnes présentes.

— OK, OK, assez plaisanté, dit Marco en reprenant son souffle. Mais plus sérieusement, Mando, promets-moi que tu ne feras pas cavalier seul, sur ce coup-là. On est une équipe, tu te souviens ?

— Ouais.

La pièce plonge dans le silence tandis que je hoche la tête et soutiens le regard de mon cousin.

— Je te le promets.

Je prends Hannah par la main et la mène hors de la chambre.

— Rentrons à la maison, dis-je.

CHAPITRE TROIS

Armando

— On va te mettre sous la douche, annoncé-je en poussant Hannah dans la salle de bains.

Lorsque ma main touche le creux de ses reins, je la sens trembler. Merde. Elle est sans doute toujours sous le choc.

Je déteste la voir couverte de sang. Je sais que ce n'est pas le sien, mais ça me rend malade de penser à ce qui serait arrivé si Marco n'avait pas été là pour prendre cette balle.

Je la guide sous la douche, allume l'eau et ajuste la température jusqu'à ce qu'elle soit bien chaude, mais pas brûlante. Elle reste sous le jet, yeux fermés, enveloppée dans la vapeur alors que l'eau cascade sur son corps. Je vois la tension quitter ses épaules tandis qu'elle se détend, et l'espace d'un instant, je m'autorise à oublier la peur qui me tenaille depuis que je l'ai trouvée dans la ruelle avec Marco.

Elle renverse la tête en arrière et laisse l'eau tremper ses cheveux. Je ramasse son gel douche et le fais mousser entre mes mains avant de masser doucement sa chair nue.

— Tu vas bien ? demandé-je d'une voix rauque. Vraiment bien ?

Elle hoche la tête. Elle est saine et sauve, du moins pour l'instant. Je sais que je ne peux pas rester dans sa vie beaucoup plus longtemps. Pas si je la mêle à ce genre d'emmerdes.

— Ne t'inquiète pas, murmuré-je. Je ne te mettrai plus en danger. C'est promis.

Il y a vingt-quatre heures, je n'aurais pas été capable de la savonner sans avoir envie de la pénétrer. Voir la mousse couler sur sa peau noire me donne une érection, mais je me concentre sur mon objectif. Pour l'instant, tout ce que je désire, c'est la rassurer. L'envelopper dans une couverture moelleuse et chasser les monstres qui lui font peur.

Une fois qu'elle est propre, je l'aide à sortir de la douche et je passe une serviette autour d'elle. Je la mène dans la partie chambre et lui fais enfiler un pyjama avant de la mettre au lit.

— Je vais bien, Armando, insiste-t-elle à nouveau.

Je m'assois à ses côtés, incapable de m'ôter la fusillade de la tête. La flaque de sang sous le corps de Marco. Il a pris une balle pour Hannah. Et je sais qu'il le referait sans hésiter.

Elle n'aurait jamais dû être mêlée à ça. Elle n'aurait jamais dû me voir ôter la vie d'un homme sur le sol de sa boutique. Elle n'aurait jamais dû essuyer des tirs dans cette ruelle.

Elle est innocente, et nous ne mêlons jamais les innocents à nos histoires. Et surtout pas les femmes.

Bordel. Je me lève.

— Endors-toi, dis-je d'un ton bourru.

Elle me saisit la main pour m'empêcher de m'éloigner.

— Ne pars pas. Viens au lit avec moi.

Oh, la tentation. Elle me regarde avec ses grands yeux bruns. Si belle sous les draps.

Mais ce n'est pas du sexe qu'il lui faut, là. C'est de l'affection.

Je me débarrasse de mon pantalon et me glisse à ses côtés. Elle se pelotonne contre mon torse, une main posée sur mon cœur. Son souffle, qui lui soulève la poitrine en rythme, m'apaise.

Je reste allongé là, le regard braqué sur le plafond tandis que je ressasse les événements de la journée.

Je n'aurais jamais dû me rapprocher de cette fille. J'ai l'impression de signer son arrêt de mort.

Être avec moi, ça revient à se jeter dans les bras de la Faucheuse.

Bon sang, je devrais m'en aller…

— Qu'est-ce qui va se passer, maintenant ?

Je n'ai pas de réponse à lui apporter. Tout ce que je sais, c'est que je ne peux plus la mettre en danger. Je ne peux pas continuer comme ça éternellement.

— Je ne sais pas, admets-je. Mais je vais trouver une solution. Je ne laisserai rien t'arriver. La personne qui vous a tiré dessus va mourir. Je lui arracherai la tête à mains nues.

Je la sens se crisper.

— Désolé.

Je ferais mieux de lui épargner les détails de mon projet de vengeance.

— Ce que je voulais dire, c'est que ce qui est arrivé aujourd'hui ne se reproduira plus.

Elle hoche la tête, tremblante. Son regard ne révèle ni peur ni révulsion à mon égard. Non, il s'agit de la femme qui m'a vu tuer un homme et qui m'a embrassé quand même.

Je me penche et goûte à sa bouche.

Lorsque ses lèvres s'entrouvrent, mon baiser devient plus passionné, et j'explore ses recoins sucrés avec ma langue. Elle est réceptive. Son corps se presse contre le mien avec impatience. Nos souffles deviennent saccadés alors que nous continuons de nous embrasser, perdus dans la sensation enivrante de nos caresses.

Je glisse les mains le long de son dos pour la serrer contre moi. Ses seins se collent à ma poitrine, et un gémissement lui échappe.

Je recule un instant pour reprendre mon souffle, mes yeux plongés dans les siens tandis que je passe la main dans ses cheveux. Nous nous perdons l'un dans l'autre, et le monde extérieur n'existe plus. Je me penche pour l'embrasser à nouveau, puis je lui grimpe dessus et caresse son corps. Elle répond avec ferveur, faisant onduler son bassin contre le mien. Je sens sa culotte mouillée, et je deviens dur comme du bois.

Nous ôtons tous les deux le reste de nos vêtements avec lenteur, incapable de supporter cette barrière entre nos peaux.

Je dépose une pluie de baisers le long de son corps, commençant par son cou avant de descendre jusqu'à ses seins, jusqu'au triangle de poils noirs et doux entre ses cuisses. Je l'y embrasse avec douceur d'abord, puis j'écarte ses lèvres avec ma langue et plonge en elle pour la goûter.

Elle pousse une exclamation et saisit ma tête, le dos cambré. Je continue de l'explorer, lapant ses fluides. Elle halète, puis émet un gémissement aigu en refermant les mains sur mes cheveux.

Je lui écarte les jambes davantage et caresse doucement ses replis avec ma langue. Elle frémit.

— Oh, Seigneur, dit-elle dans un souffle tremblant.

Je glisse les bras sous ses cuisses et passe ses jambes sur mes épaules. Sa respiration s'accélère alors que ma langue stimule son clitoris. Elle plante ses ongles dans mon dos, cambrée à cause des caresses de ma langue sur son bouton sensible. Tout son corps se tend alors que mes mouvements deviennent plus rapides, ses muscles crispés tandis que je la pousse vers la jouissance.

Je continue mes assauts sur son clitoris, traçant des cercles avec ma langue. J'alterne entre les lapements et les suçotements alors que j'entends sa respiration devenir plus profonde et tremblante.

— Je vais jouir, bredouille-t-elle.

Tout son corps s'agite, à présent, et ses muscles se tendent et se relâchent dans un puissant orgasme. Ses fluides coulent dans ma bouche tandis qu'elle pousse un gémissement sonore.

Je continue jusqu'à ce qu'elle ait terminé, puis je m'assois et l'observe. Elle respire fort, et sa poitrine se soulève dans un rythme soutenu. Elle me passe un bras autour du cou pour m'embrasser.

Je prends un préservatif dans la table de chevet. Je déchire l'emballage avec les dents et enfile le préservatif. Je place de nouveau les jambes d'Hannah sur mes épaules, mon regard profondément plongé dans le sien lorsque je la pénètre d'un seul coup. Nous haletons ensemble, perdus dans la sensation de nos corps qui s'unissent. Je me retire et m'enfonce de nouveau en elle. Je lui donne un troisième coup de reins, chaque va-et-vient plus puissant que le précédent.

Elle tire ma tête vers la sienne et m'embrasse, ses lèvres jointes aux miennes dans un baiser fort et expressif alors que nous continuons de faire l'amour.

Nous ne nous contentons pas de baiser. Nous faisons l'amour. C'est ma pénitence pour tout ce que je lui ai fait traverser.

Elle interrompt notre baiser pour poser son front contre le mien, et nous continuons de bouger à l'unisson. Son souffle est brûlant sur mon visage. Mon désir monte, et je me mets à aller et venir plus vite et plus fort. Je commence à sentir le fourmillement familier dans mon entre-jambe tandis qu'Hannah gémit et pousse des plaintes, la respiration de plus en plus saccadée. Nous touchons tous les deux au but, et elle enserre ma taille avec ses jambes. Je lui donne un dernier coup de reins. Nous explosons dans une série de gémissements et de grognements, surfant sur la vague de plaisir jusqu'à ce qu'elle se brise. Je me retire doucement et m'allonge à côté d'elle. Nous tentons tous les deux de reprendre notre souffle.

Elle se tourne vers moi et se blottit contre mon corps échauffé. Je glisse un bras autour d'elle et la serre contre moi. Malgré le fiasco de cette journée, c'est agréable.

D'être là, avec Hannah. De sentir ce lien entre nous.

Pourtant, c'est justement à ça que je dois renoncer si je tiens à elle.

Lorsqu'elle pose de nouveau sa tête sur mon torse, je sens son corps se détendre et sa respiration devenir plus lente et régulière. Ses yeux se ferment, et je sais qu'elle a enfin cédé face à l'épuisement qui menace de l'emporter depuis que je l'ai trouvée dans la ruelle.

Je reste allongé là, sans cesser de l'étreindre, et je ne peux pas m'empêcher de me dire qu'il est ironique que la seule femme que je devrais tenir éloignée de moi soit justement celle dont je ne peux pas me passer.

CHAPITRE QUATRE

Hannah

Je me réveille dans les bras d'Armando. La pièce est plongée dans le noir, et sa respiration profonde m'indique qu'il dort depuis un bon moment.

Je devrais avoir peur de cet homme. Être terrifiée de la situation dans laquelle je me retrouve. Je ne sais même pas comment définir ma relation avec Armando. Suis-je toujours sa prisonnière ? Sa petite amie ?

Est-il seulement ici car il a besoin d'une cachette ? S'assure-t-il toujours que je ne le dénonce pas ?

Ou a-t-il envie d'être ici ? Avec moi ?

L'idiote en moi veut croire que je lui fais du bien. Que je suis comme un parechoc entre lui et sa vie criminelle.

Je sais que c'est complètement tordu, mais c'est la vérité. Je veux compter à ses yeux. Je veux savoir qu'il a autant besoin de moi que moi de lui.

Son bras se serre autour de moi. C'est un geste possessif, comme s'il craignait que je m'enfuie.

J'ai l'impression qu'une éternité s'est écoulée depuis qu'il a débarqué dans ma boutique.

Tant de peur. D'inconnu. De plaisir. De désir. Et même de tendresse.

Oui, de tendresse de la part du tueur dans mon lit.

À présent, allongée dans ses bras, je ne peux pas m'empêcher de me sentir étrangement réconfortée. Comme si j'étais enfin protégée du monde extérieur. Ce monde qui me jugerait d'être ici. Ce monde qui ne comprend pas le lien qui s'est formé entre nous.

Le comprends-je moi-même ?

Je me tourne vers lui pour le regarder, et il bouge dans son sommeil. Ses paupières s'ouvrent, et il sourit en me voyant l'observer. Je sens une vague de chaleur submerger mon corps. C'est dingue, je sais. Mais je ne peux pas lutter contre mes sentiments. Je l'aime. Je sais que je ne devrais pas, mais je n'y peux rien.

— Tu n'arrives pas à dormir ? murmure-t-il en m'étreignant davantage.

Je secoue la tête, incapable de trouver les mots pour exprimer ce que je ressens. Je me contente de le dévisager, et lorsqu'il m'observe en retour, j'ai l'impression qu'il examine attentivement mon expression. Il se penche sur moi et ses lèvres effleurent les miennes, envoyant un frisson le long de ma colonne vertébrale. Je réagis au quart de tour et me colle à lui.

En cet instant, j'oublie tout ce qui nous entoure. Le contrat sur sa tête. La fusillade dans la ruelle. Le risque qu'Armando viole sa liberté conditionnelle et retourne en prison.

J'interromps notre baiser, m'écartant juste assez pour pouvoir tracer de petits cercles sur sa poitrine.

— Je réfléchissais, réponds-je dans un souffle, car je ne veux pas briser la magie de ce moment.

Armando hoche la tête, et ses yeux sondent les miens.

— À quoi ?

— Au fait que je me sens très proche de toi. Et à ce qui va se passer ensuite.

Il garde le silence un moment, son expression indéchiffrable.

— Je n'ai pas de réponses à t'apporter, Pâquerette. Je ne sais pas.

— Je sais, dis-je en vitesse. Bien sûr que tu ne sais pas. Oublie ça.

— Il y a bien une chose que je sais…

Sa main descend jusqu'à ma cuisse.

Je retiens mon souffle en sentant ses doigts effleurer ma jambe. Ma peau se couvre de chair de poule sous ses caresses.

J'écarte les cuisses pour l'encourager à s'approcher de mon sexe.

Sa main atteint l'élastique de ma culotte.

— Tu es un vrai cadeau, dit-il.

Chaque cellule de mon corps fête son aveu. Sa confirmation que je compte à ses yeux. Que j'apporte quelque chose à sa vie. Qu'il a besoin de moi.

— Tu es un putain de cadeau, et je te désire encore plus qu'avant.

Ses doigts glissent sous le tissu de ma culotte et trouvent de nouveau mon clitoris gonflé. Je halète lorsqu'un courant électrique me traverse.

Tout mon corps frétille d'impatience lorsqu'il glisse un doigt en moi. Il l'enfonce profondément, avant d'aller et venir en rythme. Mon corps sait quoi faire. Il sait comment répondre à ses caresses. C'est ainsi depuis que je l'ai rencontré.

— Merci de m'accepter, dit-il en caressant mes parois internes. J'adore la façon dont tu te soumets à moi. C'est enivrant. Avec toi, j'en veux toujours plus.

Il hume l'odeur de mes cheveux.

— Toujours, répète-t-il.

J'ai réalisé qu'Armando et moi ne trouvions pas toujours les bons mots, car nous apprenions tout juste à communiquer ensemble. Mais une chose est sûre.

Nos corps savent se parler.

Mieux que nos mots.

Je laisse échapper un gémissement alors que son doigt va et vient en moi.

— Plus, susurré-je sans détacher mes yeux des siens.

— Plus ? répète-t-il avec un petit sourire.

— J'en veux plus. Je veux te sentir en moi. J'ai besoin de toi, admets-je la voix serrée.

Je n'ai jamais trouvé facile d'exprimer mes besoins et mes désirs sexuels. Mais Armando fait ressortir une facette de moi dont j'ignorais l'existence.

Une facette qui ne se lasse pas de ses caresses.

— Je sais ce qu'il te faut, Pâquerette.

Il me fait rouler sur le dos et me coince les avant-bras le long de mon corps.

— Oui, soupiré-je, enthousiasmée par son côté dominateur.

— Tu veux que je te baise ?

— Oui, réponds-je aussitôt.

— Tu veux que je te baise bien fort, bébé ?

— Oui, s'il te plaît.

— Tu l'auras voulu.

Il fait glisser ma culotte le long de mes cuisses et la jette par terre, avant de me saisir les chevilles et de pousser mes jambes en direction de la tête de lit. Je me tortille de plaisir lorsqu'il m'écarte les cuisses, exposant mon sexe à son regard avide.

— Putain, tu es trempée pour moi, gronde-t-il en pressant les lèvres contre ma jambe, avant de remonter jusqu'à mon entrejambe. Tu es trempée et prête pour moi, hein ?

Il n'attend pas de réponse. Sa bouche atterrit sur mon clitoris, qu'il suçote. Sa langue chaude me caresse, me torture délicieusement.

Je serre les paupières, le corps brûlant alors qu'un éclair me parcourt l'échine. Je halète lorsqu'il enfonce profondément sa langue en moi, puis je grogne lorsqu'elle glisse sur mon clitoris engorgé. Je me contracte et frémis contre sa bouche.

Il introduit deux doigts en moi, et je me serre sur eux. Je touche au but.

— Mets-la en moi, soufflé-je, car j'ai du mal à trouver ma voix.

— Que je mette quoi en toi ?

Ses doigts plongent encore plus profondément, me rendant folle. Il m'oblige à le supplier.

J'obéis.

— Ta queue. Je la veux. J'en ai besoin.

— Lentement et doucement ?

— Oui, réponds-je.

— Tu en es sûre ? Tu ne préfères pas vite et fort ? me taquine-t-il.

— Comme tu préfères. Du moment que tu me baises.

Mon cœur tambourine dans ma poitrine. Mon sang bouillonne dans mes veines.

Je n'ai jamais eu une personnalité addictive. Je ne bois pas. Je ne fume pas. Rien ne m'a jamais obsédée.

Jusqu'à Armando.

Je suis complètement accro à lui.

Et je suis terrifiée à l'idée qu'il me brise le cœur.

CHAPITRE CINQ

Hannah

Le soleil filtre à travers les rideaux fins de mon petit appartement, baignant la pièce d'une douce lueur.

J'entends la douche couler, et savoir qu'Armando est toujours là m'apaise.

Je me lève et m'affaire sans but réel dans la chambre, ramassant nos vêtements éparpillés sans réfléchir. Non, ce n'est pas vrai. *J'essaye* de ne pas réfléchir, mais les événements de la veille tournent en boucle dans ma tête. Le crissement soudain des pneus, les coups de feu assourdissants et les yeux pleins de douleur de Marco me hantent.

Quelqu'un veut la mort d'Armando.

Cette idée me terrifie. Je regarde le sol, à la recherche de réponses qui ne s'y trouvent pas.

Comme par magie, la porte de la salle de bains s'entrouvre, et Armando sort de la pièce, ses cheveux mouillés lissés en arrière. Il est impeccablement vêtu d'un costume sur mesure, et son apparence est aussi puissante et dangereuse qu'il l'est vraiment. C'est comme si les événements d'hier n'étaient jamais arrivés, comme s'il était intouchable. Comme d'habitude, sa présence me rassure et m'intimide à la fois.

— Bonjour, Pâquerette, dit-il d'un ton calme.

Ses yeux m'examinent de la tête aux pieds. Sa voix de velours chasse une partie de l'angoisse qui me ronge depuis mon réveil. Mais son attitude stoïque me rappelle également que cette violence n'est pas nouvelle pour lui ; elle fait partie de sa vie.

— Bonjour, réponds-je, tentant de prendre une voix calme. Comment va Marco ?

— Il est en vie, répond-il simplement, son expression toujours aussi calme et nonchalante. Il va s'en remettre. Ce n'est pas la première fois qu'il se fait tirer dessus.

Il y a une pointe d'amertume dans ses mots, qui me dissuade de l'interroger davantage. Mais je ne peux pas m'en empêcher :

— Il a dit combien de temps il resterait hospitalisé ? J'envisageais de lui envoyer des fleurs.

— Ne fais pas ça. Je ne veux pas que tu sois vue avec lui. Oui avec moi. Je ne veux pas que qui que ce soit fasse le lien. D'accord ?

— Ta vie sera toujours comme ça ? Nous serons constamment en danger ?

Une lueur sombre et presque vulnérable passe dans ses yeux avant qu'il se détourne.

— Il n'y a pas de *nous*, Hannah, dit-il d'un ton pressé en me tournant le dos. À cause du danger, justement. Je suis désolé de t'avoir entraînée là-dedans, mais je vais te tenir à l'écart de tout le reste.

Bien sûr. Pas de *nous*.

Armando pivote, et il doit voir mon chagrin, car il se dirige vers moi, me prend dans ses bras et me serre contre lui. Mon visage est collé à sa poitrine, et les battements réguliers de son cœur résonnent dans mon oreille. Ils me réconfortent, me ramènent sur terre.

— Je suis désolé de t'avoir mêlée à mes histoires.

Sa voix est tendue, mais ses doigts me caressent le dos.

— Je crois que mon adrénaline d'hier est en train de disparaître. J'ai... peur, admets-je, les mains serrées sur le tissu de sa veste. Pas pour moi, mais pour toi.

Il laisse échapper un rire surpris.

— Pour moi ? Ne t'inquiète pas pour ça, bébé. L'Organisation... elle fait partie de moi. Le danger est présent chaque jour. Ça ne changera pas. Je ne peux pas quitter ce monde, même si je le voulais.

Sa voix se brise légèrement, trahissant la douleur qu'il ressent en admettant cette vérité.

— C'est ce que tu es, alors ? Un homme constamment entouré par la violence et la peur ?

Je veux comprendre l'ampleur de son implication dans la mafia, tout en espérant ne pas avoir l'air de le juger.

— Malheureusement, oui, dit-il en me serrant plus fort. Je suis né dans ce milieu, et j'ai fait des choses dont je ne suis pas fier. Mais je ne veux pas que ça t'atteigne encore plus, Hannah. Tu mérites mieux.

Mes yeux s'embuent.

Je sais qu'il est en train de me dire qu'il tient à moi, mais il me repousse également. Il me met à l'écart. Il me dit que nous n'avons pas d'avenir.

— Ce n'est pas parce que j'ai peur que...

Je m'interromps. Je ne sais pas très bien quoi dire.

— Armando, je me fiche de ton passé ou de ton identité.

Il semble retenir son souffle.

— Tu ne devrais pas.

Sa voix est dure. Sombre.

— Je sais ce que je mérite. Et pour l'instant, c'est toi, affirmé-je.

Ma poitrine se serre à l'idée d'un avenir plein de violence et de peur, mais je ne peux pas imaginer ma vie sans lui. Je sais qu'il n'a pas choisi de naître dans ce milieu, et je ne veux pas lui demander de changer. Je ne peux cependant pas ignorer le fait qu'en étant avec lui, j'accepte de mener une vie qui ne sera jamais exempte de danger.

Affronter cette réalité ne signifie pas que je doive la fuir.

— Je te promets de faire tout ce qui est en mon pouvoir pour te garder en sécurité. Ce qui est arrivé hier ne restera pas impuni. Je m'assurerai que tu ne sois plus jamais prise pour cible.

Armando serre les mâchoires, et je vois son instinct protecteur enfler en lui.

Il me dévisage un long moment, le poids de son passé visible dans ses yeux. Son souffle est chaud sur ma peau. Quelque chose change dans son expression, et une étincelle apparaît dans son regard.

Armando

Je prends le métro jusqu'au chantier et vais voir le chef d'équipe, Larry. Il me toise. Je porte un costume-cravate, ce qui n'est pas très approprié pour un employé du bâtiment. Mais ce n'est pas inapproprié pour un lieutenant de la mafia, et je tiens à ce qu'il pige à qui il a affaire.

— Ouais, d'accord. Sur les registres, vous apparaissez comme chef de chantier. S'il y a une inspection, ayez l'air professionnel. Vous avez déjà la tenue qui va avec le poste, c'est bien. À part ça… vous pouvez faire ce que vous voulez. Mais je suis sûr que vous le savez déjà.

Je hoche la tête.

— Oui. Bien sûr. Alors je suis censé être votre supérieur ?

Ses narines se dilatent.

— En effet. Les vrais chefs de chantier supervisent plusieurs sites. Mais ici, c'est moi qui gère tout.

Je fourre les mains dans mes poches pour sembler moins menaçant. Je ne suis pas très doué pour ça, mais quelque part au fond de moi se cache un homme qui savait feindre la nonchalance.

— Bon, alors je vais peut-être vous suivre… histoire d'apprendre les ficelles du métier ?

Qu'est-ce que je pourrais faire d'autre ? J'ai passé quatre ans et demi à m'ennuyer. Maintenant que je suis libre, je ne veux pas me tourner les pouces. En plus, je veux éviter de penser au fait qu'Hannah a failli se faire tirer dessus. À ça, et à nos parties de jambes en l'air incroyables hier soir et ce matin.

Bien sûr, Larry n'est pas content de mon idée. Pas content du tout. Je le sais, car il se raidit durant quelques secondes avant de répondre d'une voix étranglée :

— Bon, d'accord.

Il est obligé d'être *d'accord.* Personne n'osera me faire chier, ici. Leur syndicat est sous le contrôle de la famille Pachino.

Je le suis partout et me montre attentif. Je me présente aux gars quand Larry omet de le faire. Non que je sois soudain d'humeur sociable. Et puis quoi encore ! Mais je fais un effort.

— C'est le chef de chantier approuvé par le syndicat, précise Larry à chaque fois, pour leur faire comprendre qui je suis vraiment.

Un mafieux là pour soutirer un salaire à leur employeur sans rien faire de mes dix doigts.

Mais je pourrais les surprendre. Je ne me contenterai peut-être pas de passer mes journées à envoyer des textos à mes potes. Ou peut-être que si. Qui sait ? En tout cas, j'ai envie de travailler. J'ai dû prendre sur moi pour ne pas trop mettre mon nez dans l'entreprise d'Hannah. Pour ne pas lui faire part de toutes les idées que j'ai pour sa boutique.

Ce ne serait pas correct. Elle n'a pas besoin que je vienne tout régenter. Il faut qu'elle règle ses problèmes elle-même, sinon elle ne se sentira jamais légitime en tant que patronne. Mais bon sang, j'ai très envie de l'aider.

Un grand type noir d'une cinquantaine d'années vient parler à Larry. Lorsque je me présente, je découvre qu'il s'appelle Harold et qu'il est électricien.

Je vois bien qu'il est réticent à l'idée de parler à son chef.

— Écoute, Larry, je suis souvent essoufflé ces derniers temps, et ma femme m'a pris un rendez-vous chez un médecin à l'hôpital cette après-midi. Je sais que je préviens au dernier moment et qu'on a un délai à respecter, mais...

— C'est non, Harold. Hors de question. Tu sais bien qu'on doit finir de mettre en place le réseau électrique aujourd'hui, sinon on ne passera pas l'inspection.

J'ignore si j'ai simplement envie d'emmerder Larry ou si je veux asseoir mon autorité, mais j'interviens. Après tout, techniquement, c'est moi le patron, non ?

— Laissez-le terminer, dis-je. Il a peut-être un plan pour que tout soit prêt à temps.

Je me tourne vers Harold.

— C'est le cas ?

— Oui, me répond-il d'un ton agacé. J'allais justement dire que je devrais avoir fini pour le déjeuner, et que s'il y avait un souci pendant l'inspection, Chad pourrait s'en charger.

— Chad n'est pas capable de gérer un truc aussi important, répond Larry. C'est non.

Je ne sais pas s'il est fâché que je m'en sois mêlé, ou si c'est juste un con. Il va sur ses quarante ans. Bel homme. Il a sans doute une jolie épouse et un gamin.

J'ai déjà envie de lui péter les dents, et je suis certain que c'est réciproque.

— Être essoufflé, ça peut être grave, insisté-je. Vous feriez mieux d'aller à votre rendez-vous, Harold.

Va te faire foutre, Larry.

Ce dernier devient rouge écrevisse.

— S'il y a un problème pendant l'inspection et que Chad n'est pas en mesure de s'en occuper, on peut vous appeler sur votre portable ? demandé-je en sortant mon téléphone.

Harold semble soulagé.

— Bien sûr. Il me donne son numéro pendant que Larry se balance d'un pied sur l'autre avec la tête de quelqu'un qui est en train de se prendre un fist anal.

Ce n'est sans doute pas très malin de ma part de me mettre le chef d'équipe à dos dès le premier jour. Mais bon, personne ne peut rien me faire. Non que j'aie besoin de l'aide de l'Organisation dans ce genre de situation, mais les Pachino ont suffisamment semé la peur au sein des syndicats au cours des trente dernières années pour que personne n'ose me faire la moindre remarque.

Et je commence presque à m'amuser. Peut-être que le mâle alpha en moi avait simplement besoin de faire chier quelqu'un. En plus, je sais que j'ai raison. Pourquoi un chef d'équipe refuserait-il à un type à bout de souffle d'aller à un rendez-vous chez le médecin ? C'est tordu.

— Montrez-moi qui est Chad, demandé-je à Harold.

Je le suis à l'intérieur du bâtiment. Je vais assurer à ce boulot. Parce qu'en ce moment, c'est tout ce que j'ai.

Sauf si je compte Hannah. Enfin, bien sûr que je compte Hannah, mais je ne peux pas vraiment considérer qu'elle est à moi.

D'accord, je l'ai revendiquée dès le début. Et elle s'est clairement laissé faire. Mais je n'ai rien à lui offrir. Je ne peux pas être son petit ami. Pas avec le gang qui a fusillé mon appartement, la tentative de meurtre sur mon cousin, et mes émotions au point mort.

Elle mérite mieux que ça.

Ce qui signifie... merde. Je devrais sans doute lui foutre la paix. Tout arrêter bien proprement avant qu'elle paye les pots cassés.

Le hic, c'est que je suis beaucoup trop égoïste pour faire une chose pareille.

Car cette fille est la seule chose qui illumine un tant soit peu ma vie, à présent.

CHAPITRE SIX

Hannah

À 17 h 30, je range la boutique. Cette fois, c'est moi qui ai dit à Josie de partir plus tôt, car il n'y avait rien à faire, et sa présence me rendait nerveuse.

Je me sens toujours anxieuse après son départ. Mais la sensation est différente. Elle n'est pas causée par Josie, mais par Armando.

Parce que j'essaye de déterminer quoi faire. Devrais-je l'appeler pour lui demander à quelle heure il rentrera ? Je crois que je n'ai même pas son numéro de téléphone, ce qui est absurde. Sera-t-il chez moi à mon retour ? Sans doute. Il a laissé son sac de voyage chez moi.

Mais, et s'il n'est pas là ?

Pourquoi est-il parti ce matin ? Il m'a dit qu'il devait travailler, mais je ne sais même pas ce qu'il fait. C'est la personne la plus secrète que je connaisse.

Sans doute parce que c'est lui qui a le plus de choses à cacher.

Non que j'imagine qu'il soit allé braquer une banque de bon matin, mais on ne sait jamais. Il fait partie de la mafia. Tout est possible.

Le souvenir de sa lutte à mort dans ma boutique me repasse en tête. Il était calme, mais redoutable. Impressionnant. C'est bizarre, que je ne sois pas particulièrement dérangée par sa carrière ou ses actes passés ? Il y a aussi la fusillade d'hier, qui je l'avoue, m'a marquée, mais étrangement, je suis déjà passée à autre chose. Je devrais être terrifiée, mais je ne le suis pas. C'est peut-être grâce à l'homme en costume qui est resté posté devant ma boutique toute la journée, mais ma peur de ce matin s'est presque entièrement dissipée.

Ma seule véritable émotion de la journée, c'est le manque. Je me languis d'Armando.

À mes yeux, le danger ne le rend que plus séduisant. C'est un bad boy avec un code d'honneur. Il a des principes. Oui, il a déjà tué, mais seulement au combat. Comme un soldat.

Sauf que son armée est une famille sicilienne, pas un régiment du Gouvernement.

Je cherche peut-être à rationaliser tout ça, mais il n'empêche que je ne parviens pas à avoir des scrupules. Car j'aime ce que je ressens lorsque je laisse Armando me consumer.

Il choisit ce moment pour passer la porte de ma boutique.

Mon cœur fait un bond lorsque j'entends la clochette tinter. Il est élégant dans son costume, une main nonchalamment glissée dans sa poche.

Je me fige et retiens mon souffle face à cette image. Il se dirige vers moi sans un mot, saisit l'arrière de ma tête et me dévisage.

— Salut, dis-je dans un souffle.

Son regard parcourt mes traits, s'arrêtant sur le bijou de nez qu'il m'a offert juste avant que Marco se fasse tirer dessus. J'ai oublié de le remercier, avec tous ces rebondissements.

— Joli, dit-il.

Pas bavard, comme mec.

Puis il m'embrasse. Rien à voir avec nos baisers passionnés, ceux qui m'embrasent. Celui-ci est plus sensuel. Comme un baiser hollywoodien. Celui que l'on voit à la fin du film, quand le héros conquiert enfin l'héroïne et que la caméra tourne autour d'eux en musique.

Je ne lève pas les bras, les laissant simplement pendre de chaque côté de mon corps, savourant ce qu'il me donne. Le laissant prendre ce qu'il désire sans tenter d'en obtenir plus.

Quand il recule, la boutique semble tourner autour de moi, et Armando observe de nouveau l'anneau que je porte au nez.

— Il te plaît ?

Je retrouve mon souffle.

— Je l'adore.

Et ensuite, bête comme je suis, mes yeux s'emplissent de larmes. Car comme d'habitude, je me fais toute une montagne d'un cadeau qui ne signifie sans doute pas grand-chose.

— Je voulais te remercier plus tôt. Mais avec ce qui est arrivé à Marco, j'ai...

Il m'embrasse à nouveau. D'un geste puissant. Possessif.

Mes larmes le laissent de marbre. Pas dans le mauvais sens du terme, mais il ne relève pas, se contentant de me regarder comme s'il cherchait à sonder mon âme.

— À quoi tu penses ? demandé-je.

J'ai désespérément envie d'entrer dans sa tête, en cet instant.

— Je me demande si je devrais te ramener à la maison pour mettre ton lit à rude épreuve, ou plutôt t'emmener dîner.

Mon expression doit trahir mon plaisir, car il ajoute :

— Tu choisis le dîner, hein ?

En réalité, les deux me vont, du moment que je suis avec lui, mais une sortie ensemble me fait effectivement plaisir. Je glisse les bras autour de sa nuque et l'embrasse.

Nous sommes lancés. Sa faim dévorante reprend le dessus, et son baiser et ses caresses deviennent sauvages. Il plonge les mains sous ma robe pour me pétrir les fesses, et presque aussitôt, ses doigts se retrouvent dans ma culotte.

Je suis déjà mouillée. Ça a dû arriver dès qu'il a passé la porte. Mon corps semble lui appartenir. Il en est maître, et je n'ai qu'une envie, me donner à lui.

Mais c'est beaucoup trop dangereux. Je suis dépassée par les événements. D'un jour à l'autre, à présent, je réaliserai qu'il n'a pas l'intention d'aller plus loin avec moi.

Mais bon sang, n'est-ce pas ce grain de folie qu'il y a dans toutes les relations ? On n'a jamais la garantie que l'autre personne est sur la même longueur d'onde. On peut seulement espérer et faire de son mieux. Oui, c'est chaotique. Oui, ça finit souvent en rêves brisés.

Cette relation n'échappera sans doute pas à la règle. Je tente de me le rappeler à chaque souffle, et cela me provoque un mélange d'anxiété et de plaisir qui ne m'a toujours pas quittée, et qui malheureusement, ne fait que rendre l'expérience plus passionnante.

Armando représente toujours un danger pour moi, sauf que cette fois-ci, les conséquences pourraient être bien pires.

Je pourrais y laisser mon cœur.

Il promène sa bouche ouverte dans mon cou et me mord.

Sa voix n'est qu'un grondement sourd :

— Tu vas encore me laisser te baiser dans ta boutique ? Me défouler pour que je réussisse à tenir tout le dîner ?

Comme s'il risquait d'être en manque si nous ne couchions pas ensemble avant. Comme si je le rendais fou. C'est fort, de se sentir désirée à ce point. Je n'en avais encore jamais fait l'expérience.

— À ton avis ? répliqué-je.

Je veux faire parler cet homme. Découvrir si ses pensées sont en adéquation avec les émotions qu'il dégage.

— À mon avis, c'est ce que tu veux.

Il recule et défait sa ceinture.

Mes yeux suivent son geste, mi-menaçant, mi-sensuel.

— Oh, tu veux des coups de ceinture ?

Bon sang ! Est-ce que c'est ce que je veux ? Pas du tout. Sauf que... mon centre devient brûlant.

Il passe la ceinture autour de ma taille et s'en sert pour coller mon bassin au sien.

— Dis-moi, *bella*, qu'est-ce que tu veux que je fasse de ma ceinture ?

Un frisson me parcourt à l'idée qu'il me donne la fessée avec. Est-ce *vraiment* ce que je veux ? Je ne pense pas, mais mon corps n'est pas du même avis, et mon excitation atteint des sommets.

Il continue de parler tout en reculant jusqu'à la porte pour la verrouiller et placer l'écriteau sur *Fermé*. Son souffle est brûlant contre mon oreille.

— Tu veux que je la glisse autour de ta gorge pendant que je te prends par-derrière ? Hein ? Ou tu veux que je t'attache les poignets dans le dos ?

Oh la vache. Je n'avais même pas envisagé ces options. Elles m'effraient tout autant qu'elles m'excitent.

— Ou tu veux que je me contente de l'abattre sur ton cul ?

Cette fois, Armando perçoit le frisson qui monte en moi.

— Ne t'en fais pas, Pâquerette, je m'assurerai que ça te plaise.

Il fait descendre la ceinture sur mes fesses et me colle à lui. Je suis trempée, à présent. Nous venons à peine de commencer, et je perds déjà la tête. L'orgasme n'est pas loin.

Voilà l'effet que cet homme a sur moi.

C'est dingue.

Il me fait pivoter et me pousse jusqu'à la salle de pause.

— Je voulais te prendre dans ton lit. À quatre pattes, les cuisses écartées. Tu feras ça pour moi plus tard, ma belle ?

— Oui.

Je suis prête à lui promettre n'importe quoi, là. Je suis ivre de désir. Folle de lui.

Il soulève le bas de ma robe en coton.

— Tu portes toujours des robes courtes. Elles me font perdre la tête, Pâquerette. Ça me facilite la tâche, quand je veux frapper tes fesses nues jusqu'à ce qu'elles deviennent violettes.

Ce type ne parle jamais autant que quand il est question de sexe. Pas étonnant que ce soit le domaine où nous nous entendons le mieux. Il baisse ma culotte et m'assène quatre claques sur le derrière, avant de masser ma peau pour chasser la douleur.

— Tu es trop sexy. Trop belle.

Continue de parler, chef. Ses mots me font un bien fou. Je suis peut-être trop accro à lui. Je n'en sais rien. Car je bois ses paroles comme s'il s'agissait d'un élixir. Comme il n'est pas bavard, quand il parle, ça a du poids.

— Écarte, ordonne-t-il en laissant tomber ma culotte par terre.

Sa voix est grave et assurée. Je n'imagine pas comment qui que ce soit pourrait lui désobéir.

J'écarte les pieds et creuse le dos, encouragée par ses compliments. Il fait glisser sa ceinture entre mes jambes, le cuir collé à mon centre.

— Mmm, gémis-je.

Il ôte la ceinture et en abat le bout sur mon sexe.

Je lâche une exclamation. Ça brûle un peu, mais il y est allé doucement. Ce n'est pas vraiment douloureux.

— Tu aimes qu'on te fouette la chatte, ma petite ?

Seigneur. Voilà qu'il m'appelle *ma petite*. Pourquoi est-ce que ça me plaît à ce point ?

— N... non, mens-je.

Il remplace la ceinture par ses doigts et caresse ma fente. Elle est trempée.

— Moi, je crois que si. Tu veux que je te fouette les fesses avec ?

Mon halètement est audible. Je ne réponds pas.

— Hein ? Je pense que tu as envie d'essayer, n'est-ce pas ? Tu as peur, Pâquerette ?

Je hoche la tête. Je suis face à la table en formica, et sa surface mouchetée de gris semble onduler sous mes yeux.

Armando m'écarte les jambes davantage et s'empare de ma gorge pour coller mon dos à son torse. Son érection est pressée contre mes fesses à travers son pantalon.

— Tu aimes mêler un peu de douleur à ton plaisir, hein Hannah ? Ou tu préfères la peur ?

Ma peau brûlante se couvre de chair de poule. Je sais déjà que je me mettrai à pleurer quand nous aurons terminé, car je ressens une pression dans le visage, des larmes dans ma gorge. Le fait que sa main y soit posée amplifie cette impression. Il ne me serre pas, mais il pourrait facilement le faire. Si ses doigts se refermaient, il pourrait m'ôter la vie d'un geste.

Il l'a sans doute déjà fait, je parie.

Oui, c'est le danger qui m'excite.

— La peur, murmuré-je.

Je ressens les choses trop intensément. Quand le sexe est combiné au danger, tout est démultiplié.

Il me mord l'oreille. Ce n'est pas un simple mordillement, mais une morsure presque trop forte.

— Tu as peur de ce que je vais te faire ?

Il est cruel, à jouer avec moi comme le diable face à sa proie.

— Oui.

— Trois coups, susurre-t-il en plaquant de nouveau mon buste à la table.

Je pousse une plainte. Oui, j'ai peur. Peur que ça fasse mal. Peur de me ridiculiser avec ma réaction. Peur de trop me dévoiler à cet homme qui prend énormément d'importance à mes yeux.

— Ensuite, je vais te baiser bien comme il faut. Et ensuite, je vais te traiter comme une princesse. *Capito* ?

Est-ce que j'ai compris ? Pas le moins du monde.

Mais je suis carrément partante. Une bouffée d'adrénaline envahit mes veines lorsqu'il fait un pas en arrière et enroule l'extrémité de sa ceinture autour de son poing.

Oh, mon Dieu. Dans quoi suis-je allée me fourrer ? C'est insensé. Encore plus insensé que d'embrasser un tueur.

La ceinture fend l'air et atterrit sur le bas de mes fesses comme une langue de feu. Je pousse une exclamation et me contracte.

— Seigneur.

Je tente de me redresser, mais il me maintient en place.

— Encore ? demande-t-il.

Il me fait comprendre que je peux tout arrêter, bien qu'il me maintienne. Je n'ai pas la force d'en redemander. Je ne suis pas sûre d'en avoir envie. Mais je ne lui demande pas non plus d'arrêter.

Je le laisse décider.

Et bien entendu, il le comprend. Il a beau être distant, émotionnellement parlant, il n'a aucun mal à décrypter ce que je ressens. Il est attentif.

Il me fouette à nouveau, et cette fois, je sursaute en poussant un cri. Il masse les deux impacts, pétrissant ma douleur jusqu'à ce qu'elle ne devienne plus qu'une vague brûlure.

Je gémis doucement.

— J'ai dit trois. Tu vas encaisser la dernière comme une gentille fille bien sage ?

Il me consulte à nouveau.

— Oui, réponds-je en hochant la tête, comme si promettre d'être sage pouvait me faciliter la tâche.

Sa main glisse entre mes jambes.

— Oui, tu es une gentille fille, hein ? Toujours bien sage.

Je tremble de partout. La passion me rend fiévreuse.

Il joue avec mon clitoris, et je me cambre en gémissant. Il me prend par les hanches et se penche sur moi pour embrasser l'une de mes fesses endolories.

— Un dernier, dit-il d'un ton ferme en se redressant.

Bon sang.

Il abat la ceinture, et je halète, mais c'est déjà fini. J'entends le bruissement des vêtements d'Armando et le froissement d'un emballage de préservatif. Il fait glisser son gland dans mes fluides. Je suis tellement prête qu'il s'enfonce aussitôt.

Je crois que je n'ai jamais trouvé la pénétration plus satisfaisante qu'aujourd'hui. Il a sa place en moi. Comme si mon corps était fait pour accepter le sien. Comme si c'était son objectif.

Armando grogne.

— Tu es parfaite, Hannah. Tellement parfaite.

Il me pénètre doucement, centimètre par centimètre, avant de se retirer pour me rendre folle.

Il a peut-être besoin de ces préliminaires, mais moi non. Je suis prête pour ses coups de reins sauvages. Pour qu'il me laisse des bleus sur les hanches et qu'il me tire les cheveux. Au lieu de cela, ses mains glissent sur mes flancs, puis sous ma robe, et ses doigts plongent dans mon soutien-gorge pour pincer l'un de mes tétons.

Je pose les mains à plat sur la table et me cambre, la tête levée.

— Ne me fais pas mariner, dis-je, rendue grognon par mon impatience. J'ai besoin de finir.

Il me répond d'un violent coup de reins.

— C'est ça que tu veux, ma belle ? Une bonne baise bien forte ? Parce que moi, ça me convient toujours.

Il m'enserre la taille, veillant à protéger mon bassin de la table, cette fois, et il se met à aller et venir en moi à toute allure.

— Oui, soupiré-je, au bord de l'orgasme.

Il plaque une main à côté de la mienne pour prendre appui et me pilonne, faisant claquer son pelvis contre mes fesses, toujours brûlantes après le passage de sa ceinture. Sa peau apaise la mienne, la comble.

— Je t'aime.

Eh, merde. Qu'est-ce qui m'a pris de dire ça ? Ce n'était absolument pas prévu. Je ne peux pas m'empêcher de balancer ce genre de trucs ! Bon, c'est la vérité. En cet instant, je me sens déborder d'amour, mais *Seigneur* !

Pourquoi j'ai dit ça ?

Il hésite, perd son rythme, et je suis convaincue que ça va mal se terminer.

Ce sera peut-être la pire des ruptures, car cette fois, je suis folle amoureuse de ce mec.

Mais au lieu d'en faire tout un plat, il redouble de brutalité. Son poing se ferme sur mes cheveux pour me tirer la tête en arrière, m'envoyant des pointes de douleur dans le cuir chevelu.

— Tu aimes que je te baise bien fort, hein, *bella* ?

Il gronde comme s'il était fâché contre moi. Comme s'il prononçait ces mots les dents serrées.

— Oui ! m'écrié-je, soulagée qu'il déforme mes propos, qu'il décide de les interpréter ainsi.

— Dans ce cas, tu aimeras aussi que je t'encule.

Oh, Seigneur. J'éclate presque de rire. C'est peut-être ce que l'amour lui évoque. La sodomie.

— Plus fort, l'encouragé-je.

Je veux atteindre l'orgasme, mais je cherche peut-être aussi à lui faire oublier ma gaffe.

Il continue d'enchaîner les coups de reins sauvages, comme je les aime. Il me rend mon amour avec son membre énorme.

— J'ai besoin de toi.

Bon sang, je suis incapable de me taire.

Il tire un peu plus fort sur mes cheveux.

— Je vais te donner ce que tu veux, grogne-t-il.

Et il s'exécute. Il y va même plus fort. Assez fort pour que je sois endolorie. Avec une brutalité délicieuse. Comme une bête sauvage libérée de sa cage.

Puis je pousse un cri. Je jouis tandis qu'il se déchaîne derrière moi.

Il atteint l'orgasme à son tour, et quand il a terminé, il glisse la main devant moi pour caresser mon clitoris et m'arracher un deuxième orgasme.

Maintenant que c'est fini, je regrette que nous ne soyons pas au lit, là où je pourrais enfoncer la tête dans mon oreiller et faire mine de m'endormir.

CHAPITRE SEPT

Armando

Elle m'aime. Il s'agit à nouveau de l'un de ces moments où je sais que je devrais ressentir quelque chose de plus fort. Mais je ne ressens rien.

Bon, je ne suis pas assez bête pour croire toutes les bêtises qui sortent de la bouche d'une femme quand elle est sur le point de jouir, mais je sais aussi qu'Hannah est un livre ouvert. En cet instant, elle a éprouvé de l'amour pour moi, et elle n'a pas réussi à le garder secret.

Et malgré mon manque de réaction face à ses mots, ils m'ont transformé.

Le seul souci, c'est que je vois qu'elle est gênée et qu'elle regrette de les avoir prononcés.

Elle tremble également comme une feuille. Je sens ses jambes frémir là où nos cuisses se rencontrent. Je nous nettoie tous les deux et je lui remets sa culotte.

Elle évite mon regard.

— Hé, j'espère que tu n'écoutes pas toutes les bêtises que je raconte quand on couche ensemble, s'empresse-t-elle de dire.

— Si, je prends, réponds-je en la menant hors de la salle de pause, dont j'éteins les lumières. Ça faisait longtemps que je n'avais pas entendu ce genre de trucs.

Je ne devrais pas appeler ces mots *ce genre de trucs*, c'est mal choisi. Mais j'essaye de minimiser leur importance tout en les savourant.

Elle me jette un regard un peu torturé qui me prend de court.

— Tu es triste à cause d'elle ? Ta fiancée ?

Oh.

Elle est jalouse. *Ça*, ça me fait viscéralement de l'effet. Une vague de plaisir en pleine poitrine.

Hannah marque son territoire.

Mais ça ne devrait pas me réjouir. Car je ne peux pas être son petit ami. Même si je n'avais pas un gang aux trousses, je ne suis pas le candidat idéal pour une relation. Je suis un mort vivant. Je n'ai rien à offrir à une fille comme Hannah... à part des parties de jambes en l'air incroyables. Elle est brillante, lumineuse. Elle a toute la vie devant elle. Elle mérite mieux.

Je ne veux pas avoir cette conversation. Je crois que je préférerais encore m'arracher les ongles de pieds avec une pince que de parler de Grace, mais Hannah attend ma réponse, et sa vulnérabilité la pousse à s'humecter les lèvres et à jeter des regards aux quatre coins de la pièce.

Alors je m'arrête dans le couloir plongé dans la pénombre et je lui fais face.

— Grace est une connasse. Elle n'a aucune loyauté. Quand je suis allé en prison, elle m'a remplacé en quelques semaines – *semaines* – par un autre initié. Mais elle a mis des mois avant d'oser me le dire.

Hannah penche la tête sur le côté.

— Par *initié*, tu veux dire... un homme de l'Organisation ?

— Ouais. Emilio. C'est comme un cousin pour moi. Pas un vrai cousin, mais c'est tout comme, tu vois ce que je veux dire ?

Elle retient son souffle. J'ai l'air un peu en colère, et ça m'énerve. Je veux recommencer à ne plus rien ressentir à ce sujet.

— À ma sortie, la semaine dernière, tout le monde s'attendait à ce que ce soit la merde entre lui et moi, tu vois ? Avant, j'étais...

Je ne veux même pas décrire mon comportement d'avant. Arrogant. Assuré. Orgueilleux. Je ne reconnais même plus cet homme.

— Je ne sais pas, reprends-je. Une sorte de mâle alpha. Et je pouvais me montrer violent. Mais tu as pu le constater.

Je grimace légèrement en songeant à ce qu'elle a vu, dans sa boutique. Je suis toujours effaré qu'elle ne présente aucun traumatisme.

— Le don m'a tout de suite interdit de le toucher, dis-je.

L'inquiétude d'Hannah ne fait que croître. Bon sang, je crois qu'elle m'a contaminé avec son empathie, car j'ai beau n'éprouver aucune émotion, je perçois clairement les siennes.

— Ce qu'ils ne savent pas, poursuis-je, c'est que... je ne suis plus comme ça. Ces types ne me connaissent plus du tout. Et moi, je me fous complètement d'eux. Enfin, je suis dégoûté par tout ça, par leur manque d'honneur et de loyauté, mais ça ne signifie rien pour moi. Honnêtement, tu sais ce qui aurait été pire ?

— Quoi ? murmure Hannah avec de grands yeux.

Je prends une inspiration, réalisant seulement maintenant ce que je m'apprête à dire.

— Si elle m'avait attendu.

C'est la vérité. Si en sortant, j'avais dû jouer les petits amis parfaits à nouveau, vivre avec Grace et planifier notre mariage... je me serais effondré.

— Je ne peux pas m'imaginer devoir l'épouser à ma sortie. Parce que je ne suis plus l'homme qui l'a demandée en mariage.

— Mais tu l'aurais épousée quand même ?

J'ignore où elle veut en venir et pourquoi elle continue de ressasser cette vieille histoire, mais je lui réponds avec franchise :

— Oui. Enfin, je lui aurais laissé une porte de sortie si elle n'en avait plus envie, mais je ne reviens pas sur mes promesses.

Je hausse les épaules.

— Je suis un homme de parole.

Elle me dévisage avec ses yeux d'un brun chaud qui voient tout, mais ne semble jamais me juger.

— Tu es loyal, dit-elle.

Je hoche la tête.

— Toujours.

Je la mène dans la ruelle, jusqu'au van. J'ouvre la portière passager et l'aide à monter.

— Ah, au fait. J'ai oublié de vérifier les pièges à souris. Tu as eu des visiteuses ?

Elle grimace.

— Oui.

— Elles y sont toujours ? Tu veux que je m'en débarrasse ?

Sa grimace s'intensifie.

— Oui, s'il te plaît.

Je hoche brièvement la tête et retourne dans la boutique pour m'en occuper. C'est un jeu d'enfant. Je suis content de pouvoir faire ça pour elle.

Quand je reviens, je démarre le van.

— Où est-ce que tu veux aller dîner ?

— C'est toi qui choisis, vu que c'est toi qui invites, me dit-elle avec un sourire mutin.

Ça lui plaît que je paye. Avant d'être arrêté, je nageais dans le fric. Si j'étais toujours aussi riche, je ne regarderais pas à la dépense, pour elle.

Même maintenant, je m'en sors bien. Il me reste la moitié de la somme que le don m'a donnée à ma sortie, et je recevrai désormais un salaire de deux mille dollars toutes les deux semaines. Je ne roule pas sur l'or, mais inviter Hannah dans un bon restaurant, c'est dans mes cordes.

— Toi, choisis, dis-je.

Je ne peux pas me rendre là où j'avais mes habitudes. L'appartement d'Hannah est toujours ma cachette la plus sûre.

— D'accord, euh... je connais un endroit.

Avant de démarrer, je prends le temps de la regarder. De la regarder vraiment. Je ne veux plus parler de Grace, mais je veux chasser la jalousie qu'elle ressent envers elle.

— Tu es magnifique, tu sais ?

Elle écarquille les yeux, et son sourire grandit. Je vois qu'elle se réjouit de ce compliment. Je ne suis pas doué de mes mots, mais pour elle, je ferai un effort. Chaque jour que Dieu fait, je ferai un effort.

— Je n'avais jamais eu le privilège d'être avec une femme aussi belle. Vraiment renversante.

CHAPITRE HUIT

Armando

Hannah m'indique la route d'un café d'artistes. Pas chic, mais pas un boui-boui non plus. De style industriel, et sans plafond, de façon à dévoiler tous les conduits au-dessus de nos têtes et les briques centenaires des murs. Ils ne servent pas d'alcools forts, mais le serveur nous apporte une bouteille de vin.

Je commande un hamburger accompagné de frites de patate douce. Hannah choisit une salade originale : betterave-pistache, ou un truc dans le genre. Je la regarde se régaler, et cela me donne envie de l'emmener au restaurant tous les soirs. Elle mérite de se faire plus souvent plaisir.

— Alors, qu'est-ce que tu as fait comme travail, aujourd'hui ? me demande-t-elle une fois que le serveur s'est éclipsé.

Mon instinct est de me refermer comme une huître et de ne rien dire. De garder le silence. Mais c'est moi qui l'ai invitée à dîner. Nous sommes en plein rencard, alors je secoue la tête.

— Ne me pose pas de questions sur mon travail.

Mes mots sont trop durs. Trop sévères. Je réalise qu'elle les a mal pris lorsque je la vois se crisper.

— C'est pour ta sécurité, Hannah, tenté-je d'expliquer. On ne parle pas affaires, même avec nos copines.

Elle me dévisage un instant.

— Je suis ta copine ?

J'engloutis mon verre de vin et le remplis à nouveau. Merde. Je ne suis pas prêt pour discuter de notre relation.

— Je n'ai pas d'étiquette pour ce que tu es, Pâquerette.

Elle remue sur sa chaise, silencieuse, et quelque chose se serre dans ma poitrine. De la culpabilité ? D'être un si mauvais cavalier ?

Je me creuse la tête pour trouver quelque chose à dire, et je finis par demander :

— Comment s'est passée ta journée ?

Elle fait la moue.

— Ce n'était pas très animé. Mais c'est toujours comme ça, le mardi.

Elle beurre l'un des mini-muffins qui se trouvent dans la corbeille de pain.

— Je planche toujours sur ce que tu m'as dit. Je tente de nouvelles choses, ajoute-t-elle en buvant une gorgée de vin.

— Ah oui ?

— Oui. J'ai quelques idées.

Je me penche en avant.

— C'est bien. Très bien. Lesquelles ?

Elle hausse les épaules et rougit légèrement.

— Il y a plein de choses. Je ne sais pas ce qui est viable, ni par où commencer.

— On ne sait jamais, au début.

— J'ai enfin créé une page Instagram, et j'y ai posté mes créations préférées. Ça faisait une éternité que Josie me disait de créer un compte.

Instagram. Des tas de nouveaux réseaux sociaux ont débarqué depuis mon séjour en prison. Je crois que j'avais déjà entendu parler d'Instagram avant mon arrestation, mais je n'ai jamais eu de compte. Je hoche la tête et me promets d'aller voir sa page.

— C'est super, dis-je.

— Il y a une compétition dans deux mois. Un concours de bouquets. Mary Alice avait obtenu la deuxième place, une fois. Bon, je ne suis pas sûre que ça m'apporte de nouveaux clients, mais ça pourrait améliorer ma réputation, auprès des gens qui ne me pensent pas capable de tenir la boutique, après le départ de Mary Alice.

— Ou auprès des gens qui n'ont simplement jamais entendu parler du *Jardin d'Éden*. C'est une excellente idée. Tu vas t'inscrire, alors ?

Elle se mordille la lèvre.

— Peut-être. Je ne sais pas. C'est une idée.

— Une super idée.

J'essaye de comprendre ce qui la fait hésiter. Je ne vois pas ce qui pourrait la bloquer.

— Est-ce qu'il y a des frais d'inscription ?

— Euh, oui, mais c'est raisonnable. 175 dollars, dans ces eaux-là.

— Je payerai, proposé-je aussitôt.

Mon but n'est pas de lui faire la charité, mais d'ôter ces frais de son raisonnement, si cela constitue un frein à son inscription.

Elle s'illumine et esquisse un sourire.

— Merci. Tu penses vraiment que je devrais participer ?

— Tu vas t'inscrire, réponds-je d'un ton ferme. C'était quoi, tes autres idées ?

— Bon, c'est un peu bizarre, mais... tu as des contacts dans les pompes funèbres ?

— Pourquoi ?

— Les mariages, ça rapporte gros, mais ça demande énormément de travail. Les compositions pour les cercueils, c'est de l'argent facile. Il faut que j'entre en contact avec des maisons funéraires, pour qu'elles me recommandent ou fassent appel à moi.

Je hoche la tête.

— Je vais me renseigner. Je connais peut-être quelqu'un. Je vais m'occuper de ça.

Il me semble que toutes les funérailles auxquelles j'ai assisté pour la Famille se tenaient dans la même maison funéraire. Je vais me renseigner auprès de ma mère.

— Quoi d'autre ? demandé-je.

— Les mariages. Je suis passée à l'Hôtel Casper, mais il faut que je me présente à toutes les entreprises d'événementiel des environs, pour qu'elles pensent à moi pour les rassemblements et les mariages qu'elles accueillent.

— C'est bien.

— Le problème, c'est que je déteste cet aspect du travail. J'aime créer des compositions florales, mais le démarchage, ça me rebute.

Je secoue la tête.

— Mais non. Tu vas assurer. Comme je te l'ai dit quand tu es allée te présenter à l'hôtel, l'autre jour, tu es belle, à l'intérieur comme à l'extérieur. Tes fleurs superbes. Tout le monde va vouloir faire affaire avec toi.

Elle me dévisage comme si elle cherchait la preuve que je la baratine.

— Je te le promets, Pâquerette.

Notre commande arrive, et je prends une grosse bouchée de mon hamburger. Il est bien, meilleur que je le pensais.

— D'autres idées ? m'enquiers-je.

Apparemment, je sais toujours entretenir une conversation, quand je me lance.

Hannah raidit les épaules.

— Je ne sais pas, dit-elle d'un ton dubitatif.

— Mais si, tu sais. C'est quoi ?

Elle pousse un soupir.

— J'envisageais d'aller voir Mary Alice pour renégocier mes versements. Après tout, elle préférera recevoir moins d'argent que prévu plutôt que rien du tout, non ? Si je mettais la clé sous la porte, elle serait obligée de revenir ici en courant, ou de perdre le complément de retraite que je lui apporte.

— C'est vrai. Elle a autant intérêt que toi à ce que ça marche. Elle voudra que tu réussisses.

Hannah bat rapidement des paupières.

— Je l'espère vraiment.

— Envoie-lui un texto tout de suite pour lui dire que tu veux lui parler.

Hannah écarquille les yeux.

— Quoi ?

— Débarrasse-toi de ça. Le plus tôt sera le mieux. Contacte-la maintenant.

Hannah plonge lentement la main dans son sac.

— Tu es sûr que c'est une bonne idée ?

— Certain. Fais-le.

Elle me jette plusieurs regards furtifs pendant qu'elle tape son message, comme si elle hésitait toujours.

Nous venons de finir de manger lorsque son téléphone sonne. Elle consulte l'écran et me regarde avec de grands yeux.

— C'est elle.

— Réponds.

Elle hésite.

— Non. Je la rappellerai demain.

Elle braque les yeux sur son portable.

— Tu crois vraiment que je devrais répondre ?

— Oui.

— Bon sang.

Hannah balaye l'écran du pouce et colle le téléphone à son oreille.

— Allô.

Elle se lève et se bouche l'autre oreille pour mieux entendre.

— Oui, dit-elle.

Elle me jette un regard et pointe le doigt vers l'extérieur, avant de ramasser son sac à main et de se précipiter vers la porte du café.

Oh, certainement pas. Hors de question que je la laisse seule sur le trottoir le soir. Une belle fille comme elle ? Elle va se faire emmerder.

Je fais signe à la serveuse de m'apporter l'addition, et je paye avant de sortir. Hannah fait les cent pas sur le trottoir, la tête baissée comme si elle écoutait attentivement.

Je regarde autour de moi, à la recherche du moindre signe inquiétant. Des hommes qui attendraient dans un coin, une voiture stationnée au coin de la rue. Ça ne me plaît pas de rester debout là alors que j'ai une cible sur le front, mais protéger Hannah passe avant tout. Une voiture passe lentement devant nous, et je la tiens à l'œil jusqu'à ce qu'elle disparaisse à une intersection.

— D'accord. Oui. Bien sûr. Ça m'aiderait beaucoup. Merci.

Hannah lève la tête vers moi, les yeux brillants de larmes.

— Merci, répète-t-elle d'un ton étranglé à son interlocutrice. D'accord. Bonne soirée.

Elle raccroche.

— Elle a accepté ? demandé-je.

Hannah hoche la tête avec un rire larmoyant.

— Oui. Elle me laisse suspendre les payements pendant trois mois pour que je reprenne la situation en mains, et ensuite, je lui enverrai ce que je peux.

Elle me tombe dans les bras avec un sanglot.

Je la serre contre moi et glisse les doigts dans ses cheveux pour lui masser le crâne.

— C'est génial, dis-je.

Elle se redresse et s'essuie les yeux.

— Désolée. C'est la honte.

— Non.

Je la prends par la main et essuie ses larmes.

— J'aime bien quand tu pleures.

Elle plisse le front et me donne une tape sur le torse.

— Mmm. C'est bizarre. Tu es un peu tordu.

Je hausse les épaules.

— Je ne ressens rien. Aucune émotion. Mais toi... les tiennes ont tellement d'ampleur. Je ne sais pas... je retrouverai peut-être le chemin de mes émotions grâce à toi.

Hannah prend une expression douce, puis passionnée. Elle se jette à mon cou et m'embrasse. Il s'agit de l'un de nos baisers pleins de folie et de frénésie, et j'ai déjà une érection alors que je viens de la prendre dans sa boutique.

Je passe un bras autour de sa taille et pétris ses fesses sans ménagement.

— Attention, dis-je d'une voix rauque lorsqu'elle s'interrompt pour respirer. Tu vas finir par te faire baiser à l'arrière du van.

Ses pupilles sont déjà dilatées, mais elles le deviennent encore plus, comme si cette idée l'enchantait. Je la fais pivoter vers le véhicule en question et lui donne une tape sur les fesses.

— Mais pas ce soir. J'ai des projets pour toi, et ils nécessitent d'avoir un lit.

CHAPITRE NEUF

Hannah

Je savoure la chaleur des mains d'Armando sur mes joues tandis que sa bouche effleure la mienne. Ses doigts s'emmêlent dans mes cheveux, et l'odeur de son parfum m'enivre. Ses lèvres sont douces, et il m'embrasse avec une passion sauvage qui me coupe le souffle.

L'intensité de notre baiser monte en puissance, et entre nous, c'est électrique. Nous finissons par nous séparer, et je vois la flamme dans ses yeux. Il me regarde avec une ferveur qui fait tambouriner mon cœur. Je pourrais me perdre à jamais dans son regard.

Il prend ma main dans la sienne, et nous montons les escaliers qui mènent à mon appartement. Lorsque nous passons la porte, je suis dans tous mes états.

— Comment te remercier pour tout ce que tu as fait pour moi ? demandé-je entre deux baisers.

Il me regarde avec un sourire en coin et une lueur diabolique dans les yeux.

— Oh, j'ai plein d'idées.

Mon désir crève le plafond. Je me dépêche de déboutonner sa

chemise et de baisser son pantalon. Je veux sentir sa peau contre la mienne. Sa bouche sur la mienne. Je ne peux pas attendre une seconde de plus. Je veux le sentir en moi immédiatement.

Nos lèvres se rencontrent avec une passion pure. Nos langues se mêlent et luttent l'une contre l'autre. Son érection se presse contre ma cuisse. Je veux la sentir en moi. Je veux le posséder. Je me laisse tomber à genoux, prête à donner du plaisir à cet homme comme il le souhaitera.

Il m'écoute. Il se soucie de moi. Il ne se moque pas de mes émotions disproportionnées.

Et pour cela, il mérite d'être récompensé.

Je baisse son boxer, et son érection jaillit, dure et épaisse, impatiente de recevoir mes attentions. Mon propre corps déborde d'un désir profond de le combler, une envie que seul son plaisir saura satisfaire.

Je le prends en bouche, savourant sa saveur alors que je le suce de plus en plus fort. Ses gémissements résonnent dans la pièce, m'encourageant à lui faire connaître de nouveaux sommets de plaisir. Avec un son guttural, il enfonce les doigts dans mes cheveux et me guide avec douceur. Je me sers de ma main pour caresser ce que je n'arrive pas à prendre en bouche, et je le sens s'allonger et s'épaissir en retour.

Une sensation mouillée et familière s'épanouit entre mes jambes pendant que je continue de le sucer. Je sens que son orgasme approche, et ma langue redouble d'efforts alors que je le prends plus profondément. Je sens son plaisir monter, ses muscles se crisper. Je veux le mener jusqu'au bout, lui faire ressentir ce que je ressens.

Tandis que ma main et ma bouche œuvrent de concert pour le faire jouir, il me caresse la joue tout en me regardant dans les yeux. L'excitation que je lis dans les siens me submerge presque. Je le prends tout entier, jusque dans ma gorge. J'ai un haut-le-cœur, et je me délecte de mon incapacité à respirer. Ce sacrifice sensuel m'encourage à recommencer, encore plus profondément, cette fois.

— Putain, oui, murmure-t-il entre deux gémissements. Prends-moi dans ta gorge, Pâquerette. Comme ça.

Ses compliments m'encouragent à recommencer plusieurs fois. Ma gorge se serre par réflexe autour de son membre. Je continue de le sucer. Il n'est plus très loin du but, à présent, et je le caresse avec plus de force avec ma langue.

Il laisse échapper un gémissement rauque et ferme le poing sur mes cheveux pour s'enfoncer en moi. Il est tellement proche de l'orgasme que je sens le goût de son liquide préséminal. Il retient son souffle, puis lâche un grondement en éjaculant dans ma gorge. J'avale tout et lèche les dernières gouttes.

Il me met debout et caresse mes courbes tout en me déshabillant. Quand je suis nue, il soupèse mes seins. Il prend un téton en bouche et le taquine, m'envoyant une onde de plaisir. Ses mains explorent mon corps, les pleins et les déliés de ma taille, de mes hanches, mon entrejambe mouillé. Avec lui, je n'ai aucun complexe. Chaque centimètre carré de mon corps l'excite, c'est indéniable.

Il se met à genoux et me tire vers lui.

— Assieds-toi au bord du lit, m'ordonne-t-il.

Je m'exécute, et il m'écarte les jambes avant d'enfouir la tête entre mes cuisses. Je renverse la tête en arrière et gémis lorsque sa langue me pénètre et me caresse de l'intérieur.

— Ce soir, je vais te baiser là où tu n'as jamais été baisée, m'avertit-il avant de plonger la langue encore plus profondément en moi.

Je soupire de plaisir, incapable de former le moindre mot.

Armando continue d'aller et venir en moi avec sa langue tout en caressant mon clitoris avec son pouce. Le monde semble disparaître autour de moi. Sa langue est impitoyable, et le plaisir me terrasse.

Il m'écarte les jambes davantage, et la chaleur de sa bouche se concentre désormais sur mon clitoris. Il me lèche et me titille, enflammant mon centre. La sensation grandit encore et encore, et je me surprends à onduler contre son visage.

— J'ai envie de toi, haleté-je.

Sans faire attention à ce que je lui dis, il continue de me lécher, de me suçoter et de me caresser. Je le prends par les cheveux pour le coller à moi. Je veux le savourer encore un peu. Je sens la spirale de plaisir arriver, j'y suis presque. Si proche que c'en est presque insupportable.

Armando s'interrompt et plonge ses grands yeux sombres dans les miens.

— Je vais te sodomiser. Ça te plairait, Pâquerette ?

Je hoche la tête sans rien dire, car je ne fais plus confiance à ma voix.

— Gentille fille.

Il m'adresse un sourire rassurant et me guide jusqu'au centre du lit. Il s'allonge à côté de moi et me murmure à l'oreille :

— Je vais te faire jouir. Tu vas adorer. Mais il va falloir que tu te détendes. Que tu me laisses entrer.

— Ça va faire mal ?

— Un petit peu. Mais ça va te plaire.

Il promène les lèvres dans mon cou et me mordille l'oreille. L'une de ses mains descend le long de mon corps. Je me cambre et colle mon sein à sa main. Il le pétrit, puis caresse mon téton entre deux doigts.

Je le sens durcir contre ma hanche, et je suis submergée par mon envie qu'il me pénètre… par-derrière.

Il me saisit par les chevilles et me traîne vers lui. Il m'écarte les jambes et se glisse entre elles, avant de coller son membre épais à mon entrée serrée.

— Ça va tirer, bébé. Tu es prête ?

— Je suis prête, dis-je avant de prendre une grande inspiration.

Il caresse mes fesses avec son gland, puis se presse à moi comme pour me faire goûter à ce qui m'attend. Je détends les muscles, consciente que plus je relâcherai mes tensions, plus je prendrai de plaisir.

Quand il commence à me pénétrer, je sens que ça tire. Ce n'est pas si terrible. C'est agréable, même.

Il continue de s'enfoncer lentement en moi.

— Respire et détends-toi, Pâquerette, murmure-t-il.

Son gland franchit l'anneau de muscles.

— Aïe, haleté-je. Ça fait mal.

— Tu t'en sors très bien, bébé. Encore un peu.

La panique m'envahit. Il est peut-être trop bien monté pour que je le supporte.

— Oh, ça fait mal, répété-je d'une voix implorante.

— Respire, bébé. Ne te crispe pas. Détends-toi et prends-moi en toi.

J'ai l'impression d'être traversée par un courant électrique, et mon corps se raidit, parcouru par un frisson.

Tandis qu'il s'enfonce de plus en plus profondément, je commence à me détendre. Je glisse dans une sorte de transe. Il est partout, sa chair me réchauffe, et son sexe emplit une partie de moi qui n'avait encore jamais été touchée ainsi.

— Ça va ? me demande-t-il.

Je hoche la tête.

— Continue, susurré-je.

Avec un gémissement, Armando s'enfonce davantage. Il est si épais, si profondément enfoncé en moi, que je n'arrive plus à respirer. Il reste immobile, et je sens le plaisir monter en moi. Il continue de prendre de l'ampleur, sensuel.

— Putain, tu es tellement serrée, dit Armando en refermant mes jambes tout en se retirant légèrement. Je sens son érection glisser en moi.

Lorsqu'il s'enfonce à nouveau, je ressens de la douleur. Mais comme me l'a dit Armando, cette douleur est délicieuse.

Il va et vient, et sa sueur coule sur mon corps. La chaleur de sa passion me fait fondre, nos peaux s'enflamment l'une pour l'autre.

Ses coups de reins sont ceux d'un homme possédé. Ses mains caressent mes seins. Ses lèvres m'embrassent et me sucent le cou. Il se retire et décrit des cercles autour de mon entrée serrée avec son gland. Le plaisir est presque trop fort. Il s'enfonce de nouveau en moi, me provoquant un pincement douloureux. Tout mon corps tremble tandis qu'il se remet à aller et venir. Soudain, le plaisir revient, remplaçant la douleur. Ses coups de reins sont de plus en plus puissants, de plus en plus profonds. Il percute mes parois internes encore et encore. Plus vite, plus fort.

Je le prends en moi dans tous les angles, et le sentir de l'intérieur me mène aux portes de l'orgasme. Je me contracte sur lui. Il se retire, puis s'enfonce à nouveau, m'arrachant un cri de plaisir. Mon corps est en feu. Chaque va-et-vient est comme une onde de choc charnelle.

Il s'enfonce complètement, le plus profondément possible.

— Je vais jouir, gémis-je.

Armando plaque une main sur ma bouche.

— Je veux t'entendre. Je veux t'entendre jouir pour moi. Je veux entendre tes adorables gémissements.

Tout mon corps tremble. Je me colle à lui pour qu'il me pénètre pleinement. Je glisse une main entre mes cuisses pour me caresser le clitoris.

— J'adore sentir ton cul autour de ma queue, bébé, me susurre-t-il à l'oreille.

Il me saisit les hanches pour me maintenir sur lui.

Mon corps explose dans un mélange de plaisir orgasmique et de douleur cinglante. Il se remet à aller et venir en moi pendant que des vagues d'extase me submergent.

Je le sens jouir en moi. Chaque coup de reins m'envoie un nouveau courant électrique. Il s'enfonce une dernière fois et reste profondément enfoui. Il se contracte et se déverse en moi, m'obligeant à jouir à nouveau.

Armando me tourne aussitôt sur le côté, mon dos collé à son torse. Ses bras puissants m'étreignent. Il m'embrasse l'épaule et glisse une jambe sur les miennes.

— C'était incroyable, dis-je, le souffle court.

— Tu vas bien ?

J'acquiesce.

— Tant mieux, dit-il en s'essuyant le front. Parce que je n'en ai pas encore fini avec toi.

CHAPITRE DIX

Armando

— Mando.

C'est Arturo qui m'appelle alors que je suis au boulot. À mon non-boulot. À l'endroit où je suis obligé d'aller pour gagner un salaire sans rien faire. Je quitte la zone de construction et colle le téléphone à mon oreille.

— Ouais ?

— Il paraît que tu fais chier pas mal de monde, là-bas, dit-il en riant.

Je me hérisse, bien qu'il n'ait pas tort. Larry, le chef d'équipe, me hait. Je l'ai suivi toute la semaine, demandant ce qu'il fait, posant des questions. Mettant mon grain de sel dès que j'en ai envie. Ce qui revient à mettre en doute ses décisions face à ses hommes. Parce que je ne l'aime pas, et parce que j'ai ce pouvoir.

Je me comporte comme un con, mais Larry aussi est un *stronzo.* Les ouvriers ne l'aiment pas, et à mon avis, ça en dit long. Mais les ouvriers ne m'aiment pas non plus. Personne ne veut faire de moi son ennemi, bien entendu. Mais personne ne veut faire ami-ami avec moi non plus.

Même le type au rendez-vous chez le médecin, que j'ai défendu l'autre jour, m'évite.

Je ne peux pas leur en vouloir. Les types comme moi, il vaut mieux les éviter.

— Qu'est-ce que t'as entendu ? grondé-je.

— Don G a reçu un coup de fil du mec du syndicat. Il a demandé bien gentiment à ce que tu bosses moins à ton faux boulot.

Le rire grave d'Arturo voyage jusqu'à moi.

— Tu rues dans les brancards ?

— Qu'est-ce que tu veux que je fasse d'autre ? rétorqué-je.

Je ne devrais pas me plaindre. Je parle comme un gamin pourri gâté, alors que je suis payé grassement à ne rien faire. Le souci, c'est que j'ai passé cinq ans à me tourner les pouces. J'en ai ras le bol.

— Tu m'appelles pour me dire d'arrêter ?

— Non, tu fais ce que tu veux. C'est ton domaine, Mando. Le don transmet le message, c'est tout. À toi de voir ce que tu en fais.

Il marque une pause.

— Tu réalises que tu n'es même pas obligé d'y aller, hein ? Tout ça, c'est du bluff.

— J'ai besoin d'y aller.

Conscient de ce que je sous-entends, Arturo répond :

— Si ça te fait plaisir, mec.

Je devrais le remercier, mais je n'en ai pas envie. J'ai été irritable et agité toute la semaine. Je n'en sais toujours pas plus sur ceux qui cherchent à me tuer ou ce qu'ils mijotent. Marco a quitté l'hôpital, mais ma culpabilité est toujours aussi intense. Et j'ai beau me présenter au travail tous les jours, je n'ai qu'une envie, rentrer à la maison pour baiser Hannah. Cette femme a une emprise inexplicable sur ma queue. Je n'ai rien d'autre à lui offrir, et cela a beau ne pas la déranger, il faut que je trouve le moyen de lui apporter autre chose. Elle mérite beaucoup mieux. Mais je prends sur moi pour la quitter et venir ici. Je dois passer mes journées avec ces *stronzi* pendant que j'attends que ma vie reprenne son cours, mais ça n'arrive pas.

Ça n'arrivera jamais.

Tout ce temps passé en tôle à attendre de sortir pour revivre, et voilà que j'en suis incapable. La prison me colle à la peau.

Et voilà que ces poules mouillées vont pleurnicher dans les jupes du don. Ma mauvaise humeur grandit à chaque seconde.

— Écoute, Mando. C'est le baptême de mon petit-fils, dimanche. Il y aura une fête chez moi ensuite. Je suis désolé, ma fille ne t'a pas envoyé d'invitation, parce qu'elle a dressé la liste avant ta sortie. Tu m'en veux pas, hein ?

— Non. Pas de problème.

— Alors tu viendras ? Sainte Angèle, 10 h.

Putain.

— Oui. Bien sûr que je viendrai.

— Parfait. On se voit là-bas, alors. *Ciao.*

— *Ciao.*

Je raccroche, plus irritable que jamais. J'appelle Luis, qui ne m'a donné aucune info depuis que je l'ai relancé il y a cinq jours.

— Alors, qu'est-ce que t'as trouvé ?

— Rien de concret. Tout ce que je sais, c'est que les Hermanos ont une dent contre toi. Mais ils ne semblaient pas savoir que tu étais sorti avant que je leur parle. Ça veut dire que ce n'est pas eux qui ont essayé de te buter la première fois, mais ils sont sans doute responsables de la fusillade à ton appartement.

Je lâche un juron en italien.

Alors maintenant, il y a deux contrats sur ma tête.

Fantastique.

— Il m'en faut plus, dis-je.

— J'y travaille.

CHAPITRE ONZE

Hannah

Il est 18 h 30, et il n'est pas encore arrivé. Tous les soirs cette semaine, Armando est passé à la fermeture pour me ramener en van. Nous dînons. Nous couchons ensemble. Nous regardons la télé. Je savais bien que c'était risqué, de m'habituer à sa présence.

Je savais depuis le début qu'il ne resterait pas. Que ça ne durerait pas.

Et pourtant, je me suis prise au jeu. J'ai aimé jouer au couple installé. Cuisiner, manger, faire la vaisselle ensemble. Le voir sortir les poubelles à ma place et revenir avec des cartons vides pour qu'Ombre puisse jouer dedans. Il s'est pris d'affection pour mon chaton, c'est évident, et mon cœur s'emballe à cette idée.

Mais ce soir, il me fait faux bond. J'ai fait exprès de traîner. De travailler tard, d'élaborer plus de bouquets qu'il n'en faut dans l'espoir qu'il finirait par arriver, sans succès.

Mon estomac se serre.

J'ai son numéro de téléphone, mais quand je l'ai appelé, je suis tombée sur une boîte vocale anonyme, et il n'a pas répondu au texto que je lui ai envoyé. Si ça se trouve, il a changé de portable depuis. Je ne sais pas ce que font les mafieux. Changent-ils de téléphone toutes les semaines ?

Je ne suis même pas sûre qu'il soit approprié de l'appeler et de lui envoyer des messages. Il se cache chez moi parce que quelqu'un veut sa peau, et qu'il veut me protéger. Le sexe, c'est en bonus. Mais ça ne fait pas de lui mon petit ami, même si j'ai cette impression.

Il a été très clair sur ce point.

Et qu'importe si ce scénario complètement tordu est la relation la plus saine que j'aie jamais eue. Parce qu'Armando voit la vraie moi et ne part pas en courant. Et c'est ça le plus terrifiant.

Je monte dans le van et rentre chez moi, les doigts crispés sur le volant alors que je traverse la ville. Je mets une éternité à trouver une place de parking, à cause de mon retour tardif, mais quelqu'un finit par partir, et je m'y reprends à trente ou quarante fois pour faire tenir le van sur la toute petite place.

Une fois devant mon appartement, j'hésite face à la porte.

J'entends la télé.

Mon estomac fait un bond dans un drôle de mélange d'enthousiasme et de contrariété. J'ouvre la porte et découvre Armando en train de regarder la télé sur mon canapé, les pieds sur la table basse. Je jette mon sac à main dessus et ferme la porte.

— Tu es là.

— Salut, dit-il.

Il a son masque indéchiffrable au visage, et cela me donne envie de lui donner un coup de pied dans le tibia.

Je vais dans la cuisine. Des boîtes de nourriture chinoise à emporter sont ouvertes sur le plan de travail, et Armando semble avoir déjà mangé.

Dans ce genre de circonstances, je sais que ma réaction est exagérée. Je sais que je suis collante et bizarre, mais je n'arrive pas à contenir la vague d'émotions mesquines qui me submerge. Je verse un peu de nourriture dans un bol et prends une fourchette, avant de me retourner et de manger debout.

— Bon, je n'ai jamais accepté d'avoir un colocataire éternellement, déclaré-je.

Armando semble nonchalant, indifférent. Ce que j'ai dit est légitime.

Il ramasse la télécommande et coupe le son de la télé, puis il déroule son corps imposant pour se lever. Sa position détendue sur le canapé n'était qu'une illusion. Je suis soudain impressionnée par sa carrure et son attitude défensive.

Il se dirige vers moi d'un air renfrogné.

Je dois prendre sur moi pour tenir bon et ne pas me ratatiner face à lui.

— Tu veux que j'aille m'installer ailleurs ? demande-t-il.

Une pierre tombe dans mon estomac. C'est toute l'ironie des relations. On repousse l'autre alors qu'on en veut plus. Je pose mon bol sur la table. Le menton buté, je hausse les épaules.

Armando continue d'approcher, beaucoup plus grand que moi, mais il ne me touche pas. J'ai *envie* qu'il me touche. Qu'il me saisisse avec brusquerie et insistance, mais il n'en fait rien.

— Oui ou non ?

Son ton est plein d'autorité. Il exige une réponse.

Je déglutis et secoue la tête, avant de me détourner.

Il m'attrape par le bras et me tire en arrière.

— Pourquoi tu m'as dit ça, alors ?

— Pour rien, réponds-je d'un ton agacé.

— Dis-moi.

Je n'ai peut-être pas envie qu'il me touche, finalement, car j'aimerais mieux lui tourner le dos, pour l'instant. Mon cou et ma poitrine me brûlent. Je secoue la tête à nouveau et regarde ailleurs.

— Je ne sais pas.

— Arrête tes conneries.

Ce dernier mot a un effet coup de poing. Il agresse mes sens, et je le sens partout. Quand je sursaute, Armando me serre contre lui.

— Ne me dis pas que tu sais pas, alors que tu sais très bien. Pourquoi est-ce que tu es en colère contre moi ?

Je ravale mes larmes. Maudites soient-elle ! Maudit soit-il ! Et maudite sois-je aussi. Je suis ridicule !

Il glisse un bras dans mon dos, et de sa main libre, il balaye les boucles qui me tombent dans les yeux.

— Qu'est-ce que j'ai fait ? demande-t-il d'un ton plus doux, cette fois.

— Je suis désolée, dis-je dans un hoquet, avant de me maudire d'avoir présenté des excuses. Je suis bête. Laisse tomber.

Il ne bouge pas, son regard braqué sur moi.

— Non, je ne laisse pas tomber. Dis-moi.

Je hausse les épaules, vaincue. J'ai honte, mais j'avoue tout :

— Tu pourrais communiquer un peu plus. Tu sais... me passer un coup de fil pour me prévenir que tu rentres directement sans passer par la boutique, par exemple.

Oui, j'ai l'air hyper collante. Son expression devient insondable, et il me lâche avant de reculer, comme je m'y attendais.

— Je te l'ai dit, je suis bête. Tu n'es pas mon petit ami, dis-je en agitant les bras. Je ne sais pas ce que tu es, mais pas ça.

Je récupère mon bol de nourriture et contourne Armando, qui est immobile comme une statue. Je m'avachis dans le canapé et remets le son de la télé.

Armando ne bouge toujours pas. Je ne vois rien de ce qui se passe sur l'écran, malgré mon regard fixe. Je parviens seulement à ravaler les émotions qui me serrent la gorge. Il va s'en aller, et ce n'est pas grave. C'est nécessaire. Car plus vite il s'en ira, plus vite je pourrai passer à autre chose.

Il se dirige vers la porte, mais s'arrête devant. Quand il pivote, je lui jette un coup d'œil.

— Je ne peux pas être ton petit ami, Hannah.

Il semble très vieux. Épuisé.

Je grimace. Je n'ai pas envie d'entendre ça. Non, pas du tout.

— Je n'ai rien à t'offrir. Je suis vidé, comme mort, et apparemment, je suis à deux doigts de me faire buter par quelqu'un.

— Je sais, réponds-je aussitôt pour mettre fin à la conversation. Oublions ça, d'accord ?

— C'est salaud de ma part de rester ici. Je sais que je suis con de t'en demander autant alors que je ne peux rien te donner en retour.

Il me jette un long regard indéchiffrable, puis met les mains dans ses poches.

— Mais je n'ai pas envie de partir, ajoute-t-il.

J'ai le cœur au bord des lèvres et le souffle coupé. Je ne sais pas quoi dire.

Il hausse les épaules.

— Si tu veux que je m'en aille, je le ferai. Tu n'as qu'un mot à dire. C'est ton choix.

Comme une idiote, je me lève et me précipite vers lui, les bras autour de sa taille et le visage blotti contre sa poitrine. Il m'étreint, fort et protecteur. Ce type n'hésiterait pas à tuer pour moi. Je le sais déjà. Son truc, c'est la loyauté, et je suis sous sa protection.

— Je ne veux pas que tu t'en ailles, admets-je.

Mon ventre frémit alors que je tente de réprimer un sanglot.

Il glisse les doigts dans mes boucles et me masse l'arrière du crâne.

— Pleure pour moi, Pâquerette, murmure-t-il en posant le menton sur le sommet de ma tête.

Je sanglote doucement dans sa chemise.

— C'est tordu, dis-je.

— Peut-être que ça me réveillera, chuchote-t-il. Peut-être que ça me réveillera, et que je deviendrai ton prince.

Mon prince. Armando est déjà mon prince. Ça ne veut peut-être pas dire grand-chose, à part que jusqu'à présent, je suis sortie avec des hommes qui ne valaient pas la peine. Ou alors, j'ai désespérément *envie* qu'il devienne mon prince. Je veux croire qu'une fin heureuse nous attend. Que l'amour l'emporte toujours, ce genre de platitudes.

Mais pour l'instant, ça me suffit. Savoir qu'il a *envie* de se réveiller et de devenir mon prince me comble.

Et le fait qu'il accepte mes larmes me fait l'aimer encore plus. Il ne m'a jamais dit d'arrêter de pleurer, chose que tout le monde n'a cessé de me répéter toute ma vie.

Armando m'encourage à pleurer. Pleurer pour lui. Pleurer ses larmes.

Elles deviennent une sorte d'hommage. Ça leur donne un sens. Ça les rend plus faciles à verser. Je me sèche les joues avec les doigts.

— Qu'est-ce que tu regardais ? demandé-je pour revenir à la normale.

— Des vieux épisodes de *Parks and Recreation*. Viens là.

Il prend ma main et mon bol et m'entraîne vers le canapé.

— Qu'est-ce que tu veux regarder, toi ?

Je me pelotonne à ses côtés, et il passe un bras autour de moi pour me serrer contre lui. Il lance Netflix et passe en revue les recommandations.

— *Veuve mais pas trop*, dis-je à brûle-pourpoint.

Je le regrette aussitôt, car dans ce film, l'héroïne est mariée à un mafieux. Je ne veux pas qu'il s'imagine que je veux l'épouser. C'est mon inconscient qui a dû me souffler ce choix, à cause de mes scrupules à l'idée de sortir avec un mec du Milieu.

— Oh, Seigneur, marmonne-t-il en lisant le synopsis.

— On n'est pas obligés de regarder ça.

— Si, c'est marrant. Et Michelle Pfeiffer est canon. Mais ne me demande pas si c'est réaliste.

— Promis.

J'en ai envie, pourtant. Je veux tout découvrir.

D'autant plus qu'il ne me révèle rien. Mais ça me plaît aussi, qu'il pose des limites.

Ombre miaule et saute sur le canapé avant de se rouler en boule sur les genoux d'Armando, qui lance le film. Il pose la télécommande et grattouille le chaton sous le menton.

— Salut, mon petit, dit-il lorsqu'Ombre se met à ronronner bruyamment. Tu es super cool, comme chat, tu sais ?

Avec un sourire, je me joins à ses caresses.

— Désolée si j'ai été chiante, dis-je.

Armando m'embrasse le sommet du crâne, comme un vrai petit ami.

— Ne t'excuse pas. J'ai foutu le bordel dans ta vie, j'en suis conscient. Merci de me laisser rester.

Il baisse la tête, et ses lèvres effleurent les miennes.

Je le pardonne aussitôt.

CHAPITRE DOUZE

Armando

Les jours suivants, je fais des efforts de communication avec Hannah. Je lui envoie un message en fin de journée pour lui dire où je la retrouverai et à quelle heure. Ou ce qu'il y a pour le dîner. J'ai été con, l'autre soir, et elle a bien fait de m'engueuler. Mais Hannah m'a pardonné, et pour cela, je l'apprécie encore plus qu'avant.

Ça ne va pas me tuer de la traiter comme la reine qu'elle est. Du moins pour l'instant. Entre nous, il ne s'agit pas d'une relation, car il y a une date d'expiration. Je découvre qui veut ma mort, je l'élimine, et je rentre chez moi.

Je regrette de ne pas pouvoir lui offrir plus, mais c'est comme ça. Je ne peux rien donner à qui que ce soit, au point où j'en suis. Je ne suis pas en état d'entretenir quelque relation que ce soit.

En chemin pour l'appartement d'Hannah, je m'arrête à la maison funéraire. J'ai appelé ma mère dans l'Arizona pour me renseigner, et elle m'a donné son nom : Ailes d'Ange, tenue par un certain Angelo. Il est italien, bien entendu. Don G n'engage jamais quelqu'un d'une autre origine, si un Italien est disponible. En plus, avoir un croque-mort dans la poche, ça peut sans doute être utile. Quand on veut cacher des preuves, par exemple.

Je pénètre dans l'entrée plongée dans le silence. Des cierges brûlent devant une croix, et je vois des dépliants sur le deuil. Une femme d'une trentaine d'années vêtue d'une élégante robe bleue vient m'accueillir. Je me demande si elle fait partie de la famille d'Angelo. Dans ce genre d'entreprise, je pense que l'on engage rarement des personnes extérieures. Personne ne veut bosser à la morgue, si ?

— Bienvenue, me dit-elle d'une voix basse et pleine de respect, comme si nous étions à l'église. Que puis-je faire pour vous ?

— Je viens voir Angelo. Dites-lui que c'est Mando, le neveu de Don Pachino.

Une lueur de compréhension et de curiosité brille dans ses yeux. Oui, c'est une entreprise familiale. Il ne s'agit pas d'une simple réceptionniste ; elle connaît l'Organisation.

— Bien sûr, dit-elle sans hésiter. Je vais le prévenir de votre arrivée.

Quelques instants plus tard, un petit homme dégarni d'une soixantaine d'années sort d'une pièce située au fond de la salle en fermant sa veste sur son ventre protubérant. Il me tend la main comme si nous étions de vieux amis.

— Mando, que puis-je faire pour vous ?

— On peut aller à l'arrière ? suggéré-je en montrant son bureau d'un signe de tête.

Il n'hésite qu'une seconde. Il a un peu le trac, mais je doute qu'il ait fait quoi que ce soit qui puisse lui attirer les foudres de la Famille. Son accueil était perplexe, mais chaleureux.

— Bien sûr, suivez-moi.

Je lui emboîte le pas et m'assois face à son bureau tandis qu'il met de l'ordre dans une pile de documents.

— Je sais que vous êtes la maison funéraire privilégiée de ma famille, et je vous remercie pour votre dévouement toutes ces années.

Je suis un peu rouillé, question baratin. Très rouillé, même. Mais je fais ça pour Hannah, alors je tiens à arriver à mes fins.

Angelo hoche la tête, toujours inquiet.

— Bien sûr, je suis au service de Don Pachino et des membres de sa famille.

— Je vais aller droit au but. Vous commandez des fleurs pour les cercueils ? Quand les gens n'ont pas leur fleuriste attitré ou qu'ils ne veulent pas s'en occuper eux-mêmes ?

— Oui, répond-il d'un ton légèrement interrogatif.

Je pousse les cartes de visite d'Hannah sur le bureau.

— J'aimerais que vous passiez vos commandes à cette entreprise. Ça me rendrait service.

Voilà comment se font les affaires, dans la *Famiglia.* Je ne demande pas, j'informe. Mais je présente cela comme un service.

À lui de voir s'il veut se demander s'il s'agit d'un ordre ou d'une requête polie.

Enfin non. Même les requêtes polies sont obéies, quand on a affaire aux Pachino.

Est-ce que je me demande si le don risque d'être fâché que je me serve de son nom pour aider la fille avec qui je couche ? Rien qu'un peu. S'il s'énerve, j'encaisserai. J'ai estimé qu'il n'était pas nécessaire de demander sa permission avant de venir ici. Je ne suis pas en train de commettre un meurtre. Je fais affaire, c'est tout.

Angelo ramasse l'une des cartes et l'examine.

— Avec plaisir, dit-il.

Voilà. Un jeu d'enfant.

— C'est gentil à vous.

Je me lève et lui serre la main.

— Je connais le chemin. *Buona giornata.*

— *Buona giornata*, lance Angelo dans mon dos.

Je ne regarde pas en arrière.

Quand je rentre chez moi – enfin, chez Hannah, mais je me sens plus chez moi chez elle que dans l'appartement vide que je ne peux plus regagner –, je la trouve sous la douche.

Je me déshabille et la rejoins pour un autre round.

Parce que m'enfoncer en elle est ma seule raison de vivre, en ce moment.

— Salut, dit-elle en m'encourageant à la rejoindre.

Je ne suis pas d'humeur à discuter. J'ai déjà trop parlé à mon goût, aujourd'hui. Là, je n'ai qu'un objectif en tête. Je retourne Hannah et plaque ses paumes au mur carrelé.

— Sors les fesses, ordonné-je.

Elle obéit, consciente que j'aime qu'elle se soumette.

Elle est tellement trempée que mon membre se glisse en elle sans difficulté.

La chaleur de l'eau nous excite, et nous baisons avec abandon. Elle émet des sons semblables à des petits miaulements, qui deviennent des gémissements sonores lorsque j'enchaîne les coups de reins.

— Putain, oui, grondé-je. Comme ça.

Le jet s'abat entre nos corps mêlés, ses cheveux lui collent au visage, mes mains lui maintiennent fermement les hanches.

— Plus fort, dit-elle d'un ton impérieux. Prends-moi plus fort.

Il ne faut pas me le dire deux fois. Ses gémissements deviennent tellement sonores que l'on dirait presque des cris.

Je la pilonne, et je trouve ça super excitant.

J'ai envie de jouir sur ses fesses. Je glisse la main devant elle pour jouer avec son clitoris.

— Putain. Oh, putain. Oh, putain, s'écrie-t-elle.

Je lui donne une claque sur les fesses tout en m'enfonçant plus profondément à chaque va-et-vient.

C'est sauvage. Primitif. Et j'adore ça.

— Tu aimes que je te donne la fessée, coquine ?

Elle se cambre et agite le derrière.

— Oui.

Ma main s'abat sur sa chair encore et encore.

— C'est ce que je veux entendre, dis-je.

— Ça fait mal, avec l'eau, commente-t-elle en gémissant.

Je frappe plus fort.

— Tant mieux.

Je donne une petite claque à son sexe. Elle glapit, et je sens son vagin se contracter sur mon membre.

— À qui appartient cette chatte ? demandé-je en frappant encore.

Elle pousse une plainte.

— À toi. À toi.

Je lui donne une autre claque entre les jambes.

— Ne t'avise pas de l'oublier.

Je chasse les cheveux qui lui tombent sur le visage et je plante mon regard dans le sien tout en allant et venant en elle.

Elle est trop sexy.

Son expression se crispe. Son corps est raide sous le plaisir que je lui donne.

Je jouis profondément en elle, et nous nous écroulons tous les deux contre le mur de la douche.

L'eau chaude continue de s'abattre sur nous, une sensation délicieuse.

Je me retire et souris à Hannah.

— C'est quoi, ce regard ? s'enquiert-elle.

— Tu es à moi.

Du moins pour l'instant. En ce moment précis. Et je vais en savourer chaque seconde.

Elle me rend mon sourire et m'embrasse.

— Oui. Je suis à toi.

CHAPITRE TREIZE

Hannah

— Oui, je serai là, promets-je à ma mère tout en fabriquant une couronne de fleurs rouge, blanc et bleu.

À chaque fête nationale, Mary Alice fabriquait des couronnes de fleurs pour les chevaux de la parade du centre-ville. Le problème, c'est qu'avant de partir, elle a encaissé leur avance de cinquante pour cent, ce qui signifie qu'après avoir acheté les matières premières, je ne ferai aucun bénéfice sur ce contrat. Mais avec un peu de chance, ils m'engageront à nouveau l'an prochain.

— Tu nous as manqué, la semaine dernière, se plaint ma mère.

Elle est fâchée que je ne sois pas allée dîner chez eux dimanche. Je n'ai aucune envie d'y aller ce week-end non plus – je préférerais passer du temps avec Armando, et je doute qu'il se rende chez mes parents –, mais je ne peux plus faire faux bond à ma mère.

— Ton père a fait des analyses. Il a du cholestérol et une tension élevée. On va lui faire passer des tests d'efforts pour le cœur.

— C'est inquiétant ?

— Eh bien, il est souvent essoufflé. Mais je l'ai convaincu d'aller voir un bon spécialiste.

Ma mère est infirmière dans le cabinet d'un pédiatre, et connaît donc tous les meilleurs médecins de Chicago.

— C'est peut-être juste le fait qu'il a cinquante-cinq ans et qu'il se laisse un peu aller.

— Il ne se laisse pas vraiment aller. Ton père est tout en muscles.

— Tout en muscles avec un bide à bière, commenté-je.

Mais ma mère a raison. Mon père travaille dur, et il est bien plus en forme que la plupart des hommes de son âge.

— Quoi de neuf de ton côté ? s'enquiert ma mère.

Je me mordille la lèvre en me demandant si je devrais lui parler d'Armando. Je déteste lui cacher des choses, mais que pourrais-je lui dire ? Qu'un mafieux se cache chez moi, et qu'il ne peut pas partir car il craint que ma vie aussi soit en danger ?

— Mary Alice suspend mes versements quelques mois, le temps que je développe l'entreprise.

Je suis reconnaissante à Armando de m'avoir poussée à renégocier.

— Tu as des soucis d'argent ?

La voix de ma mère est serrée par l'inquiétude. Mes parents n'étaient pas rassurés à l'idée que je reprenne la boutique. Ils m'ont aidée à payer les arrhes, et ils voulaient participer davantage, mais ma petite sœur, Kiana, est étudiante, et sa fac leur coûte une fortune.

— Non, je pense que je vais m'en sortir.

Je ne sais pas si c'est vrai ou pas, mais je suis plus confiante que la semaine dernière, sans nul doute. Tout semble plus facile quand Armando est avec moi.

Et puis merde. Il faut que je lui dise.

— Je sors plus ou moins avec un homme...

— C'est vrai ? Amène-le dimanche !

— Euh, non, maman. Il est beaucoup trop tôt pour ça. Et il n'est pas très sociable, en ce moment.

— Comment ça ? demande-t-elle d'un ton suspicieux.

Je pousse un soupir et couds une autre fleur sur la couronne.

— Je ne sais pas. Il a une sorte de stress post-traumatique. Il dit qu'il ne ressent rien.

— Il est dans l'armée ?

— Pas exactement. Mais c'est un peu le même genre. Je ne veux pas te raconter sa vie sans sa permission.

— Bon, dit-elle avec lenteur. La chimie de son cerveau est peut-être déséquilibrée. Convaincs-le d'aller faire contrôler les niveaux de ses neurotransmetteurs.

C'est tellement évident que je me demande pourquoi je n'ai pas cherché d'explication scientifique à ce que vit Armando. Bien sûr qu'il s'agit d'un dérèglement. La dépression s'est sans doute installée quand il était en prison, et ses taux de neurotransmetteurs ne se sont pas rétablis comme par magie à sa sortie. C'est tout à fait logique. Je ne suis pas sûre que ce soit le genre de mec à accepter de consulter ou de se faire aider, cependant.

Je me sens mieux quand même. Armando semble croire qu'il a une terrible anomalie. Qu'il n'a pas d'âme. Qu'il est mort de l'intérieur et que rien ne peut le ramener à la vie. Savoir qu'il s'agit d'un déséquilibre chimique lui fera peut-être du bien.

— Merci, maman, je vais lui en parler. C'est une bonne idée.

— En tout cas, s'il veut venir dimanche, il est le bienvenu. Et on n'en fera pas tout un plat.

— Aucune chance, maman. À dimanche.

— D'accord, ma chérie. Je t'aime.

— Moi aussi.

Je raccroche pile quand Josie arrive, toujours aussi en retard. Mon estomac se serre, comme toujours en sa présence, ces derniers temps. Ma merveilleuse meilleure amie, qui me pourrit la vie en tant qu'employée. Je pense à Armando. À ce qu'il dirait. À la façon dont il m'a poussée à contacter Mary Alice immédiatement après avoir pris une décision. Ma bouche devient sèche rien qu'à l'idée de ce que je dois faire.

— Josie.

Ma voix sort comme un aboiement.

— Oui ?

Elle range son sac à main sous le comptoir et s'approche de moi.

— On peut parler ?

Les papillons que j'ai dans le ventre se déchaînent. Je suis convaincue de lire mon angoisse sur les traits de mon amie.

Seigneur. Je ne sais pas si j'en suis capable.

— Tu sais que je t'aime, hein ? dis-je.

Elle se fige. L'highlighter bronze qu'elle porte sur le haut des pommettes et du front lui donne des airs de top model. Je me demande pourquoi elle n'est pas mannequin, d'ailleurs. Elle a la beauté et la taille pour.

— Oui, répond-elle d'une petite voix presque apeurée.

Merde.

Moi aussi, j'ai peur. C'est pour ça que j'ai repoussé cette conversation aussi longtemps. Je ne veux pas perdre ma meilleure amie. Je ne veux pas lui faire du mal ou la blesser. Mais si je ne change pas les choses, je vais finir par la détester. Je repense à Armando, quand il a insisté pour que je lui donne les raisons de ma colère. Ça m'avait fait du bien. Ça aura peut-être le même effet dans cette situation.

— Je ne suis pas sûre que le fait que tu travailles ici soit bénéfique à notre amitié.

C'est sorti d'un coup, comme l'air d'un ballon.

Elle écarquille les yeux.

— Ouais, dit-elle, un peu surprise.

J'ouvre la bouche, mais rien n'en sort, principalement parce que son *ouais* me désoriente.

Elle passe l'ongle de son pouce sur l'établi, les yeux baissés.

— Ça fait un moment que je voulais te parler de ça, justement, dit-elle à voix basse d'un ton désolé.

Je reste hébétée.

— Ah bon ?

Elle hoche la tête.

— Oui. Je ne voulais pas te laisser en plan, tu vois ? Cette boutique, c'est tout pour toi, et tu bosses tellement dur. Je n'ai pas envie de t'abandonner, mais... les fleurs, ce n'est pas vraiment mon truc. Je voudrais retourner à l'architecture d'intérieur, mais je n'ose pas candidater ailleurs si tu as toujours besoin de moi.

Le soulagement m'envahit, teinté d'une pointe d'humiliation.

— Je vois. Tu faisais ça pour m'aider. Bien sûr que ce n'est pas ton truc.

— Toi aussi, tu m'aidais, dit-elle d'un ton ferme.

Après avoir été renvoyée de son apprentissage, elle était déprimée. C'est à ce moment-là que j'ai proposé de l'employer. Comme elle était douée en décoration, j'ai conclu qu'elle adorerait les fleurs aussi. Chacune voulait donner un coup de main à l'autre. Mais je comprends que ce travail l'empêche de réaliser ses rêves.

— Alors… tu vas chercher autre chose ?

Elle hoche la tête.

— Si ça ne te dérange pas. Je suis désolée. Ça fait des semaines que je compte te le dire, mais je ne trouvais jamais le bon moment. J'ai l'estomac noué à chaque fois que je viens ici.

— Oh, mon Dieu, dis-je en lâchant un rire. C'était ton angoisse !

Je me masse le ventre, et maintenant que j'en ai identifié la source, mon anxiété a disparu.

— Je ressentais tes émotions ! m'exclamé-je.

Josie secoue la tête.

— Tu es bizarre. C'est limite de la science-fiction, ton truc.

— Je sais. Star Trek. Je suis comme Gem, l'empathe qui absorbe la douleur des autres. Sauf que moi, je ne la leur enlève pas. Complètement inutile, comme don. Je préférerais voir les fantômes ou prédire l'avenir. Être empathe, ce n'est pas un superpouvoir, mais un handicap.

Josie me serre dans ses bras.

— Si, c'est un superpouvoir. Tu n'as pas encore appris à t'en servir, c'est tout. Bon, qu'est-ce que je peux faire pour t'aider, aujourd'hui ?

— Une composition pour un cercueil. Je crois qu'Armando a mis la pression à une maison funéraire pour qu'elle me donne du boulot. Le patron m'a appelé et m'a dit qu'il avait cru comprendre que désormais, il ferait affaire avec ma boutique.

— Oh la vache ! Entrer dans la mafia a ses avantages.

— Je ne suis pas entrée dans la mafia. Mais, euh… oui. Armando a le don de faciliter les choses, c'est sûr.

Josie fait claquer sa langue.

— Je ne t'aurais jamais imaginée avec un mec comme ça, mais tu sais quoi ? Je crois que ça pourrait marcher entre vous.

— Ah bon ?

Elle hausse les épaules.

— Oui. Après tout, les Italiens sont censés être pleins de passion, non ? Et toi, tu es miss émotions. Vous irez bien ensemble.

Je secoue la tête.

— Il n'est pas émotif pour un sou. C'est même le contraire. Tout le contraire. Mais tu as raison. C'est peut-être pour ça que mes débordements émotionnels ne le dérangent pas. Il a l'habitude.

— Ou bien tu lui plais énormément, dit Josie en agitant les sourcils.

Du bout des doigts, je touche l'anneau serti de diamants qu'il m'a offert.

— Je n'ai pas cette impression. Mais je ne sais pas. C'est difficile à dire, avec un mec qui a les émotions au point mort.

— Si tu lui as pleuré dessus et qu'il n'a pas pris ses jambes à son cou, c'est que tu lui plais. Fais-moi confiance.

Je lui adresse un sourire d'imbécile heureuse, parce que je veux y croire. Et parce que je suis soulagée que nous ayons mis les points sur les i.

Je ne veux pas me porter malheur, mais j'ai l'impression que les choses commencent enfin à marcher pour moi. Je reprends mon entreprise en main. Et mon amitié. Je m'éclate au lit. Je suis amoureuse d'un homme qui m'accepte telle que je suis et m'encourage à me surpasser. Il y a encore des problèmes à régler, bien entendu. Mais l'espoir a envahi tous les recoins sombres.

CHAPITRE QUATORZE

Armando

Hannah est assise à califourchon sur mes fesses, son sexe mouillé glissant sur ma peau tandis que ses mains couvertes d'huile me massent le dos.

J'ai vraiment du mal à le supporter. Ce n'est pas du sexe ; je l'ai déjà baisée bien comme il faut. Jusqu'à ce que les voisins cognent contre les murs, m'obligeant à les envoyer chier pour qu'ils nous laissent tranquilles.

Mais ça ?

C'est presque de la torture. Je n'aime pas que l'on me touche.

J'aimais peut-être ça, avant. Dur à dire. Ça remonte à trop loin. En tout cas désormais, c'est difficilement supportable. Mais Hannah tenait à me masser. Elle en a fait tout un foin. Elle est allée chercher son huile de massage dans la salle de bains d'un air satisfait.

Alors je ferme les yeux et je tends l'oreille. J'écoute ses petits gémissements lorsqu'elle dénoue mes muscles avec ses pouces. Comme si me caresser l'excitait. J'absorbe l'attention qu'elle porte à mon corps, la façon dont elle trouve toutes mes zones tendues et les pétrit jusqu'à ce qu'elles se détendent.

Et pendant tout ce temps, je tente de comprendre pourquoi elle fait ça. Pourquoi elle a *envie* de faire ça.

— Qu'est-ce qui t'a le plus manqué, quand tu étais en prison ? me demande-t-elle. À part la liberté, je veux dire.

Seigneur. On va vraiment parler de la tôle maintenant ?

Tous les efforts que j'ai faits – qu'elle a faits – pour dénouer mes muscles sont bons à jeter. Je sens mon corps se crisper à nouveau. Je suis tenté de l'envoyer balader. D'ignorer sa question ou de lui dire que je ne veux pas en parler. Mais elle se donne tellement de mal que j'aurais l'impression d'être un salaud. Alors je réfléchis.

— Le sexe serait la réponse la plus facile. C'est ce qui me manquait le plus au début, avant que...

— Avant que quoi ? demande-t-elle avec douceur.

— Avant que je change. Que je perde mes émotions. Que je quitte mon corps.

Les mains d'Hannah continuent de me caresser le dos, chassant les tensions causées par ce que je dis.

— Alors qu'est-ce que tu attendais avec le plus d'impatience à ta sortie ?

Je réfléchis. C'était surtout la liberté. Je ne voulais voir ni rien ni personne.

— La nourriture, sans doute, admets-je, car c'est la seule chose qui sonne à peu près vrai. Les ziti au four de ma mère. Les calzones de Gio.

— Tu es vraiment fan de cuisine italienne, dit-elle avec un sourire dans la voix. Moi, tout ce que je sais faire, c'est les spaghettis.

À l'entendre, on dirait qu'elle a envie de cuisiner pour moi, et je trouve ça adorable. Surtout qu'à ce que je sache, Hannah n'est pas un cordon-bleu. Je ne suis même pas sûr qu'elle aime particulièrement manger.

— Les calzones dont tu parles, ce sont celles que tu as commandées pour nous, lors de ta première soirée ici ?

— Oui.

— Et les ziti ? Tu en as mangé depuis ta sortie ?

— Non. J'ai envoyé ma mère en voyage le temps que les choses se tassent ici. Je ne veux pas qu'elle soit blessée.

Je commence à parler affaires avec Hannah, chose que je ne devrais jamais faire.

Mais ça me paraît tout naturel. Comme si elle méritait de savoir ces choses à mon sujet.

— Tu es proche d'elle ?

— Avant, je l'étais, oui. Elle est géniale. Elle est prête à tout pour moi, tu vois ? Mon père est parti quand j'avais huit ans, alors on a presque toujours été que tous les deux.

— Et tu es entré dans le Milieu pour l'aider financièrement ?

Elle fait glisser ses mains sur mes épaules et masse les muscles du haut de mes bras.

J'attends un instant, conscient que je ne devrais pas lui répondre.

— Ouais, dis-je enfin. Sa sœur est mariée au don. Alors j'étais vu comme un membre de la famille, et on m'a proposé du boulot. À Marco et à Léo aussi. Ce sont mes cousins du côté de ma mère. On a tous été initiés ensemble. Ce sont des frères pour moi, désormais. Comme tu l'as constaté.

— Mmm, murmure Hannah sans cesser de pétrir mes muscles.

— Pourquoi tu fais ça ?

— Quoi ?

— Le massage ? Les questions ?

Elle garde le silence, et je commence à me dire que c'était salaud de ma part, comme question, et qu'elle n'a pas envie de répondre. Puis elle dit :

— Je veux que tu te sentes bien, c'est tout. C'est l'effet que tu as sur moi.

Elle veut que je me sente bien. Sans idée derrière la tête. Sans orgasme à la clé. Pour elle, il ne s'agit pas d'une transaction.

Cette révélation me fait un drôle d'effet. Une fissure traverse le bouclier qui enserre mon torse. Lentement, sur plusieurs minutes, je lâche prise. Je la laisse me donner ce qu'elle veut.

Puis je roule sur le dos et je la dévisage. Elle m'observe en retour, ses mains huileuses caressant mes pectoraux, puis l'avant de mes épaules. Pendant tout ce temps, mon regard reste plongé dans ses yeux bruns chaleureux.

— Tu es belle, murmuré-je.

C'est plus profond que du sexe. Bien plus profond. Ça... ça s'appelle de l'intimité. Et je ressens quelque chose. Rien d'énorme. Un truc un peu inconfortable. Tout doux. Qui me gonfle la poitrine.

Un *lien* entre nous.

Voilà ce que je ressens.

Tout en moi est concentré sur Hannah. Je tends la main vers son visage, et ma paume épouse la forme de sa joue. Je l'attrape et la retourne sur le dos, intervertissant nos positions. Mon instinct est d'y aller fort et avec passion, comme d'habitude, mais je me réfrène. Je continue de l'admirer. De savourer ce lien. Je l'embrasse avec sincérité. Pas comme si je risquais de mourir si notre baiser prenait fin – ce que je ressens généralement quand je la touche. Cette fois, je suis plus doux. J'écoute l'espace entre nous. Autour de nous. En nous. Mes lèvres caressent les siennes. C'est sensuel. Érotique, mais pas lubrique. Ma langue glisse dans sa bouche.

J'ai de nouveau une érection, et l'idée de mettre un préservatif m'est insupportable. Comme si en cet instant, je ne voulais aucune barrière entre nous.

Je place un genou entre ses jambes pour les écarter.

— Je me retirerai, lui promets-je. Je veux te sentir. Tu veux bien ?

Il y a tant de confiance dans ses yeux lorsqu'elle hoche la tête, les yeux brillants comme si j'étais tout pour elle. Je vais et viens lentement en elle, sans me précipiter, et je me délecte de chaque sensation. Ça doit être ça, l'amour. Si j'étais capable de le percevoir... ça doit être ce genre de moment qui convainc les gens qu'ils sont amoureux.

Cette présence.

Je l'embrasse à nouveau, comme s'il s'agissait de notre premier baiser. Comme si j'étais du genre à y aller doucement et avec finesse.

Mes mouvements finissent par prendre de l'ampleur, et mon regard est tellement ancré dans le sien que j'oublie presque de me retirer et que je finis sur son ventre.

Ça ne me paraît pas naturel. Comme si j'aurais dû éjaculer en elle. Appuyé sur mes coudes, je continue de la regarder jusqu'à ce que ses yeux s'embuent. Elle ne se détourne pas et laisse ses larmes couler sur ses joues et tomber sur l'oreiller sous sa tête, sans tenter de se cacher.

Elle me donne ces larmes ; elle m'en fait l'offrande.

Si seulement je savais comment m'en servir.

Mais j'ai l'impression que c'est le cas. Ou que je touche au but.

Je sens que quelque chose change en moi. Qu'un morceau d'humanité emprisonné se libère.

Chaque nuit avec Hannah me rapproche de mon objectif.

CHAPITRE QUINZE

Hannah

Je ne peux pas m'empêcher de jubiler pendant que j'organise notre rendez-vous surprise à la cascade. Mon pouls virevolte d'impatience. J'espère que le décor plein de sérénité permettra à Armando de se détendre et de se confier à moi. En plus, j'ai désespérément besoin d'une parenthèse, moi que le sort du *Jardin d'Éden* préoccupe en permanence. Nous avons bien mérité ce moment de répit.

— Armando, dis-je d'une voix légèrement tremblante d'enthousiasme. J'ai une surprise pour toi.

Il hausse un sourcil, son expression insondable.

— Qu'est-ce que c'est ?

Je m'approche de lui, et j'effleure ses abdos en béton.

— Si je te le disais, ce ne serait plus une surprise.

Il hésite.

— Les surprises, ce n'est peut-être pas l'idéal pour moi, en ce moment. Vu ma situation.

Je m'attendais à ce genre de réponse. Mais je ne me laisse pas décourager. Je suis déterminée à rendre sa vie plus lumineuse, même si pour cela, je dois abattre les murs qu'il a érigés autour de lui brique par brique.

— Je connais ta situation, et je te promets que ça ne nous mettra pas en danger.

Je lui lance les clés du van.

— Tiens. Tu peux conduire.

J'espère que lui donner ce zeste de contrôle l'encouragera à me suivre.

Il esquisse un sourire.

— Bon, d'accord. Si c'est moi qui conduis.

Il me tend la main, et je la saisis tandis que nous quittons l'appartement pour rejoindre le van.

Je reste sur mes gardes, cependant, pendant que nous prenons le chemin de notre destination mystère. Je reste consciente du poids de son passé et des dangers qui rôdent toujours. Mais je suis bien décidée à faire tomber ses défenses.

— Tu ne me donnes pas d'indices ? demande-t-il enfin en me jetant un coup d'œil.

Je sautille presque sur mon siège, tellement j'ai envie de lui révéler ce qui l'attend. Je n'ai jamais été douée pour garder les secrets.

— Non ! réponds-je en gloussant. Tu vas devoir patienter.

Il pousse un soupir presque inaudible.

— Très bien, dit-il avec un petit sourire aux coins des lèvres. Mais ça a intérêt à m'impressionner.

J'ai du mal à contenir ma joie en voyant Armando se dérider. Son sourire est subtil, mais bien présent, et il a un goût de victoire. Nous ne sommes plus très loin de la cascade, un secret bien caché des environs de Chicago, et mon euphorie grandit à chaque kilomètre parcouru. Je n'ai pas visité cet endroit depuis une éternité, et je me demande bien pourquoi.

— On y est presque, annoncé-je, toute guillerette. Dans moins d'une demi-heure, c'est promis.

Armando secoue la tête, mais il a un regard amusé. La gaîté commence à prendre le pas sur son expression bourrue. Mon plan fonctionne peut-être.

Je lui indique la route. Le son des chutes d'eau emplit l'air lorsque nous descendons enfin du van. La forêt dense qui nous entoure est comme un monde secret qui ne demande qu'à être exploré.

— J'ai une tête à randonner ? me taquine-t-il, mais je vois qu'il est content.

— Ce n'est pas loin. Viens.

Je le prends par la main et le mène sur le sentier battu qui conduit à la cascade.

— Tu vas adorer cet endroit.

Tandis que nous approchons des eaux rugissantes, il observe les alentours, admirant les feuilles d'un vert vif et les fleurs sauvages qui bordent le chemin. Je songe que c'est le moment idéal pour lui confier un peu de mon passé.

— Je venais sans arrêt ici quand j'étais petite, dis-je avec une pointe de vulnérabilité. Ça faisait une coupure bien méritée avec le bruit et la grisaille de la ville. C'est ici qu'est né mon amour des fleurs et des plantes. J'ai toujours su qu'il fallait que je travaille dans un bel environnement coloré.

— Je n'ai jamais été très nature, dit-il en passant un bras autour de moi. Mais maintenant, si. Ou en tout cas, j'adore les fleurs.

Il m'embrasse sur la joue, et je ris.

— Oui, j'ai toute la couleur et la beauté qu'il me faut, quand je suis avec toi, ajoute-t-il.

Mon cœur saute un battement, face à une telle victoire. Armando s'adoucit. Il se révèle. Je le sens dans son étreinte ferme. Je l'entends dans ses mots. Et quand il me regarde dans les yeux, je le vois également.

Il prend une grande inspiration.

— La prison, c'était... étouffant, commence-t-il d'une voix lourde d'émotion. Tout était gris, des murs au sol en passant par les barreaux qui me maintenaient en cage. J'avais du mal à imaginer quoi que ce soit d'autre.

Il se penche et dépose un petit baiser sur mes lèvres, puis ajoute :

— Jusqu'à maintenant.

Je ne peux pas comprendre ce qu'il a vécu, mais je suis contente qu'il soit prêt à se confier. J'ai beaucoup de questions sur son incarcération, mais je ne les poserai jamais. J'attendrai simplement ce genre de moment. Quand il se livrera par petits morceaux.

— Je ne te mérite pas, dit-il.

— Mais si, affirmé-je avant de l'embrasser. Tu es la meilleure chose qui me soit arrivée.

— Ma vie...

Il s'interrompt et regarde autour de lui. Il tend la main vers notre environnement.

— Ça, ça n'a jamais été ma vie. Les fleurs, la nature et... Ma vie n'était pas comme ça.

— Maintenant si.

Je l'entraîne vers notre destination.

Tandis que je le guide le long de la rivière, le son de l'eau et le chant délicat des oiseaux emplissent l'atmosphère. Le soleil filtre à travers les branches d'arbres, jetant des ombres tachetées sur le sol.

Alors que nous continuons notre promenade, mon pied glisse sur une pierre mouillée. D'instinct, Armando me rattrape par le bras, m'évitant de perdre l'équilibre. Son geste attentionné me provoque un frisson ravi, mais j'ai beau aimer qu'il se montre protecteur, j'ai envie de lui montrer que je suis également capable de me débrouiller toute seule. Avec douceur, je dégage ma main de la sienne et progresse seule parmi les pierres.

— Tout va bien ? demande-t-il d'une voix rocailleuse.

Quel dur ! Tout n'est que grognement et grondement, avec lui.

— Oui, tout va bien. Je voulais seulement me prouver, et te prouver que j'étais capable d'y arriver toute seule.

Il hoche la tête, comprenant visiblement mon besoin d'indépendance, même si je vois l'inquiétude dans ses yeux.

— Du moment que tu ne dégringoles pas sur les fesses, Pâquerette. Je me suis attaché à elles, ces derniers temps, dit-il en prenant ses distances, mais sans cesser de garder un œil sur moi.

Le bruit de la cascade s'amplifie alors que nous continuons de longer le ruisseau, et sa brume mouillée rafraîchit l'air. Lorsque le sentier décrit un virage, elle se retrouve soudain face à nous, ses jets précipités dans l'eau transparente en contrebas.

— Ouah, soufflé-je, époustouflée par la beauté de cette scène. C'est encore plus impressionnant que dans mes souvenirs. Ça fait trop longtemps que je ne suis pas venue.

Armando admire la sérénité de ce lieu loin de tout. Son regard s'attarde sur moi, et je vois la tension dans ses épaules s'envoler en partie. Il semble presque... détendu.

— Ferme les yeux, lui dis-je avec douceur, une main sur sa poitrine.

Il hésite, mais finit par obéir, et ses paupières se ferment. De mon autre main, je cueille une fleur sur un buisson sauvage, et je la porte à son nez pour qu'il hume son odeur délicate.

— Tu sens ça ? C'est l'odeur du bonheur, pour moi.

Il ouvre lentement les yeux, puis se penche sur mon cou et inhale profondément.

— L'odeur du bonheur, pour moi, c'est celle-là, répond-il.

Il me serre dans ses bras et capture mes lèvres dans un baiser brûlant. Ses mains s'enfoncent dans mes cheveux, me maintenant contre lui tandis que nous nous perdons dans cette étreinte. Il me soulève, puis m'allonge sur la mousse moelleuse au bord des chutes d'eau. Nos lèvres se rencontrent à nouveau, et la passion entre nous s'intensifie à chaque seconde.

Je caresse son torse et sens chacun de ses muscles se contracter sous sa chemise. Les mains d'Armando se promènent le long de mon corps, de mes courbes. Je me cambre contre lui, et un petit gémissement m'échappe lorsqu'il se presse contre moi.

Ses lèvres quittent les miennes pour m'embrasser dans le cou, envoyant un frisson le long de mon échine. Ses doigts glissent sous la ceinture de mon jean pour le faire glisser le long de mes jambes en même temps que ma culotte. Je soupire lorsque ses doigts effleurent l'intérieur de ma cuisse, son souffle chaud chatouillant ma peau.

— Hannah, crois-je l'entendre dire malgré le bruit de la cascade.

Il remonte le long de mon corps, et ses lèvres retrouvent les miennes. Je sens la chaleur qui émane de son corps, la bosse dans son pantalon pressée contre ma jambe. Je déboutonne son pantalon pour libérer son érection.

Je le serre contre moi, et nos corps ne font plus qu'un. La passion est palpable entre nous. Notre désir brûle avec férocité. J'ai envie de lui, besoin de lui, et il en est conscient. Ses mains parcourent mon corps avant de trouver la zone sensible entre mes jambes. Je halète alors qu'il commence à me caresser, chaque mouvement m'envoyant des ondes de plaisir.

Je crois que cet homme est infatigable. Je n'ai jamais autant fait l'amour de toute ma vie, et j'en veux encore.

Il grogne lorsque je le prends en main et me mets à le caresser lentement. Il m'embrasse profondément, sa langue luttant contre la mienne tandis qu'il se positionne contre mon entrée.

— J'ai envie de toi, dit-il d'une voix rauque de désir. Je ne sais pas si c'était ton intention en m'emmenant ici. Mais je ne peux pas résister plus longtemps.

Il s'enfonce lentement en moi jusqu'à ce que son membre m'emplisse pleinement. Je pousse un gémissement sonore lorsqu'il commence ses va-et-vient, chacun de ses mouvements me rapprochant de l'orgasme. Je plante mes ongles dans son dos, m'agrippant à lui tandis que nos corps se balancent.

Je sens la jouissance approcher à chaque seconde qui passe. Je contracte les muscles et retiens mon souffle, tentant de retarder l'extase qui se profile.

Armando a le souffle court, le visage et le cou rougis de passion. Je vois bien qu'il n'est pas loin de finir, lui non plus, mais quelque chose le retient.

— Jouis avec moi, lui murmuré-je à l'oreille, mes cuisses serrées autour de lui.

Mes mots lui font l'effet d'un électrochoc. Ses coups de reins deviennent plus puissants que jamais alors qu'il s'enfonce profondément en moi. Je pousse un cri en sentant une vague de plaisir s'écraser sur moi. Mes muscles se contractent en rythme pendant qu'Armando éjacule en moi, tremblant de plaisir sous l'orgasme.

Il s'écroule sur moi, me coupant le souffle. Nos corps sont trempés de sueur, mais nous ne bougeons pas. Nous restons allongés ainsi quelques instants, jusqu'à ce qu'Armando se retire enfin. Il m'embrasse doucement sur les lèvres.

Nous ne disons pas un mot. Nous nous contentons de respirer.

Lorsque le soleil commence à disparaître sous la ligne d'horizon, baignant le monde alentour d'une lueur rose et or, Armando et moi nous séparons un instant, nos regards plongés l'un dans l'autre. Le sien me dit tout ce que j'ai besoin de savoir : il est tout aussi fou de moi que je suis folle de lui.

CHAPITRE SEIZE

Armando

Je gare le van en double file et mets mes feux de détresse. Nous sommes en plein centre-ville un samedi, car Hannah doit livrer une douzaine de couronnes de fleurs pour les chevaux de la parade du quatre juillet. C'est le cirque, ici, mais ça ne me dérange pas. J'aime l'énergie de la ville, ou en tout cas, j'aimais ça, quand j'éprouvais encore des émotions.

Quand je ne passais pas mon temps à regarder par-dessus mon épaule.

Hannah est contaminée par l'énergie ambiante, c'est évident. Elle porte une robe bustier blanche super sexy qui lui fait des seins très appétissants, mais qui me donne envie de donner un coup de poing au premier homme qui osera les reluquer.

— Pourquoi tu boudes ? me demande-t-elle d'un ton léger en plaçant une pile de couronnes dans mes bras tendus.

— Pour rien, grommelé-je.

— Arrête tes conneries.

Je lui jette un regard derrière les fleurs, car dire des gros mots, ça ne lui ressemble pas, et je réalise qu'elle imite ce que je lui ai dit l'autre jour. Elle sourit.

— C'est ton décolleté, admets-je. Je tuerai le premier *stronzo* qui te matera. Et je serai obligé de retourner en prison.

Elle continue de sourire, comme si j'avais dit quelque chose d'adorable.

— Tu ne feras rien de tel. Tu vas être fier comme un paon, car *tout ça,* dit-elle en indiquant son corps sublime, c'est avec toi.

Bon sang. Je suis un peu surpris par la sensation que provoque chez moi ce qu'elle vient de dire. Je commence peut-être vraiment à éprouver des sentiments, car je sens l'approbation s'élever en moi.

Oui, elle a bien raison.

Je la cloue du regard.

— Tout ça, c'est *à moi*, rectifié-je en l'admirant de bas en haut.

Je ne voudrais pas qu'il y ait de malentendu.

Elle hausse un sourcil.

— Oh, vraiment ?

Je secoue la tête d'un air d'avertissement.

— Ne me cherche pas. Je péterai les plombs. Tu sais bien qu'il m'en faut peu pour casser la gueule d'un mec.

Son sourire s'élargit alors qu'elle s'empare des autres couronnes pour les porter elle-même.

Elle aime bien mon côté connard.

J'ai de la chance.

Nous nous faufilons à travers la foule. La parade ne commence que dans deux heures, mais les rues sont déjà envahies. Nous trouvons le groupe qui a commandé les couronnes, et nous les remettons au responsable.

— Tu veux qu'on reste un peu ? me demande Hannah, rayonnante.

Son rideau de boucles rebondit dans son dos à chacun de ses pas, effleurant ses fesses à chaque ondulation de ses hanches sensuelles. Elle est de bonne humeur, aujourd'hui ; beaucoup plus légère. Elle et sa meilleure amie ont discuté, la semaine dernière, et Josie a démissionné. Ou Hannah l'a virée. Mais elles sont en bons termes, et Hannah semble beaucoup plus heureuse. J'aurais dû réaliser que cette relation lui pesait, en plus de tous ces autres problèmes à la boutique.

— Tu ne dois pas retourner au travail ? lui demandé-je.

Elle a confié la boutique à Josie, aujourd'hui – c'est son dernier jour –, mais je sais que son amie n'est pas très fiable.

— Autant profiter tant que j'ai quelqu'un pour me seconder. Je vais bosser toute seule pendant plusieurs mois, le temps d'arranger la situation. C'est ma dernière occasion de ne *pas* travailler le samedi.

Je la prends par la main et entremêle nos doigts. Parfois, je jurerais qu'une partie de sa joie s'insinue en moi. Nous fendons la foule de plus en plus dense. Le soleil me réchauffe la tête et les épaules. Nous allons nous acheter un smoothie, car il commence à faire trop chaud. Des amplis diffusent de la musique dans les rues, et les gens se promènent vêtus de rouge, de blanc et de bleu, le visage peint dans les mêmes couleurs.

Puis nous croisons un groupe d'hommes sur le trottoir. Je reconnais leurs tatouages, mais je baisse la tête et continue d'avancer. Après quelques pas, je jette un regard discret derrière moi.

Eh merde.

Ils se sont arrêtés et m'observent.

Je glisse les clés du van dans la main d'Hannah.

— Pars en courant, lui dis-je. Monte dans le van et attends-moi. Si dans vingt minutes, je ne t'ai pas encore rejointe, rentre chez toi. Oublie que tu m'as connu.

— Quoi ?

La panique se lit dans ses yeux, mais je la pousse dans la foule et je m'enfuis dans l'autre sens, dans une ruelle, en priant pour que les types ne s'en prennent pas à elle pour m'atteindre.

Heureusement, ils se lancent tous les trois à mes trousses.

Je cours à toute vitesse, mais mon endurance est nulle, désormais. J'ai réussi à entretenir mon physique en faisant des pompes et des abdos, en prison, mais je n'avais pas vraiment l'occasion de faire des tours de piste dans la cour.

Mais là, ma vie est en jeu. Je remercie le Seigneur qu'ils ne soient pas armés, sinon j'aurais sans doute déjà reçu une balle dans le dos.

Il n'est pas impossible que je sois capable de les maîtriser tous les trois, dans un combat à mains nues. Mais nous sommes en plein centre-ville, avec des tas de témoins, et je n'ai aucune envie que les flics s'en mêlent.

Je me précipite vers la station de métro, et j'ai le temps d'acheter un ticket avant que mes poursuivants montent l'escalier. À son sommet se trouve un vigile, et je reste juste à côté de lui, accroupi comme si je faisais mes lacets.

Les hommes regardent dans tous les sens et ne me repèrent pas tout de suite.

Le métro arrive et les portes s'ouvrent. Je bouge trop vite, attirant leur attention, et ils se précipitent vers mon wagon. Je le traverse en courant, les regardant pousser ses occupants pour m'atteindre. Lorsque les portes commencent à se refermer, je bondis sur le quai.

L'un des types parvient à sortir derrière moi. Les deux autres gesticulent et crient derrière la vitre tandis que le métro repart à toute allure.

Je suis essoufflé à cause de ma course, et mon cœur bat la chamade.

J'observe l'homme qui est descendu du wagon, et il me rend mon regard. Un seul type. J'aurai sûrement le dessus. Il ne fait plus le malin, sans ses potes. Bien sûr, je serai peut-être obligé de le tuer, comme le tueur à gages dans la boutique d'Hannah. Et nous sommes dans un lieu public, ce qui signifie que je serais arrêté.

Pour très longtemps.

Je pense à Hannah.

C'est pour elle que je me suis enfui. Pour les attirer loin d'elle.

C'est pour elle que je n'ai pas pris de risque. Et elle est en train de m'attendre. Je m'élance et descends les marches quatre à quatre. Il faut que je sème cet homme pour la rejoindre. J'en suis capable, même si mes poumons semblent prêts à exploser.

Je traverse les rues comme un dératé. Je pense que mon poursuivant est toujours derrière moi, mais je me fonds dans la foule et je parviens à me débarrasser de lui.

Je parcours huit pâtés de maisons avant de repérer le van. Je regarde d'abord autour de moi. Hors de question que je laisse ce type me voir monter dedans, s'il me suit toujours. Hannah est assise derrière le volant, et en me voyant arriver, elle démarre. Je pense avoir semé mon poursuivant. Je me jette dans l'habitacle et claque la portière.

— Démarre, Pâquerette. Conduis le plus vite possible.

Elle hoche la tête, les narines dilatées, les yeux écarquillés. Ses mains sont crispées sur le volant.

Lorsque nous parcourons la rue, j'aperçois le type.

Et je suis convaincu qu'il me voit, lui aussi. Il voit le van. Il voit Hannah.

— Merde ! rugis-je en abattant la main sur le tableau de bord.

Hannah sursaute.

— Quoi ?

Je secoue la tête. Je ne veux rien lui dire. Elle a déjà assez peur comme ça.

— Ne t'inquiète pas. Je vais régler ça, promets-je, bien que je n'aie aucune idée de la marche à suivre pour y parvenir.

Tout ce que je sais, c'est que je ne laisserai personne emmerder Hannah. Et que je tâcherai de rester en vie pour tenir parole.

CHAPITRE DIX-SEPT

Hannah

Mon cœur tambourine dans ma poitrine pendant tout le chemin du retour chez moi. Le mutisme d'Armando n'arrange rien. Son corps, lui, est sous tension et l'atmosphère dans le van m'étouffe.

Ce n'est pas ma tension, me rappelé-je en songeant à l'angoisse que je ressentais en présence de Josie, alors qu'il s'agissait de ses émotions à elle. *Ce n'est pas ma tension, c'est celle d'Armando.*

Il n'empêche que l'homme auquel je tiens énormément malgré moi est traqué comme une proie, alors oublier cette tension m'est impossible.

— Qui est à tes trousses, Armando ? Et pourquoi ?

Je sais que je ne devrais pas poser de questions. Il ne parle pas affaires avec moi, mais c'est la deuxième fois que je me suis sentie en danger de mort. J'ai le droit de savoir.

Il se frictionne le visage.

— J'ai tué un mec en prison. Pour me défendre.

Il me jette un regard sombre, comme s'il craignait ma réaction.

Je hoche la tête. Je ne suis pas vraiment surprise. Je me doutais qu'il avait vécu des choses terribles, là-bas.

— Il faisait partie d'un gang. Et désormais, les membres de ce gang veulent me tuer.

Non ! s'écrie une voix dans ma tête. J'avais beau savoir que quelqu'un souhaitait la mort d'Armando, entendre son explication me met en colère pour lui. C'est quelqu'un de bien. Avec des valeurs. Un code de conduite. Très jeune, il s'est retrouvé mêlé à un milieu dangereux, mais ce n'est pas sa faute. Il fait de son mieux avec le destin dont il a hérité.

Et j'aimerais vraiment que la vie lui lâche un peu la grappe, pour changer.

Je trouve une place de parking pile quand ma mère m'appelle. Je compte dîner chez eux demain, alors je ne réponds pas. Dès que mon téléphone arrête de sonner, elle rappelle.

Je coupe le moteur et décroche.

— Hannah, c'est ton père, annonce-t-elle d'une voix tendue. J'ai dû lui appeler une ambulance, et je suis en train de les suivre.

— Quoi ?

Un sanglot étrangle ma voix. Cette journée va de mal en pis.

— Que s'est-il passé ? demandé-je.

Armando se fige en entendant la terreur dans ma voix, et il me dévisage.

— Il a fait un infarctus, mais je lui ai fait un massage cardiaque jusqu'à l'arrivée des secours. Je pense qu'il va s'en sortir, mais rien n'est certain pour l'instant.

— Quel hôpital ?

— Cook County.

— D'accord, dis-je d'une voix étranglée. J'arrive.

— Merci, ma chérie. Appelle-moi quand tu y seras.

— Qu'est-ce qu'il y a ? me demande Armando dès que je raccroche.

Des larmes roulent sur mes jours.

— Mon père. Il a fait une crise cardiaque.

— D'accord, dit Armando avec douceur en ouvrant sa portière. Je vais conduire, *bambi.*

J'ignore pourquoi il m'appelle Bambi, mais je n'ai pas la présence d'esprit de lui poser la question. Je descends de mon siège en titubant, et je le laisse me rattraper. Il me serre dans ses bras.

J'absorbe sa force et sa puissance. Son soutien.

Nous nous rendons à l'hôpital en silence. J'arrache mes cuticules jusqu'à ce qu'elles saignent. Armando me jette des regards inquiets. Quelqu'un vient d'essayer de le tuer, mais c'est pour moi qu'il se fait du souci.

Nous trouvons ma mère dans la salle d'attente, et je suis obligée de la présenter à Armando, mais tout est flou. Alors que nous nous asseyons pour patienter, je commence à comprendre le vide qu'éprouve Armando.

Je me sens engourdie. J'étouffe ma peur, et à la place, je ne trouve rien. Un néant émotionnel total.

J'entends des bruits – la télévision, les conversations des gens –, mais ils ne m'évoquent rien. Je sens la main d'Armando sur la mienne, mais elle ne m'inspire ni gratitude, ni réconfort.

J'ignore combien de temps je passe à attendre ainsi, à retenir mon souffle, à peine en vie, dans le purgatoire de l'inconnu. Du vide.

Puis un médecin arrive.

— Mme Munn ?

Ma mère bondit sur ses pieds, et Armando et moi l'imitons.

— Vous pouvez me suivre. Votre mari a subi une crise cardiaque peu sévère. J'aimerais le garder en observation pour la nuit, mais il pourra sans doute rentrer demain.

— Dieu merci, soufflé-je en tombant dans les bras d'Armando. Il me retient avec force. Ses lèvres se posent sur le sommet de mon crâne, puis nous suivons le médecin.

Lorsque nous entrons dans la chambre de mon père, je me précipite vers lui pour l'embrasser et l'étreindre. Je suis tellement choquée de le voir relié à des machines par plein de tuyaux que je ne remarque pas qu'Armando s'est raidi.

— Vous, crache mon père en le regardant.

Ma mère et moi restons bouche bée, surprises de le voir fusiller Armando du regard.

— Qu'est-ce que vous foutez là ? lui demande mon père.

Je jette un regard à Armando, rongée par la méfiance.

— Tu connais mon père ?

— Oh, non, m'interrompt mon père d'un ton décidé. Pas ma fille. Vous ne toucherez pas à ma fille.

Armando lève les mains et se dirige vers la porte.

— Armando, dis-je pour l'arrêter.

— Je ne veux contrarier personne, répond-il en pointant mon père du menton.

C'est une bonne chose, vu que ce dernier vient de faire un infarctus, mais je suis trop préoccupée par mon incompréhension pour y penser.

— Attends, comment est-ce que tu connais mon père ? Qu'est-ce qui se passe ?

— On travaille ensemble, dit Armando.

Mon père ricane. Armando est déjà sur le seuil.

— Je t'attendrai dans l'entrée, me dit-il. Prends ton temps.

Je regarde la porte se refermer derrière lui, et je me sens abandonnée. Bon sang. C'est quoi cette histoire ? Je me tourne vers mon père.

— Comment tu le connais ?

Il me regarde d'un air mécontent.

— Dis-moi que tu ne sors pas avec ce type.

— Pas exactement.

Je couche régulièrement avec lui, mais rien d'officiel. Bizarrement, je ne pense pas que cela adoucisse mon père, alors je ne lui donne pas d'explication plus poussée.

— C'est de lui que tu me parlais ? me demande ma mère. L'homme avec un stress post-traumatique ?

Je hoche la tête sans quitter mon père des yeux.

— Dis-moi comment tu le connais.

Mon père tente de s'asseoir, et il grimace.

— Doucement, dis-je en posant ma paume sur sa poitrine.

Ma mère serre sa main dans la sienne.

— Hannah, ma chérie, je suis désolé de t'annoncer ça, mais ce type fait partie de la mafia.

J'éclate presque de rire.

— Oh. Oui, je sais, papa. Tu te souviens quand je t'ai dit que l'immeuble où se trouve le *Jardin d'Éden* leur appartenait ? Je connais Armando depuis des années.

Mon père fronce les sourcils et jette un regard noir en direction de la porte.

— Je ne veux pas que tu fréquentes des types comme lui.

Je me hérisse, mais mon père se trouve sur un lit d'hôpital, et je ne devrais pas le contrarier.

— C'est quelqu'un de bien, papa. Mais on ne sort pas officiellement ensemble, alors ne t'en fais pas.

Je jette à mon tour un coup d'œil à la porte. Armando n'a même pas tenté de protester, face à mon père. Il s'est contenté de s'en aller. Je sais que ce n'est pas mon petit ami, mais ça fait mal quand même. Comme s'il ne s'était pas battu pour moi.

— Mais alors, ça veut dire qu'il travaille dans le bâtiment ? demandé-je, incrédule.

— Il ne sert à rien, répond mon père. La mafia a obligé le syndicat à lui trouver un poste. Il ne fout rien, et il récolte un chèque. Un type irréprochable, ton mec.

— Ce n'est pas mon mec, répliqué-je d'un ton ferme, comme si je cherchais à m'en convaincre une bonne fois pour toutes.

Armando a été parfaitement clair, non ? Nous ne sommes pas en couple. Il se cache chez moi, et nous couchons ensemble.

Fin de l'histoire.

J'ai les joues brûlantes. Maintenant que je sais que mon père va bien, j'ai hâte de partir. Je me penche sur lui pour l'embrasser sur la joue.

— Je suis contente que ça ne soit pas trop grave, papa. Tu nous as vraiment fait peur.

— Tout va bien, ma chérie, dit-il en serrant ma main dans la sienne. Tu viens toujours demain soir ?

— Si tu es rentré, je viendrai. Sinon, je te rendrai visite ici. Ça marche ?

— Ça marche.

— Bon. Rétablis-toi bien, papa.

— Sois prudente avec ce type, Hannah, m'avertit-il lorsque j'atteins la porte. Je ne veux pas que tu te retrouves mêlée à ses histoires.

Armando a beau ne pas s'être battu pour moi, je suis incapable de m'en empêcher. Je tourne les talons, sur la défensive.

— Il n'a pas *d'histoires.* Il vient juste de sortir de prison, et il essaye de reprendre goût à la vie.

Le regard de ma mère se radoucit, la bouche de mon père se pince.

— Viens dîner avec lui demain pour qu'on apprenne à mieux le connaître, suggère ma mère.

Mon père secoue la tête avec un soupir résigné.

— Je ne pense pas, réponds-je, le cœur serré. Mais merci. Je vous dis à demain.

Je quitte la chambre et retrouve Armando, debout les mains dans les poches, sexy en diable. Son visage porte son masque insondable de toujours. Je suis prête à m'énerver, mais il m'ouvre les bras et me serre contre lui. Je laisse échapper un sanglot involontaire.

Il glisse les doigts dans mes boucles et me caresse l'arrière du crâne. Je me blottis contre lui et laisse sa force me nourrir.

Armando n'est pas mon petit ami, mais en cet instant, il me suffit.

C'est tout ce que je lui demande.

CHAPITRE DIX-HUIT

Armando

Le trajet jusqu'à mon appartement se fait en silence. Pas besoin d'être médium pour savoir qu'Hannah est contrariée. C'est l'un de ces moments où je réalise que je n'y connais rien en relations. Devrais-je la pousser à parler ? Ou devrais-je la laisser réfléchir tranquillement dans son coin ? Enfin, après m'être garé le plus près possible de chez elle, je coupe le moteur et la prends par la main.

— Je suis sûr que ton père va s'en remettre, dis-je pour tenter de la réconforter.

— Il est tenace.

Elle n'ajoute rien, le regard braqué sur le pare-brise, et elle reprend sa main.

J'inspire profondément.

— Je t'ai mise en colère ?

C'est une question bête. Bien sûr que je l'ai mise en colère.

Elle hausse les épaules.

— Pas vraiment. Peut-être. Je n'en sais rien.

Elle tourne la tête vers moi et plante son regard dans le mien.

— Tu vas m'obliger à te demander comment tu connais mon père, ou tu comptes m'accorder cette once d'information ?

— On bosse sur le même chantier.

— Sur le chantier ? Tu pars tous les jours au travail en costume.

Elle plisse les yeux en prononçant ces mots.

— Je supervise les travaux.

J'essaye de lui donner assez de réponses pour la satisfaire, mais je suis mal à l'aise à l'idée de lui révéler quoi que ce soit.

— J'ai aidé ton père à prendre son après-midi pour aller à un rendez-vous, parce que son connard de patron s'y opposait. C'est comme ça que nos chemins se sont croisés.

Je vois bien qu'elle analyse chaque phrase qui sort de ma bouche.

— On ne bosse pas côte à côte, ni rien.

Je ne veux pas qu'elle s'imagine que son père trempe dans la mafia ou qu'il lui cache des choses.

Estimant en avoir assez dit, je descends du van, m'empresse de faire le tour pour lui ouvrir la porte, et je la mène à l'étage, espérant finir cette journée pourrie sur une note plus positive. Ou au moins, filer directement au lit pour dormir et faire comme si elle n'avait jamais existé.

Ombre nous accueille à la porte, et je ramasse la petite boule de poils, content qu'au moins un être dans cette pièce ne soit pas fâché contre moi. Je jette un regard à Hannah, qui se dirige droit vers la cuisine, où elle se met aussitôt à faire la vaisselle. Ça ne lui ressemble pas. Ce n'est pas ma Hannah.

— Allez, crache le morceau, dis-je en reposant Ombre après quelques grattouilles derrière les oreilles. Dis-moi ce que je dois faire pour te remonter le moral.

— Rien, répond-elle en rinçant un verre à vin. La journée a été longue.

— Hannah, dis-je d'un ton d'avertissement. Je n'aime pas les jeux.

Elle coupe l'eau et me fait face.

— Moi non plus, rétorque-t-elle d'une voix accusatrice.

— Et je ne *joue* pas non plus, ajouté-je.

Elle secoue la tête.

— Je ne sais même pas comment expliquer notre relation à mes parents.

Ah, voilà… Des choses ont été dites dans cette chambre d'hôpital. Je serais bête de croire le contraire. Le mécontentement du père d'Hannah quand il m'a vu était évident.

— Qu'est-ce que tu veux que je te dise ?

— Rien, j'imagine, répond-elle en croisant les bras.

— Tu es malheureuse ? demandé-je, contrarié à l'idée de l'avoir rendue triste.

— Non. Je suis même plus heureuse que jamais. Mais je suis aussi… déroutée.

— Comment ça ?

— Un instant tu me dis que je suis « à toi » et tu es tout protecteur et possessif, et le suivant, je réalise que je ne sais absolument rien de toi. Et quand il faut décrire ce qu'il y a entre nous, je ne sais même pas par où commencer. On passe toutes nos soirées ensemble comme un petit couple, et pourtant…

Mon téléphone se met à sonner, et je crois que nous sommes tous les deux soulagés d'être interrompus.

— Réponds, me dit-elle.

C'est Marco.

— Allô, dis-je après m'être repris.

Hannah et moi étions sur le point de parler de choses pour lesquelles je ne suis pas encore prêt. Elle allait me poser des questions auxquelles je n'ai pas de réponses à apporter. Ou pas les bonnes, en tout cas.

— Retrouve-moi ce soir au *Péché*. Léo sera là aussi…

— Je suis avec Hannah, l'interromps-je, une bonne excuse pour ne pas me rendre au club libertin que mon cousin adore fréquenter.

— Je sais. Viens avec elle. On sera accompagnés aussi, mon frère et moi. Ça sera une sorte de triple rencard, comme le font les gens normaux.

— On est loin d'être normaux. On vient de passer une longue journée, Hannah et moi…

— Il faut que je sorte la carte de la balle dans le cul pour que tu acceptes de faire quelque chose avec ton cousin ? Parce que je n'hésiterai pas. Mes fesses ne seront plus jamais les mêmes, et...

— Marco veut qu'on sorte avec lui et Léo, ce soir. Ils seront avec des copines.

Hannah hausse les sourcils et sourit.

— Ça a l'air sympa, dit-elle.

Je secoue la tête et articule le mot « non ».

— Je serais contente de les revoir, insiste-t-elle sans faire attention à moi.

— C'est un club libertin, annoncé-je, certain que cela suffira à la dissuader.

Elle penche la tête sur le côté.

— Sérieusement ?

— Arrête d'essayer de la dissuader, connard, lance Marco à l'autre bout du fil. Ne lui laisse pas entendre que c'est plein d'orgies et de cuir, là-bas.

Le sourire d'Hannah s'élargit.

— On aime le sexe, dit-elle.

J'ignore si elle plaisante ou pas. Mais l'idée ne semble sincèrement pas l'apeurer.

— Ma balle dans le cul et moi vous donnons rendez-vous au *Péché* à 21 h, dit Marco avant de raccrocher sans me laisser protester davantage.

— Il y a un club libertin à Chicago ? s'enquiert Hannah.

— Il y en a même plusieurs, mais celui-ci est plutôt soft, pour ce genre d'établissement. Il s'agit plutôt d'une boîte de nuit chic où tout est permis, question nudité, sexe et échangisme.

— Est-ce qu'on devra coucher ensemble là-bas ?

Je laisse échapper un rire inattendu.

— Non, Pâquerette. On n'est pas obligés de faire quoi que ce soit.

— Mais tu en aurais envie ?

Je marque une pause pour réfléchir. J'ai déjà eu des rapports sexuels au *Péché*. Mais jamais avec une femme que je considérais comme *mienne*. Et Hannah est à moi, pas de doute là-dessus. Je ne suis pas partageur. Je ne veux même pas que d'autres hommes la regardent. Si quelqu'un la reluque, j'aurai envie de lui briser la nuque.

Je fais un pas vers elle et la prends par le bras pour la serrer contre moi.

— J'ai plutôt envie qu'on couche ensemble *maintenant*, dis-je.

Elle lève la tête vers moi, et ses yeux croisent les miens. Elle a un petit sourire en coin lorsqu'elle me caresse le torse, puis le cou, avant de m'entraîner dans un baiser passionné. Nos lèvres bougent en harmonie alors qu'elle me pousse sur le lit et me chevauche.

— Je suis désolée, dit-elle. Pour mon... humeur.

Je secoue la tête.

— Ne t'excuse jamais pour tes émotions, Pâquerette. J'en ai besoin. J'en ai envie.

— L'instabilité, ça ne me réussit pas.

— Je comprends. Vraiment.

L'une de mes mains trouve sa taille, et je la saisis fermement tandis qu'elle se frotte à moi. Je glisse mon autre main sous sa robe et caresse un sein tout doux jusqu'à ce que son téton se dresse. Elle se cambre, les fesses collées à mon membre.

Je le pince fermement, arrachant un halètement et un gémissement aux lèvres pulpeuses d'Hannah.

— Je n'ai pas les bonnes réponses à tes questions. Je ne serai jamais cet homme. Mais ce que je peux te donner...

Je lui enlève sa robe, et mon geste fait rebondir ses seins. Je prends le temps de les admirer.

Puis je glisse une main entre ses jambes, caressant son clitoris à travers sa culotte, lui arrachant un gémissement. Un sourire rusé fend son visage, et elle enlève sa culotte pour tout dévoiler.

Je défais ma ceinture et porte la main à ma braguette. Hannah interrompt mon geste et mêle ses doigts aux miens. Nos regards s'aimantent tandis qu'elle ouvre ma fermeture éclair et tire sur la ceinture. Elle la place entre ses dents et secoue la tête. Je ris, et elle recrache ma ceinture avant de se lécher langoureusement les lèvres. Elle tire sur mon pantalon et le jette par terre.

Ses jambes m'encerclent alors qu'elle me colle à elle, qu'elle se frotte à moi. Je glisse une main sous son corps, mais elle la chasse d'une tape. Ses doigts délicats cherchent mon sexe. Elle trouve mon gland et ondule dessus, étalant mon liquide préséminal sur ses petites lèvres.

J'ouvre le tiroir de la table de chevet et en sors un préservatif. Je frémis lorsqu'elle l'enfile à ma place, gémissant sous la sensation de sa main. Elle me chevauche à nouveau et s'enfonce sur mon membre dur comme du bois.

— Alors, que va-t-on faire dans ce club libertin ? demande-t-elle d'une voix rauque.

— Tout ce qu'on voudra, réponds-je avant de suçoter sa lèvre inférieure.

Son bassin ondule contre moi.

— Et si on veut coucher ensemble devant tout le monde ? murmure-t-elle contre ma bouche.

— Pas de problème. Mais je retournerai en prison juste après.

Je gémis et soulève les hanches. Elle pose une main sur mon torse pour me clouer au lit tandis qu'elle va et vient de bas en haut, me prenant profondément en elle. Je sens ses ongles s'enfoncer dans ma poitrine, et je l'étreins avec force pour me projeter en elle.

— En prison ? Pourquoi ? demande-t-elle, le souffle court.

— Parce que je serai obligé de tuer tous les hommes qui t'auront vue nue, réponds-je en lui donnant un grand coup de reins.

Je vais de plus en plus vite, en la serrant presque douloureusement. Je la sens se contracter sur moi, son corps prêt à exploser.

— On pourra regarder, dans ce cas ? Ça ne te conduira pas en prison, si ?

— On pourra regarder, Pâquerette. Peut-être. Je risque quand même de tuer l'homme que tu auras regardé.

— Il faudra juste que je te distraie tout du long.

Elle pousse un cri lorsque je m'enfonce avec encore plus de force.

— J'y compte bien, dis-je. Empêche-moi de retourner en prison. C'est ta mission pour la soirée.

— Marché conclu, gémit-elle, convulsant autour de moi alors que je me répands en elle.

CHAPITRE DIX-NEUF

Hannah

Les lumières de la ville dansent sur les vitres teintées de la voiture lorsque nous nous garons devant le *Péché*, le club érotique le plus célèbre de Chicago, et l'un des terrains de jeu préférés de Marco, selon Armando. Il a insisté pour louer une voiture pour nous y rendre, le genre de luxe dont je n'ai pas l'habitude. Je jette un regard à Armando. Sa mâchoire sculptée et ses yeux perçants me font battre le cœur à tout rompre. Son costume sur mesure souligne sa silhouette musclée, lui donnant un air mystérieux et supérieur qui me captive.

— Prête ? me demande-t-il d'une voix grave et autoritaire.

Je hoche la tête et tire sur le bas de ma petite robe noire. Son décolleté plongeant et sa fente sur le côté me donnent l'impression d'être vulnérable et puissante à la fois, et j'ai hâte de découvrir ce que ce club nous réserve.

Jamais je n'aurais imaginé pénétrer un jour de mon plein gré dans ce genre d'établissement, mais je suis enthousiaste. Ça me plaît d'arriver au bras d'Armando. Comme un couple. Un homme et sa petite amie. Marco n'a pas invité que son cousin. Il l'a invité avec sa *copine.*

Alors que nous nous approchons de l'entrée, les basses de la musique font trembler le trottoir sous nos pieds, nous attirant vers le monde sensuel qui nous attend à l'intérieur. La corde de velours est ouverte par un vigile à la carrure impressionnante, et nous descendons un escalier plongé dans la pénombre, laissant le monde ordinaire derrière nous.

Dès que nous pénétrons dans le club, nous sommes enivrés par son atmosphère. Les lumières projettent les ombres des corps qui s'agitent autour de nous tandis que la musique me fait vibrer de l'intérieur. Mes yeux sont immédiatement attirés par les performances sensuelles qui ont lieu sur la scène : des danseurs très peu vêtus se meuvent avec une grâce hypnotique, leurs corps mêlés les uns aux autres comme des serpents envoûtant leur proie.

— Ouah, soufflé-je tandis qu'Armando me guide vers le centre du club, une main dans le creux de mon dos. Cet endroit est... intense.

— L'intensité, ça peut avoir du bon, Hannah, murmure-t-il dans mon oreille, me provoquant un frisson dans le cou.

Je hoche la tête, le cœur tambourinant. J'observe les alentours. Des couples et des groupes s'adonnent au plaisir de différentes manières, encouragés par la nature profondément lubrique du club.

— Je peux regarder ? demandé-je. Ou bien c'est malpoli ?

Je ne connais pas les règles. Je ne veux pas agir comme la libertine inexpérimentée que je suis.

— Chut, susurre-t-il en me caressant la joue. Arrête de cogiter. Laisse-toi guider par l'atmosphère. Tu ne feras rien de mal.

Je ferme un instant les paupières et prends une profonde inspiration. Je me laisse porter par la symphonie de sensations qui nous entoure. La chaleur du corps d'Armando pressé contre le mien, le goût de l'impatience sur mes lèvres, le son de la musique qui fait frémir mon échine... tout se combine dans une expérience inédite.

Tandis que nous continuons d'explorer les profondeurs du *Péché*, mon désir pour Armando devient de plus en plus fort. Je sens l'électricité entre nous, nos corps attirés l'un par l'autre comme des aimants tandis que nous traversons ce monde sensuel qui semble avoir pour unique but d'aiguiser notre passion. Tous mes sens sont décuplés, chaque mouvement et chaque bruit un courant électrique à travers tout mon corps.

— Les voilà, dis-je en lui montrant le carré VIP où sont assis Léo, Marco et leurs amies. Les cordes en velours couleur rubis qui délimitent la zone la rendent encore plus attrayante.

— Ah, dit Armando d'une voix douce et assurée qui contraste avec le trac que je ressens en m'approchant de la table.

Il me prend par la main avec une fermeté rassurante.

— Mando ! Hannah ! s'exclame Marco en se levant, un sourire chaleureux et accueillant au visage. Content que vous ayez pu venir.

— Ton *cul* ne nous a pas vraiment laissé le choix, réplique Armando en me serrant contre lui, comme pour rappeler à tout le monde que je suis à lui.

— Je vais vous présenter à nos charmantes compagnes pour la soirée, reprend Marco en nous montrant les deux femmes sublimes assises à ses côtés. Isabella et Valentina.

— Enchantée de vous rencontrer, dis-je en faisant de mon mieux pour paraître à l'aise.

Les deux femmes me jaugent du regard avec curiosité, se demandant sans doute comment quelqu'un comme moi a pu finir avec un homme comme Armando.

— De même, roucoule Valentina en jetant un regard intéressé à Armando, avant de revenir vers moi.

Je ne peux pas m'empêcher de ressentir une pointe de jalousie, même si je sais que c'est infondé.

— Commandons à boire, me suggère Armando, qui cherche à chasser les tensions. Qu'est-ce que vous buvez ?

— Du champagne pour Valentina et moi, répond Isabella en agitant ses faux cils interminables.

— Un whisky on the rocks, dit Léo d'une voix grave et autoritaire.

— Pareil pour moi, dit Marco, un instant déconcentré par la robe minuscule de Valentina.

Armando hoche la tête et se tourne vers moi d'un air interrogateur.

— Euh, un verre de vin rouge, s'il te plaît.

Décidément, je ne me sens pas à ma place parmi ces gens.

Armando me caresse la main avant de se tourner vers le serveur, qui vient juste d'arriver.

— Vous l'avez entendue, un verre de votre meilleur vin rouge, plus deux whiskys on the rocks, deux flûtes de champagne, et pour moi… un scotch, sans glaçons.

Le serveur s'empresse d'écrire notre commande avant de disparaître dans la pénombre.

— À une soirée inoubliable ! lance Léo en levant son verre dès que nous sommes servis.

— À cette soirée ! répète Marco.

Le tintement de nos verres contraste avec la musique qui résonne autour de nous. Nous buvons longuement, les concoctions puissantes attisant les flammes qui brûlent déjà en nous tous.

Tandis que l'alcool court dans mes veines, mes inhibitions commencent à se dissiper, remplacées par une avidité grandissante pour ce que le club nous propose. Il y a tant de choses à voir. Tant de choses à ressentir.

— Ça va ? me demande Armando, penché à mon oreille.

Je hoche la tête.

— Ça fait beaucoup de nouveautés d'un coup.

— Allons faire un tour. Voir ce qui se passe.

Il me prend par la main et me guide à travers la foule, son assurance et sa présence maîtrisant l'espace autour de nous. Dès que nous atteignons une zone plus ouverte, il se tourne vers moi, ses yeux plongés dans les miens avec une passion qui me fait frissonner.

— Tu veux danser ? me demande-t-il d'une voix à peine audible à cause de la musique entêtante.

Je hoche la tête, impatiente de lâcher prise.

— Tu danses ? lui demandé-je.

— Non. Pas du tout. Mais pour toi, je ferai un effort.

Ses mots me font chaud au cœur. Quel homme ! Je suis accro.

Alors que la musique s'élève, Armando et moi nous rapprochons, et nos corps trouvent instinctivement leur propre rythme au milieu du chaos. Nos hanches bougent de concert, les mains puissantes d'Armando me guidant avec une précision électrique. La chaleur monte de plus en plus entre nous, et je savoure la délicieuse friction qu'elle provoque.

— Marco et Léo vont se moquer de moi pendant le reste de mes jours, s'écrie Armando, penché sur moi pour que je l'entende. J'ai l'impression d'être un mur de brique qui essaye de se trémousser.

J'éclate de rire, contente qu'il cherche à me mettre à l'aise, quitte à se mettre dans l'embarras. Armando ne trouve pas toujours les mots qu'il faut, mais il a toujours les bons gestes.

Mon corps bouge avec une fluidité inédite, sans doutes, sans limites. Le regard d'Armando ne me quitte jamais, et je ressens une bouffée de plaisir à l'idée d'être l'unique cible de ses attentions.

Je prends de plus en plus conscience des activités sensuelles qui ont lieu autour de nous. Des couples en plein rapport sexuel, dans différentes positions, certains cachés dans des recoins sombres tandis que d'autres affichent ouvertement leur passion aux yeux de tous. Des jeux coquins se déroulent sous mon regard, un monde que je ne connaissais qu'au détour de conversations ou de fantasmes nocturnes.

La vue de ces démonstrations de désir débridées ne fait qu'attiser les flammes qui grandissent en moi. Je ressens le besoin primaire d'explorer une facette plus sombre de ma sexualité.

— Armando... soufflé-je, ma voix à peine audible à cause de la musique tandis que j'observe les scènes de débauche autour de nous. C'est... indescriptible.

— C'est trop pour toi ?

Ses yeux sondent les miens pour voir si je suis mal à l'aise.

— Non, réponds-je, surprise par la conviction dans ma voix. Je suis intriguée.

— Tant mieux.

Il sourit et m'enlace avec plus de force, nos corps brûlants l'un contre l'autre.

Les basses semblent faire vibrer mes os tandis que nous continuons de danser. La chaleur est palpable entre nous ; l'air est électrique sous les regards et les caresses torrides que nous échangeons.

— Ton cœur bat à toute vitesse, murmure Armando à mon oreille, son souffle brûlant sur ma peau envoyant un frisson le long de ma colonne vertébrale. C'est l'atmosphère, ou c'est moi ?

— Peut-être un peu des deux, admets-je.

L'euphorie de la soirée me rend audacieuse. Mon regard se plante dans le sien, et l'espace d'un instant, tout le reste disparaît : la musique, les gens, nos amis. Il ne reste plus que nous, et le lien indéniable qui se renforce de jour en jour depuis notre rencontre.

Il me regarde attentivement, avec possessivité, nourrissant l'incendie en moi. Je perçois son besoin d'avoir le contrôle, son désir de me protéger, même dans cet univers chaotique que nous avons décidé d'explorer ensemble.

Pendant que nous dansons, j'aperçois Marco et Léo au bord de la piste. Leurs rires se perdent dans la musique. Leurs amies se sont rapprochées, leurs gestes ouverts et entreprenants, alors qu'ils flirtent ensemble. Léo replace une mèche derrière l'oreille de sa copine avec un sourire charmeur et mutin, tandis que Marco se penche pour murmurer à l'oreille de son invitée, la faisant glousser et rougir.

De temps à autre, ils nous jettent un regard, et leurs sourires approbateurs me disent qu'ils sont contents de me voir avec Armando.

Je pose une main sur sa poitrine alors que la musique continue de retentir autour de nous.

— Arrêtons de danser un moment et continuons notre visite, dis-je. Je suis curieuse de voir ce que ce club nous réserve d'autre.

— Tu es sûre ? demande-t-il en me dévisageant pour détecter le moindre signe d'hésitation de ma part.

— Certaine, réponds-je avec un sourire, excitée à l'idée de m'aventurer plus profondément dans ce monde mystérieux. Je veux tout explorer, ce soir.

— Du moment que tu ne me renvoies pas en prison, dit Armando avec un sourire diabolique.

Il me prend par la main, et alors que nous fendons la foule déchaînée, je réalise que certains clients sont intrigués par Armando, hommes comme femmes. Il dégage une puissance pure qui ne laisse pas insensible, et je ressens une bouffée de fierté à l'idée qu'il soit à moi pour la soirée.

Nous découvrons des pièces cachées et des coins secrets où des couples et des groupes s'adonnent à des activités encore plus pécheresses que celles qui ont lieu dans la salle principale. Une odeur de sueur et de désir emplit l'air, ainsi que le doux bourdonnement des gémissements et des murmures qui portent les secrets de la nuit.

— Regarde-les, murmuré-je à l'oreille d'Armando en lui montrant un couple en pleins ébats sur un fauteuil de velours. Ils sont tellement perdus dans leur passion qu'ils ne font même plus attention au monde qui les entoure.

— C'est ce que je ressens quand je suis avec toi, me confie-t-il. Tout le reste s'efface.

Mon cœur s'emballe tandis que je me tourne vers lui. Je l'entraîne vers l'une des alcôves discrètes qui parsèment cet espace. Elle est plongée dans la pénombre et cachée du reste de la salle, nous offrant un moment d'intimité à l'écart du chaos.

Il m'embrasse langoureusement, ses mains sur ma taille pour m'attirer contre lui.

Mes doigts montent le long de son torse pour se poser sur sa joue. Son regard ne quitte jamais le mien alors que nous nous tenons au bord d'un précipice d'abandon.

— Je pourrais te baiser juste ici, murmuré-je, refermant la distance entre nous lorsque nos lèvres se rencontrent dans un baiser brûlant et passionné. Mais je te veux enfermé à clé avec moi. Nulle part ailleurs.

Nos bouches bougent ensemble, nos langues s'explorent et se goûtent tandis que la chaleur monte entre nous à chaque seconde qui passe. Armando me saisit par les hanches pour me coller à lui, et je sens son érection pressée contre ma cuisse.

— Je ne peux pas te partager, Pâquerette. Du moins pas encore. Je suis un sale égoïste qui veut garder ton cul sexy pour moi tout seul, dit-il, sa voix rauque d'excitation, son front posé contre le mien. Mais je te jure qu'une fois à la maison, je te ferai hurler mon nom.

— Promis ?

— Tu peux compter sur moi.

Nous sortons de l'ombre, nos cœurs toujours affolés par notre échange passionné, et nous regagnons le carré VIP. Lorsque nous approchons de notre table, je vois Léo amuser la galerie avec une anecdote, qu'il raconte en agitant les mains. Marco, assis à ses côtés, hoche la tête pendant que leurs amies boivent ses paroles.

— Ah, vous voilà, tous les deux ! s'exclame Léo en nous apercevant.

On parlait justement de certaines activités... inédites proposées par le *Péché.*

— Inédites, c'est bien le mot, commente Armando avec un petit sourire tout en tirant ma chaise.

Je m'assois, toujours enivrée par l'excitation et l'impatience.

La conversation se poursuit, sous les rires et les taquineries, mais je ne peux pas m'empêcher de jeter des regards discrets à Armando. Notre lien n'a fait que se renforcer, ce soir, et je sens ses yeux brûlants sur moi même quand je ne le regarde pas directement. Sa main puissante est posée sur ma cuisse, la promesse silencieuse de ce qui m'attend.

Mais son geste possède également une bonne dose de... possessivité.

Il a dit plusieurs fois que j'étais « à lui ». Toujours dans le feu de l'action. Mais là, assise avec ses cousins qui me font rire, je sens vraiment que je lui appartiens. Pleinement. Et j'adore ça.

Le temps semble s'accélérer alors que nous enchaînons les blagues et les anecdotes, tous perdus dans l'euphorie de cette soirée. Mais même les moments les plus magiques ont une fin.

— On dirait qu'ils commencent à fermer, commente Léo en voyant des employés faire le ménage dans certaines parties du club.

— C'est l'heure de rentrer, dit Marco.

Il se lève et étire ses bras au-dessus de sa tête.

— Très bien, allons-nous-en, dit Armando, qui se met debout en me tendant une main.

— Bonne nuit, tout le monde, lancé-je en saluant nos amis tandis que nous nous dirigeons vers la sortie.

— Bravo d'avoir réussi à faire sortir Mando, me dit Léo. Tu lui fais du bien.

— C'est une perle rare, renchérit Marco.

Je déborde de fierté. Rien n'est plus agréable que de réaliser que l'on a conquis la famille de l'homme qu'on... aime.

Une fois dehors dans l'air frais, le son étouffé de la musique du *Péché* derrière nous, je serre la main d'Armando dans la mienne, impatiente de passer à la suite.

— C'était super, ce soir.

— Ce n'était qu'un début. J'ai pris des engagements, tu te souviens ? me dit Armando d'une voix grave et pleine de promesses.

CHAPITRE VINGT

Hannah

— Et si j'avais insisté pour qu'on couche ensemble au *Péché* ? demandé-je tout en me déshabillant devant Armando.

Je ne lui laisse aucun doute quant à ce que j'ai en tête pour le reste de la nuit. Voir tous ces corps nus a enflammé quelque chose en moi. Quelque chose de plus sombre. De plus primaire.

— Je t'aurais baisée, répond Armando, qui se déshabille également. Mais pas comme je compte te baiser maintenant.

Je hausse un sourcil.

— Ah oui ? Comment ça ?

— Je vais te baiser plus fort que jamais.

Mon cœur s'emballe. J'ai les jambes en coton. Mais je tiens à goûter à ce qu'il me propose.

— Ça ne me fait pas peur, lui dis-je avec une note de défi dans la voix. Je sais encaisser.

— Ah ouais ? Prouve-le.

Il se dirige vers moi, le regard décidé. Il s'allonge sur le lit, complètement nu.

Je souris et monte sur le lit avant de ramper à ses côtés sans jamais le quitter des yeux. Je l'enlace. Sincèrement. Passionnément. Langoureusement.

Il me serre dans ses bras et me retourne sur le dos, sa langue dansant avec la mienne. Il a un goût de scotch, et il s'agit d'un bon scotch, je le sens. J'adore sentir sa saveur sur sa langue et sur la mienne.

— Dis-moi ce qui te fait envie, ordonne-t-il en me soulevant le menton pour me regarder droit dans les yeux.

Je suis assez en confiance pour lui avouer mes secrets les plus sombres.

— Je veux quelque chose de... coquin. De brusque. Je veux me sentir... soumise à toi. Je ne veux pas de douceur. Je ne veux pas de caresses. Je veux que ce soit cochon. Que tu me fasses tout ce que tu veux.

J'ignore ce qui me prend et pourquoi il m'est aussi facile de lui demander ce que je veux. Mais nous venons de quitter le *Péché*, et s'il y a bien un moment pour se lâcher, c'est celui-ci.

— Tu veux que je te baise sauvagement ? Que je repousse tes limites ? Que je te prenne comme la salope que tu viens de me décrire ?

— Oui, murmuré-je.

— Je vais te faire tout ça, et plus encore.

Son sourire en coin est menaçant.

— Ne te retiens pas, dis-je dans un souffle.

— Retourne-toi, je veux voir ton cul, m'ordonne-t-il en me lâchant.

— Comme ça ? demandé-je en roulant sur le ventre.

— Sur les genoux, Pâquerette.

J'obéis, puis je lui jette un regard par-dessus mon épaule.

— Oui, parfait. Maintenant, écarte les fesses.

Je fais ce qu'il me dit, et il me caresse. Je l'entends ouvrir le bouchon du tube de lubrifiant, puis ses doigts mouillés glissent sur mon sexe, son pouce contre mon anus. Je me colle à lui sans la moindre honte pour qu'il m'en donne plus.

— C'est ça que tu veux ?

Il me donne une violente claque sur les fesses, puis me caresse pour chasser la douleur.

— Oui. Je veux que tu me baises par-derrière.

— Quoi d'autre, Pâquerette ?

— Je veux que tu sois brutal avec moi. Que tu me prennes jusqu'à ce que je ne puisse plus marcher droit. Jusqu'à ce que je ne puisse même plus réfléchir. Toute la nuit.

Armando pousse un grognement et plonge les doigts dans mon sexe.

— Je veux que tu me donnes la fessée jusqu'à ce que ma peau me brûle.

— Putain, bébé, tu me fais bander à mort. Qu'est-ce que tu veux que je te fasse d'autre ?

— Je veux que tu...

Je n'ose presque pas demander ça. Mais c'est un fantasme que j'ai depuis qu'il a débarqué dans ma boutique.

— Quoi, Pâquerette ?

— Que tu m'étrangles.

— Ah ouais ? Oh, je vais t'étrangler, bébé. Tu veux sentir ma main sur ta gorge pendant que je te baiserai comme un fou ?

— Oui, s'il te plaît.

— Tu aimes avoir un peu peur pendant que je te baise ? Tu veux que je te coupe un peu la respiration ? Ou tu veux seulement que je fasse semblant ?

J'ai le tournis. J'ai du mal à croire que nous ayons vraiment cette conversation. Mon fantasme est sur le point de se réaliser.

— Je veux que tu me coupes la respiration... que tu me donnes l'impression que tu vas m'achever. Que je suis sur le point de mourir pour toi.

La pièce tourne autour de moi. Je suis terrifiée à l'idée de lui demander ça, mais je poursuis :

— Je veux que tu me possèdes. Que tu me fasses tienne. Ta salope. Ta chienne. Toute à toi.

Je n'avais jamais prononcé ces mots à voix haute. Je ne les avais même jamais imaginés. Mais Armando a éveillé quelque chose en moi. Il m'a montré que je pouvais lui confier mon corps, même quand c'était un peu violent. Et après tous les trucs dingues que nous avons vus ce soir, j'ose lui demander ce que je veux. Je le laisse entrer, et plus important encore, je me laisse sortir. Je me libère de multiples peurs et complexes, et je bois les paroles d'Armando, attendant qu'il me dise quoi faire ensuite.

— Tu m'excites, Hannah. Tu es ma petite cochonne. Je vais bien te baiser.

Ses doigts continuent d'aller et venir entre mes jambes, son pouce dans mon anus, tout en m'assénant des claques sur les fesses. Un mélange chaotique de sensations qui amplifie tout ce que je ressens. Je gémis. Le désir monte en moi, submergeant toutes mes inhibitions habituelles.

Armando place un oreiller sous mon bassin et m'allonge dessus avant de se placer entre mes jambes. Il fait glisser son gland sur mon sexe tout en m'attrapant par les cheveux, me tirant la tête en arrière pour que je le regarde.

— Il n'y a que moi qui ai le droit de baiser cette chatte, dit-il d'un ton impérieux en s'enfonçant en moi.

— Oh, Seigneur.

Mes muscles internes se contractent sur son membre. J'ai déjà un orgasme.

Il se met à aller et venir lentement, doucement, pour me titiller. Pour me torturer.

— Donne-moi une fessée.

— Tu veux une fessée ? Il va falloir la mériter, dit-il en se retirant.

— Comment ?

— Supplie-moi.

Il me donne quelques tapes sur le derrière, et la douleur est intense, mais j'adore ça.

— Pitié, l'imploré-je, tant j'ai besoin de sentir cette chaleur envahir ma chair et se répandre dans tout mon corps. Pitié, Armando. Frappe plus fort. S'il te plaît.

Il recommence, encore et encore, jusqu'à ce que mes fesses me brûlent et fourmillent. C'est exactement ce dont j'ai besoin. Ce que je désire.

— Gentille fille.

Il me retourne et m'assoit au bord du lit.

— Maintenant, écarte les jambes pour moi.

J'obéis, et il se met à genoux face à moi, les mains serrées sur mes cuisses pour les écarter.

— Regarde-toi. Ta chatte est trempée, et tes lèvres sont gonflées.

— C'est ta queue qui a fait ça, dis-je en saisissant son membre pour le caresser avec force.

— Montre-moi à quel point tu la veux, cette queue, dit-il en la frottant contre mon sexe. Suce-moi et montre-moi à quel point tu la veux. Je veux que tu sentes sur ta langue à quel point ta chatte aime ma queue.

Je regarde son sexe pénétrer ma bouche, et je le caresse avec ma langue, en accordant une attention particulière à son gland et à son frein.

— C'est bien, m'encourage-t-il en saisissant ma tête pour s'enfoncer davantage. Prends-la en entier.

J'obéis, et tout en le suçant, je le sens prendre ma main pour la placer à la base de son sexe, la guider de bas en haut tout en me baisant la bouche. Je gémis si fort que mes voisins doivent m'entendre, mais je m'en fiche. Je ne me suis jamais sentie aussi libre et sauvage.

Je veux vivre ça tous les soirs. Je veux être sa pute. Je veux qu'il me démontre que je suis belle et désirée. Je soulève le menton et ouvre la bouche en grand pour qu'il puisse prendre ma bouche comme bon lui semble.

Je veux tout ce qu'il est prêt à me donner.

Je veux qu'il me possède.

Il va et vient de plus en plus fort, et j'ai du mal à l'avaler, mais je tiens bon. Je le prends tout entier. Je le regarde dans les yeux et vois sa passion. Je vois son désir, et c'est superbe.

Je suis sa petite cochonne, et j'aime ça.

Je l'aime, lui.

— Fais-moi jouir sur ton visage, petite dépravée, m'ordonne-t-il.

J'ôte son membre de ma bouche et le caresse vite et fort. Sa respiration devient saccadée, et je sais que son orgasme approche.

— Vas-y. Jouis sur mon visage.

Il éjacule puissamment. Des jets de sa semence m'aspergent les joues, et je l'étale aussitôt sur ma peau, tout en m'assurant d'en laisser couler une partie dans ma bouche.

— C'est bien, dit-il avant de m'essuyer le visage avec une serviette. Maintenant, grimpe sur le lit et attends-moi.

J'obéis, et allongée sur le lit, les yeux levés vers Armando, je suis émerveillée par lui.

— C'est l'heure de ta fessée. Tu l'as bien méritée. Roule sur le ventre, les fesses en l'air.

Je m'exécute, et je sens mon corps trembler d'excitation.

— Écarte les jambes, m'ordonne-t-il en me massant les fesses.

Je fais ce qu'il me dit, consciente que je lui appartiens et qu'il prend peu à peu le contrôle de ma vie.

Et ça me convient.

Je veux rester sa petite traînée pour toujours.

Il me donne quelques claques sur le derrière, avant de pétrir ma chair et de me soulever le bassin. Il recommence à me fesser, et je sens ma peau me brûler, mon sexe fourmiller davantage. C'est douloureux, mais également délicieux.

— Écarte les fesses. Je veux admirer ta jolie chatte.

J'obéis et jette un regard derrière moi, impatiente de découvrir ce qu'il compte me faire.

Il me donne une claque sur les fesses, puis prend l'une de mes mains et la place entre mes cuisses.

Il me donne une tape sur le sexe avec ma propre main, encore et encore, avant de porter mes doigts à ma bouche et de m'obliger à les sucer.

— Tu es une vraie dévergondée, dit-il. Goûte-toi.

— Je suis ta dévergondée.

— Et je suis ton papa.

Ses tapes reprennent entre mes jambes, me faisant crier.

— C'est moi qui baise cette chatte, cette superbe chatte.

— Oui papa.

Je pousse des exclamations passionnées tandis qu'il frappe mon sexe de plus en plus fort.

— Et ce cul m'appartient, dit-il en me donnant une claque sur le derrière, si forte que je sens la douleur irradier.

— Oui, il t'appartient. À toi seul.

— Exactement. À moi seul. Tu m'appartiens.

— Je suis toute à toi.

— Gentille fille.

Il me frappe de nouveau les fesses.

— Maintenant, je vais te faire jouir avec ma langue, annonce-t-il en m'écartant les fesses. Il me donne un coup de langue, et je pousse un gémissement sonore.

— Ma petite coquine adore que je lui lèche le cul, hein ?

— Oui, j'adore ça, réponds-je, trempée.

Il continue de me lécher, et je ne peux pas m'empêcher de me frotter à son visage.

— Je vais te faire jouir comme jamais.

Il caresse mon sexe, puis enfonce deux doigts en moi et va et vient sans ménagement.

Je me mets à gémir, et bientôt, tout mon corps tremble.

— Jouis sur mes doigts, bébé. Jouis dessus.

Ses mots sont crus, et salaces, et c'est précisément ce que j'ai envie d'entendre.

— Jouis pour moi, Pâquerette.

J'obéis, tout mon corps agité et frissonnant.

Il me serre contre lui tandis que je redescends sur terre après l'orgasme le plus sensuel et le plus sauvage que j'aie jamais connu.

Allongés ensemble dans le noir, nos souffles se mêlent. Nos cœurs se calment après leur galop.

— Merci, murmuré-je.

Armando lâche un petit rire.

— C'est toi qui me remercies ? Non, bébé. Tu es merveilleuse, Hannah.

Ses compliments font chanter mon cœur.

Et c'est là qu'est le véritable danger. Pas dans la façon dont cet homme maîtrise mon corps, mais dont il maîtrise mon cœur.

Je prie pour qu'il ne le piétine pas.

Ce qui me terrifie encore plus, c'est qu'il a le pouvoir de détruire mon âme.

CHAPITRE VINGT ET UN

Armando

Je cours dans les rues de Chicago, pourchassé par les Hermanos. Je suis projeté à terre et acculé par le gang tout entier, leurs armes pointées sur moi. Mais soudain, leurs visages deviennent familiers : l'un des types les plus proches de moi est Emilio, un autre est Harold, le père d'Hannah.

Je me relève et leur présente ma poitrine.

— Allez-y, tirez, dis-je, avant d'entendre Hannah crier mon nom.

Armando.

Entendre sa voix change mon programme. Je ne peux pas mourir sous ses yeux. Je ne peux pas mourir si elle a besoin de moi. Je décide de me battre ou de m'enfuir. Je saisis le poignet du type voisin pour lui arracher son pistolet.

— Armando !

Je me réveille en sursaut avec une exclamation, les doigts crispés autour du poignet d'Hannah.

— Merde !

Je la lâche comme si sa peau me brûlait, puis je reprends son poignet avec douceur. J'embrasse son pouls effréné. Elle ouvre de grands yeux horrifiés.

— Je suis désolé, Pâquerette. Sincèrement désolé.

Je porte de nouveau son poignet à mes lèvres.

— Je t'ai fait mal. Merde.

Elle est nue, et ses beaux seins noirs remuent lorsqu'elle s'assoit.

— Ce n'est pas grave, chuchote-t-elle en passant les bras autour de mon cou dans une étreinte qui m'étrangle presque.

Je ne mérite pas son pardon, et je pense qu'elle ressent de la compassion pour moi, ce qui me trouble et me met en colère, mais je ne peux pas rejeter sa tendresse. À en croire mon cauchemar, Hannah est ma seule raison de vivre.

Notre partie de jambes en l'air juste avant de nous endormir était... carrément animale, et à présent, je suis inquiet. Me suis-je montré trop dur avec elle ? Ai-je dévoilé mon côté sombre trop vite ?

Putain. Suis-je en train de tout faire foirer ? Je l'ai traitée de salope. De salope !

Hannah mérite mieux. Elle mérite un homme qui lui offre des fleurs et du chocolat et qui lui murmure des gentilles choses à l'oreille. Je ne suis pas cet homme.

— Laisse-moi te faire du bien, l'imploré-je, car le sexe, c'est à peu près la seule chose que je puisse lui donner, et elle s'est endormie avant la fin de la soirée.

Elle me laisse l'allonger sur le dos et ramper entre ses jambes pour la satisfaire avec ma langue avant de m'autoriser à m'enfoncer en elle.

Quand nous avons terminé, je roule hors du lit et vais prendre une douche. C'est le baptême du petit fils d'Arturo, aujourd'hui, alors il faut que j'enfile un costume et que j'aille à la messe.

Quand je sors de la salle de bains, Hannah va se laver à son tour pendant que je m'habille et que je nous prépare un café.

Je lui tends sa tasse lorsqu'elle sort, une serviette enroulée autour de ses courbes délicieuses.

Elle la repose sans rien boire.

— Merci, mais je suis un peu barbouillée, ce matin. Tu vas où ?

Ça me tue qu'elle me regarde comme si elle ne s'attendait même pas à une réponse de ma part. Ou comme si elle ne méritait pas de me poser la question. Ça me tue de ne pas pouvoir donner plus à Hannah

Munn, la fille qui me donne tout alors que je ne le lui ai même pas demandé poliment. Que je ne le lui ai pas demandé du tout.

— À un baptême, réponds-je. Et à la fête qu'il y aura ensuite.

Une expression blessée balaye rapidement son visage, et je sens le couteau dans ma poitrine s'enfoncer plus profondément. J'ai envie de l'inviter. Rien ne me ferait plus plaisir que de l'avoir à mes côtés, d'ailleurs. Avec elle, affronter Emilio et Grace serait beaucoup plus facile, et les gens arrêteraient de se demander comment je prends leur couple.

— Je vais dîner chez mes parents ce soir. Tu, euh, tu es le bienvenu, dit-elle, mais sans l'enthousiasme dont elle fait habituellement preuve le matin.

Bon sang. Je frotte ma joue fraîchement rasée.

— Je suis pas sûr que ce soit une bonne idée, ma belle. Ton père n'était pas franchement ravi de me voir avec toi.

De tous les hommes du monde, il fallait que ce soit son père qui bosse sur le même chantier que moi. Au moins, j'ai la satisfaction de l'avoir soutenu lorsqu'il a demandé à s'absenter pour se rendre à son rendez-vous chez le médecin.

Un rendez-vous qui aurait dû lui éviter cette crise cardiaque.

— Tu travailles aujourd'hui ? lui demandé-je.

— Ouais.

— OK. Je passerai à la boutique après la fête. Pour voir si je peux te donner un coup de main.

Elle hoche la tête, mais elle semble toujours blessée. Mes lèvres effleurent les siennes.

— Sois bien sage, Pâquerette. À tout à l'heure.

La fête de baptême ressemble à n'importe quel rassemblement familial. J'en ai connu des milliers, mais celui-ci est particulièrement pénible. Presque autant que ma fête de sortie de prison.

Marco et Léo ne me lâchent pas d'une semelle, et je fais de mon mieux pour ne pas tirer la gueule, mais c'est peine perdue.

Cette satanée Grace ne peut pas s'empêcher de revenir me voir. Elle doit se sentir plus coupable que je ne l'imaginais. Mais après tout, à une époque, j'ai sincèrement cru que nous nous aimions. Ce n'est pas parce que mon cœur s'est rabougri qu'elle a cessé de ressentir ce que nous avons partagé.

Elle ignore simplement que l'homme qu'elle a connu est mort.

— Salut, Mando, dit-elle, le souffle court. Bon, écoute, euh… c'est un peu gênant.

Elle jette un regard à Marco et Léo, qui ne bougent pas d'un poil.

Et je ne leur demande pas de partir.

— Je voulais juste te dire que, euh, que j'avais ton invitation au mariage. Mais… je ne savais pas ce qui serait pire : l'envoyer ou ne pas l'envoyer.

— Oh, Grace.

Soudain, je suis épuisé. Trop las pour affronter ce genre de conneries. Que veut-elle entendre ? Que je lui pardonne ?

Eh. Peut-être bien. Je ne sais pas.

La voir plantée devant moi, avec son maquillage impeccable et ses faux ongles me pousse à réaliser à quel point notre relation était artificielle. Nous étions ensemble parce que nous formions un beau couple. Nous nous intégrions parfaitement au Milieu et aux cercles dans lesquels nous évoluions. Elle voulait un homme qui faisait étalage de son fric. Qui la gâtait et qui la baisait bien. Qui faisait preuve de romantisme.

Tout ça, je le lui apportais. Et elle m'apportait ce que j'étais censé attendre d'elle : elle était jolie à mon bras. Elle disait ce qu'il fallait aux rassemblements de la Famille, elle faisait ce qu'on lui disait.

Ce n'était pas une relation. C'étaient deux personnes qui jouaient au petit couple. Et nous jouions très bien. Jusqu'à mon arrestation. Car la prison, ça ne correspondait pas au rôle qu'elle m'avait attribué.

Hannah ne me tournerait pas le dos si les choses se gâtaient. D'ailleurs, tout s'est déjà gâté. J'ai tué un homme sur le sol de sa boutique. Je l'ai attachée et séquestrée. Je ne lui ai rien offert d'autre que mon cœur sombre et mort.

Et pourtant, elle pleure pour moi. Elle m'enlace quand je fais un cauchemar, alors que j'ai failli lui casser le poignet lorsqu'elle a tenté de me réveiller.

Je l'aime.

Cette idée me fait l'effet d'un uppercut. Surtout que je ne sais absolument pas quoi en faire. Hannah mérite forcément mieux que moi.

Si j'avais un tant soit peu de décence, je quitterais son appartement sur-le-champ et je lui épargnerais mes problèmes.

Je regarde Grace, l'estomac révulsé.

— Écoute, Grace, je préférerais ne pas venir, honnêtement. Mais merci de me l'avoir proposé. J'ai quand même une question.

— Oui ? demande-t-elle en haussant ses sourcils épilés.

— Tu as déjà commandé tes fleurs ?

La confusion se lit sur son visage.

— Euh, non, mais je dois m'en occuper cette semaine, pourquoi ?

— Choisis le *Jardin d'Éden*. Cette boutique a gagné des prix. Elle s'occupe de tous les plus beaux mariages.

C'est l'ancien Mando qui parle. Celui qui aimait les marques de créateurs et qui voulait toujours ce qu'il y a de mieux. Parce que je sais que ces conneries comptent toujours aux yeux de Grace.

Elle ouvre de grands yeux.

— Ah, d'accord. C'est l'endroit où tu allais m'acheter tous ces...

Elle s'interrompt et déglutit.

— Ouais, dis-je avec douceur. Leurs bouquets étaient super, non ? Ils sont encore mieux maintenant. C'est la meilleure fleuriste de la ville.

Je vois mes cousins me regarder d'un air curieux, mais je ne fais pas attention à eux.

Si le putain de mariage de Grace et Emilio assure un nouveau contrat à Hannah, je prends.

— D'accord. J'appellerai la boutique demain. Merci du conseil.

Elle me jette un dernier regard, le visage plein de regret.

Je suis un salaud, car je n'ai aucune envie de l'absoudre. Mais quand elle tourne les talons, les épaules basses, je l'appelle avec douceur.

— Grace.

Elle me fait face.

— Merci d'avoir vérifié avec moi, pour l'invitation.

Pour le moment, je ne peux pas faire mieux, mais je crois que ça lui suffit. Le soulagement envahit ses traits, et elle hoche la tête avec un sourire triste.

— C'est normal. Bonne chance, Mando. Pour tout.

— Ouais, toi aussi.

Je la regarde s'éloigner, et Marco attend qu'elle ne puisse plus nous entendre avant de commenter :

— C'est quand même une connasse.

J'ai oublié comment sourire, mais les commissures de mes lèvres frémissent.

— Ouais, t'as raison.

Mais il n'y a pas d'émotions derrière ces mots. Et je ne parle pas de l'absence d'émotion, du néant que je ressentais à ma sortie. Il y a simplement un espace vide, qui attend d'être rempli à nouveau.

Je reprends peut-être vraiment goût à la vie, en fin de compte.

CHAPITRE VINGT-DEUX

Hannah

Une semaine que j'ai l'impression d'avoir le mal de mer.

Que je suis incapable de boire le vin qu'Armando me sert pendant le dîner. Je serais idiote de ne pas me poser de questions.

Nous nous sommes montrés prudents… parfois, et même la plupart du temps. Mais merde… pas à chaque fois.

Je me souviens des pourcentages de risque donnés en cours d'éducation sexuelle. Ils ne sont pas rassurants.

Sur le chemin du retour, je passe acheter un test de grossesse et me dépêche de regagner mon appartement avant Armando.

Ma nausée grandit, sans doute à cause du stress, et lorsque j'arrive dans la salle de bains, je vomis immédiatement, pliée en deux.

Argh.

Ça n'aurait pas dû arriver.

Je suis avec un homme qui ne veut pas être mon petit ami. Être avec Armando, c'est comme faire un tour sur des montagnes russes émotionnelles. Mais nous risquons de quitter les rails pour plonger dans le gouffre de la dure réalité. Une grossesse inattendue ne risque pas d'arranger les choses.

Peut-être que si, murmure la petite voix idiote de mon espoir.

Non, me répété-je, les lèvres retroussées.

Ombre miaule et frotte son petit corps tout doux à mes chevilles en ronronnant. Je l'ignore et lis les instructions du test. Je devrais attendre mes premières urines du matin, quand les hormones sont au plus haut, mais je suis sur les nerfs. J'ai acheté ce foutu test, et je veux m'en servir tout de suite. Je m'assois sur les toilettes et place le test sous mon jet d'urine. Puis je patiente.

Mon ventre frémit de façon incontrôlable lorsque le résultat apparaît. Une vague ligne positive.

Les larmes me montent aux yeux, mais je ne suis pas dévastée.

Étrangement, il s'agit d'un mélange de joie et de peur.

Et, bien entendu, avant que je puisse me reprendre, j'entends Armando pénétrer dans l'appartement.

Merde ! Sans savoir pourquoi, je jette le test dans la litière du chat et transvase le tout dans un sac poubelle. Je me précipite hors de la salle de bains, impatiente de me débarrasser des preuves avant qu'il les voie.

— Tu veux que je le descende ? me demande-t-il en essayant de me prendre le sac des mains.

— Non, je m'en occupe.

Bon sang, j'ai le souffle court. Mon comportement étrange ne passe pas inaperçu. Armando plisse les yeux, la tête penchée sur le côté.

— À tout de suite, lui lancé-je en sortant à toute allure.

La nausée me frappe à nouveau. J'ai un haut-le-cœur devant la benne à ordure, affectée par l'odeur nauséabonde. Je m'enfuis en courant, l'estomac retourné, mais heureusement, je ne vomis pas.

Argh.

Une fois de retour en haut, je trouve Armando dans la cuisine, l'emballage en carton du test dans la main, une expression stupéfaite et mécontente sur son visage.

— Nom de Dieu, Hannah.

C'est étonnant, mais ces deux minutes m'ont déjà transformée en maman ourse. Je suis aussitôt sur la défensive, prête à tout pour protéger mon bébé.

— Merde ! s'exclame Armando.

Il se tourne vers le mur et donne un coup de poing dedans.

— C'est ma faute, dit-il. Je n'ai pas mis de préservatif à chaque fois. Je me suis laissé emporter par notre passion, et... putain !

Ce sont ces mots qui brisent enfin mon petit cœur de Cendrillon. Il n'y aura pas de fin de conte de fées pour nous. Ce n'est pas mon prince. Ce n'est même pas mon petit ami.

Il ne veut ni de moi ni du bébé. Et je refuse de le laisser gâcher ma grossesse. Soudain, tout devient limpide. Une petite vie grandit en moi, et je dois la protéger. L'honorer. Je dois faire pour mon bébé ce que je n'ai pas pu faire pour moi.

En demander plus.

Beaucoup plus.

Et Armando ne me donnera pas ce que je veux. Il en est tout bonnement incapable. Il a été très clair sur ce point.

— Le test était négatif, dis-je d'une voix forte, soudain contente d'avoir eu la présence d'esprit de jeter le test dans la litière. J'ai du retard, mais je ne suis pas enceinte. Je voulais juste m'en assurer.

Armando vacille légèrement et me dévisage.

Je ne suis pas très bonne menteuse, mais je me cache derrière un air bravache. Je prends une inspiration saccadée avant d'ajouter :

— Mais cette fausse alerte m'a éclairci les idées. Il est temps que tu t'en ailles, Armando. Ça devient trop compliqué.

Mes yeux s'embuent, et pour une fois, je n'ai pas honte. Ce sont des larmes honnêtes qui ne font que renforcer ma conviction.

— Je ne veux pas avoir le cœur brisé. Il est déjà fendillé. Je craque. Je ne peux plus continuer comme ça.

Armando pâlit. Dans d'autres circonstances, je me serais réjouie qu'il réagisse avec émotion. Son chagrin résonne en moi, menaçant de détruire le peu d'assurance qu'il me reste.

— Tu veux que je m'en aille ?

J'acquiesce.

— Mais il faut que je te protège.

— Tu peux faire ça de loin. Demande à tes hommes de continuer de veiller sur moi, suggéré-je. On sait tous les deux que ta présence ici me met plus en danger que ton départ. Et si tu restes...

— Hannah...

Je me mets à pleurer pour de bon. Les hormones ne doivent rien arranger.

— Je veux que tu t'en ailles, dis-je à travers mes larmes.

Soudain, les yeux d'Armando sont comme morts. Il passe à l'action, ses gestes saccadés et mécaniques. Il parcourt l'appartement et fourre ses affaires dans son sac de voyage. Il ramasse Ombre, qui se frottait à ses chevilles, et embrasse sa petite tête de chaton.

— Prends bien soin d'elle, d'accord ?

Il se dirige vers la porte.

— Je suis désolé, Hannah, ajoute-t-il d'une voix bourrue et un peu étranglée.

Je hoche la tête, la gorge serrée par mes sanglots.

C'est douloureux, mais je sais que c'est la bonne chose à faire. Je ne veux pas imposer à cet enfant un père qui ne veut pas de lui. Je ne veux pas parler avec Armando du fait de le garder ou pas.

Je le garde. Et il doit partir. C'est tout.

Je n'ai pas de place dans ma vie pour un non-petit ami. Pas avec ce bébé qui aura besoin de tout ce que j'ai à lui offrir.

Armando me regarde comme s'il voulait ajouter quelque chose, mais il se contente d'un signe de tête. Il ouvre la porte, franchit le seuil, et ferme derrière lui sans un regard en arrière.

Dès qu'il a disparu, je me laisse tomber à genoux et fonds en larmes.

CHAPITRE VINGT-TROIS

Armando

Le monde s'assombrit à l'instant où Hannah me dit de partir.

J'ai conscience que ça vaut mieux ainsi. Je sais depuis le début que je devrais m'en aller, parce que je suis mauvais pour elle. Je n'ai rien à lui offrir, et en plus, chaque minute passée avec elle la met en danger, à cause des gens qui veulent ma mort.

Et Seigneur, quand j'ai cru qu'elle était enceinte, je me suis dit que rien ne pouvait être pire. Mettre en danger un bébé sans défense ? J'aurais été obligé de la quitter, de ne plus jamais la revoir, pas même en tant qu'ami.

Alors le fait qu'elle prenne la décision à ma place aurait dû me faciliter la tâche.

Aurait dû.

Mais un brouillard grisâtre envahit mon champ de vision alors que je reste planté dans la rue avec mon sac de voyage et essaye de déterminer ce que je vais bien pouvoir faire.

Puis, comme je me fiche sincèrement que les Hermanos tentent de m'assassiner, je me rends chez moi.

Je prends le métro, car je ne supporte pas l'idée d'être enfermé dans un taxi. Une fois arrivé, je croise mon propriétaire dans le hall d'entrée, et il me fusille des yeux.

Je n'arrive même pas à réagir. Je ne le regarde pas. Je ne cille pas. Je ne grogne pas de bonjour.

Dans ma tête, je lui dis d'aller se faire foutre.

Je me retrouve à tambouriner à la porte de Marco. Pas par envie de pleurer sur son épaule. Certainement pas. Mais parce que j'ai très envie de casser la gueule à quelqu'un, et que Marco a sans doute des gens à aller brutaliser de la part du don.

— Hé, qu'est-ce qui se passe ? me demande mon cousin en ouvrant grand la porte pour me dévisager.

— Tu as quelqu'un à qui il faut envoyer un message ?

Marco me jette un regard méfiant.

— Tu as besoin de transmettre ta douleur à quelqu'un d'autre ?

— Ouais.

Il fourre les mains dans ses poches et fait un pas en arrière, comme pour se mettre à l'abri, si je venais à exploser contre lui.

— Hannah ? demande-t-il.

Le fait qu'il nomme mon problème chasse une partie de mon brouillard.

— Je n'ai pas envie de parler d'elle, grogné-je.

Ce que je veux, là, c'est faire couler du sang.

— Vous aviez l'air super proches, l'autre soir. Vous étiez inséparables. Qu'est-ce qui s'est passé ?

En un instant, je le plaque contre le mur, l'avant-bras pressé contre sa gorge.

— Arrête de me parler d'elle.

Je crois qu'il siffle quelque chose comme *enfoiré* entre ses dents serrées.

— C'est fini, et je ne veux plus jamais t'entendre prononcer son nom.

Il pince les lèvres et grince des dents tandis que je continue de l'étrangler. Enfin, il me donne deux coups de poing dans les côtes.

Avec force.

Je le lâche après le deuxième coup, car il me coupe la respiration.

Lorsque je me redresse, Marco a les mains en l'air.

— Tranquille, Mando. Calme-toi.

J'ai envie de lui péter les dents, mais je l'aime beaucoup trop pour ça.

— Putain, mais qu'est-ce qui se passe ici ? demande Léo, qui apparaît dans le salon.

Son frère fait un pas de côté tout en restant tourné vers moi, comme un boxeur qui tournerait autour de son adversaire.

— Mando a envie de tuer quelqu'un. Et j'essaye de faire en sorte que ce quelqu'un, ça ne soit pas moi.

Et puis merde. Je lui envoie un coup de poing. Il l'évite et se jette sur moi, me faisant tomber sur le dos. Lui et son frère s'assoient aussitôt sur moi pour me maîtriser.

— Des problèmes de fille, dit Marco à Léo.

— Va te faire foutre, grondé-je en me débattant.

— Calme-toi, bordel, dit Marco. On est de ton côté. Si c'est du sang que tu veux, on va t'en donner. Mais parle-moi.

Je lève la tête et abats l'arrière de mon crâne contre le parquet. Puis je recommence.

— Elle t'a jeté dehors ?

Je me cogne la tête encore plus fort.

— Quand je te dis de ne plus me parler d'elle, je suis sérieux, dis-je avec colère.

Je n'arrive pas à me libérer de mes cousins, qui semblent déterminés à me maintenir.

— Mais qu'est-ce qui se passe, bon sang ? s'enquiert Léo.

— Sa copine, répond Marco sans donner plus d'explications, avant de se tourner vers moi. Qu'est-ce qui s'est passé ? Tu l'as énervée ?

Ma rage me quitte, et je redeviens une coquille vide. Sauf que c'est encore pire qu'avant. Je déglutis et tente de faire le tri dans les images qui se succèdent dans mon esprit.

Le test de grossesse.

Le visage contrarié d'Hannah. Ses larmes.

Je craque. Je ne peux plus continuer comme ça.

— C'est moi qui l'ai fait fuir, dis-je d'une voix étranglée, révolté par cette prise de conscience.

L'expression de Marco ne trahit rien. Nous avons tous les deux perfectionné nos masques.

— Tu ne peux pas rattraper le coup ?

— Non. Elle n'a pas besoin de quelqu'un comme moi. J'ai tout un gang à mes trousses. Je suis dangereux pour elle.

Mon cousin continue de me regarder avec passivité.

— Ça, ça peut s'arranger, dit-il.

Je le regarde fixement. Si ce problème s'envolait, pourrais-je être ce qu'il faut à Hannah ?

La nausée m'assaille à nouveau.

Non, loin de là.

Je ne suis rien. Je n'ai rien à offrir. Je ne sais même plus qui je suis. Je n'ai pas de vie, rien du tout.

Je ferme les paupières et perds toute combativité.

— Non, réponds-je.

— Non ? répète Marco d'un ton plein de défi.

— Non. Je ne peux pas être l'homme qu'il lui faut.

— Laisse-moi te dire une chose.

Marco se lève. Léo l'imite. Il me prend par les mains pour me hisser sur mes pieds.

— Le Mando que je connais trouve toujours une solution, quand il veut quelque chose.

Je braque le regard sur lui. La rancœur me brûle le ventre. Maintenant que j'éprouve de nouveau des émotions, j'ai envie de foutre le feu à toute la ville.

— Le Mando que tu connais est mort, lui dis-je en m'éloignant.

— Attends, mec. T'as toujours envie de casser la gueule à quelqu'un ?

Je m'arrête. Fais craquer mes doigts.

— Carrément.

— Alors allons-y. J'ai une petite visite à faire.

CHAPITRE VINGT-QUATRE

Hannah

Je me rends au dîner du dimanche de mes parents. J'ai envisagé d'annuler, mais j'espère que ma mère trouvera les mots pour m'apaiser. Elle est douée pour ça.

J'ai pleuré cinq jours de suite. Je n'arrive pas à couper le robinet. J'ai toujours eu la larme facile, et je sais que les hormones n'arrangent rien, mais c'est ridicule.

Cette semaine, j'ai tenté de faire tourner la boutique, de parler aux clients et de préparer des bouquets, et pendant tout ce temps, des larmes roulaient sur mes joues. Josie a été obligée de prendre l'entreprise en main, ces deux derniers jours, pour que je puisse rester chez moi, la tête sous les couvertures.

J'entre sans frapper. Ma mère est debout derrière le plan de travail, occupée à préparer une salade. Je me laisse tomber sur une chaise de cuisine, trop épuisée pour aller la prendre dans mes bras.

— Hannah ? Qu'est-ce qui ne va pas, ma chérie ?

Ma mère se précipite vers moi et me fait l'un de ces câlins qui peuvent tout arranger, d'habitude.

Je pleure sur son épaule.

— Je suis enceinte. Et j'ai rompu avec Armando.

Elle me serre encore plus fort.

— Oh, ma puce.

Ses mains tracent des cercles dans mon dos.

— Je suis désolée, maman.

Depuis que je suis toute jeune, elle me répète de prendre la pilule jusqu'à ce que je sois mariée et prête à fonder une famille, mais il a fallu que je fasse tout foirer.

— Ne t'en fais pas pour moi, me dit-elle. C'est de toi dont on doit se préoccuper, ma chérie. Ça fait beaucoup.

— Oui.

Je suis secouée par une nouvelle série de sanglots.

— Hé, *hé*, dit-elle en me secouant doucement. C'est un grand changement dans ta vie. Mais tout ira bien pour toi, d'accord ? Quoi que tu décides.

Je renifle et hoche la tête contre son épaule.

— Je me demande si j'ai fait une erreur, dis-je entre deux sanglots.

— En rompant avec Armando ?

— Oui.

Je recule pour m'essuyer les yeux.

— Mais il était en train de me briser le cœur, tu vois ? Il m'a dit qu'il ne pouvait pas être mon petit ami, parce qu'il était trop perturbé.

Ma mère me dévisage, les traits tordus par l'inquiétude.

— Eh bien, tu as le droit de changer d'avis, dit-elle.

De nouvelles larmes cascadent sur mes joues.

— Que se passe… commence mon père, debout sur le seuil, mais ma mère le chasse d'un geste de la main.

— Je ne sais pas, maman. Ça fait tellement mal. Je pensais me sentir plus forte, après avoir rompu. Et je me suis sentie forte sur le moment. Mais là, je suis à bout.

— Oui, dit ma mère avec douceur. Les ruptures, ce n'est jamais facile, même quand c'est la bonne décision.

Je redresse brusquement la tête, l'estomac noué.

— Tu penses que c'était la bonne décision ?

— Ce n'est pas ce que j'ai dit. Je ne sais pas quelle est la bonne réponse. Mais je sais une chose : tu es forte et intelligente. Et tu as un grand cœur. Je sais que tu t'en sortiras à merveille.

Je la regarde avec désespoir. J'ai envie de la croire, mais m'en sortir à merveille, c'est quelque chose qui me semble impossible, là. Je me contenterais déjà d'être capable d'arrêter de pleurer cinq minutes.

— Qu'est-ce que je fais pour Armando ? murmuré-je, même si je sais que ma mère ne me donnera pas la réponse.

— Bon, je vais te dire une chose. Si tu gardes ce bébé, tu ne pourras plus te débarrasser de lui. Quand on a un enfant avec un homme, il reste dans notre vie à jamais, que l'on soit ensemble ou séparés. Sauf s'il décide de se soustraire à ses obligations.

— Et s'il ne le découvre jamais ? dis-je d'une voix éraillée, toujours accrochée à cette idée, même si je sais que c'est mal.

— Quoi ?

— Je ne comptais pas lui dire, pour le bébé, admets-je dans un murmure.

— Pourquoi ça ? demande ma mère d'un ton plus sec.

Abattue, je prends une inspiration.

— Quand il a vu l'emballage du test, il a paniqué. Alors je sais qu'il ne veut vraiment pas de ce bébé. C'est là que je lui ai demandé de partir. Et j'ai prétendu que le test était négatif.

Je sens que ma mère désapprouve dans sa respiration mesurée.

— Que ce soit bien clair. Tu as rompu avec lui parce qu'il n'a pas réagi comme tu l'espérais quand il a appris cette grossesse surprise ?

Je me mordille la lèvre inférieure. Ma réaction semble excessive, dit comme ça.

— Il n'est pas disponible sur le plan émotionnel, affirmé-je.

Ma mère hoche lentement la tête.

— C'est bien possible, mais d'après ce que tu m'as décrit, il a bel et bien ressenti de l'émotion. Du stress, peut-être ? Et c'est très sain. Parce qu'une grossesse inattendue, ce n'est pas rien.

Bon, *d'accord.*

J'essuie de nouvelles larmes.

— Qu'est-ce que je devrais faire ?

— C'est à toi de le déterminer.

Je déteste quand elle dit ce genre de trucs. Je secoue la tête.

— Je n'en sais rien.

— Moi, je pense que tu le sais.

Ma poitrine se serre lorsque je réalise que ma mère me dit que mes « je ne sais pas » ne sont que des *conneries*, comme Armando, sauf qu'elle est plus diplomate.

Je repense à toutes ses petites attentions. Il a beau prétendre qu'il n'a rien à offrir, c'est faux. Il prenait soin de moi. Il remarquait immédiatement quand j'étais mal à l'aise ou en colère, et il ne me laissait pas éluder ses questions. Il essayait d'arranger les choses qui n'allaient pas.

Et moi, qu'est-ce que j'ai fait ?

J'ai fui mes problèmes, comme d'habitude. J'ai choisi de ne pas les affronter.

J'ai renoncé. À lui. À nous.

Si je lui avais laissé une chance, il aurait peut-être agi en père responsable. Je l'imagine mal me laisser tomber.

Soudain, je me sens exténuée.

Je me frotte les joues et me lève.

— Je crois que je ne vais pas rester dîner, maman. S'il te plaît, ne dis pas ce qui m'arrive à papa, pas encore. J'ai besoin de réfléchir.

Ma mère jette un regard vers le salon et hausse les épaules.

— Il en a peut-être déjà assez entendu, mais je te laisserai lui annoncer la nouvelle.

Elle me reprend dans ses bras.

— Je t'aime, ma chérie. Rien n'est insurmontable. Ne l'oublie pas.

Je hoche la tête.

— Je t'aime, maman.

CHAPITRE VINGT-CINQ

Armando

Le ciel est baigné de lueurs orange et roses alors que je monte péniblement les escaliers jusqu'à mon appartement, le poids de cette longue journée sur mes épaules telle une lourde cape. Dès que j'ouvre la porte et pénètre à l'intérieur, mes pensées se tournent vers Hannah. Son rire résonne dans mon esprit comme une mélodie, et sa présence apaise mon âme lasse. Mais le danger qui rôde sous la surface – les ténèbres qui menacent de nous emporter tous les deux – projette une ombre inflexible sur mon cœur.

Je m'écroule sur mon lit, et sans prendre la peine de me déshabiller, je laisse le sommeil m'emporter. Mais au lieu de trouver refuge dans un rêve chaleureux, je suis projeté dans un cauchemar qui me glace jusqu'aux os.

Je suis debout au milieu d'un entrepôt à l'abandon, l'atmosphère lourde de tension et de peur. Les murs s'élèvent autour de moi, vertigineux, comme les gardiens d'un royaume maudit, tandis que les ombres dansent sur le sol de béton. Mon cœur s'emballe, chaque battement frappant ma poitrine comme s'il voulait s'échapper.

— Où suis-je ? chuchoté-je dans le silence inquiétant.

Un courant d'air inattendu me fait frissonner, et je croise les bras pour trouver un peu de réconfort, mais c'est peine perdue. Je n'arrive pas à me défaire de l'impression que quelque chose cloche, qu'une force malveillante m'a piégé dans cet endroit désolé ;

— Armando, lance une voix familière qui résonne dans le vaste vide.

Hannah. Le son de sa voix me fait paniquer et réveille tous les instincts protecteurs que je possède. Il faut que je la trouve, que je m'assure qu'elle échappe aux dangers qui ont hanté mon passé et qui menacent désormais notre avenir.

— Où es-tu ? m'exclamé-je, désespéré, la voix brisée par l'émotion.

— Aide-moi, Armando, m'implore-t-elle, un son distant et étouffé par l'obscurité oppressante.

Je serre les dents, et ma détermination se renforce comme de l'acier trempé. Je suis prêt à tout pour la protéger des ombres de mon passé qui nous assaillent tous les deux. À chaque pas que je fais, je suis un peu plus décidé, persuadé que je dois sauver cette femme qui a capturé mon cœur et éveillé en moi un amour féroce.

Les cris étouffés d'Hannah s'amplifient, me guidant à travers les ténèbres. Mon cœur tambourine, ma respiration est saccadée et haletante tandis que je traverse le labyrinthe de ce satané entrepôt. L'air lourd m'oppresse, et j'ai du mal à me débarrasser du poids qui pèse sur mes épaules.

— Armando ! s'écrie-t-elle à nouveau, la voix tremblante de terreur.

— Continue de parler, Hannah ! lui lancé-je avec désespoir. Je viens te chercher.

— Pitié... dépêche-toi, murmure-t-elle.

Sa voix atteint à peine mes oreilles.

Je fais plus d'efforts et m'élance à travers les ombres et les échos, chaque virage révélant un cul-de-sac ou un couloir vide. Mais je refuse de baisser les bras, motivé par ma conviction que la vie d'Hannah dépend de ma capacité à la trouver.

— Armando... j'ai tellement peur, admet-elle, la voix brisée sous le poids de sa terreur.

— Reste forte, Hannah, l'imploré-je, mes mots affectés par ma propre peur. Je vais te trouver. C'est promis.

Enfin, au bout d'une éternité, j'atteins une pièce aux lumières tamisées au beau milieu de l'entrepôt. Là, ligotée à une chaise au centre de la pièce, se trouve

Hannah. Nue, vulnérable et tremblante, ses yeux plongent dans les miens, écarquillés et suppliants.

— Armando, halète-t-elle, les joues baignées de larmes. Tu m'as trouvée.

— Je suis là, dis-je, la voix débordante de soulagement et de détermination. Je ne laisserai rien t'arriver.

Tandis que je m'approche d'elle, je vois que les cordes lui rentrent dans la peau, laissant des marques rouges autour de ses poignets et de ses chevilles. Je les dénoue maladroitement, ma tâche compliquée par mon empressement.

— Qui t'a fait ça ? demandé-je en tentant de garder un ton calme.

— Je ne sais pas, admet-elle en parcourant la pièce du regard comme pour chercher des réponses. Ils se cachaient le visage.

— Quand je t'aurai fait sortir d'ici, je m'assurerai qu'ils ne te fassent plus jamais de mal, promets-je, les mains tremblantes de colère et de peur.

— Tu penses vraiment qu'on peut leur échapper ? chuchote-t-elle.

— Bien sûr, réponds-je d'un ton convaincu, bien que le doute me ronge. Je ne laisserai personne se dresser entre nous. Ni maintenant, ni jamais.

Un pâle sourire apparaît sur ses lèvres, et ses yeux sont brillants d'amour et de confiance malgré la terreur qui se cache toujours dans leurs profondeurs. En cet instant, je me jure de la protéger, quoi qu'il en coûte. Hannah, la femme qui a ramené la lumière dans mon monde de ténèbres et qui m'a donné une raison de me battre pour un avenir meilleur.

— Merci, murmure-t-elle.

— Toujours, Pâquerette. Toujours.

Mon cœur déborde de détermination lorsque je défais enfin le dernier nœud, la libérant de ses liens.

Lorsque je me rapproche d'elle, l'air autour de nous semble s'alourdir, comme si un orage couvait. Ma nuque se hérisse, et un frisson apeuré me parcourt l'échine. Sans prévenir, l'entrepôt se remplit de susurrements. Des voix que je ne reconnais que trop bien.

— Armando, chuchote Hannah, les yeux écarquillés par la peur. Qui est-ce ?

— Pas un bruit, lui ordonné-je d'une voix à peine audible.

Je sens leur présence se refermer autour de nous, comme des vautours encerclant leur proie.

— Ça faisait un bail, Mando, dit l'un d'eux d'un ton moqueur en quittant l'obscurité.

Son sourire est cruel, son regard froid et calculateur. Je le reconnais comme l'un de mes anciens compagnons mafieux, un homme que j'espérais ne plus jamais revoir.

— Laisse-la tranquille, grogné-je.

Je m'interpose entre Hannah et la silhouette menaçante. Mon cœur bat la chamade, mais je refuse de faire preuve du moindre signe de faiblesse. Les ténèbres m'ont retrouvé, mais je refuse que cela affecte la seule personne qui compte réellement à mes yeux.

— Ah, alors c'est elle, la fille qui te mène par le bout du nez, hein ? commente un autre homme en reluquant Hannah. Tu aurais dû te douter qu'on finirait par te trouver, Armando.

Je jette un regard par-dessus mon épaule pour regarder Hannah dans les yeux. Son regard est plein de terreur, mais j'y vois également une lueur de détermination. Comme si elle m'encourageait silencieusement à me battre.

— Ne vous approchez pas d'elle, grondé-je, les poings serrés.

Chaque fibre de mon corps veut la protéger de ces monstres et de l'horreur qu'ils représentent.

Comme s'ils percevaient mes intentions, les hommes plongent sur moi, leurs visages tordus par la malveillance et la vengeance. Je me jette dans la bataille, enchaînant les coups de poing contre mon premier assaillant. Les impacts qui secouent mes bras ne font qu'enflammer mon adrénaline.

— Armando ! s'écrie Hannah d'une voix étranglée.

— N'approche pas ! lui lancé-je, les entrailles rongées par le désespoir tandis que je tente de tenir mes adversaires à l'écart.

Mais ils continuent d'arriver, trop nombreux pour que je vainque seul. Leurs effectifs leur donnent un avantage insurmontable, même si je me bats avec férocité. Les coups pleuvent sur moi, et chacun d'entre eux atteint sa cible avec une précision brutale.

La douleur me submerge, mais ce n'est rien comparé à la torture de savoir que ces hommes sont là à cause de moi, à cause de la vie que je menais avant de rencontrer Hannah. Mon passé m'a rattrapé, et à présent, c'est elle qui va en payer le prix.

— Armando, murmure-t-elle, les yeux débordants d'amour, de confiance et de larmes. Cette nuit est celle de ma mort.

Je me réveille avec l'envie de mourir. Ça fait quatre nuits de suite que je rêve d'Hannah. Je ne fais que des cauchemars. Elle est toujours en danger par ma faute. Sur le point d'être tuée. Elle crie mon nom sous la torture. Le but est toujours de me faire souffrir. La nuit dernière, elle était au Lollipop, nue et ligotée à une chaise.

Comme si c'étaient des hommes de l'Organisation qui voulaient lui faire du mal, pas les membres d'un gang.

Elle hurlait mon nom, les suppliait – pas de l'épargner, mais de ne pas me tuer.

Je ne sais pas où j'étais, dans ce rêve. Présent, mais incapable de l'aider. Mes membres refusaient de bouger. Mes lèvres refusaient d'articuler le moindre mot. J'essayais de crier, mais aucun son ne sortait de ma bouche.

Je roule hors du lit. Je porte toujours mes vêtements de la veille, trempés de sueur, puant le whisky.

Depuis le jour où Hannah a rompu avec moi, je bois tous les soirs pour m'endormir, mais l'alcool a peu d'effet sur mon impression que l'on me découpe le cœur à la tronçonneuse. J'ai l'impression d'être enveloppé dans un épais brouillard.

Je me déshabille et me glisse sous la douche. J'ai tenté le diable toute la semaine. En allant chez moi. En me rendant au travail. En marchant dans les rues en plein jour. En faisant tout mon possible pour que les Hermanos me trouvent, mais mes pulsions suicidaires n'obtiennent pas de réponse.

Je veux seulement en finir. Tuer ou être tué.

Ensuite, peut-être que je trouverai une issue aux ténèbres.

Mon téléphone sonne pendant que je me lave, et je coupe l'eau de la douche pour aller répondre.

— Luis.

— Salut. J'ai parlé à l'un des Hermanos. C'est pas à cause du mec que t'as buté en prison qu'ils s'en prennent à toi. Ça, ils ont l'air de s'en foutre. Apparemment, ils ont été engagés. C'est rien de personnel.

Rien de personnel.

— Tu as découvert qui les a engagés ?

— Nan. Le mec à qui j'ai parlé savait rien. Mais je vais continuer d'essayer.

— D'accord. Merci.

— Pas de problème. T'es content de mes infos ?

— Combien je te dois ?

— Sept cents.

Sept cents dollars pour pas grand-chose, mais je ne me plains pas.

— Je passerai, dis-je.

— Ça marche.

Il raccroche, et je reste planté là, ruisselant.

Tout ce que j'ai en tête, c'est Hannah. Il faut absolument que je découvre qui veut ma tête.

Pour elle.

Même si elle ne veut plus jamais me voir.

Même si nous ne devons plus jamais nous parler, plus jamais nous toucher.

CHAPITRE VINGT-SIX

Armando

Le bar plongé dans la pénombre ressemble à une extension de la nuit lorsque nous poussons ses lourdes portes. L'air est lourd de la fumée de cigarette et du bourdonnement des conversations murmurées.

— Un scotch sans glaçons, ordonné-je d'un ton bourru qui trahit la tourmente que je cherche à dissimuler.

Marco et Léo échangent un regard inquiet.

— Trois, lance Marco au barman d'une voix forte et assurée.

L'homme derrière le bar hoche la tête et vient placer trois verres devant nous. Le liquide ambré réfléchit les rares lueurs qui filtrent à travers la brume enfumée et éclaire la vieille table en bois.

Sans perdre une seconde, je prends mon verre et le vide d'un trait. Le bruit du verre sur le bois ponctue mon geste, et je réalise que je noie mes soucis dans l'alcool. Je n'ai jamais été ce genre d'homme.

Mais peut-être que je suis comme ça, désormais.

— Ça va, mec ? me demande Marco. T'as une sale tronche.

— Ouais, réponds-je d'un ton laconique, bien que mes mains crispées sur la table racontent une tout autre histoire.

— Parle-nous, intervient Léo. On est là pour toi.

— Comme je viens de le dire, ça va.

J'ai beau insister, ma voix chevrote légèrement, révélant les fêlures dans mon armure.

— Tu tiens le coup, après tout ce qui s'est passé avec Hannah ? Me demande Marco avec douceur et sollicitude.

Son regard est solide et sincère, avec une pointe de tendresse que j'ai rarement vue chez lui.

Je prends une grande inspiration, conscient que je ne peux pas continuer de repousser cette conversation éternellement.

— C'est difficile, admets-je, la voix légèrement brisée. Mais ça vaut mieux comme ça. Elle m'a demandé de partir, et je ne peux pas lui en vouloir. Depuis, j'essaye de me l'ôter de la tête. C'est un échec total.

— Hé, ne sois pas si dur envers toi-même, me répond Marco en plaçant une main rassurante sur mon épaule.

— Assez parlé de moi, dis-je pour changer de sujet. Comment va ton cul, *primo* ?

Ma tentative d'humour est faiblarde, mais je ne supporte plus de parler de mon chagrin.

Marco rit et secoue la tête.

— C'est le moment que tu choisis pour me demander ça ? Comme tu voudras. Ça fait un mal de chien, parfois, mais je m'en remettrai.

— Les gens prennent des nouvelles de tes fesses tous les jours, maintenant, intervient Léo en levant les yeux au ciel. Ton cul est en train de devenir célèbre.

— Ne sois pas jaloux, rétorque Marco avec un sourire en coin, avant de se retourner vers moi. Mais sérieusement, Mando, on est là pour toi, mec. Si tu as besoin de parler, dis-nous.

— Merci, marmonné-je.

Je bois une autre gorgée de scotch. Elle me brûle la gorge, mais j'accueille cette sensation à bras ouverts. Je suis prêt à tout pour endormir la douleur qui est en moi.

Alors que la chaleur de l'alcool se répand dans ma poitrine, je ne peux pas m'empêcher de penser à Hannah. À son sourire, à son rire, à la façon dont elle m'a redonné vie. Mais cette vie s'en est allée, et il ne me reste plus que la réalité dure et glacée de mon passé.

— Je vais être franc avec toi, mec, dit Léo, penché en avant avec une expression sérieuse. T'es un putain de battant. Depuis toujours. Tu baisses jamais les bras aussi facilement. Qu'est-ce qui t'a pris de partir sans broncher ? C'est évident que tu tiens à cette meuf. Alors qu'est-ce que tu fous ici avec nous au lieu d'aller la reconquérir ?

Je plonge les yeux dans mon verre et regarde le liquide ambré tourner au fond pendant que je réfléchis à ce qu'il vient de dire. En vérité, partir est la chose la plus difficile que j'aie jamais faite. Mais avais-je une alternative ?

— Je ne voulais pas m'en aller, admets-je, le poids de mes émotions menaçant de me submerger. Mais je ne peux pas prendre le risque de lui faire du mal. Notre vie… est dangereuse. Elle nous rattrapera, et elle se retrouvera impliquée. Elle mérite mieux que ça.

— Mieux que ça ? s'esclaffe Léo, visiblement peu convaincu par mon argument. Elle mérite un homme qui l'aime, et d'après ce que j'ai vu, cet homme, c'est toi. Le moment est peut-être venu pour toi d'arrêter de fuir ton passé et de l'affronter. Pour elle.

— Tu as peut-être raison, réponds-je, les doigts crispés sur mon verre. Il faut peut-être que j'affronte mon passé si je veux avoir un avenir avec Hannah. Mais bon sang, par où commencer ?

— Il faut que tu la voies, intervient Marco. Parle-lui. Raconte-lui tout ce que tu nous as dit. Sur tes peurs, ton amour, ton envie de te battre pour elle. Et ensuite, vous pourrez parler ensemble de la meilleure façon d'avancer.

— Peut-être.

Ma poitrine se gonfle d'une détermination inédite, et même d'espoir. Mes cousins ont peut-être raison. Je ne peux pas renoncer à Hannah sans me battre. Elle compte trop à mes yeux.

Marco enfonce le clou :

— En t'en allant sans protester, tu l'as perdue. Vous partagiez quelque chose d'exceptionnel, et tu y as renoncé.

— Il a raison, renchérit son frère, penché au-dessus de la table. Tu ne t'es même pas battu pour votre relation. On a tous nos démons, mais ça ne veut pas dire qu'on ne peut pas tout donner par amour.

Je les regarde tour à tour, leurs expressions un mélange de frustration et d'empathie. Ma poitrine se serre, mes pensées consumées par l'image du visage d'Hannah lorsque j'ai quitté son appartement.

— Vous vous souvenez quand on était petits ? demandé-je. Enfants de chœur, tous les trois. Qui aurait pu imaginer qu'on finirait comme ça ?

— Pas moi, c'est sûr, répond Marco en riant, l'atmosphère plus légère. Mais c'est la vie, non ? Elle est imprévisible.

— Ça, c'est sûr, dit Léo. Et tu sais ce qui est tout aussi imprévisible ? L'amour. Mais ça ne signifie pas qu'on ne doit pas se battre.

— Tu as de la chance, dit Marco d'un ton sincère. Je donnerais tout pour avoir plus qu'un coup d'un soir par-ci par-là. Hannah et toi, vous partagez quelque chose d'authentique. Ne balance pas ça aux orties comme si ça ne comptait pas.

— En plus, intervient Léo en faisant tourner les glaçons dans son verre, t'as toujours été une vraie tête de mule. Pourquoi abandonner aussi facilement ?

Je ne peux pas m'empêcher de sourire en les écoutant, conscient qu'ils ont tous les deux de bons arguments. Ils ont traversé les bons moments comme les mauvais, avec moi, et ils n'ont jamais été de mauvais conseil.

— Bon, d'accord, cédé-je, de plus en plus résolu. Je me suis peut-être éloigné trop vite. J'aurais dû me battre.

— Carrément, dit Marco en hochant la tête, ses yeux déterminés plongés dans les miens. Maintenant, c'est à toi d'arranger les choses.

Léo sourit et lève son verre pour porter un toast.

— À l'amour !

— *Salute*, répondons Marco et moi.

Nous faisons tinter nos verres avant de boire, l'alcool brûlant comme du courage liquide.

Malgré la chaleur grandissante dans ma poitrine, je suis toujours rongé par le doute. Je n'arrive pas à me départir de l'impression que je marche sur la corde raide entre l'amour et la destruction. Les mots de mes cousins m'ont donné espoir, mais ils ne m'ont pas pleinement convaincu.

— Bon, très bien, dis-je enfin, m'efforçant de sembler plus confiant que je ne le suis vraiment. Je vais arrêter de me morfondre. Mais il faut que je réfléchisse à la marche à suivre, avant de me lancer.

— Tu as raison, reconnaît Marco avant de me dévisager, les yeux plissés. Mais n'attends pas trop, d'accord ? On sait tous les deux que les femmes comme Hannah ne restent pas célibataires longtemps.

— J'en suis conscient, tu peux me croire, grommelé-je.

Je passe de l'apitoiement à la colère. L'imaginer avec un autre homme me donne des envies de meurtre.

— Je vais réfléchir.

— Parfait, dit Léo, avant de taper dans ses mains. Maintenant, détendons un peu l'atmosphère, d'accord ?

Marco rit et lève son verre.

— Bonne idée. Je nous souhaite de ne pas nous prendre de balle dans le cul !

L'absurdité de son toast m'arrache un petit rire réticent, et je trinque avec eux.

— Amen, dis-je.

Nous entrechoquons nos verres dans un tintement satisfaisant, et l'espace d'un instant, je m'autorise à oublier le poids qui pèse sur mes épaules. Nous buvons à notre camaraderie – trois cousins liés par le sang, la loyauté, et le fantôme de notre passé.

Au cours de la soirée, la conversation s'éloigne d'Hannah pour aborder des sujets plus légers. Je leur suis reconnaissant d'essayer de me changer les idées, mais je ne peux pas m'empêcher de penser à elle.

Je l'ai laissée m'échapper.

J'ai merdé.

Mais ce n'est pas la première fois que je sabote ma propre vie.

La question est : que faire ensuite ? Continuer de creuser ma tombe, ou marcher vers la lumière que représente Hannah ?

CHAPITRE VINGT-SEPT

Hannah

La semaine suivante, je me force à retourner au travail, mais je porte le vieux tee-shirt d'Armando à l'effigie des Cubs, celui qui a un trou dans le col. Il se trouvait dans mon panier à linge sale, car je l'avais porté après l'amour, une nuit, donc Armando l'a oublié en faisant son sac.

J'ignore pourquoi je l'ai enfilé ce matin. Pour me torturer ? C'est insensé.

J'ai bien réfléchi à ce que m'a dit ma mère.

Je me suis peut-être montrée trop hâtive lorsque j'ai rompu avec Armando. Lui cacher l'existence du bébé n'était pas correct. Ça, je le savais avant même que ma mère me laisse entrevoir sa désapprobation. Mais l'entendre de sa bouche m'a aidée à en prendre conscience.

J'avais l'impression d'être la victime de l'histoire, sans doute parce que j'ai le cœur à vif, mais en réalité, c'est moi qui me suis infligé cette douleur. Qui nous l'ai infligée à tous les deux, si tant est qu'Armando en souffre aussi.

J'ouvre mon album d'arrangements floraux pour les mariages avec ma liste de prix et le fais glisser sur le comptoir. J'aide un couple à choisir des fleurs pour leur mariage. Ce n'est que le troisième mariage auquel je participerai depuis que j'ai repris la boutique, alors malgré mon moral à zéro, je suis soulagée. Le futur époux, qui semble s'ennuyer, me semble familier. Je suis persuadée qu'il s'agit de l'un des mafieux qui se font couper les cheveux à côté. Apparemment, déposer mes cartes chez le barbier a porté ses fruits.

Dieu merci.

— Il paraît que vous avez gagné des prix, dit la fiancée en regardant autour d'elle.

Je rougis en me demandant si ma boutique a l'air d'avoir du succès. Je me demande également où elle a bien pu entendre une chose pareille. Mais peu importe. Mes bouquets sont beaux, très beaux. Mieux que ceux de Mary Alice. Et il se pourrait bien que je remporte un prix, lors de la compétition qui se tient dans deux mois. Je me tiens bien droite.

— Ici, nous nous renouvelons sans cesse. Et je veille à ce que mes compositions reflètent la personnalité de chaque individu. Ou de chaque couple.

Je me maudis de ne pas avoir mis à jour l'album avec des créations à moi. Toutes les photos sont celles de Mary Alice. Mais j'improvise et me base sur ce que m'inspire ce couple.

— De quelle couleur seront les robes de vos demoiselles d'honneur ?

— Des robes cocktail noires. C'est elles qui choisiront le modèle.

— Le mariage a lieu le soir ?

— Oui.

— Alors tout est permis. Vous avez des fleurs préférées ?

Elle balaye à nouveau la boutique du regard.

— Les roses, je dirais.

— Les roses, c'est une valeur sûre. Le blanc ou le rouge serait le plus classique, ou vous pouvez choisir votre couleur préférée.

La jeune femme semble hésiter.

— Sinon, choisissez quelque chose de complètement original. Ajoutez une touche exotique à ces fleurs. Des roses à l'ancienne mêlées à des pivoines, par exemple. Ou à des lys orientaux.

Elle s'illumine.

— Oui, quelque chose d'original, c'est parfait. J'adore les pivoines.

J'établis la commande avec elle, suggérant des compositions pour les tables, pour l'autel, pour le décor, pour les demoiselles et les garçons d'honneur et bien entendu, son propre bouquet. Finalement, la commande s'élève à 2500 dollars, mais le futur marié ne sourcille même pas.

— Comment avez-vous connu la boutique ? demandé-je.

J'espère que mon ton est léger. Je m'efforce de me montrer sociable, même si je n'en ai aucune envie.

— C'est Armando Rossi qui m'en a parlé, répond la future mariée.

Lorsque je sursaute, elle se fige, et ses yeux quittent lentement mon visage pour se poser sur ma poitrine. Non, sur le tee-shirt.

— Attendez, est-ce que vous... sortez avec Armando ? demande-t-elle d'un ton incrédule.

La surprise me secoue, reflétée dans ses yeux et, étonnamment, dans ceux de son fiancé.

Je bats des paupières à toute vitesse. Bon sang. Moi qui avais réussi à tenir toute la journée sans pleurer.

— Euh...

Je ne sais même pas quoi dire. La nausée monte de nouveau en moi. Pourquoi n'ai-je pas réalisé qu'évidemment, c'est Armando qui leur a dit que j'avais gagné des prix ? Qui d'autre ?

Puis je réalise autre chose. Je pousse une exclamation.

— Vous êtes *Grace* ?

Elle me dévisage avec une curiosité sans fard.

— Vous sortez avec lui. Eh ben. Je ne l'avais pas vue venir, celle-là.

Son fiancé fronce les sourcils.

— Armando et vous ?

Il pointe le doigt sur moi, puis sur mon portable.

— Non, réponds-je. Enfin, avant, oui. Mais c'est...

J'ignore pourquoi il m'est aussi difficile de répondre non. J'ai envie de revendiquer qu'Armando m'appartient face à ces gens. Face à son ex et au nouveau fiancé de cette dernière. Peut-être pour redorer l'orgueil d'Armando, ou le mien. Je n'en suis pas sûre.

— C'est compliqué. Mais oui, dis-je en levant le menton.

— Ouah. D'accord. Désolée, je suis maladroite. Armando m'a conseillé de venir ici pour commander mes fleurs, mais il n'a pas précisé que vous étiez en couple. Félicitations. Enfin, je suis contente pour lui. Pour vous deux.

Mon estomac se serre face à mon mensonge. Je voudrais que nous ayons vraiment une raison de nous réjouir.

Bizarrement, je pense que Grace est sincère.

Son compagnon me jette un regard froid et calculateur qui me met mal à l'aise. Qu'est-ce qu'il cherche à déterminer, au juste ?

Je pose une main protectrice sur mon abdomen, et il suit mon geste des yeux.

Je m'éclaircis la gorge.

— Le total de l'acompte s'élève à 1348 dollars, dis-je.

— Bien sûr, ma belle, répond Emilio en sortant une liasse de billets que j'ai l'habitude de voir, avec les mafieux, et il compte quatorze billets de cent dollars. Gardez la monnaie et donnez un joli bouquet à ma fiancée, d'accord ? Ce qu'elle voudra.

Il se tourne vers Grace et l'embrasse sur la joue.

— Je vais sortir passer un coup de téléphone, ma belle.

Je suis révulsée par le fait qu'ils nous aient toutes les deux appelées *ma belle*. Je le déteste d'avoir fait souffrir Armando, même si c'est irrationnel. S'il n'avait pas séduit Grace, elle serait peut-être toujours avec Armando. Et alors, je n'aurais jamais su ce que ça fait, d'être consumée par un homme tel que lui. De baigner dans l'intensité de sa passion.

— Je vais vous faire un bouquet rien que pour vous, dis-je à Grace.

Il n'y a que nous dans la boutique, et je peux bien prendre quelques minutes pour créer quelque chose qui lui plaira. Je cherche toujours à l'impressionner, même si elle a brisé le cœur d'Armando.

Même si j'ai achevé de le briser.

— Je reviens tout de suite.

J'ai laissé la porte donnant sur la ruelle ouverte pour faire entrer la brise, car il fait frais, pour une fois, et j'entends son fiancé parler au téléphone.

— Annule-tout. Ouais, je suis sûr de moi. La mission est annulée. Il n'y aura pas de récompense.

Un frisson me remonte l'échine. Je suis certaine qu'il s'agit d'une conversation que je ne devrais pas entendre. Comme je ne veux pas être de nouveau témoin de quelque chose d'illégal, je me dépêche de finir le bouquet et me précipite dans la boutique, un vase à la main.

— Tenez, dis-je avec un sourire forcé.

Je suis toujours sous le coup de l'appel téléphonique inquiétant que je viens d'entendre et de mon chagrin en entendant parler d'Armando.

— Merci.

Grace me dévisage d'un air curieux.

— Je peux vous demandez comment vous vous êtes... non, oubliez ça, dit-elle en secouant la tête. Ça ne me regarde pas. Je suis contente pour vous.

Si seulement nous pouvions partager son bonheur.

— Merci, dis-je.

Je la regarde sortir avant de prendre mon téléphone et d'afficher un ancien message d'Armando. Il ne m'en a pas envoyé depuis que je l'ai mis à la porte.

J'ignore pourquoi je m'attendais à ce qu'il le fasse. Mais une part de moi devait l'espérer, car pas un jour ne s'écoule sans que son silence m'achève un peu plus.

Mon pouce reste en suspens au-dessus de l'écran tandis que je tente de décider si je devrais prendre l'initiative. Enfin, je me décide pour : *Merci de m'avoir recommandée à Grace.*

Puis j'efface tout. Si je l'envoie, il risque de m'appeler, et je ne suis pas sûre d'être capable de lui parler.

J'ai quand même envie de le remercier. Parler à son ex n'a pas dû être une partie de plaisir. J'ai vraiment du mal à l'imaginer discuter avec elle, quelles que soient les circonstances. Alors le fait qu'il se soit donné cette peine pour qu'elle commande ses fleurs ici compte beaucoup. J'ignore s'il l'a fait avant ou après notre rupture, mais quoi qu'il en soit, c'était gentil de sa part.

C'est là que la certitude me frappe.

J'ai commis une terrible erreur.

CHAPITRE VINGT-HUIT

Armando

Larry est content ; je fais enfin ce que j'étais censé faire au boulot : je reste assis et je me tourne les pouces toute la journée pendant que les autres travaillent.

Je frotte mes jointures gonflées tout en observant le père d'Hannah, qui est déjà revenu. J'étais sur les nerfs, prêt à donner un coup de pied au cul de Larry s'il emmerdait Harold au sujet de son absence, mais il ne s'est rien passé.

Harold refuse de me regarder, et Larry fait comme si je n'étais pas là.

La semaine s'est écoulée dans une sorte de brouillard. Le soir, je sors avec Marco et Léo pour faire passer les messages du don, puis je bois comme un trou. Les journées, c'est le néant. Je ne sais même pas comment elles font pour défiler. J'ai l'impression d'être de nouveau en prison. Les heures se fondent les unes dans les autres jusqu'à former une journée. Seuls la violence et mon instinct de survie entretiennent mon existence.

À cinq heures moins le quart, tout le monde commence à remballer ses affaires. Je me lève et m'apprête à partir, lorsque je vois Harold me regarder.

J'attends, car – putain – j'ai désespérément envie d'avoir des nouvelles d'Hannah, le moindre lien avec elle. Je me sens complètement perdu, sans elle. Mort.

Il se dirige vers moi comme s'il était furieux. Il a l'air décidé. On dirait qu'il va me donner un coup de poing dans le ventre.

Et quand il arrive devant moi, c'est ce qu'il fait.

J'encaisse comme un homme, et je ne réplique pas, car c'est le père d'Hannah. S'il estime que je mérite sa colère, il a sans doute raison.

Il me frappe à nouveau, dans les côtes, cette fois. Puis une autre dans la mâchoire.

— Je me fous de savoir qui vous êtes. Ou de la famille pour qui vous bossez. Si vous croyez que vous pouvez mettre ma fille enceinte et vous tirer, vous vous fourrez le doigt dans l'œil.

Je mets quelques secondes à assimiler ses mots. *Enceinte.* Il a dit *enceinte.*

J'essuie le sang sur ma lèvre du dos de la main.

— Hannah attend un bébé ? demandé-je.

Le type se fige, comme s'il réalisait qu'il avait fait une gaffe. Comme si je n'étais pas censé l'apprendre.

Je me souviens de l'emballage de test de grossesse sur la table. Elle m'a dit qu'il était négatif.

Elle a menti ?

Pourquoi ?

Une dizaine de scénarios se succèdent dans mon esprit, mais je ne prends pas le temps d'interroger Harold, qui n'est visiblement pas beaucoup plus au courant que moi. Je le laisse planté là et me précipite dans la rue. Il faut que je trouve un taxi.

Immédiatement !

Pour une fois, j'ai de la chance, car un taxi s'arrête dès que je lui fais signe, et je me rue dans l'habitacle en donnant l'adresse du *Jardin d'Éden.*

Elle a préféré me mentir et rompre avec moi plutôt que me dire qu'elle était enceinte. Pourquoi ? *Pourquoi ?*

Parce qu'elle savait que je ne serais pas un bon père de famille.

C'est la réponse la plus évidente. C'est pour ça que j'ai paniqué, en voyant l'emballage. Et parce que je savais que quelqu'un voulait ma mort, et que je ne voulais surtout pas mettre en danger une petite vie innocente avec mes emmerdes.

Je suis pris d'un malaise en me remémorant ma réaction. Et si elle avait menti à cause de mon comportement ? Ma belle fleur sensible. Elle ressent toutes les émotions que je devrais éprouver. Comme une sorte d'intermédiaire. Peut-être qu'elle a perçu mon désarroi et m'a repoussé à cause de ça. Ou bien elle pense que je lui mettrais la pression pour qu'elle avorte.

Fanculo ! J'ai merdé sur toute la ligne, avec elle. J'ai mal réagi face au test de grossesse, en plus d'avoir refusé de m'engager avec elle. D'être son homme. De lui offrir une relation sincère.

Merde ! Je dois prendre sur moi pour ne pas taper dans la portière du taxi. Je ne veux pas qu'il m'abandonne sur le bord de la route ; pas avant d'avoir atteint le *Jardin d'Éden.*

Pourtant, je ne sais toujours pas quoi faire ou dire pour la reconquérir. Je n'ai toujours pas trouvé de solution aux dangers qui me menacent. Tout ce que je sais, c'est que j'ai l'intention de me battre pour elle.

Pour nous.

J'ai tout fait foirer, mais ce n'est pas forcément irréparable.

Du moins je n'espère pas.

CHAPITRE VINGT-NEUF

Hannah

La boutique est vide, comme d'habitude, lorsque mon téléphone se met à sonner. Je décroche à l'arrière, où je suis occupée à composer un bouquet.

Quand je vois qui m'appelle, je panique légèrement.

— Papa ?

Il ne m'appelle jamais. C'est toujours ma mère qui tente de me joindre. Je sais que mon père m'aime, mais il est plutôt du genre silencieux et bourru.

Comme Armando.

Bon sang, pourquoi est-ce que tout me rappelle cet homme ?

— Coucou, ma chérie. Écoute, je sais que tu as des problèmes personnels dont tu n'es pas prête à me parler…

— Papa, s'il te plaît. Je suis au travail. Je n'ai pas envie de parler de ça maintenant.

Je bats des cils pour chasser les larmes de mes yeux déjà brûlants, et je pique une alstrœmère un peu partout dans mon bouquet jusqu'à ce qu'elle y trouve sa place.

— Je sais, je sais, dit-il aussitôt. Je comprends. J'ai entendu assez de choses quand tu es passée dimanche pour comprendre que tu es enceinte et que tu as rompu avec ton *copain.*

Je me fige et retiens mon souffle. Je rentre le ventre comme si on m'avait donné un coup de poing, et j'attends, tremblante.

— Bon, je n'aurais peut-être rien dû lui dire...

Je pousse une exclamation. Pourquoi n'ai-je pas songé au fait que mon père et Armando travaillaient toujours ensemble ?

— Qu'est-ce que tu lui as dit ? demandé-je.

Je pose la rose que j'ai entre les doigts sur mon établi, incapable de poursuivre mon travail.

— Hannah, cet homme ne représente pas un danger pour toi, si ?

— *Armando* ? répété-je avec un scepticisme exagéré. Non. Lui est en danger à cause d'un gang, mais non. Il ne me ferait jamais de mal.

— D'accord. Mais il n'est pas au courant ? Enfin, il sait tout, désormais... Je suis désolé, ma chérie. J'étais furieux de le voir se pointer avec la gueule de bois tous les jours et se tourner les pouces alors que je sais que tu pleurais à cause de cette histoire.

Je déglutis.

— Il avait la gueule de bois ?

Ça ne lui ressemble pas. C'est bête de ma part d'imaginer que c'est à cause de moi, mais c'est ce que mon idiot de cœur désire.

— Je suis quasiment certain qu'il est en chemin pour te voir. Je voulais juste te prévenir.

— D'accord, merci, murmuré-je.

Je ferme les yeux en reposant lentement mon portable, le cœur déchaîné. L'espoir et l'angoisse se mêlent en moi, s'entrelacent, et je me sens toute retournée. La raison fuit mes pensées. J'essaye de me rappeler mes raisons pour ne rien lui dire. Mes raisons pour le quitter. Mais elles ont disparu.

J'entends le carillon de l'entrée, et je me rends dans la boutique, tremblante. Dès que je vois ses traits tirés, je me lâche un son à mi-chemin entre le hoquet et le sanglot, et je me couvre la bouche.

— Hannah.

Sa voix est rauque tandis qu'il traverse la boutique à grandes enjambées pour me rejoindre derrière le comptoir. Il va me prendre dans ses bras. Je perçois son intention aussi fort que je perçois son angoisse, sa force, sa détermination.

— Non, dis-je d'un ton suppliant, une main levée pour l'arrêter.

Car si je retrouve son étreinte, je n'aurai plus jamais la force de le repousser. Je n'aurai plus jamais le courage de mettre fin à notre relation. Ce sera délicieux. Je le sais déjà.

— J'essaye de t'oublier, dis-je d'une voix étranglée.

— S'il te plaît, insiste-t-il. J'ai vraiment besoin de te prendre dans mes bras.

Sa voix a la texture du béton, de l'acier ; brisée, mais extrêmement puissante.

Et évidemment, je suis incapable de lui résister. J'ai besoin de lui. Je lui tombe dans les bras, et il me serre contre son torse musclé.

— Je suis désolé, bébé. J'ai tout fait foirer. Depuis le début.

Il parle dans mes cheveux, ses lèvres bougeant dans mes boucles, son souffle chaud contre mon crâne. Il ne desserre pas l'étau de ses bras sur mon corps, et c'est tant mieux, car mes jambes ne répondent plus.

— Je ne m'attendais pas à tomber amoureux.

Je retiens mon souffle.

— Je ne m'attendais pas à ce que tu deviennes le putain de *cœur* qui bat dans ma poitrine. Tout ce que je savais, c'était que tu m'avais vu tuer un homme, et que ça faisait de toi un risque, mais je refusais de te faire du mal ou même de te menacer de te faire du mal. Alors tout ce que j'ai trouvé à faire, c'est te ramener chez toi.

Ses doigts glissent dans mes cheveux, et il me caresse doucement la nuque avec le pouce.

— Bordel. Peut-être que je le savais déjà, même à cette époque. Parce qu'après ce premier baiser, je n'ai plus jamais eu envie de te laisser partir. J'avais envie de t'attacher au lit et de t'y garder pour toujours.

Je réalise que je tremble de partout. Je suis incapable de parler. J'absorbe toutes ses émotions, bien que j'aie résolu de rester forte.

— Hannah.

Son bras se détend autour de moi, et il recule légèrement pour prendre mon visage entre ses mains. Il m'est douloureux de le regarder, mais il patiente jusqu'à ce que je le fasse, et bien vite, je suis incapable de détourner les yeux. Sous le choc, je réalise qu'il a un hématome sur la mâchoire et des cernes noirs sous les yeux.

— J'ai merdé sur toute la ligne, mais si tu me laisses une seconde chance, je te jure devant Dieu que tu ne le regretteras pas. J'apprendrai à être ton homme.

Il pose son front contre le mien.

— S'il te plaît, laisse-moi être ton homme.

Je prends une inspiration.

— Tu es là... à cause de ce que t'a dit mon père ?

Je ne sais pas ce que je veux qu'il dise. La situation est tellement complexe que tout est emmêlé.

Il hésite, comme s'il tenait à donner la bonne réponse, mais sans savoir comment.

— Je veux garder ce bébé... lâche-t-il soudain, en ôtant ses mains de mon visage et en les glissant dans ses poches pour me donner un peu d'espace. Enfin, si tu en as envie. Je te soutiendrai, quel que soit ton choix. Je suis désolé d'avoir paniqué. Ça m'a fait flipper, d'imaginer que quelque chose puisse vous arriver à cause de moi. Mais je vais arranger les choses.

Son regard est ferme. Plein de promesses.

— Je vais tout arranger, et je vous protégerai. Je te le jure.

C'est la première fois depuis sa sortie de prison que je vois son ancienne assurance. L'homme qui se prenait pour le roi du monde. Qui savait ce qu'il voulait et comment l'obtenir. Armando avait peut-être simplement besoin d'une raison de tenir à la vie.

Peut-être que cette raison, c'est moi.

— Hannah, reprend-il d'une voix plus douce en se rapprochant à nouveau, une main sur ma taille. Donne-moi une seconde chance. Je t'en prie. J'assurerai, cette fois. Je ne te décevrai pas.

Son autre main se glisse derrière ma tête pour me soulever le visage.

— Et je veux ce bébé, répète-t-il. Mais je ne te mets pas la pression.

Son beau visage se trouble à cause de mes larmes.

— Moi aussi, je veux garder le bébé, murmuré-je. Elle pourra venir avec moi au travail. C'est moi la patronne, après tout. Je me débrouillerai.

Ses yeux se plissent, et il sourit. Il fallait attendre notre enfant à naître pour lui provoquer un véritable sourire. Un sourire authentique, avec les dents.

— Elle ? demande-t-il.

Je hausse les épaules.

— C'est l'impression que j'ai.

Ses lèvres s'étirent davantage.

— Elle sera superbe. Comme toi, dit-il en promenant les yeux sur mon visage. Je peux t'embrasser ?

Je laisse échapper un petit rire, car il parle comme s'il s'agissait de notre premier rendez-vous.

— Tu demandes la permission, maintenant ?

Ses yeux se plissent à nouveau.

— Je te l'ai dit, je compte faire les choses comme il faut, cette fois. Si tu veux bien de moi.

Il se penche en avant, et ses lèvres s'arrêtent à quelques millimètres des miennes.

— Dis que tu veux bien de moi.

— Oui, je veux bien de toi, susurré-je avant de le repousser, juste avant que sa bouche s'écrase sur la mienne. Mais je *t'interdis* de me briser le cœur.

Il secoue la tête.

— Je serai tout à toi, Hannah. Quand je m'engage, je suis hyper loyal. Cette fois-ci sera la bonne, je te le promets.

Je referme la distance entre nos lèvres et me jette sur lui. Il me rend la pareille, comme d'habitude, dévorant ma bouche, m'explorant avec sa langue.

— Je t'aime, Pâquerette, murmure-t-il lorsque nous reprenons notre souffle.

Ma vision se trouble.

— Moi aussi, je t'aime.

CHAPITRE TRENTE

Armando

Le truc, avec l'amour, c'est que ça vous fait passer à côté de choses qui auraient dû vous sauter aux yeux. Moi, je ne pense qu'à Hannah. Je savais que c'était vendredi, et que les mecs étaient chez le barbier d'à côté, mais je ne suis pas allé les saluer en passant devant. Et je n'ai pas non plus fait attention au type qui traînait dans la rue.

J'étais trop obnubilé par mon envie d'arranger les choses avec Hannah.

Quand le carillon de la porte retentit, nous nous séparons, et je vois Lorenzo, l'un de nos vétérans, entrer dans la boutique.

— Mando, dit-il, comme s'il était surpris de me trouver derrière le comptoir, en train d'embrasser Hannah.

— Lorenzo. Comment ça va ?

Pour la première fois depuis ma sortie, je ne déteste pas la terre entière. Je suis presque content de voir un visage familier. Fier d'afficher ma relation. Ma superbe petite amie enceinte.

— Qu'est-ce qui se passe ici ? Toi et, euh…

Son regard curieux se pose sur nous tour à tour.

— Hannah, complété-je, car il ne doit pas connaître son nom. Ouais. C'est ma copine. Hannah, je te présente Lorenzo.

— Je le connais, dit Hannah en riant. Deux bouquets pour vous aujourd'hui ?

Lorenzo rit lui aussi.

— C'est bien ça. Un pour ma femme et un pour ma *goomah*, dit-il en m'adressant un clin d'œil.

Hannah se rend dans la chambre froide. Je réalise qu'elle porte mon tee-shirt des Cubs sur un minishort rouge, et cela me fait chaud au cœur.

C'est l'émotion.

Une émotion qui se fraye un chemin partout.

Mais c'est à cet instant que les choses tournent mal.

Des coups de feu retentissent, brisant la vitrine et la porte vitrée.

— À terre ! m'écrié-je en projetant Hannah au sol.

Lorenzo sort son arme, mais reste couché, rampant jusqu'à nous, derrière le comptoir.

D'habitude, dans les situations d'urgence, je garde la tête froide, mais Hannah est là, ainsi que mon enfant à naître. Quand les coups de feu cessent, je dis à Lorenzo :

— Fais-la sortir par-derrière. S'il te plaît.

Je lui prends son arme des mains, car je n'en ai pas sur moi.

Lorenzo n'hésite pas une seule seconde. C'est un soldat, comme moi. Il prend Hannah par le bras, la hisse sur ses pieds et l'entraîne vers la porte du fond. Des bouts de verre continuent de tomber, brisant le silence de plomb après les tirs assourdissants.

— Lorenzo, lancé-je, et il se retourne, debout sur le seuil. *Assure-toi* qu'elle ne manque de rien... si je ne m'en sors pas.

— Non ! s'écrie Hannah.

Lorenzo est obligé de passer un bras autour d'elle pour l'empêcher de se précipiter vers moi.

— Ma mère aussi, ajouté-je. Promets-le-moi.

J'arme mon pistolet.

— Je te donne ma parole.

— Lorenzo, insisté-je, car c'est un détail important. Elle est enceinte.

— *Lo prometo*, répond-il avec révérence, comme s'il prêtait serment, avant de traîner Hannah dehors.

Je prends une inspiration et colle mon dos au mur, juste derrière le comptoir. D'autres éclats de verre tombent au sol, et j'entends des pas crisser sur les morceaux.

— Armando, chantonne une voix. Sors de là, où que tu sois.

Ça y est.

C'est là que je meurs. Pile quand je viens de trouver une raison de vivre. Pile quand on a besoin de moi. Songer que je risque de quitter Hannah et notre enfant avant que nous ayons eu notre chance me déchire les poumons.

Mais je ne peux pas continuer à me cacher. Je ne peux pas mettre Hannah et le bébé en danger à cause de ce contrat sur ma tête. Ça doit se terminer maintenant. Ce soir.

Je vérifie le chargeur du pistolet pour compter combien de balles il me reste, et je ravale la bile qui me monte dans la gorge. Dans le reflet de la porte de la chambre froide, je vois trois assaillants. Je peux tous les descendre.

— Lâchez vos armes, ou on refait la peinture avec votre sang.

Mon cœur rate un battement. *Arturo.* D'autres pas. Ce sont les hommes qui devaient être chez le barbier d'à côté pour leur coupe du vendredi. *La famiglia. Ma* famille.

Je m'éloigne du mur, mon pistolet tourné vers le type le plus proche. Arturo, Marco, Léo et Emilio sont tous là, leurs armes braquées derrière le crâne des trois gangsters.

— Doucement, dit Arturo. Je ne sais pas ce qui vous prend, mais on ne fait pas chier un Pachino. Si vous touchez à un cheveu de sa tête, le don vous rayera de la carte. Tous les membres de votre gang, vos mères, vos frères, vos sœurs, et même vos putains de chiens.

— Hé, du calme, dit l'homme qui a prononcé mon nom en entrant.

Il baisse lentement son pistolet pour le poser par terre, imité par ses deux compagnons.

— Tu sais pas de quoi tu parles, mec, ajoute-t-il à l'intention d'Arturo. Les ordres venaient de Don Pachino. C'est lui qui nous a engagés.

Mon corps se glace. Il déconne ou quoi ?

— Te fous pas de ma gueule, répond immédiatement Arturo.

Le type se retourne.

— Dis-leur, toi, ordonne-t-il à Emilio, qui jette des regards dans tous les sens.

Arturo jette un coup d'œil à Emilio.

— Nous dire quoi, Emilio ? demande-t-il d'un ton assassin qui me donne la chair de poule.

— C'est lui qui nous a engagés, insiste le gangster.

— J'ai annulé le contrat, abruti, rétorque Emilio les dents serrées.

La sueur perle sur son front. Il est aussi pâle qu'un Suédois.

L'onde de choc qui parcourt les hommes de l'Organisation est palpable.

— J'ai tout annulé aujourd'hui, répète Emilio en se balançant d'un pied sur l'autre.

Le type hausse les épaules.

— Moi, on m'a rien dit.

— J'ai tout annulé ! hurle Emilio, comme s'il perdait la boule.

— Vous l'avez entendu, dit Arturo, reprenant les choses en main. Et cet ordre ne venait pas du don. Alors si vous voulez pas qu'on extermine tout votre gang, je vous conseille de vous tirer de là et de plus jamais nous approcher. *Capito ?*

— Ouais, d'accord.

Le type tente de la jouer détendue, mais lui et ses deux potes prennent leurs jambes à leur cou.

Le son des sirènes retentit, et Arturo pousse un juron.

— File-moi ce putain de flingue, me dit-il.

Si je me fais prendre avec une arme, je risque cinq ans de prison. Mais je n'ai pas l'intention de renoncer à mon pistolet. Pas avec un traître parmi nous. Je pointe mon arme vers la tête d'Emilio. Marco et Léo font de même.

Emilio lève les mains en l'air, son pistolet pendu à son index. Lentement, il se laisse tomber à genoux et pose son Walther PPK par terre.

— Je croyais que t'allais me tuer, Mando, dit-il d'une voix cassée. À cause de Grace.

Il a les mains tremblantes, mais il soutient mon regard, ce que je trouve plutôt couillu, pour un type qui vient d'avouer avoir mis un contrat sur ma tête.

— Espère de salaud, crache Marco.

— J'avais peur de toi. Tout le monde me répétait que tu chercherais à te venger. Tout le monde, pas vrai ?

Il regarde autour de lui comme pour rallier les autres à sa cause, mais personne ne dit le moindre mot. Les flics s'arrêtent devant la boutique dans un crissement de pneus, leurs gyrophares activés.

— Ça suffit, intervient Arturo d'un ton dur. C'est le don qui réglera ça.

Il jette un regard féroce à Marco, Léo et moi et ajoute :

— Pas vous. Je suis sérieux. C'est un initié. Vous ne pouvez pas le toucher. Don G décidera de son sort. Maintenant, donne-moi ce foutu flingue, Mando, avant de retourner en tôle. Les autres, rengainez vos armes. Je m'occupe des flics.

J'enclenche la sécurité du pistolet et le lance à Arturo pendant que les policiers approchent. Les autres rengainent leurs armes, et tout le monde met les mains en l'air. Emilio se remet maladroitement debout, sans jamais me quitter des yeux. Il croit toujours que je vais l'assassiner.

— Ils sont partis, lance Arturo aux flics. Un gang a attaqué, mais ils se sont enfuis quand on est sortis de chez le barbier avec nos propres armes.

Il sort lentement de la boutique, toujours les mains en l'air. Don Pachino soudoie quelques policiers, et Artie les connaît sans doute, et vice-versa. J'espère qu'il saura nous sortir de ce merdier.

Je m'attends à ce que les flics nous ordonnent de nous coucher sur le ventre, mais ils n'en font rien. Oui, ils reconnaissent Artie, c'est sûr. Ils le laissent approcher pour raconter sa version des faits.

Marco fait exprès de bousculer Emilio en sortant de la boutique, et Léo lui lance un regard assassin. Je devrais avoir envie de tuer ce sale traître, mais ce n'est pas le cas. Car quand je sors, je vois Hannah, debout devant le salon de Rocco, le visage baigné de larmes. Lorenzo se tient à ses côtés d'un air protecteur et m'adresse un signe de tête lorsque je lève le menton.

— Armando ! s'écrie-t-elle.

— Tout va bien, Pâquerette.

Je lui ouvre les bras, et elle se jette dedans. Son corps moelleux entre en collision avec le mien, et elle presse ses courbes contre moi, blottit le visage contre ma poitrine.

— Tout est fini, maintenant. Pour de bon.

Elle me regarde d'un air hébété, et je passe le pouce sur sa peau noire et lisse.

— Tout est fini, répété-je, réalisant que c'est sans doute vrai.

Emilio a annulé le contrat sur ma tête. Arturo a fait fuir les Hermanos qui n'étaient pas au courant. Cela signifie qu'à part les comptes que j'ai à régler avec Emilio, ma vie n'est plus en danger pour l'instant.

Ma copine et notre bébé sont en sécurité.

Je glisse les doigts dans ses boucles, ma paume collée à l'arrière de son crâne, et je pose mes lèvres sur les siennes.

— Veux-tu m'épouser ?

Sa bouche s'entrouvre de surprise.

— Tu es sérieux ?

— On ne peut plus sérieux, Pâquerette. Tu es ma raison de vivre. La raison pour laquelle je suis heureux d'être libre. Même sans le bébé, je voudrais que tu emménages chez moi pour te garder éternellement.

Elle laisse échapper un rire larmoyant.

— Ouah. Je ne sais pas.

Mon cœur rate un battement. Je place un doigt sous son menton pour qu'elle me regarde dans les yeux.

— Tu ne sais pas ?

— Et pour...

Elle agite la main en direction de sa boutique sens dessus dessous, sa vitrine brisée par les balles.

Je prends une grande inspiration et hoche la tête.

— C'est résolu. Je ne suis plus une cible. Et je te jure devant Dieu que je ne laisserai personne vous toucher, le bébé et toi.

Elle se jette à mon cou dans une étreinte féroce.

— C'est résolu ? Seigneur, Armando, c'était horrible. J'ai cru que tu allais mourir.

— Je sais, ma belle. Mais c'est terminé, maintenant, je te le promets.

Elle recule et lève la tête.

— *Oui.*

Je retiens mon souffle. Répond-elle *oui* à ma demande en mariage ?

— Oui ! répète-t-elle avec vigueur, son beau visage baigné de larmes.

— Je t'aime.

Je contemple ses yeux d'un brun chaud lorsque je prononce ces mots. Je soutiens son regard, pour qu'elle sache que c'est la vérité. Je suis son homme, et je me tiendrai à ses côtés pour la vie. La loyauté, c'est mon truc.

Je jette un coup d'œil à Marco et Léo, debout de chaque côté d'Emilio, comme deux geôliers.

Quand Marco me voit les regarder, il marmonne quelque chose et me rejoint tout en observant Hannah avec curiosité.

Elle essuie ses larmes sur ma chemise avec un rire gêné.

— J'espère que tu as accepté de le reprendre. Il se comporte comme un gros bébé depuis que tu l'as mis à la porte.

Je ne lui donne même pas de coup de poing. Je suis trop heureux pour ça.

— Hannah vient d'accepter de m'épouser.

Le visage de mon cousin se fend d'un grand sourire.

— C'est vrai ? Félicitations !

J'entends Léo grogner quelque chose qui ressemble à « Si tu t'enfuis, je te traquerai et je te boufferai le foie » à Emilio avant de venir me serrer la main.

— J'ai bien entendu ? demande-t-il.

— Oui, répond Hannah avec un rire mouillé.

— C'est ma fiancée, désormais. Et elle attend mon bébé.

— Ouah ! s'exclame Marco.

Léo hausse les sourcils.

— Tu fais pas les choses à moitié, Mando.

Tout le monde sourit. Même moi, si ça se trouve. Ce serait une première.

— Mando, dit Hannah en me regardant par-dessous ses cils recourbés. C'est comme ça qu'ils t'appellent ?

Je hoche la tête.

— Ouais. C'est mon surnom depuis tout petit.

— Ça me plaît.

— Moi, c'est toi qui me plais.

Je la serre contre moi et lui embrasse l'arête du nez.

Emilio nous regarde, les bras ballants, les épaules voûtées, le visage marqué par la peur et la détresse. Honnêtement, je suis étonné qu'il n'ait pas tenté de se faire la malle, mais il sait sans doute que Léo lui a dit la vérité. Il le pourchasserait aux quatre coins de la terre. En plus, sa fiancée l'attend à la maison.

Il pense peut-être toujours s'en tirer vivant.

Arturo crie à Lorenzo en italien de surveiller Emilio, et je me sens soutenu. Marco et Léo ne sont pas les seuls à être de mon côté. Tout le monde l'est.

J'ignore ce que décidera le don, mais cette loyauté ambiante, la force de ma famille qui semblait absente depuis ma sortie, est de nouveau palpable. Tous ces hommes me soutiennent, sauf un.

Ça me console presque, après avoir découvert que l'un d'entre eux avait tenté de me faire tuer.

CHAPITRE TRENTE ET UN

Hannah

— C'est mon chez-moi, murmure Armando en ouvrant la porte de son appartement et en allumant la lumière. Ses cousins, Marco et Léo, vivent dans le même immeuble. Je le sais, car nous avons tous pris le même ascenseur pour monter.

Après avoir appelé des amis pour qu'ils nettoient les bris de verre dans ma boutique, Armando a posté un garde devant toute la nuit, jusqu'à ce que nous remplacions la vitrine et la porte demain.

— C'est joli, dis-je.

Beaucoup mieux que le mien, en termes de taille et de situation géographique, même s'il est complètement dénué de personnalité.

— On pourrait vivre ici, si tu veux, parce que c'est plus grand. Tu en feras ce que tu voudras. Pour le rendre aussi haut en couleur que toi.

Je lui jette un regard.

— Tu me trouves haute en couleur ?

Il se tourne pleinement face à moi et m'enlace.

— Oui, répond-il avant de m'embrasser sur le nez. Belle. Vive. Pleine de vie.

Il jette un coup d'œil à mon ventre et ajoute avec un petit sourire :

— Au sens propre.

J'adore le voir se dérider. Ses yeux sont fatigués, mais il semble plus heureux et détendu que jamais. Sur le chemin, il m'a expliqué que tout était résolu ; qu'il n'y avait plus de contrat sur sa tête, et que c'était Emilio qui avait engagé le gang pour l'exécuter, après la mort du premier tueur à gages. Je lui ai parlé du coup de fil que j'ai surpris. Emilio a tout annulé après avoir appris que nous étions en couple. Ça n'excuse pas tout – je ne pardonne pas ses actes à Emilio –, mais ça compte, je trouve.

Armando me mène dans sa chambre et soulève doucement le tee-shirt que je porte.

— J'adore te voir avec mes vêtements, Pâquerette, dit-il de sa voix grave en déboutonnant mon short.

Il s'accroupit, et ses mains glissent le long de mes cuisses pour m'enlever mon short. Puis il se lève et me tourne autour, promenant doucement les doigts sur ma peau. C'est très différent de la façon sauvage dont il me touche d'habitude. Il embrasse mon épaule, mon tatouage.

— Tellement belle, susurre-t-il.

La chaleur envahit ma poitrine, et mes seins deviennent lourds, mes tétons dressés. J'ignore si ce sont ses émotions ou les miennes que je perçois, tant elles sont entremêlées. Les angles et les murs qui se dressaient entre nous sont tombés.

Il se place derrière moi et dégrafe mon soutien-gorge. Il soupèse mes seins et tapote mes tétons avec ses pouces. Ses dents m'effleurent le cou.

— Cette histoire de *goomah* avec Lorenzo ? dit-il. Je ne suis pas comme ça. Je ne te ferai jamais ça. Je t'en fais le serment, Pâquerette, et je tiendrai parole.

Mon cœur s'emballe. Cet homme va devenir mon mari. Le père de notre enfant. Je ne doutais pas de lui, mais je suis contente de l'entendre me jurer fidélité. Je renverse la tête en arrière contre son épaule et couvre ses mains avec mes doigts. Il me saisit les poignets et les emprisonne au-dessus de ma tête, me soulevant la poitrine. De son autre main, il pince mes tétons, qui sont déjà aussi durs que des diamants.

Je gémis doucement.

— Ils sont sensibles, dis-je dans une plainte.

Il arrête aussitôt et m'embrasse dans le cou.

— Pardon, mon ange.

— Non, n'arrête pas. J'aime la façon dont tu me touches.

— Viens là.

Il nous fait reculer jusqu'à ce que nous butions contre le lit et nous écroulions sur le matelas à ressorts. Après m'avoir fait rouler sur le dos, sa bouche se colle à la mienne. Sa tendresse s'envole, remplacée par une avidité pure. Je lui enlève sa chemise. Il m'écarte les cuisses. Je déboutonne son pantalon. Il baisse ma culotte. Nous ne sommes plus qu'un amas de lèvres et de mains entremêlées, de corps en fusion. Je caresse ses muscles fermes, touche tout ce que je peux : ses biceps gonflés, ses fesses rebondies. Il ôte son pantalon et se glisse en moi sans barrière, les dents enfoncées dans mon cou.

Je me cambre pour le prendre plus profondément.

— Oui.

— Oui, répète-t-il.

Il va et vient en moi dans des coups de reins puissants.

— Mienne.

Il me tient par les épaules pour m'empêcher de me cogner contre la tête de lit, mais il me caresse la joue avec le pouce, un vestige de tendresse.

— Tu es mienne, à présent.

Mes paupières papillonnent de plaisir, mais je plonge mon regard dans le sien.

— Je suis tienne depuis le début.

C'est la vérité. Il n'avait pas besoin de me kidnapper et de me retenir prisonnière. J'étais prête à le suivre partout. Il m'a conquise la première fois qu'il m'a touchée sans ménagement.

— Je t'aime, lui dis-je.

Je suis contente de ne plus jamais être obligée de ravaler ces mots. Il doit en être conscient car il sait que je suis incapable de cacher mes sentiments.

Armando renverse la tête en arrière, presque comme s'il avait mal. Il montre les dents et s'enfonce brutalement en moi, encore et encore.

— Oui, haleté-je. S'il te plaît.

Il s'immobilise, le visage tendu, les mains enfonçant mes hanches dans le matelas, son membre gonflé en moi. Il se penche sur moi dans un gémissement et me serre dans ses bras.

— Je t'aime, susurre-t-il.

Il me donne un nouveau coup de reins, et je pousse une exclamation, ravie de sentir son érection énorme m'emplir pleinement. J'en veux encore plus.

Je lui caresse la joue. Il ferme les yeux et se blottit contre ma main avant d'embrasser ma paume.

— Mienne pour toujours, chuchote-t-il.

Mon cœur se gonfle de bonheur.

Il s'enfonce encore plus profondément. Une larme coule au coin de mon œil, et Armando l'attrape d'un coup de langue.

— Mien pour toujours, murmuré-je.

— Pour l'éternité.

Il va et vient lentement, profondément, parfaitement.

Son membre se contracte et prend de l'ampleur, et la chaleur s'intensifie.

Le plaisir est tellement intense que j'ai du mal à respirer. Je suis consumée par son amour infini. Ressens-je seulement mes émotions, ou aussi les siennes ?

— Oh, Armando, gémis-je, mon extase si intense qu'elle est presque douloureuse.

Il se met à aller plus vite, et son bassin claque contre le mien avec une ferveur qui m'arrache un cri. J'ignore ce qui m'arrive, mais je perçois chaque once d'émotion qui parcourt son corps. J'ai l'impression de ressentir toutes les émotions qu'il a connues au cours de sa vie.

Je perçois chaque vieille blessure, chaque vexation, chaque trahison. Je ressens tout chez cet homme.

Ses doigts s'enfoncent dans la chair tendre de mes hanches, et il me donne un nouveau coup de reins.

— Bon sang, tu es tellement bonne, déclare-t-il en continuant d'aller et venir passionnément.

Ses lèvres se posent dans mon cou, et il me mordille la gorge.

Je sens chaque centimètre de lui s'enfoncer en moi, et je ne désire rien de plus que de savourer cette impression. Je sais que ce moment est éphémère, mais je veux le garder en moi. Je lâche prise. Je ne sais pas dans quoi je plonge, mais je sais que c'est paisible. Je voudrais ressentir cela en permanence. Rien ne peut m'atteindre. Rien ne peut me faire de mal. Rien ne peut me faire autant de bien.

Mes lèvres touchent les siennes, son corps tremble contre le mien, et je sens son âme dans la mienne. Mes jambes frémissent, mes pointes de pieds se tendent, et je pousse un cri. Je suis toute proche. Tellement proche.

— Oh, Seigneur, *maintenant, Hannah*, jouis maintenant.

Il s'enfonce profondément et m'emplit de son essence brûlante.

Comme mon corps est à ses ordres, je me contracte aussitôt sur son membre dans l'orgasme le plus satisfaisant de toute ma vie, émotionnellement comme physiquement.

Armando ralentit ses va-et-vient et dépose une pluie de baisers sur mes joues, mes paupières, l'arête de mon nez.

— Je t'aime, beauté.

— Moi aussi je t'aime, dis-je d'une voix rauque.

Je reviens peu à peu de la galaxie où mon plaisir m'a propulsée. J'enroule les jambes derrière son dos et le serre davantage contre moi.

— Très fort.

CHAPITRE TRENTE-DEUX

Armando

Une odeur de terre, de métal et de sang assaille mes narines à l'instant où l'on me fait entrer dans l'entrepôt.

Il est trois heures du matin, bordel. J'ai dû laisser Hannah dans mon lit pour ça. Ça a bien failli me tuer. Mais le don m'a appelé en personne pour me dire de venir. Et quand le don ordonne, on obéit. Sans poser de questions. Sans se plaindre.

Il aurait pu faire traîner les choses et faire mariner Emilio, mais il a choisi de prononcer sa sentence cette nuit.

Il y a deux parties de moi, désormais. La partie morte. Et la partie qu'Hannah a éveillée aux émotions. La partie morte se fout complètement de ce qui se passera cette nuit, qu'ils fassent couler Emilio dans le lac Michigan avec des chaussures en béton ou qu'ils m'obligent à presser la détente.

Mais l'autre partie – celle influencée par Hannah... *Bon sang*. Elle ne peut pas le supporter. L'idée qu'Emilio se fasse buter me rend malade. Gracie, veuve avant même d'être mariée. Privée de son grand mariage.

Ça ne me plaît pas.

Non que je pardonne ce sale type. Il a mis un contrat sur ma tête rien que pour sauver sa peau après m'avoir volé ma copine.

Mais bon, Grace n'est plus ma copine, justement. Et à présent, j'ai l'impression qu'elle ne l'a jamais été. Nous faisions semblant. Nous imitions les autres initiés et leurs croqueuses de diamants.

Je me trouve dans l'un des entrepôts du don à Little Italy, non loin du *Jardin d'Éden.*

Emilio est roulé en boule sur le sol, en sang, et il pleure comme un bébé. Les autres l'ont déjà tabassé.

Tous les hommes qui comptent sont présents. Les vétérans. Alex, le gendre de Don G. Marco et Léo.

Don Pachino me jette un regard et me fait signe d'approcher d'un geste du menton. Je le rejoins comme si la scène ne m'atteignait pas.

Ce qui est à moitié vrai.

J'ai vu assez de violence pour être endurci. D'ailleurs, j'ai moi-même pris part à assez d'actes violents pour qu'Emilio s'imagine que j'allais le tuer à ma sortie. Alors le voir couvert de bleus et de sang ne me fait rien.

Mais savoir qu'il risque de mourir bientôt ? Ça, ça me perturbe.

— Emilio a violé son serment.

Le don a parlé, et l'assemblée se tait. Ça y est : la sentence est pour maintenant.

En regardant autour de moi, je remarque que je ne suis pas le seul à être un peu mal à l'aise. Tout le monde a une expression sinistre. Les mains dans les poches, pas la moindre trace de jubilation. Emilio a beau m'avoir fait un sale coup, il est toujours des nôtres. C'est un membre de la Famille. Un frère d'armes.

Et c'était l'un des chouchous du don.

— Il nous a tous trahis en tentant d'éliminer un membre de la *Famiglia.*

Emilio émet un sanglot, mais il n'implore pas le don. Il n'est pas assez bête pour cela.

Don G croise les bras et nous laisse assimiler ses mots. Il laisse la tension monter.

— Armando, c'est toi la victime. Quelle peine demandes-tu ?

Merde.

J'espérais que cette décision serait prise à ma place.

— Je ne suis pas la seule victime, dis-je en jetant un regard à Marco. Il s'est pris une balle dans le cul.

— Et je lui ai cassé la gueule, répond mon cousin. T'inquiète, je me suis vengé.

— T'es sûr ? Tu pourrais lui tirer dans le cul, toi aussi. Ça ne serait que justice.

— Ça m'a traversé l'esprit, répond Marco avec un sourire en coin.

Emilio me jette un regard à travers les fentes gonflées que sont devenus ses yeux. Son expression est suppliante. Pleine de regrets.

— Je suis désolé, Mando. J'ai essayé de tout annuler, je le jure devant Dieu.

Évidemment, cela me fait penser à Hannah, et cela réveille mes émotions.

— Ouais, je sais, dis-je.

La salle est plongée dans le silence. J'ai l'impression que tout le monde retient son souffle.

— Hannah t'a entendu annuler au téléphone.

Je vois l'espoir s'épanouir sur le visage d'Emilio. Il se hisse sur les avant-bras, puis s'assoit en grimaçant, les mains sur ses côtes, qui sont probablement cassées.

Je fourre les mains dans mes poches, comme les autres hommes. Je dévisage Emilio, le pauvre *stronzo* à mes pieds.

— T'es tellement lâche que tu n'étais pas foutu de me tuer toi-même.

Des larmes coulent sur son visage. Il écarte les mains.

— Je suis désolé, Mando. Mais je l'aime tellement. Je l'ai toujours aimée. Avant même que tu ailles en tôle. Je voulais rester en vie pour l'épouser.

— Et regarde où ça t'a mené.

Je sens les autres s'agiter face à ma menace. À mes mots qui sous-entendent qu'il ne vivra pas assez longtemps pour se marier.

J'affronte son regard implorant.

— Propose-moi réparation, dis-je d'un ton impérieux, comme un défi, comme si j'étais susceptible de ne pas accepter ses termes.

Le soulagement et l'empressement s'affichent sur son visage.

— Tout ce que tu voudras. Je paierai le prix qu'il faut. Tu n'as qu'un mot à dire.

— Combien vaut ce mariage à tes yeux ?

— Tout.

— Cinquante mille, dis-je un peu au hasard.

— Cent mille, intervient Don G d'un ton ferme.

Emilio se hâte de hoche la tête, et il se met lentement à genoux.

— Je paierai. Oui, bien sûr. Je paierai.

— Apporte-lui la somme demain, et on en restera là, tranche le don avant de me regarder. Pas de vengeance.

Je lève les mains en l'air.

— Je ne l'ai jamais menacé. Vous m'avez dit de le laisser tranquille, et j'ai obéi. Je suis les ordres. Je suis loyal.

Contrairement à certains connards. Je ne dis pas ces mots à voix haute, mais je sais que tout le monde pense la même chose.

Emilio devra vivre avec sa honte pour le restant de ses jours. Il fait toujours partie de la Famille, mais ce soir, il a perdu tout son respect.

— C'est vrai, admet Don G en coulant un regard dégoûté à Emilio. Je n'avais pas réalisé que la menace venait d'une autre direction.

Et puis merde. L'amour d'Hannah m'a rendu généreux. À moins qu'elle œuvre à travers moi. Elle est tellement compréhensive. Je parcours la distance qui me sépare d'Emilio et je lui tends la main.

Il me regarde d'un air dubitatif, comme s'il s'attendait à ce que je sorte une arme et lui tire dans les dents, mais je patiente, la paume ouverte.

Quand il la saisit enfin, je le hisse sur ses pieds.

- Beaucoup d'hommes ont fait bien pire pour garder une femme. Sois bon avec Grace.

Je lui donne une étreinte virile, et il s'agrippe à mes épaules comme si j'étais sa planche de salut. Ce qui est un peu le cas, j'imagine.

La tension dans la pièce s'envole d'un coup, et des grognements approbateurs résonnent autour de nous.

— Ne... ne lui dis rien, me supplie-t-il lorsque je le lâche.

Je secoue la tête, parfaitement calme.

— Jamais. Et personne ici ne le lui dira non plus.

C'est sans doute vrai, mais je jette un regard à la ronde pour m'en assurer, pour en faire un avertissement.

Tout le monde acquiesce.

Don G tourne les talons et s'éloigne, comme s'il ne voulait pas s'abaisser à accorder son attention à Emilio. Il s'arrête sur le seuil.

— Je veux que l'affaire soit réglée demain. Mando, préviens-moi quand tu auras reçu la somme. Ensuite, je ne veux plus jamais entendre parler de ces conneries.

— *Capito*, *capito*, dit Emilio, mais le don lui a déjà tourné le dos.

Marco me rejoint d'un pas guilleret tout en jetant un regard dédaigneux à Emilio.

— Moi aussi, je me serais inquiété si je t'avais piqué ta copine. T'es flippant.

C'est une blague, et elle évacue une partie des tensions dans la pièce. Les hommes commencent à se mettre en mouvement, à discuter ensemble.

— Ma copine actuelle m'attend à la maison, alors sans vouloir vous vexer, j'ai mieux à faire.

— Vas-y. Rentre chez toi, dit Léo en me faisant signe de filer. Prends bien soin de la future maman.

Certains des hommes présents poussent des exclamations surprises en entendant la nouvelle.

J'ai l'impression que Lorenzo se sent impliqué dans notre petite famille, depuis que je lui ai confié la vie d'Hannah et du bébé, tout à l'heure. Je ferai peut-être de lui le parrain. Même si Marco serait le choix le plus sensé, et pas seulement parce qu'il est plus jeune.

Mon cousin serait prêt à se couper la main pour moi.

Je le prends par le bras, et nous nous donnons des tapes sur l'épaule.

— À demain, Emilio, dis-je sans trace de moquerie dans la voix.

J'ignore comment il va faire pour trouver cent mille dollars aussi vite, mais ce n'est pas mon problème.

Même si je proposais de lui donner un délai plus long, le don ne l'accepterait jamais.

Il a prononcé sa sentence. Elle sera respectée.

Hannah

Armando rentre à six heures du matin.

Je me souviens qu'il est parti après avoir reçu un coup de fil. Il devait être environ trois heures.

Je m'assois dans le lit, apeurée. Je le dévisage pour voir s'il saigne ou s'il a des bleus, mais à part son air fatigué, il semble indemne.

— Tout va bien ?

Je ne lui demande pas où il était. Je sais qu'il ne peut rien me dire.

Il hoche la tête.

— Oui. Tout est résolu avec Emilio.

Emilio. Je ne suis pas du genre rancunière, mais il a voulu faire assassiner Armando, alors je ne suis pas sûre de lui pardonner un jour.

Mais je n'ai pas pour autant envie d'apprendre qu'il est mort. Même si Armando ne partagerait pas cette nouvelle avec moi.

— Est-ce que… est-ce que le mariage est maintenu, entre Grace et lui ?

Armando se déshabille et se met au lit. Il rampe jusqu'à moi et s'allonge sur mon corps.

— Ouais. Je vais obtenir réparation. Tu sais ce que ça signifie, Pâquerette ?

Je n'en ai aucune idée.

— Non ?

— Ça veut dire que j'aurai les moyens d'investir dans le *Jardin d'Éden*. Notre entreprise familiale.

Mes yeux s'emplissent de larmes.

Notre entreprise familiale.

Je crois que jusqu'à présent, je n'avais jamais réalisé à quel point faire tourner la boutique toute seule me plongeait dans la solitude. J'ai engagé Josie pour tenter de rendre ce fardeau moins lourd, mais elle n'était pas aussi investie que moi.

À présent, j'ai Armando. Et je sais déjà qu'il est capable d'accomplir des miracles. Ce qui signifie que mon entreprise est sauvée. Je suis sûre qu'il m'aidera à la redresser. À tout résoudre.

Il est comme ça.

— C'est bien, bébé. Pleure un bon coup. Ce sont des larmes de joie ?

— Oui. Je suis heureuse.

Il a un grand sourire. C'est rare, chez lui, et j'en ai le souffle coupé.

— Qu'est-ce qui te rend heureuse ?

— Le fait qu'on forme une famille.

Son sourire grandit encore.

— Tu es ma famille, Pâquerette. Le bébé et toi, vous êtes tout pour moi.

Je le serre contre moi.

Après un baiser brûlant, il lève la tête.

— Tu es à moi, Hannah, déclare-t-il d'une voix grave et possessive. Tu es à moi, et je ferai tout ce qui est en mon pouvoir pour te rendre heureuse.

Un frisson me parcourt l'échine face à la conviction dans ses mots, mais ils ne me font pas peur. Au contraire, je les accueille à bras ouverts, et j'étreins Armando et pose mes lèvres sur les siennes. Nous nous embrassons profondément, passionnément, et le monde qui nous entoure disparaît tandis que nous nous perdons l'un dans l'autre.

Quelque chose chez lui me donne le sentiment d'être en sécurité, protégée, comme si rien ne pouvait m'atteindre tant qu'il sera à mes côtés.

Je gémis doucement dans sa bouche lorsqu'il m'écarte les jambes.

Il embrasse chaque centimètre carré de ma peau, commençant par mon cou avant de descendre sur mes épaules, puis mes seins. Je me cambre quand ses lèvres se referment sur mon téton, ses doigts glissés entre mes cuisses. Je halète lorsqu'il me pénètre dans un geste lent et délibéré.

Mais je veux plus que ses doigts. Je veux que son sexe s'enfouisse en moi.

— Plus, gémis-je. Donne-m'en plus.

Je ne réalise même pas ce que je fais avant d'être assise à califourchon sur lui. Je me mets en position, son érection pressée contre mon sexe. Son gland épais glisse en moi, et je halète, momentanément figée.

Il est tellement bien monté, et l'angle est presque douloureux.

Mais j'aime cette douleur. Je l'adore.

Je commence à bouger, à m'enfoncer sur son érection, son membre épais m'étirant avec beaucoup plus d'intensité que ses doigts.

Je m'empale sur lui dans un gémissement sonore et rauque. Ses mains se referment sur mes hanches, m'obligeant à le chevaucher, levant le bassin pour aller à la rencontre de mes mouvements et me pénétrer profondément.

Je renverse la tête en arrière, les cheveux dans le dos, et je me laisse aller. Mon orgasme explose, tel un feu d'artifice dans le ciel nocturne.

J'ondule de plus en plus vite, de plus en plus fort, mon corps insatiable. Je plante les ongles dans ses épaules, me frotte à lui. Mes cris de plaisir résonnent dans la pièce.

Je ralentis, mes yeux plongés dans les siens pendant que je vais et viens le long de son membre. Il me regarde comme si j'étais la plus belle femme du monde tandis que je le chevauche dans un mouvement lent et régulier.

Mes paupières se ferment en papillonnant alors qu'un autre orgasme approche.

— C'est bien, murmure-t-il d'une voix douce et pleine de désir. Jouis pour moi, Hannah. Jouis pour moi.

Ses mots me font basculer dans l'extase ; ses mots et son sexe. La tête en arrière, je crie son nom, le corps secoué par ce nouvel orgasme.

Il me retourne sur le lit et se place derrière moi avant de me pénétrer. Il me saisit par les hanches et me donne un coup de reins profond.

Son membre pulse en moi, tout son corps soudain crispé. Il fait encore quelques va-et-vient avant de s'immobiliser. Il pousse un gémissement grave tandis que son érection se contracte en moi et que son sperme chaud m'emplit.

Il se retire et se couche à mes côtés en me serrant contre lui.

— Je t'aime, Pâquerette.

J'enfouis le visage dans son cou et savoure le pouvoir de ses mots. Son amour. Ses attentions. Ses promesses.

— Je t'aime tellement fort, réponds-je.

— Tu m'as ramené d'entre les morts. Tu m'as donné une raison de vivre. Je te dois tout. Je veux que tu saches que je ne te décevrai plus jamais.

Les larmes me montent de nouveau aux yeux.

— Je sais, murmuré-je contre sa peau.

Je suis prête à lui confier ma vie. Notre enfant. Notre avenir.

Il est tout pour moi.

ÉPILOGUE

Hannah

— Les juges ont vu tous les concurrents, et ils ont choisi quatre finalistes. J'appelle les fleuristes suivants à s'avancer…

Les bras d'Armando se serrent autour de mon ventre arrondi.

— Tu seras choisie, me souffle-t-il à l'oreille.

Marco et Léo me donnent tous les deux une tape dans le dos. Je suis touchée qu'ils soient venus. C'est vrai que la famille d'Armando est soudée. Et désormais, je suis incluse dedans.

Mon cœur bat la chamade contre mes côtes, mais pour être honnête, si je ne suis pas retenue pour la finale, je m'en fiche. Ce qui compte pour moi, c'est la chaleur qui emplit ma poitrine en cet instant. Ce débordement d'amour et de soutien de la part d'Armando. Le plaisir d'avoir la personne qui compte le plus au monde à mes yeux à mes côtés.

Comme promis, Armando s'est servi de la somme que lui a donné Emilio pour investir dans le *Jardin d'Éden*. Il a acheté un van tout neuf et a engagé deux hommes à mi-temps pour effectuer mes livraisons. Il se consacre corps et âme à la réussite de l'entreprise – de notre *entre-*

prise familiale, comme il dit –, et en deux mois, les revenus ont déjà triplé. Il a convaincu le don de rénover l'immeuble, et il cherche un local pour une deuxième boutique. Il prend en main tous les aspects qui me terrifiaient, et avec lui, ça paraît facile. Moi, je peux me consacrer à ce que je fais de mieux : le côté artistique. Nous prospectons ensemble, ce qui rend la recherche de nouveaux clients moins intimidante.

— Hannah Munn, annonce le présentateur.

Je pousse une exclamation. Je ne m'attendais pas à être parmi les finalistes.

— Je te l'avais dit, gronde Armando à mon oreille avant de me lâcher pour que je me rende sur scène.

Je prends une inspiration tremblante, agite les mains et me penche pour ramasser mon seau de fleurs.

— Arrête, me dit Armando d'un ton amusé. Je vais les porter pour toi.

Il ne me laisse rien soulever de trop lourd. Et il m'empêche de rester debout trop longtemps. Ou de travailler trop dur. Il me traite comme une princesse, sauf au lit. Là, il se transforme toujours en bête sauvage, même avec mon ventre de plus en plus rond.

Je monte sur scène, et il me suit, avec dans les bras un seau débordant de fleurs, qu'il pose à côté de moi.

— Mets-leur la pâtée, Pâquerette, murmure-t-il.

Il serre ma main dans la sienne avant de s'éclipser pour me laisser avec les autres finalistes. La prochaine épreuve consiste à élaborer une composition avec les fleurs que nous avons apportées sous les yeux du public. Puis à créer une composition avec des fleurs qui nous seront fournies.

J'attends que le chrono soit lancé, puis je m'attelle à ma tâche. Je crée une spirale de roses multicolores entremêlées de freesias et de rotin argenté. Quand j'ai terminé, je fais un pas en arrière pour que les juges observent mon travail, et je m'interdis de regarder les compositions de mes trois concurrents. J'ai le trac, et le doute ne demande qu'à s'infiltrer en moi. Au lieu de cela, je cherche Armando dans le public. Nos regards se croisent, et aussitôt, je ressens sa force. La foi qu'il me porte. Elle se déverse en moi, chassant mon stress. Je tente un petit sourire, et il me sourit en retour.

Je vois toutes ses dents. Rien ne me rend plus heureuse que de le voir se dérider ainsi. De savoir que c'est moi qui l'ai aidé à reprendre goût à la vie.

La semaine dernière, le mariage de Grace et Emilio a eu lieu. Je me suis donnée à fond pour leurs fleurs. Pas parce qu'Emilio le méritait, mais parce qu'il s'agit de la famille d'Armando, et qu'à présent, j'en fais partie. Nous avons également assisté au mariage en tant qu'invités. C'était la décision d'Armando. Il a dit qu'il était trop heureux avec moi pour être rancunier.

Les organisateurs du concours apportent leurs propres seaux de fleurs, et l'épreuve suivante commence. Je ne réfléchis pas, laissant mes doigts choisir les fleurs et les arranger, sans plan précis en tête. Je sais que si je tente de déterminer ce que je dois faire, j'échouerai. Mon génie créatif s'exprime lorsque je ne me censure pas, ne m'inquiète pas, ne cogite pas.

Je me laisse porter par la plénitude que m'offre l'amour d'Armando. Par le plaisir de porter son alliance et de construire une vie, une entreprise et une famille avec lui. Et ma composition se crée d'elle-même : un entrelacs de pivoines et de lys orientaux, simple, mais composé de plusieurs niveaux.

Le chronomètre sonne. Nous reculons. Je croise le regard d'Armando, et il m'adresse un clin d'œil. L'espoir commence à monter en moi. Je suis arrivée jusque-là, et je suis sûre qu'il serait fantastique de gagner. Mais non, mieux vaut ne pas m'avancer, car je ne veux pas être déçue.

Les juges se consultent, et l'attente me donne un peu le tournis. Ma grossesse me provoque des chutes de tension, comme l'avait prédit ma mère. Elle est ravie que je sois enceinte, maintenant que je suis heureuse. Et je crois que même mon père commence à accepter Armando, bien qu'il n'aime pas ses liens avec la mafia.

Armando m'a dit que c'était quelque chose qu'il ne pouvait pas changer, mais il m'a promis de nous mettre à l'abri de toutes conséquences négatives, le bébé et moi. Je sais que rien n'est garanti. Il pourrait retourner en prison. Ou se faire tuer. Mais pour l'instant, le don le laisse prendre ses distances avec les affaires pour s'occuper de mon entreprise. Difficile de ne pas me sentir invincible, lorsque je suis enveloppée par son amour.

— Les juges ont pris leur décision. À la troisième place, Jaya Lowe.

La foule applaudit. Je fais mine de respirer.

— À la deuxième place, Eric Diamond.

Mince. J'ai sans doute fini quatrième.

— Et à la première place, la gagnante de la compétition est... Hannah Munn, du *Jardin d'Éden.*

J'entends Armando crier. Je tente de retenir les larmes qui cascadent déjà sur mes joues, mais c'est peine perdue. Je ne recevrai pas mon trophée avec calme et élégance. Mais peu importe.

J'ai gagné.

Les jambes tremblantes, je rejoins Armando avec mon trophée, et il me fait tournoyer.

— Tu as réussi ! J'étais sûr que tu gagnerais, Pâquerette.

— Je n'arrive pas à arrêter de pleurer, dis-je, malgré l'évidence.

Il me repose doucement sur mes pieds et embrasse mes larmes.

— Continue de pleurer, Pâquerette. La vie va devenir de plus en plus belle.

UN SOUPÇON DE PÉCHÉ

CHAPITRE UN

Taylor

J'ai les pieds en compote, les oreilles qui bourdonnent, et je meurs de soif.

Plutôt normal après sept heures à servir des cocktails au Péché.

Je grimace en marchant jusqu'à ma voiture dans le parking obscur, jonglant avec deux gobelets d'eau glacée ainsi que mon sac à main et mes clés. Je n'en reviens pas d'avoir oublié ma bouteille d'eau. Non que j'aie assez de temps libre pour la boire.

Je porte une paire d'escarpins. D'accord, ça me rapporte des pourboires, mais la vache, ils me font un mal de chien !

On pourrait imaginer que vu que j'étudie pour devenir kiné, je prendrais mieux soin de mon corps. Mais je passerais à côté des gros billets. Et Dieu sait que j'ai besoin d'argent. Je rembourse toujours le prêt étudiant que j'ai contracté pour ma licence et je me nourris essentiellement de nouilles instantanées et de pâtes au fromage. Si je n'avais pas mon boulot au Péché pour compléter mon prêt, je n'aurais pas les moyens de faire le plein d'essence.

Le club a fermé il y a une heure, mais il reste encore quelques voitures sur le parking, y compris une BMW coupé qui n'appartient certainement pas à l'un de mes collègues.

À un client, alors.

Sans doute un mafieux.

J'esquisse un sourire en repensant au billet de cent dollars que m'a donné l'un d'entre eux en pourboire.

Marco. Lui et son frère Léo viennent chaque week-end au bras d'une femme différente.

Ce soir, il a eu le culot de me demander si je n'avais jamais été tentée de venir au club en tant que cliente.

— Jamais.

Il m'a adressé son sourire arrogant.

— Jamais au grand jamais ?

— Jamais. Je n'aime pas la douleur.

— Est-ce que tu aimes le plaisir, mon ange ? a-t-il demandé en haussant un sourcil sexy.

Je lève les yeux au ciel en ouvrant ma portière. J'aurais bien aimé lui rétorquer que je n'étais pas son ange, mais je compte trop sur ses pourboires pour établir des limites.

Je m'assois et pousse un grognement en levant enfin les pieds. Je pose mes gobelets sur la console centrale et me penche pour défaire les brides de mes escarpins.

— Aïe aïe aïe, grommelé-je.

Je ne supporterai pas de laisser ces instruments de torture sur mes pieds endoloris une seconde de plus.

Dès que je les ai enlevés, je démarre ma vieille Honda Accord et je recule.

Alors que je tourne pour quitter le parking, l'un de mes gobelets se renverse et de l'eau ainsi que des glaçons me tombent sur les genoux.

— Argh !

Je donne accidentellement un coup de volant en me penchant pour rattraper le gobelet et en tentant de chasser les glaçons de ma robe déjà trempée. L'un de mes escarpins glisse sous la pédale de frein.

Merde.

Je tente de déloger ma chaussure tandis que le deuxième gobelet me tombe dessus.

Je me penche pour récupérer l'escarpin, mais mon pied glisse sur l'accélérateur et la voiture fait un bond en avant.

Je rentre de plein fouet dans une voiture en stationnement.

Je pousse un cri. Un terrible grincement de métal et de plastique retentit, et je n'arrive toujours pas à décoincer ma chaussure ! Le moteur vrombit alors que je continue de m'enfoncer dans... Oh, Seigneur.

C'est la BMW. Évidemment.

Merde merde merde !

Je déloge l'escarpin d'un coup de pied et écrase les freins, agrippée au volant avec tellement de force que mes doigts craquent.

Que faire ? C'est la panique totale. Aucune logique ne traverse mon cerveau.

Ou très peu, en tout cas.

Je jette un rapide regard alentour. Personne.

C'est là que je commets l'erreur la plus idiote de toute ma vie.

Je recule et appuie sur le champignon. Après quelques instants terribles où mon moteur proteste et où la carrosserie de la BMW tombe en morceaux, ma voiture se libère de la tôle enfoncée.

Je redresse le volant et écrase l'accélérateur.

Dans un crissement de pneus, je quitte les lieux.

Ou la scène de crime, plutôt.

Je fonce droit vers des conséquences que je ne suis pas du tout prête à affronter.

Marco

J'hallucine. C'est quoi ce bordel ?

Je vais pour dégainer mon flingue, mais je n'en ai pas.

Les armes sont interdites au Péché.

— Qu'est-ce qu'il y a ? demande Léo qui apparaît aussitôt à mes côtés, placé d'un air protecteur devant la femme qu'il a ramenée ce soir.

— Un connard vient de défoncer ma voiture.

Ma BM toute neuve.

— Tu l'as vu ?

À côté de nous, le videur du club se racle la gorge.

— Quoi ? demandé-je d'un ton sec. Tu sais qui c'était ?

Il se frotte le nez, d'un air gêné.

— Euh, je pense que c'était un accident.

Je ferme le poing sur sa chemise et le plaque contre le mur, bien qu'il soit plus grand et plus baraqué que moi.

— Qui c'était ? grondé-je. Qu'est-ce que tu sais ?

Il n'oppose aucune résistance, parce qu'il sait qu'il ne faut pas me faire chier. Il lève les mains comme pour se rendre.

— C'était une femme, pas un homme.

Je relâche un peu la pression.

C'était peut-être un simple accident.

Une cliente bourrée ?

Elle aurait quand même des comptes à me rendre.

— Tu la connais ? demandé-je au videur.

— Qu'est-ce que vous comptez lui faire ?

D'accord, il la connaît, c'est clair.

— Je ne fais pas de mal aux femmes, lui assuré-je.

Je jette par-dessus mon épaule un regard à celles qui nous ont accompagnés ce soir, leurs yeux brillants et comblés.

— Enfin, sauf quand ça leur fait plaisir, ajouté-je.

— C'était Taylor, admet le videur. La serveuse ?

Je le lâche, parfaitement détendu, à présent.

Taylor. La petite blonde adorable qui semble beaucoup trop pure et innocente pour bosser ici.

— Envoie-moi son adresse.

— Qu'est-ce que vous allez faire ?

Je jette un regard dans la direction qu'elle a prise.

— Demain, je vais lui rendre une petite visite.

CHAPITRE DEUX

Taylor

Le lendemain matin, je fais les cent pas dans mon studio en me mâchonnant l'intérieur de la joue.

Ce que j'ai fait hier soir était une bêtise monumentale.

Non seulement j'ai enfreint la loi, mais la voiture que j'ai emboutie appartient sans doute à quelqu'un de dangereux. Il lui suffira de demander à Jack Lindstrom, le propriétaire du Péché, de consulter la vidéosurveillance du parking pour obtenir mon nom et mon adresse.

Et donc, au lieu de risquer une simple amende et un malus sur mon assurance, je finirai sûrement au fond du lac Michigan, un boulet au pied.

J'essuie mes paumes moites sur mon short de pyjama. Je ferais mieux de prendre l'initiative en appelant Jack pour tout avouer. Il saura peut-être à qui appartient cette voiture et je pourrai tenter d'arranger les choses. C'est ce que ferait une personne sensée.

Mais bien sûr, une personne sensée n'aurait pas lâchement pris la fuite.

C'est ça qui m'a vraiment mise dans la mouise.

Bon, allez, il faut que j'appelle Jack. C'est la seule solution. Je cherche mon téléphone, qui se trouve toujours dans mon sac à main. Il n'a plus de batterie, bien sûr. Quand je le branche, il affiche quatorze messages non lus. Le nœud dans mon estomac se resserre.

Avant d'avoir pu lire mes messages, quelqu'un tambourine à la porte.

L'étau autour de mes tempes se contracte, me causant une douleur aveuglante derrière les yeux.

Ça y est. Je suis morte.

Dans un moment d'égarement, j'envisage de sortir par la fenêtre et de descendre par l'escalier d'urgence, mais ça reviendrait à faire le même choix qu'hier soir. C'est ce genre de lâcheté qui m'a causé ces soucis. Je dois affronter les choses.

Je me dirige vers la porte, redresse les épaules et ouvre, en faisant mine de n'être pas complètement terrifiée par ce que je vais trouver de l'autre côté.

Mon ventre fait un saut périlleux, mais pas seulement à cause de la peur. Car l'homme qui se tient sur le seuil est mon généreux client.

Marco.

Le mafieux super sexy qui me draguait hier soir. Il est appuyé au cadre de la porte dans une pose que l'on pourrait croire nonchalante, les mains fourrées dans les poches d'un pantalon de costume italien qui vaut sans doute mille dollars.

— Bonjour Taylor.

Il a un petit sourire en coin et un air satisfait qui affole les papillons que j'ai dans le ventre. Une vague de chaleur fonce droit entre mes jambes, amplifiée lorsque Marco se met à me reluquer tranquillement.

Je réalise que j'ai ouvert la porte seulement vêtue d'une petite brassière et d'un short de pyjama. Mes tétons se dressent.

— Tu n'as pas l'air surprise de me voir.

— Marco, je suis désolée. J'ai paniqué après avoir embouti ta voiture. Mais j'étais sur le point de tout arranger, je te le jure.

Il hausse un sourcil.

— C'est vrai, mon ange ?

— Je te jure, répété-je, reculant alors qu'il entre dans mon appartement et ferme la porte derrière lui.

Il émet un son désapprobateur.

— Quitter la scène d'un accident constitue un délit, Taylor.

— Tu vas me dénoncer ?

J'espère que ma voix est plus séductrice qu'insolente.

Nous savons tous les deux qu'il n'appellerait jamais la police.

C'est un mafieux. Chez eux, ce genre de problème se règle personnellement. De manière violente, en général, même si je ne l'ai jamais vu agir de la sorte.

Il esquisse un sourire.

— Non, je ne suis pas venu pour te dénoncer. Je suis venu te donner une fessée.

Je le regarde d'un air hébété, tentant de déterminer s'il parle au sens propre ou s'il s'agit d'une métaphore.

Sans que je comprenne pourquoi, mon corps le prend au mot et mes fesses se contractent. J'ai chaud partout et je fourmille. Une lente pulsation naît entre mes jambes.

Comme s'il réalisait l'effet que ses mots ont sur moi, son sourire satisfait grandit. Il fait un autre pas, envahissant mon espace. Sa main se pose doucement sur ma taille. Je dois faire un effort pour lever les yeux et affronter son regard.

Avec une grande douceur, sans insister, il me tire vers lui jusqu'à ce que je sois collée à son torse. Il glisse un doigt sous mon menton et me lève le visage.

— Tu es prête pour ta punition ?

J'essaye de déglutir, sans succès.

— Euh... mon assurance peut prendre les réparations en charge.

Son sourire s'élargit. Sa fossette à la joue gauche me fait mouiller.

— J'ai vu ta voiture dehors, mon ange, et je vois la taille de ton appartement. Quelque chose me dit que tu n'as pas les moyens de voir tes cotisations augmenter.

Mes battements de cœur sont déchaînés, irréguliers. Je crois comprendre où il veut en venir, et je ne suis pas sûre que ça me dérange.

— Qu'est-ce que tu proposes ? m'enquiers-je en essayant de ravaler le chevrotement dans ma voix.

— Je ne propose rien du tout.

Sa main quitte ma taille pour descendre plus bas. Son ton a des notes de velours noir et de whisky.

— Je suis là pour te punir d'être partie sans faire amende honorable, dit-il alors que sa paume suit la courbe de mes fesses. Et ensuite, on discutera de la façon dont tu peux te rattraper.

Mon centre se contracte.

Ses doigts se referment sur mes fesses.

— Est-ce que j'ai le choix ?

Pourquoi ma voix est-elle si rauque ?

— Est-ce que tu *veux* avoir le choix ?

Je le regarde droit dans les yeux et tente de décrypter sa réponse. Ce n'est pas chose facile, vu qu'il est en train de me pétrir et de me masser les fesses. Je ne porte pas de culotte sous mon short de pyjama, et mon excitation coule entre mes cuisses.

— Tu préfères peut-être faire comme si tu n'avais pas le choix ? suggère-t-il en me caressant la joue.

Je ne suis pas sûre de comprendre ce qu'il veut dire par là. Il a parlé de « faire comme si ». Ça sous-entend que j'aurais bel et bien le choix. N'est-ce pas ?

— Je t'ai vu regarder les gens, au Péché. Tu dis que ce n'est pas ton truc, mais ton expression laissait entendre tout le contraire.

Je tremble, à présent. Pas de peur.

D'impatience.

D'excitation.

De curiosité à l'idée que quelque chose de sombre et de salace puisse arriver entre nous.

Je suis également stupéfaite d'apprendre qu'il m'a observée. Surtout qu'il vient toujours au club au bras de femmes superbes.

— Et ta copine ? demandé-je.

Il secoue la tête.

— Tu sais bien que je n'en ai pas.

Il a raison. Je le sais bien. Car il ne vient jamais deux fois avec la même femme.

— Assez perdu de temps, déclare-t-il en me faisant reculer vers mon lit. C'est l'heure de ta punition.

Quand mes cuisses heurtent le matelas, il s'arrête. Ses yeux plongés dans les miens, il lève lentement ma brassière au-dessus de ma tête.

— Qu'est-ce que tu vas me faire ? demandé-je dans un simple murmure.

— Je te l'ai dit.

Sa réponse est rauque et chaude. Presque un ronronnement.

Je m'empare de sa main lorsqu'il glisse le pouce sous mon short, et il s'arrête. Il ne dit rien et se contente d'attendre.

C'est la preuve que mon consentement lui importe. Il attend que je me décide.

Alors je choisis d'oublier tout bon sens.

Je lâche sa main et dis :

— D'accord.

CHAPITRE TROIS

Marco

Bon sang.

Je bande comme un fou à l'idée de donner une fessée à Taylor.

Elle est vraiment adorable, avec son pyjama minuscule. Pyjama qui se trouve désormais à nos pieds.

Elle est petite et musclée, comme une athlète très mince. Je crois qu'une fois, elle m'a dit qu'elle voulait devenir kiné.

— Tu as un corps superbe, Taylor.

Elle se tient à mes avant-bras pour se débarrasser du short autour de ses chevilles, et je la sens trembler.

Soudain, je réalise qu'elle ne doit pas avoir tant d'expérience que ça. Je ne dis pas qu'elle est vierge, mais elle n'a pas dû avoir beaucoup de partenaires.

Elle ne couche pas à droite à gauche.

Cette idée réveille mon instinct protecteur. Il s'agit d'une punition, mais je vais m'assurer de la rendre agréable pour Taylor.

Je vais lui montrer ce qu'elle rate, au Péché.

— Viens là, ma jolie.

Je m'assois sur le lit et la tire par les hanches jusqu'à ce qu'elle se tienne debout entre mes jambes.

— Tu avais bu hier soir ? C'est pour ça que tu as pris la fuite ?

Elle se couvre les seins avec les mains, et pour l'instant, je la laisse faire.

— Non, grommelle-t-elle. J'ai pris la fuite parce que j'ai été bête et que j'ai paniqué. Je suis rentrée dans ta voiture parce que j'ai renversé mon gobelet d'eau, ma chaussure s'est coincée sous le frein, et j'ai appuyé sur l'accélérateur sans faire exprès. C'était un vrai désastre.

Je hoche la tête et lui frotte le dos d'un geste rassurant. Elle est vraiment... mignonne. Super sexy, mais avec une note d'innocence qui la rend adorable. Il est clair qu'elle a simplement paniqué et n'a pas cherché à détruire ma voiture.

Ses grands yeux se plantent dans les miens.

— Tu vas vraiment me... me fesser ? Genre... sur tes genoux ?

Je pince ses jolies fesses fermes.

— À ton avis ?

Elle halète. Sa peau est chaude contre ma cuisse et je hume son odeur, enveloppé par les effluves de son shampooing et de son parfum. Son sexe est rose et nu, et je suis content de pouvoir l'admirer.

Je suis foutu.

Je pose une main dans le creux de ses reins et la penche sur mes genoux.

— C'est ta première fessée ?

Elle hoche la tête.

Je lui donne une tape et elle fait aussitôt un bond en avant. Je glisse le bras autour de son corps crispé et pince l'un de ses tétons. Elle me récompense en prenant une grande inspiration.

— Je veux que tu sois bien sage et que tu acceptes ta punition.

Je lui donne cinq claques de suite sur les fesses. Elle pousse un cri puis se fige, comme si je l'avais privée de sa capacité à bouger. La vue est incroyable : sa peau est rose, ses seins bombés, son corps soumis à ma volonté.

Je la caresse, la rassure, la titille, lui fais croire que la douleur va s'envoler. Je suis un vrai salaud, parce que je sais très bien que le prochain coup lui fera plus mal.

— Oh mon Dieu ! s'exclame-t-elle.

Je frappe plus fort.

— Marco, je t'en prie, je suis déso...

Je l'interromps d'une vive claque sur les fesses, suivie d'une autre. Je frappe avec plus de force, désormais, et veille à couvrir toute la zone inférieure de ses fesses.

Je bande comme un fou, mon membre pressé contre mon pantalon. C'est douloureux, d'ailleurs. J'ai envie d'aller plus loin. De plonger dans sa chatte et de la pilonner jusqu'à ce qu'elle crie. Mais quand je me donne une mission, je m'y tiens.

Taylor gémit, mais je sais que les larmes ne sont pas loin. J'ai hâte de les voir couler, je veux qu'elle laisse échapper ces larmes qu'elle tient tant à me cacher.

Je lui caresse les fesses et lui donne d'autres coups, plus forts, incessants.

Les sons qu'elle émet sont discrets, mais quand je passe le doigt entre ses fesses pour trouver son sexe mouillé, non seulement elle gémit, mais elle laisse aussi échapper un sanglot.

Putain, elle est trempée, et je sais qu'elle a envie de moi. Son corps ne peut pas me le cacher. Je lui caresse le clitoris et plonge un doigt dans son sexe.

— Oh putain, gémit-elle.

Sa chatte est serrée, et je trouve une zone qui lui arrache un nouveau cri, encore plus fort que le précédent.

— Oh la vache, soupire-t-elle en frémissant.

— Tu seras bien sage, hein Taylor ?

— Oui. Oui, je serai bien sage.

Sa voix est enrouée.

Je vais et viens en elle avec mon doigt, la poussant au bord de l'abîme.

— Ma gentille fille. Tu seras sage pour moi.

— Oui.

J'ai beau avoir envie de la baiser, je dois m'en tenir à mon plan. Je vais lui donner une leçon, une leçon qui lui fera comprendre qu'elle est super sexy et qu'elle ne doit jamais étouffer ses véritables désirs.

Je ne la laisserai plus jamais faire ça.

Et quand j'aurai terminé, je ne la laisserai plus jamais coucher avec qui que ce soit d'autre.

Je m'assurerai qu'elle soit à moi.

Je n'ai encore jamais été possessif comme ça.

Et une fille ne m'avait encore jamais rendu accro aussi vite, aussi fort. Pas après une simple fessée. Mais Taylor a un truc. C'est peut-être le fait de savoir qu'elle n'appartient pas à mon univers qui me fait cet effet. Elle n'appartient même pas à l'univers du Péché. Et pourtant, c'est là que je l'ai trouvée. Une innocente, prête à ce que je la corrompe.

Brillante dans un monde obscur.

Et je ne veux pas ternir son éclat. Je veux seulement découvrir ce qui l'a poussée à travailler au Péché. Ce qui l'a poussée vers *moi.* Parce que je sais que je l'attire. Elle flirte avec moi. Elle se convainquait sûrement que c'était pour les pourboires, mais ses tétons pointaient dès que je la regardais plus longtemps que je n'aurais dû.

Et l'avoir dans cette position après l'avoir désirée pendant six mois ? Bon sang, cette fille me tient par les couilles, là.

Je la remets debout entre mes jambes, comme avant sa fessée.

— Oh, s'exclame-t-elle, le son le plus adorable que j'aie jamais entendu.

Elle s'effondre et enfouit le visage dans ma chemise.

Elle respire fort, tout son corps est tendu, et pourtant elle semble aussi parfaitement délassée. Je lui caresse les cheveux puis descends la main le long de son dos.

— Ça va ?

Elle hoche la tête et reste blottie contre moi.

Toute nue.

Vulnérable.

Soumise.

Je sens l'odeur de son excitation, et je sais qu'elle est frustrée. Mais j'ai un plan. Je dois patienter.

— Ça, c'était ta punition pour t'être enfuie hier soir, dis-je en embrassant le sommet de son crâne. Maintenant, il faut qu'on parle de la réparation de nos voitures.

Elle recule, les joues roses, les pupilles dilatées.

— D'accord, dit-elle en chassant les cheveux qui lui tombent sur le visage.

— C'est moi qui réglerai la note. Pas besoin d'impliquer ton assurance. En échange, je te veux le temps d'une soirée au Péché. Tu seras à moi. Tu seras protégée par le règlement du club, bien sûr, mais à part ça, tu feras tout ce que je te demanderai.

— Je... je ne peux pas. Je travaille tous les soirs et...

— Je m'occupe de ça.

Ma main remonte sur sa nuque et je la caresse avec mon pouce.

— Tu auras ta soirée. Et ne t'inquiète pas pour l'argent, je te paierai. Très cher. Plus que ce que tu aurais gagné au travail.

Je souris en voyant son expression horrifiée.

— Je ne te demanderai rien que tu refuses de faire, mon ange. Tu as le droit de dire non. Mais je sais que tu ne le feras pas.

Je pétris ses fesses brûlantes et la pousse sur le côté, ignorant mon membre qui rêve de plonger en elle. Je n'ai jamais été du genre patient, mais là, je compte faire un effort.

— C'est de la folie, murmure-t-elle.

La panique et la confusion dans ses yeux me font bander. J'ai envie de la baiser, mais ça, c'est plus important. Il faut qu'elle le comprenne.

— Dis-moi que tu veux que je te donne une autre fessée. Que tu en veux encore. Que tu veux découvrir ce que le Péché peut te réserver.

Elle secoue la tête, mais ses yeux brillent de désir.

Je la prends par le menton et lui lève la tête.

— Dis-le-moi.

Je me penche sur elle, ma bouche à quelques centimètres de la sienne.

— Peut-être... oui. Je veux que tu me donnes une autre fessée. J'en veux encore.

Sa voix est rauque et sincère, et j'éprouve un désir lancinant pour elle.

Je la prends par les cheveux et lui renverse la tête en arrière, ce qui m'offre une vue plongeante sur ses seins. J'ai envie de les sucer, de les mordre, mais il faut que je m'en aille.

Je la lâche, tourne les talons et me dirige vers la sortie avec ses yeux qui me brûlent le dos. J'ouvre la porte et lui jette un regard. Putain, elle est tellement sexy, là, nue et châtiée. Je meurs d'envie de la prendre.

— Retrouve-moi au Péché ce soir à huit heures, dis-je. Je t'attendrai.

Elle déglutit.

— Ne t'en fais pas. Je te promets que je te donnerai du plaisir.

Elle se lèche les lèvres et pose les yeux sur la bosse dans mon pantalon.

Merde.

Mais je vais la faire attendre. Je dois veiller à ce qu'elle ne se dégonfle pas, ce soir ;

— Je sais que tu es en manque, mon ange. Viens ce soir comme une gentille fille, et je prendrai bien soin de toi.

CHAPITRE QUATRE

Taylor

Après le départ de Marco, je reste un moment debout, nue, tremblante.

Qu'est-ce qui vient de se passer ?

C'était insensé.

Sérieusement.

Complètement dingue.

Je vais dans la salle de bains et me retourne pour voir mes fesses brûlantes et fourmillantes dans la glace. Elles sont toujours couvertes des empreintes de Marco.

Ouah.

Je suis mouillée – non, trempée – et je délire un peu, presque comme si j'avais de la fièvre. Ça doit être le manque.

Je me sens frustrée, impatiente et un peu énervée que Marco soit parti sans me faire jouir. Mais je suis certaine que c'était fait exprès.

Il veut s'assurer que je ne lui fasse pas faux bond ce soir. Que je sois au rendez-vous.

J'y serai. Je ne veux pas me retrouver à payer des cotisations plus élevées en signalant l'accident, et comme en plus je ne suis assurée qu'au tiers, je serais obligée de payer les réparations de ma voiture de ma poche.

Mais je ne suis pas dupe. Je sais bien que je ne fais pas seulement ça pour l'argent.

Après ce qui vient de se passer, j'ai *envie* de le rejoindre au club ce soir.

D'accord, je préfère faire comme s'il m'y obligeait, comme s'il me forçait la main, mais c'est uniquement parce que je ne veux pas admettre l'effet qu'il me fait. Le côté addictif de ses attentions. J'en veux encore, c'est clair.

J'allume la douche et me glisse sous le jet.

Il s'agit peut-être du prétexte idéal. Je vais pouvoir tenter tous les trucs cochons que j'ai vus au Péché sans devoir admettre que ça me plaît vraiment. Pour être honnête, c'est peut-être pour cette raison que j'ai postulé au Péché. D'accord, le salaire est génial, mais j'étais également fascinée par ce que j'y voyais, protégée par mon statut de serveuse. Je pouvais me cacher derrière mon tablier et mon plateau sans jamais rien expérimenter personnellement.

Sous la douche, je prends le temps de me raser partout, frémissant lorsque je réalise que mon corps sera visible de tous. Non, pas de tous ; sauf si c'est ce que décide Marco. Mais il me verra, lui.

Tu as un corps superbe, Taylor.

Grâce à lui, je me suis sentie belle. Je me suis sentie libre, autorisée à explorer mon corps et ma sexualité sans jugement.

J'imagine que c'est la raison d'être du Péché, mais je ne me suis jamais autorisée à y tenter quoi que ce soit. J'avais simplement besoin qu'on me force la main.

Et je ne regrette pas du tout que ce soit Marco qui s'en charge. Les grands méchants m'ont toujours fascinée. Non que Marco soit si méchant que ça. Il se montre très galant d'habitude.

Il me laisse toujours de généreux pourboires et me traite avec respect. Même s'il y a toujours une séduction sous-jacente. Dès qu'il me voit arriver, il me regarde de la tête aux pieds. Il me parle d'une voix grave et sexy et ses paupières deviennent lourdes quand il sourit ou qu'il flirte. Disons qu'il se montre respectueusement irrespectueux envers les femmes.

Je finis ma douche et sors, enveloppée dans une serviette.

Marco et les types qu'il fréquente sont de la mafia cependant, aucun doute là-dessus, alors ce n'est certainement pas un gentil. Mais ce ne sont pas ses liens avec le milieu qui me dérangent.

Ce qui me dérange, c'est de savoir que je ne serai qu'une femme parmi la trentaine de conquêtes qu'il a emmenées au Péché cette année.

Ce type est un vrai coureur de jupons.

Et ce n'est pas grave, j'imagine. Il a de l'expérience, au moins. Il saura ce qu'il fait. Je le crois, quand il dit qu'il me donnera du plaisir.

Et puis je ne m'attends pas à une relation sérieuse.

On ne sort pas ensemble.

Je dois simplement me rendre au Péché et le laisser faire des choses complètement dépravées à mon corps.

Le marché n'est pas mauvais, du moment que je m'en tiens à ce que nous avons convenu.

Parce qu'avec Marco, il me sera impossible d'en obtenir plus.

Marco

Cet après-midi-là, Don Pachino, enfoncé dans son fauteuil, jette un regard scrutateur à Léo, mon cousin Armando et moi.

Nous nous trouvons sur la terrasse du Tony's, le café qui sert les meilleures calzones de Chicago. C'est là que le don aime conduire ses affaires.

— Je veux que vous vous occupiez de quelque chose pour moi.

— Bien sûr, répond Armando.

Son portable se met à vibrer, l'écran collé à la table. Il sursaute et le regarde d'un air coupable, mais n'ose pas décrocher.

— Je te dérange ? demande le don, qui n'aime pas qu'on lui manque de respect, et encore moins qu'on touche à son téléphone quand il parle.

Armando déglutit. Apparemment, il doit se faire violence pour ne pas retourner son téléphone et prendre cet appel. Je comprends ce qui lui a pris de le laisser sur la table. D'habitude, il est plus malin que ça. Mais ces derniers temps, il n'a plus trop la tête aux affaires parce que… *Oh*.

— C'est peut-être Hannah ? dis-je pour soutenir mon cousin.

— Ah, c'est vrai, renchérit Léo.

— Oui.

Armando retourne son téléphone si vite que Don G porte instinctivement la main à son pistolet.

Dès que mon cousin a consulté son écran, il bondit sur ses pieds.

— Ça y est ! s'exclame-t-il. Elle a perdu les eaux. Il faut que j'y aille.

Puis, se reprenant, il dit au don :

— Je suis désolé, Don G. Je ne veux pas vous manquer de respect.

Le don agite nonchalamment la main.

— Vas-y. Rejoins ta femme. Donne-nous des nouvelles.

Il attend qu'Armando ne puisse pas l'entendre avant de rire et de secouer la tête.

— Ça m'étonnerait que ce bébé naisse avant la nuit.

— Ah bon ? dis-je.

Depuis quand est-il expert en bébés ?

— Mais il faut qu'il soit présent pour Hannah, bien sûr, ajoute-t-il, les mains jointes. Je ne pourrai pas compter sur lui cette année. Il faut que vous restiez concentrés, vous deux.

— Bien sûr, Don G.

— Bien entendu.

Le don s'enfonce de nouveau dans son siège et sort un cigare de sa poche intérieure.

— Dès qu'un type se marie et a des gosses, il devient faible. D'un coup il se dit que sa vie est trop précieuse.

Il coupe le bout de son cigare.

— Eh bien moi, je ne compte pas me marier de sitôt, dis-je.

— Ça, c'est sûr, commente Léo. Marco ne risque pas de vous causer des soucis de ce côté-là. Il n'est jamais sorti deux fois avec la même fille depuis le collège.

Le don lâche un petit rire.

Je souris, mais je songe à Taylor. À la façon dont elle s'est donnée à moi ce matin. À la joie que ça m'a causé.

C'est le genre de fille avec qui je sortirais plus d'une fois. Le genre de fille qui mérite qu'on la garde.

Pour toujours.

J'ai hâte d'être à ce soir et de pouvoir récompenser sa soumission. De pouvoir lui montrer tout ce qu'elle ratait pendant qu'elle circulait entre les scènes BDSM au Péché en faisant mine de ne pas être excitée.

Voilà que je pense au sexe devant le don. Je m'éclaircis la gorge.

— Alors, qu'est-ce que vous voulez qu'on fasse ?

— Je veux envoyer un message aux *stronzos* qui concurrencent mes parties de poker du samedi.

— Qui ça ? Les Russes ?

Ça fait dix ans qu'il y a des tentatives de trêve entre la bratva de Chicago, la famille Pachino et la famille Tacone, mais tout le monde sait que ça peut vite dégénérer.

Il y a quelques années seulement, Junior Tacone, chef d'une autre famille mafieuse italienne, a éliminé à lui seul toute une cellule de la bratva dans une épicerie. Ravil Baranov, à la tête d'une cellule de la bratva rivale, n'a pas bronché.

— Non, les Russes ont le droit d'organiser leurs propres parties. Là, il s'agit de deux ou trois dealers qui cherchent à mettre du beurre dans les épinards.

Il me montre la page Instagram d'un type qui pose avec une Corvette criarde.

— Découvre où leur partie aura lieu ce week-end. Mettez-y un terme. Je veux qu'ils dégagent de ma ville.

— C'est comme si c'était fait.

Léo fait craquer ses jointures et renchérit :

— Ce type est mort.

Don G laisse tomber une grosse main sur son épaule et se lève.

— Bien. Prévenez-moi quand ça sera fait.

— Sans faute, réponds-je en me levant à mon tour.

Jouer les gros bras pour le chef, c'est notre boulot de tous les jours. Ça ne sera pas compliqué. Je suis soulagé que ça puisse attendre samedi, parce que je ne veux pas que quoi que ce soit interfère avec les projets que j'ai ce soir avec Taylor.

Bien sûr, Léo lit dans mes pensées. Il sait où je me suis rendu ce matin.

— Comment ça s'est passé avec la serveuse ?

Sans savoir pourquoi, sa question m'agace, alors que nous avons l'habitude de parler de nos conquêtes sans tabous.

C'est parce que pour moi Taylor n'est pas une conquête et que je ne veux même pas qu'il la mentionne.

— Elle s'appelle Taylor. Et je m'en suis occupé.

Léo hausse les sourcils, surpris par mon ton.

— On dirait que ça ne t'a pas plu.

— Oh que si. Mais je ne veux pas que tu lui manques de respect.

— Ah. Je vois.

Léo me regarde comme si j'avais changé. C'est peut-être le cas. Taylor n'est pas n'importe qui.

— Tu vois quoi ?

Les lèvres de Léo frémissent, mais vu que c'est mon petit frère, il a l'intelligence de ne pas me provoquer.

— Rien, répond-il en levant les mains. Oublie ça. Je suis content que tu aies réglé ça.

L'image de Taylor nue devant moi passe dans mon esprit, et mes narines se dilatent alors que je repense à sa beauté, au plaisir que j'ai pris en touchant sa peau, à ses petits cris quand je l'ai punie.

Putain, je suis impatient de la revoir.

Avant la fin de la soirée, *Taylor m'appartiendra.*

CHAPITRE CINQ

Taylor

Je tremble quand j'arrive au Péché. Je reste assise dans ma voiture à moitié défoncée et tente de trouver le courage d'entrer.

Je porte des bas noirs avec une couture surmontée d'un petit nœud derrière, une minijupe noire, et un haut asymétrique sans manche d'un côté et avec une bretelle de l'autre. Je ne sais pas trop comment la jouer. Mes collègues vont croire que je viens travailler. Quand ils me verront avec Marco, ils n'en finiront pas de faire des commentaires. Tout le monde voudra savoir comment il a fait pour me convaincre d'abandonner mon serment de ne jamais mêler plaisir et travail.

Quelqu'un frappe doucement à ma vitre, et je pousse un cri.

— Oh ! Marco !

Je tente d'ouvrir ma portière avec mes doigts tremblants, mais il me devance.

Il est en mode dominateur et porte l'un de ces masques intimidants et impitoyables que les doms mettent pour leurs soumises. Il n'a plus le charme indulgent de quand il me commande à boire.

J'ignore ce qu'il lit sur mes traits, mais son expression se radoucit.

— Bonsoir, dit-il en posant la main sur ma joue, comme un amant et non comme un maître, avant de baisser la tête vers moi.

Ses lèvres effleurent ma bouche ouverte, et il me goûte. Son baiser commence avec douceur puis gagne en passion, finissant avec sa langue enfoncée dans ma bouche, ses dents mordillant mes lèvres, et moi mouillant ma culotte.

— Tu es très belle, Taylor, murmura-t-il, la main toujours sur ma joue.

J'ai le souffle court.

— Merci.

— Merci Monsieur, me corrige-t-il, mais avec un petit sourire. Ce soir, tu suivras le protocole. Tu m'appelleras Monsieur ou Maître. Tu ne feras rien sans mon autorisation ou mes ordres. Si tu hésites ou désobéis, tu seras punie. C'est clair ?

Mes paumes sont moites et mon cœur tambourine contre mes côtes. Je dodeline de la tête pour acquiescer.

— Oui Monsieur, corrige-t-il.

— Oui Monsieur.

À ma voix, on dirait que je viens de piquer un sprint.

Il m'embrasse sur le front. Un geste étonnamment tendre. J'essaye de me rappeler si je l'ai déjà vu embrasser l'une de ses soumises comme ça.

— Gentille fille, dit-il.

Je ne cours pas après les pourboires, aujourd'hui, mais apparemment, je cherche tout de même son approbation, car ces mots me pénètrent la poitrine et m'envoient une cascade de chaleur jusque dans les orteils. Je me détends et le laisse me guider à travers le parking jusqu'à la porte de derrière du club.

— Je nous ai réservé une pièce privée à l'étage, annonce-t-il en me menant vers l'escalier.

Je suis aussitôt soulagée. Apparemment, il comprend que je ne veux pas que mes collègues me voient. Les pièces privées coûtent cinq mille dollars la nuit. Je suis sûre que Marco a les moyens, mais d'habitude, il s'amuse dans un lieu plus public, au rez-de-chaussée, alors je suis contente qu'il fasse cet effort pour moi.

Sa main se pose doucement dans le creux de mes reins tandis que je monte l'escalier en escarpins, parfaitement consciente de tout ce qui m'entoure : le rythme sensuel de la musique, le miroitement rouge et bleu des lumières, le bruit sourd et distant d'un paddle sur la chair et le cri qui en résulte.

Landon, l'un des maîtres de donjon du Péché, se tient dans le couloir, vigilant.

Même les pièces privées sont surveillées, au club, fermées par des rideaux noirs au lieu de portes et un miroir sans tain dans chaque zone pour les voyeurs. Mon boss tient à ce que tout soit sécurisé, sain et consenti.

Je sais que si je disais « rouge » et que Marco n'arrêtait pas, Landon interviendrait. J'ai déjà eu une conversation avec lui au sujet de l'appartenance probable de Marco et ses potes à la mafia, mais cela ne l'empêcherait pas de protéger une soumise face à eux en cas de besoin. Il m'a aussi dit qu'ils n'avaient jamais causé le moindre problème, chose que j'ai également pu constater. En fait, je pense qu'ils se montrent plus respectueux que beaucoup de clients du Péché.

Landon nous indique notre chambre et Marco écarte le rideau pour me laisser entrer.

La pièce contient une causeuse, un banc à fessées et une petite table avec un assortiment d'accessoires bien organisés. Je distingue un paddle, une brosse à cheveux, une lanière en cuir, un martinet et du ruban rouge.

Mes jambes se mettent à flageoler.

Debout derrière moi, Marco me serre contre son torse.

— N'aie pas peur, mon ange, souffle-t-il dans le creux de mon oreille. Je ne me servirai pas de ceux qui font le plus mal, sauf si tu désobéis.

Mon sexe se contracte.

— Mais tu ne désobéiras pas, hein ?

— Non Monsieur.

— Gentille fille.

Sa main glisse sur ma cuisse, puis sous ma jupe. Il parcourt le sommet de mon bas du bout des doigts.

— Ça me plaît, déclare-t-il en me faisant pivoter vers lui. Montre-moi.

Sa voix a pris un accent grave et autoritaire.

Je porte aussitôt les mains à ma jupe, puis j'hésite. Suis-je censée l'enlever ? Est-ce comme Jacques a dit ? Il m'a bien fait comprendre que je ne devais rien faire sans qu'il me l'ait ordonné ou qu'il m'y ait autorisé.

Une expression amusée passe sur son visage. J'y vois la pointe d'indulgence qui le rend si sexy quand il flirte.

— Enlève ta jupe, mon ange.

Son ton est plus doux, à présent. Je suis contente qu'il ne joue pas les dominateurs impitoyables tout de suite. Je serais trop anxieuse pour le supporter.

Je fais glisser ma jupe sur mes hanches.

Les paupières lourdes, Marco regarde ma culotte en dentelle transparente assortie à mes bas noirs.

— Putain, tu es trop belle. Enlève ton haut.

J'obéis. Je n'ai pas de soutien-gorge, alors je ne porte plus qu'une culotte, des bas et des escarpins.

— Gentille fille. Tu es parfaite. On ne peut plus parfaite.

Il me prend par le bras et me mène à la causeuse pour me pencher sur l'accoudoir bien rembourré.

— Voyons comment se porte ton cul, après la fessée de ce matin.

Il passe une main sur ma peau. Il y a laissé des marques, mais rien de trop terrible. Quelques marbrures rouges. Je ne ressens plus aucune douleur, juste un tiraillement quand je serre les muscles.

Il me donne quelques claques sur les fesses, puis en caresse les courbes.

— Je pense qu'une soumise devrait toujours avoir le cul rouge et brûlant pendant une scène. Ça l'aide à se concentrer, à se rappeler qui commande, à retenir que la désobéissance a des conséquences.

— Je ne désobéirai pas, dis-je d'un ton acerbe.

Sérieusement.

Jamais je ne désobéirai. Je n'ai pas envie qu'il me donne une correction avec autre chose que sa main.

Il me donne trois grandes claques sur les fesses, et je pousse une plainte.

— Tu viens de le faire, mon ange.

Je me mets à mouiller. J'essaye de comprendre ce que j'ai fait de mal afin de ne pas recommencer.

— Je ne désobéirai pas, *Monsieur,* me corrigé-je. Je veux dire, je ne désobéirai plus, Monsieur.

Apparemment, je ne l'ai pas amadoué, car il me maintient d'une main sur la hanche et se met à me fesser dans un rythme régulier.

Déjà endolorie à cause de ce matin, je me tortille et tente d'échapper à sa main, mais il ne renonce qu'une fois que mes fesses sont en feu et que je gémis de douleur.

— Mmm, dit-il en caressant ma peau échauffée. C'est mieux comme ça.

Il se penche pour embrasser l'une de mes fesses.

— Tu seras bien sage ?

— Oui Monsieur.

Il m'aide à me lever et me fait pivoter vers lui.

— Tu veux utiliser les mots de sécurité standard *rouge, orange et vert ?*

Je hoche la tête.

— Oui Monsieur. Enfin, comme vous voulez.

Cela me vaut un sourire sexy.

— Gentille fille. À genoux, Taylor.

Marco me prend par les cheveux et me place face à son érection.

J'ai envie d'y goûter, de lui donner un coup de langue, de l'avaler tout entier, mais j'attends qu'il me l'ordonne, comme il me l'a appris.

Il me tire en arrière. Sa prise est ferme sur mes cheveux.

— Ouvre la bouche.

J'obéis... légèrement.

Son membre glisse entre mes lèvres entrouvertes, et il se frotte à ma langue.

Sa main toujours serrée sur mes cheveux, il fait des va-et-vient de plus en plus profonds dans ma bouche, et je le suce jusqu'à la garde, le souffle coupé.

Son membre pulse, et il gémit lorsque je lèche sa peau douce.

— C'est bien, Taylor. Lèche-moi. Fais tourner ta langue.

Il guide ma bouche de bas en haut sur son érection.

— Maintenant, serre les lèvres.

J'obéis, creusant les joues pour l'aspirer et le relâcher à chaque va-et-vient, tentant de sucer le plus fort possible.

— Voilà. Tu es une petite suceuse enthousiaste. Tu es bien sage.

Je dévore son membre, le prends dans ma gorge, le plus profondément possible.

— Gentille fille, me complimente Marco avant de me tirer par les cheveux. Je vais t'apprendre à être la soumise idéale.

Le corps tremblant, je sens l'orgasme monter en moi simplement à cause de ces mots et de ma satisfaction à l'idée de lui donner du plaisir.

— Ça suffit, ordonne-t-il.

Il retire son sexe luisant de salive et frotte son gland à mes lèvres. Je me contente de lever les yeux et d'attendre sa prochaine instruction.

— Lève-toi. Va te pencher sur la causeuse, en appui sur les mains.

J'obéis, légèrement étourdie, et me penche en avant, sur la pointe des pieds.

— Écarte les jambes.

Je m'exécute et me mords la lèvre lorsque je sens sa main sur mes fesses.

Il la fait glisser vers l'avant, et je pousse une exclamation lorsqu'il donne une claque à mon sexe. La douleur me cause un frisson le long de l'échine.

— Je ne t'ai pas autorisée à te mordre la lèvre.

— Pardon Monsieur, dis-je aussitôt.

J'aime ce mot et l'aisance avec laquelle il quitte ma bouche.

Marco me caresse les fesses, puis leur assène une grande claque. Je baisse la tête et tente de me maîtriser. Ma raison hurle *non,* mon corps *oui,* et cette confusion manque de faire céder mes jambes.

— Écarte plus les jambes.

Je fais ce qu'il me dit, et je sens de nouveau sa main sur mes fesses. Il les écarte avec ses pouces.

— On t'a déjà sodomisée ?

Je secoue la tête.

— Non Monsieur.

— Bien.

Il donne une nouvelle claque à mon sexe.

— Cette chatte m'appartient ?

Je hoche la tête.

— Dis-le.

— Cette chatte vous appartient, Monsieur.

— Gentille fille. Si tu continues à être bien sage, je baiserai peut-être cette petite chatte affamée ce soir, et ma grosse queue t'étirera. Demain soir... il se pourrait bien que je baise ton joli petit cul aussi.

Je tremble encore plus, à présent, à cause de l'excitation que ses paroles me cause.

— Oui Monsieur, gémis-je.

— Mets-toi un doigt dans la chatte, Taylor. Je veux que tu mouilles pour moi. Étire-la pour ma queue.

Oh la vache, la façon dont cet homme me parle est... incroyable. Il est tellement exigeant. Puissant. Et super sexy.

Je glisse un doigt en moi et me mets à aller et venir lentement, consciente qu'il scrute chacun de mes gestes. J'aime me donner en spectacle pour lui.

— Quelle jolie chatte rose, dit-il tandis que je continue à me doigter devant lui.

Je n'ai encore jamais fait un truc pareil. Jamais je ne me suis sentie aussi audacieuse, aussi libre et aussi excitée. Je ne cherche même pas à étouffer mes gémissements. Je sais qu'il est inutile de cacher mes émotions à cet homme.

— Tu mouilles, Taylor ? Ajoute un autre doigt.

Je glisse un deuxième doigt profondément en moi avec un halètement.

— Oui Monsieur.

Je continue d'aller et venir, consciente que je ne vais pas tarder à basculer.

— Quand tu seras prête à jouir... arrête.

Poussant une plainte quand j'ôte aussitôt mes doigts de peur de jouir sans son autorisation, j'attends ses ordres.

— Mon ange veut jouir ?

— Oui Monsieur. À tout prix, Monsieur.

Marco

J'ai toujours aimé retarder l'orgasme de mes partenaires. Les mener au bord du précipice et les laisser en suspens, avec moi pour seul secours. Mais avec Taylor... j'ai du mal à me maîtriser. Je n'avais encore jamais eu aussi envie de pénétrer une femme jusqu'à la garde.

J'ai envie d'elle.

Tout de suite.

— Taylor, dis-le tout fort. Dis-le-moi.

— Je veux jouir, Monsieur. Je veux votre queue. Baisez-moi, je vous en supplie, gémit-elle.

Seigneur, c'est une soumise-née. Comment ai-je pu passer à côté ? Son corps est très sensible et le mien réagit à chacun de ses soupirs, de ses cris et de ses halètements.

Je m'agenouille auprès d'elle et la regarde intensément tout en passant le pouce sur ses petites lèvres, ses jambes toujours écartées devant moi.

— Tu es trempée, Taylor. Putain, qu'est-ce que tu es belle. Parfaite. Je crois que je vais jouir rien qu'en te regardant.

Je caresse son sexe et je me mets à tracer des cercles sur son clitoris.

— Tellement gonflée, Taylor. Tellement mouillée.

J'adore prononcer son nom. Il sonne bien.

— Oh putain, Monsieur, gémit-elle en se frottant à ma main. Je vais jouir. Je vais jouir !

Quand elle se retrouve au bord du précipice, sur le point de tomber, j'arrête de la toucher et je la regarde cambrer le dos.

Je suis un connard, un allumeur, un tortionnaire, et elle va apprendre à aimer ça.

— Non, pitié, Monsieur. Pitié, laissez-moi jouir.

Je cherche mon pantalon et sors un préservatif de ma poche. Je ne peux plus la tourmenter, parce que c'est moi que je vais achever. Je déchire l'emballage, déroule le préservatif sur mon érection puis me place derrière elle, caressant sa fente de bas en haut avec mon gland.

— C'est ça que tu veux, Taylor ? Tu veux ma queue, hein ? Tu veux que je baise ta chatte serrée ?

— Oui Monsieur. C'est ce que je veux par-dessus tout, dit-elle en faisant onduler ses hanches.

— Putain, tu es trempée, grogné-je en l'empalant sur mon membre.

Elle pousse une exclamation qui m'envoie une décharge de désir jusque dans l'entrejambe.

Je commence par la pénétrer avec douceur, la tenant par les hanches pour m'enfoncer profondément en elle. Je ne vois que ses fesses et sa chatte, et je ne peux pas imaginer passer ne serait-ce qu'une minute hors d'elle. Je ne veux pas que ça se termine. Je suis insatiable.

— Mon ange veut que je la baise ?

— Oui Monsieur, s'il vous plaît. Baisez-moi, Monsieur, m'implore-t-elle en pressant son cul contre moi.

Je lui donne une claque sur les fesses et elle halète, se cambrant dans la pose la plus désirable qui soit. Son sexe se contracte sur mon membre et je manque de perdre pied, mais je me suis donné une mission, bon sang.

Je serre les paupières pour essayer de me retenir encore un peu.

— Tu veux jouir, mon ange ?

Elle gémit et s'agrippe à la causeuse, preuve que son orgasme est proche.

— Oui... oui Monsieur.

— Supplie-moi de te laisser jouir.

— Pitié, Monsieur. Pitié, laissez-moi jouir. Baisez-moi. Fessez-moi. Tout ce que vous voudrez. Mais autorisez-moi à...

Je lève la main et l'abats fermement sur ses fesses, lui arrachant un cri.

— Tu es très sage. Je vais te laisser jouir maintenant.

— Merci Monsieur. Oh, putain, merci Monsieur.

Je vais et viens en elle le plus vite et le plus fort possible, lui donnant précisément ce qu'elle désire par-dessus tout.

Je lui donne encore quelques coups de reins avant de serrer ma prise sur ses hanches pour me déverser dans la chatte la plus parfaite que j'aie jamais goûtée. Elle enserre mon membre, et je sais qu'elle va jouir.

En entendant ses cris et en voyant l'orgasme déferler sur son corps, je comprends que je lui suis éperdument dévoué.

Pour la première fois de ma vie, je regrette de ne pas me trouver dans un endroit plus discret. Plus intime. Dans ma chambre, pas dans un club BDSM.

Soudain, je déteste cette structure sécurisée qui crée de la distance entre les partenaires. Qui crée des issues et des échappatoires. Je n'ai pas envie de ramener Taylor à sa voiture à la fin de la soirée, de l'embrasser et de lui dire de m'envoyer la facture de son garagiste.

— J'ai changé d'avis, dis-je, tentant de sembler maître de moi-même alors que mon corps est incontrôlable. Une soirée, ça ne suffira pas à compenser ce que tu me dois.

— Quoi ?

— J'en veux plus.

Ce n'est pas une requête. Elle n'a pas le choix. Pas d'autre option. Et alors que son corps s'écroule sous le mien, que son souffle échappe à ses lèvres boudeuses par à-coups, je ne pense pas qu'elle protestera.

CHAPITRE SIX

Taylor

— Tu n'as pas intérêt à te rhabiller, gronde Marco dans mon lit. Il est glorieusement nu, tout en muscles sculptés avec un serpent et des fleurs tatoués autour d'une épaule.

Après avoir déclaré qu'il n'en avait pas eu assez, au Péché, il m'a ramenée chez moi pour un second round des ébats les plus torrides de ma vie.

À présent, nous venons de conclure le troisième round, et je reviens des toilettes.

Je laisse retomber mon haut par terre.

— Bien Monsieur.

— Mmm, dit-il d'une voix rauque en me tendant les bras. Tu es une bonne petite soumise, hein ?

Il m'attire contre lui, et je lui tombe dessus en riant. Tout mon corps vibre, chaud et comblé après ses attentions.

Il me tient l'arrière du crâne et enfonce sa langue dans ma bouche tandis que je me tortille sur lui, cherchant le plaisir lorsque mon clitoris trouve la base de son sexe. Le téléphone de Marco se met à vibrer sur la table de chevet. Il n'y prête pas attention et m'embrasse passionnément, mais son portable vibre encore et encore.

— Désolé, mon ange. Il faut que je jette un œil.

Il prend son téléphone et après avoir consulté l'écran, il s'exclame :

— Oh putain !

Sa voix contient une note joyeuse, cependant.

— Quoi ?

— Mon cousin vient d'avoir un bébé !

Il m'adresse un sourire charmeur, et mon cœur se contracte. Il n'est plus un chef mafieux redoutable, mais une personne complexe avec des cousins, des bébés et des joies ordinaires.

— C'est ton *cousin* qui a eu un bébé ? le taquiné-je.

— Bon d'accord, sa femme, concède-t-il avec un sourire contagieux. Bon sang, je suis trop content pour lui. Armando a passé cinq années de cauchemar, mais il a rencontré cette fille – dans des circonstances terribles –, il l'a mise enceinte, et d'un coup… eh bien, elle l'a transformé. C'est dingue de voir ce que l'amour peut faire à un homme.

Je m'assois sur le lit, appuyée sur une main pour l'admirer, nu et superbe.

— C'est génial, dis-je.

Le regard de Marco plonge dans le mien, et l'espace d'un instant, je me demande s'il pense à la même chose que moi : l'amour pourrait-il le changer lui aussi ?

— Hé, tu veux m'accompagner à l'hôpital pour rencontrer le bébé ? C'est une petite fille et elle s'appelle Daisy Jane.

Mon cœur se met à battre plus vite. Il me propose quelque chose qui n'a rien à voir avec le sexe. Ce n'est même pas un endroit où l'on emmène une nouvelle petite amie. C'est le genre d'événement réservé aux compagnes sérieuses.

Je bondis hors du lit.

— Je serais ravie de rencontrer Daisy Jane !

J'enfile un jean et un tee-shirt. Marco remet ses habits de la veille, sans la veste, et nous sortons jusqu'à sa voiture. Il a loué une Mercedes décapotable en attendant que la sienne soit réparée.

— Pourquoi ces cinq années ont-elles été si difficiles pour Armando ? m'enquiers-je après notre arrêt au drive pour acheter des bagels et des cafés.

Marco me jette un regard en coin, comme s'il se demandait s'il devait me dire la vérité.

— Il était en prison, dit-il après un moment d'hésitation.

— Oh, ouah.

— Et quand il est sorti, quelqu'un a essayé de le tuer. Il s'est caché chez Hannah le temps de régler le problème.

Je ne lui demande pas de quelle manière il l'a réglé. Quelque chose me dit que si Marco me le racontait, je regretterais de connaître la réponse. Je suis simplement honorée qu'il se montre aussi sincère. J'aime sa facette autoritaire et dominatrice, mais j'aime encore plus cet aperçu de sa vie quotidienne.

Nous arrivons à l'hôpital et Marco achète un énorme bouquet chez le fleuriste de l'établissement.

— Hannah va me tuer, dit Marco

— Pourquoi ? Elle est allergique ?

Il sourit.

— Non, c'est une fleuriste médaillée. Elle va se sentir insultée que je lui apporte des fleurs.

Dans l'ascenseur, il entremêle ses doigts aux miens.

— Merci d'être venue avec moi.

Je m'approche de lui pour qu'il puisse m'enlacer.

— Je suis surprise que tu me l'aies demandé.

— Pourquoi ?

— Je pensais que tu étais du genre à déguerpir avant le lever du jour.

Les portes de l'ascenseur s'ouvrent à l'étage de Hannah, mais Marco m'empêche de sortir.

— Attends une seconde, mon ange. Qu'est-ce que tu veux dire par là ?

Je hausse les épaules. Les portes se referment et l'ascenseur se remet à monter.

— Tu es un coureur. Je bosse au *Péché*. J'ai bien vu que tu étais avec une fille différente tous les week-ends. Alors je ne te prenais pas pour le genre de mec qui reste pour prendre le petit déjeuner le lendemain.

— Tu as raison, ce n'est pas mon genre.

Un sentiment de malaise me monte dans l'estomac, et je regrette soudain d'être venue. Je commence à éprouver quelque chose pour lui, et de toute évidence, ce n'est pas le choix le plus sûr. Je presse le bouton de notre étage encore et encore.

— Hé, dit Marco en me prenant le bras pour me serrer contre lui. D'habitude, je ne reste pas dormir.

Il baisse la tête vers moi, et ses yeux bruns et chaleureux sondent les miens comme s'il voulait s'assurer que je comprenne bien le sous-entendu.

Moi aussi, je veux être sûre.

— Pourquoi est-ce que tu es resté avec moi, alors ?

Il frotte son nez contre le mien.

— Tu n'es pas comme les autres, Taylor.

L'ascenseur s'ouvre et cette fois, Marco se dirige vers la sortie. Ses mots ricochent dans ma tête tandis que nous traversons le couloir stérile pour chercher la chambre de Hannah.

Je ne suis pas comme les autres.

J'ai presque peur d'admettre combien je l'avais espéré.

Marco

— J'espère que j'aurai aussi bonne mine après seize heures en salle d'accouchement, dit Taylor alors que nous quittons la chambre et nous dirigeons vers l'ascenseur. Elle rayonnait.

Je la serre contre moi et lui embrasse le haut du crâne.

— Tu serais forcément splendide, je ne peux pas t'imaginer autrement, dis-je.

L'imaginer attendre un bébé – mon bébé – me donne une érection. Je ne veux pas d'enfant *tout de suite,* mais j'ai bien l'intention de m'entraîner. Et l'idée que Taylor accouche de *mon* bébé...

Seigneur. Qu'est-ce qui m'arrive ? Baisers tendres, compliments, impression de ne jamais pouvoir me lasser de cette femme… ça ne me ressemble pas. Je n'ai jamais été comme ça, et pourtant, on en est là.

L'air surpris d'Armando et Hannah quand je suis entré dans la chambre avec une *petite amie* m'a rappelé à quel point c'est anormal pour moi. Par chance, ils étaient tellement obnubilés par leur petite fille qu'ils ne m'ont pas interrogé, mais je suis sûr que ce n'est qu'une question de temps.

Mais bon sang. Ça me plaît. Et elle me plaît vraiment.

L'ascenseur s'ouvre et le don en sort, accompagné de Léo. Ils ont chacun un bouquet de fleurs jaunes et roses à la main et semblent aussi hors de leur élément que je dois l'être dans ce couloir d'hôpital.

Je m'écarte aussitôt de Taylor. Léo sait que j'ai découché, mais le don n'a pas besoin de le savoir.

— Oh, bonjour, dit mon frère. Vous sortez de la chambre de Mando ? Comment va la maman ?

Tentant d'échapper au regard scrutateur que le don lance à Taylor, je réponds :

— Très bien. Plus heureuse que jamais. Et attends de voir notre cousin. Il a un sourire jusqu'aux oreilles. La paternité lui va bien.

— L'accouchement s'est bien déroulé ? Le bébé se porte bien ? s'enquiert le don.

— Tout s'est déroulé comme prévu. Ils sont ravis de la grande chambre que vous avez arrangée pour eux. Armando vous est très reconnaissant.

Le regard de Don G est toujours rivé sur Taylor, et sans réfléchir, je fais un autre pas de côté pour agrandir l'espace entre nous. Il est sans doute trop tard pour prétendre que nous ne sommes qu'amis, mais je préfère éviter les conversations à ce sujet.

— Qui est-ce ? demande le don.

Pour la discrétion, on repassera.

Il n'est pas particulièrement impoli, mais il n'est pas très aimable non plus. Je connais assez le don pour savoir qu'il n'est pas content de me voir avec une fille alors que je viens de lui promettre que je n'ai jamais eu de petite amie et que je compte rester concentré sur le boulot.

Je prends encore plus mes distances.

— Ma voiture est au garage et j'avais besoin qu'on me conduise, dis-je. Elle travaille au Péché.

Taylor me jette un bref regard, et je vois passer une lueur blessée dans ses yeux, vite remplacée par la colère. Elle plaque un sourire à son visage, se tourne vers le don, lui tend la main et dit :

— Je m'appelle Taylor.

Elle me jette ensuite un regard noir et ajoute :

— On devrait y aller. Il faut que je retourne *au travail.*

Bon sang.

J'ai vraiment merdé.

— Oui, bien sûr, dis-je avant de me tourner vers le don et Léo. Vous feriez mieux d'aller les voir maintenant. Les heures de visite sont presque terminées.

Visiblement satisfait de mon explication, le don se dirige vers la chambre avec mon frère tandis que j'appuie sur le bouton de l'ascenseur sans un mot, cherchant à trouver un moyen d'apaiser les remous que je viens manifestement de causer.

— Je peux t'expliquer, commencé-je.

Taylor lève la main alors que le ding des portes de l'ascenseur brise le silence.

— Pas besoin. Je suis juste une employée du Péché.

Elle crache ces mots comme du venin, et je comprends que je me suis tiré une balle dans le pied.

— Taylor...

Elle monte dans l'ascenseur sans dire un autre mot.

CHAPITRE SEPT

Taylor

Je ne devrais pas être fâchée. Nous avons eu notre nuit ensemble. C'est la seule chose que j'avais promise à Marco.

Quant à lui, il ne s'était engagé à rien.

Nous ne sommes pas en couple. Techniquement, nous n'avons même pas eu de rendez-vous. J'ai troqué mon corps contre des frais de garagiste.

Argh. C'est horrible, dit comme ça.

Pas étonnant que je me sente écœurée. Je traverse le parking à grands pas, impatiente de tout laisser derrière moi le plus vite possible. Je devrais rentrer en taxi, d'ailleurs.

Ouais. Je devrais carrément...

— Taylor, attends.

Marco me rattrape par le bras.

— Ne me touche pas, répliqué-je d'un ton cassant.

Il me lâche aussitôt. Je tourne les talons pour reprendre mon chemin.

— Hé, dit-il d'une voix cajoleuse.

Il marche à la même allure que moi et tente de croiser mon regard.

— Taylor, écoute-moi. J'ai merdé. J'ai besoin de voir ton visage, là. S'il te plaît.

Je m'arrête et me tourne brusquement vers lui.

— *Quoi ?*

Il indique l'hôpital d'un signe du pouce.

— C'était le don. Mon boss.

Je hausse les sourcils et croise les bras. Ça serait le pape que ça me serait égal. Ce qui compte, c'est que la vérité a éclaté. Marco a tiré son coup avec moi, et c'est terminé.

— Il venait de me faire promettre que je ne me mettrais pas en couple et que je ne ferais pas passer le boulot au second plan comme mon cousin. Alors quand je l'ai vu là-bas, j'ai paniqué.

Je dois fournir un gros effort pour respirer.

— Mais à mes yeux, tu n'es pas du tout une simple employée du Péché, reprend-il en me prenant par la main. Cette nuit, c'était exceptionnel. Je ne rentre jamais avec les femmes, d'habitude.

Je pince les lèvres.

— Je t'assure. Léo pourrait te le confirmer. Mais hier soir, quand on a terminé au club, je ne voulais pas que ça s'arrête. Et je n'en ai toujours pas envie.

Je lève les yeux vers lui, la gorge serrée.

— Taylor, je voulais te demander si je pouvais te revoir.

Il prend mon autre main et les serre entre les siennes, comme si nous étions devant l'autel, sur le point de nous marier.

Je maudis mes yeux qui commencent à s'embuer.

— C'est vrai ? demandé-je.

— Bien sûr. Tu n'étais pas juste un coup d'un soir génial pour moi, pardonne-moi l'expression. Tu es intelligente, tu es canon. Tu as de l'ambition. Je sais que tu es en train de faire un doctorat pour devenir kiné. Tu iras loin, Taylor. Je ne suis sans doute pas le genre de mec que tu veux fréquenter, mais bon sang, j'aimerais bien le devenir.

Il s'est souvenu de mes études. Et il me trouve canon.

— D'accord, dis-je d'une petite voix.

— C'est vrai ? Tu me laisseras t'inviter à sortir ? Ce sera un vrai rendez-vous, avec un dîner, des fleurs, la totale.

Je souris.

— Avec plaisir, parviens-je à articuler.

Il me serre contre lui et presse nos mains jointes contre sa poitrine. Quand il me lâche les mains, je les fais glisser sur ses pectoraux avant de remonter jusqu'à sa nuque.

— Je veux qu'on aille plus loin, Taylor. *Beaucoup* plus loin.

Je lève la tête vers lui et me hisse sur la pointe des pieds pour joindre sa bouche à la mienne. Il sourit, puis prend le contrôle du baiser, passant une main derrière ma tête et glissant sa langue entre mes lèvres.

Nous nous embrassons sur le parking pendant deux bonnes minutes avant que Marco interrompe notre baiser et glisse un bras sous mes fesses pour que j'enroule les jambes autour de sa taille.

— Qu'est-ce que tu fais ? demandé-je en riant alors qu'il marche jusqu'à la voiture.

— Je marque mon territoire.

Je jette un coup d'œil aux fenêtres de l'hôpital.

— Et si le don te voit ?

Marco me pose à côté de la voiture et m'embrasse à nouveau.

— Je n'aurai qu'à lui prouver que je suis capable d'avoir une femme dans ma vie et de rester concentré sur mon travail.

Mon cœur bat la chamade. Marco veut vraiment aller plus loin.

Avec moi.

J'ignore ce que ça implique, à quoi ça ressemblera, mais je sais au moins une chose : c'est ce que je veux, moi aussi.

Cette nuit, Marco a changé ma vie. Plus que ça, j'ai aimé la manière dont je me sentais avec lui. Protégée. Excitée. Sexy et intelligente. À la fois respectée et objet de désir.

Non, je ne veux pas me limiter à un soupçon de ce qu'il peut m'offrir.

Je veux la totale.

LIVRE GRATUIT DE RENEE ROSE

Abonnez-vous à la newsletter de Renee

Abonnez-vous à la newsletter de Renee pour recevoir livre gratuit, des scènes bonus gratuites et pour être averti·e de ses nouvelles parutions !

https://BookHip.com/QQAPBW

OUVRAGES DE RENEE ROSE PARUS EN FRANÇAIS

www.reneeroseromance.com/francaise/

Les Nuits de Vegas

Roi de carreau

Atout cœur

Valet de pique

As de cœur

Joker Mortel

Dame de trèfle

Cartes sur Table

Bonne Pioche

La Bratva de Chicago

Prélude

Le Directeur

Le Stratège

Possédée

L'Homme de Main

Le Hacker

Le Bookmaker

Le Nettoyeur
Le Coureur
Le Gardien

Série Made Men
Ne m'Aguiche Pas
Ne me Tente Pas
Ne m'Oblige Pas

Série Chicago Sin
Nid de Péché
Ancré dans le Péché

Dompte-Moi
Son Maître Royal
Oui, Docteur
Son Maître Russe
Son Maître Marine
Soumise à leur Punition
Son Maître Pompier
Son Maître Cuistot

Alpha des montagnes
Le héros
Rebel
Le Guerrier

Alpha Bad Boys
La Tentation de l'Alpha
Le Danger de l'Alpha
Le Trophée de l'Alpha
Le Défi de l'Alpha
L'Obsession de l'Alpha
L'Amour dans l'ascenseur (Histoire bonus de La Tentation de l'Alpha)
Le Désir de l'Alpha
La Guerre de l'Alpha

La Mission de l'Alpha
Le Fleau de l'Alpha
Le Secret de l'Alpha
La Proie de l'Alpha
Le Sang de l'Alpha
Le Soleil de l'Alpha
La Lune de l'Alpha
La Serment de l'Alpha
La Vengeance de l'Alpha

Lycée Wolf Ridge
Brute Alpha
Chevalier Alpha
Alpha par Alliance

Le Ranch des Loups
Brut
Fauve
Féral
Sauvage
Féroce
Impitoyable

Deux Marques
Indomptée (libre)
Temptée
Désirée
Séduite

Maîtres Zandiens
Son Esclave Humaine
Sa Prisonnière Humaine
Le Dressage de Son Humaine
Sa Rebelle Humaine
Sa Vassale Humaine
Son Compagnon et Maître

Les Épouses Zandiennes

À PROPOS DE RENEE ROSE

RENEE ROSE, AUTEURE DE BEST-SELLERS D'APRÈS USA TODAY, adore les héros alpha dominants qui ne mâchent pas leurs mots ! Elle a vendu plus d'un million d'exemplaires de romans d'amour torrides, plus ou moins coquins (surtout plus). Ses livres ont figuré dans les catégories « Happily Ever After » et « Popsugar » de USA Today. Nommée *Meilleur nouvel auteur érotique* par Eroticon USA en 2013, elle a aussi remporté le prix d'*Auteur favori de science-fiction et d'anthologie* de Spunky and Sassy, e celui de *Meilleur roman historique* de The Romance Reviews. Elle a figuré dix fois sur la liste des best-sellers de USA Today avec ses livres Bratva de Chicago, Wolf Ranch et Bad Boy Alpha et plusieurs anthologies.

Abonnez-vous à la newsletter de Renee pour recevoir des scènes bonus gratuites et pour être averti·e de ses nouvelles parutions!

https://www.subscribepage.com/reneerosefr

À PROPOS DE ALTA HENSLEY

Alta Hensley est une autrice de romances sombres classée **New York Times** et **USA Today**, où le méchant obtient toujours sa fin heureuse.

Tordus, intelligents et parfois délicieusement déjantés, ses romans mettent en scène des anti-héros moralement ambigus, des héroïnes à la langue bien pendue et des fins heureuses d'autant plus savoureuses qu'elles passent par un peu de chaos. Avec un mélange signature de noirceur, d'esprit et de sensualité, les histoires d'Alta prouvent une chose : les méchants méritent aussi l'amour.

Alta vit sur la côte embrumée de l'Oregon avec son mari, leurs deux filles et une paire de chiens persuadés d'être aux commandes. Lorsqu'elle n'écrit pas la rédemption de personnages irrécupérables, elle arpente le littoral ou savoure des bières artisanales dans de petits bars excentriques qui semblent tout droit sortis de ses romans.

Inscrivez-vous à sa newsletter : https://landing.mailerlite.com/webforms/landing/c9b6n3

Site web : www.altahensley.com

www.ingramcontent.com/pod-product-compliance
Lightning Source LLC
Chambersburg PA
CBHW071728110726
47908CB00006B/1532

* 9 7 8 1 6 3 7 2 0 6 5 6 0 *